人民共和國文化與文學叢書

七　編

李　怡　主編

第 **9** 冊

重生與表演：張愛玲後期小說創作研究
（1946～1995）（下）

陳　鵡　著

花木蘭文化事業有限公司

國家圖書館出版品預行編目資料

重生與表演：張愛玲後期小說創作研究（1946～1995）（下）
／陳鵠 著─初版─新北市：花木蘭文化事業有限公司，
2019〔民108〕
目 4+212 面；19×26 公分
（人民共和國文化與文學叢書 七編：第9冊）
ISBN 978-986-485-781-4（精裝）
1. 張愛玲 2. 中國小說 3. 文學評論
820.8   108011452

ISBN-978-986-485-781-4

9 789864 857814

人民共和國文化與文學叢書
七 編 第九 冊   ISBN：978-986-485-781-4

重生與表演：張愛玲後期小說創作研究
（1946～1995）（下）

作 者 陳 鵠
主 編 李 怡
企 劃 四川大學中國詩歌研究院
總 編 輯 杜潔祥
副總編輯 楊嘉樂
編 輯 許郁翎、王筑、張雅淋 美術編輯 陳逸婷
印 刷 普羅文化出版廣告事業
出 版 花木蘭文化事業有限公司
發 行 人 高小娟
聯絡地址 235 新北市中和區中安街七二號十三樓
         電話：02-2923-1455／傳真：02-2923-1452
網 址 http://www.huamulan.tw 信箱 hml810518@gmail.com
初 版 2019 年 9 月
全書字數 350653 字
定 價 七編 13 冊（精裝）台幣25,000 元

重生與表演：張愛玲後期小說創作研究

（1946～1995）（下）

陳蔦 著

目次

第三章　張愛玲後期小說創作特徵的變化

第一節　題材選擇的變遷：走向多樣化

　　在張愛玲的前期小說創作中，主要題材是關於戀愛和婚姻。正如傅雷所說，「遺老遺少和小資產階級，全都爲男女問題這惡夢所苦。」〔註 1〕張愛玲筆下的川嫦的臥室、姚先生的家、封鎖期間的電車、阿小主人哥爾達的房間、七巧那鴉片煙霧彌漫陰森的家、振保和紅玫瑰白玫瑰之間的情感糾葛、小寒和父親之間的感情事，所有的故事都是圍繞著男女、婚姻和家庭而展開的。張愛玲喜歡關於戀愛和婚姻的題材，是因爲她覺得人在戀愛時是最具質樸、最具有眞性情的，認爲這就是愛情故事無論什麼時候都如此受歡迎的原因。

　　但同時張愛玲也認爲「一個作家，如果一味模仿自己早期成名時的作品……是件很悲哀的事。譬如海明威的晚年作品……漫畫似的，竟像是對以前的一種諷刺。」〔註 2〕所以在一九四五年之後，張愛玲的創作題材開始走向多樣化，由「『愛情戰爭』到鄉村悲劇再到純粹個人往事」〔註 3〕。一九四七年五月十六日，張愛玲在上海《小日報》上發表了《鬱金香》，是一部講述女

〔註 1〕傅雷：《論張愛玲的小說》，《永遠的張愛玲——弟弟、丈夫、親友筆下的傳奇》，學林出版社，1996 年版，第 149 頁。

〔註 2〕殷允芃：《生命有它的圖案，我們唯有臨摹》，《永遠的張愛玲——弟弟、丈夫、親友筆下的傳奇》，學林出版社，1996 年版，第 328 頁。

〔註 3〕許子東：《張愛玲的文學史意義》，中華書局（香港）有限公司，2011 年版，第 3 頁。

傭金香和少爺寶初之間懵懂青澀的愛情故事。這是繼《桂花蒸 阿小悲秋》之後的另一部關於女傭題材的小說。

一九五一年，張愛玲發表了《十八春》，講述兩對男女經歷過人生的坎坷滄桑，在解放後到東北參加革命建設的故事。同年，張愛玲在《亦報》上發表了另一部女傭題材的作品《小艾》，講述的是女傭小艾在主人家受盡虐待，最後在新中國成立後獲得新生的故事。這兩部作品是張愛玲首次開始嘗試用左翼文學的方式進行創作。陳子善認為，「若就題材和主題的別具一格而言，《小艾》無疑應在張愛玲的小說創作中佔據一個特殊的地位，它是一種轉折，一種時間極為短暫但仍屬難能可貴的轉折」〔註4〕。和張愛玲前期的女傭小說《桂花蒸 阿小悲秋》相比容量就要大很多，《桂花蒸》講述的是杭州阿媽阿小一天的日常生活，而《小艾》則是從二十年代到五十年代，講述了小艾半生的困苦經歷。

一九四七年五月在《大家》發表了由電影劇本《不了情》改編的小說《多少恨》，這是張愛玲的第一部通俗小說。她在《多少恨》的前言中說自己一直對通俗小說有一種「難言的愛好」〔註5〕。很多人認為通俗小說太淺薄，不夠深入，可是張愛玲認為「浮雕也一樣是藝術呀」〔註6〕。這部小說是張愛玲認為「我能力所及的最接近通俗小說的了」。〔註7〕

一九五二年張愛玲離開上海去了香港，在香港創作了《秧歌》和《赤地之戀》。《秧歌》是講述農民金根和月香夫婦在農村參加土改的故事，裏面有涉及到抗美援朝的情節。《赤地之戀》講述的是劉荃和黃娟這對剛畢業的大學生到農村參加土改，然後回到上海經歷了三反和抗美援朝戰爭的故事，其中涉及到土改、三反和抗美援朝的歷史事件。張愛玲的創作第一次由城市轉向鄉村並涉及到當時重大歷史事件的題材。

一九五五年張愛玲離開香港去美國定居。在美國發表了《五四遺事》，用諷刺的手法描寫了具備五四精神的青年羅文濤為了追求真正的愛情而最後反被傳統套住，以三美團圓而公子落難的喜劇大結局收場。眾所周知，張愛玲

〔註4〕 陳子善：《張愛玲創作中篇小說〈小艾〉的背景》，《說不盡的張愛玲》，臺北：遠景出版事業有限公司，2001年版，第117頁。
〔註5〕 張愛玲：《多少恨》，《紅玫瑰與白玫瑰》，北京十月文藝出版社，2012年版，第238頁。
〔註6〕 張愛玲：《多少恨》，《紅玫瑰與白玫瑰》，北京十月文藝出版社，2012年版，第238頁。
〔註7〕 張愛玲：《多少恨》，《紅玫瑰與白玫瑰》，北京十月文藝出版社，2012年版，第238頁。

一直是在五四潮流之外的，這是她第一部直接涉及到五四題材的小說。

　　一九六六年張愛玲的《怨女》在香港《星島日報》連載。《怨女》改編自《金鎖記》，題材仍是取自於舊遺老家族，圍繞鴉片、小腳、納妾等內容。但《怨女》的篇幅較長，刪去了長安這個角色，三爺和銀娣之間的感情糾葛更加豐富深入，加大了情慾描寫的尺度，而且銀娣較七巧善良。唐文標認為，《怨女》在記錄歷史和溝通外界，人物安排上比《金鎖記》更合理，更像人世，而且更能刻畫當時租界的大家庭生活。〔註 8〕他認為《怨女》比《金鎖記》更有價值。

　　一九七八年一月，張愛玲的《色戒》由臺灣皇冠發表，收入《惘然記》。《色戒》講述的是大學生王佳芝憑著一時的愛國激情假扮有婦之夫色誘漢奸易先生，但在暗殺行動的最後一刻動情放走了易先生，最後引來殺身之禍。這是張愛玲第一次涉及到關於間諜的題材。據說這個故事是以丁默村和鄭如蘋的眞實故事爲藍本，但張愛玲就否定此說法。

　　之後張愛玲又發表了《相見歡》和《浮花浪蕊》兩部短篇小說。《相見歡》講的是一對表姐妹感情深厚，對自己的婚姻感到不滿和絕望的故事。這是張愛玲第一次寫關於同性關係的小說，涉及到同性愛戀的題材。伍太太爲自己心愛的表妹嫁給了「長得愣頭愣腦，還很自負，脾氣挺大」〔註 9〕且家境並不是太富裕的紹甫而憤憤然。兩姐妹自小就親密無間，這是一種「天眞的同性戀愛」，是一種「沒有危險性」〔註 10〕的純精神上的戀愛。這在張愛玲的小說中也是第一次涉及到關於同性之愛的題材。而《浮花浪蕊》則是一部帶有自傳性質的小說，張愛玲曾在給夏志清的信中說「裏面是有好些自傳性材料，所以女主角脾氣很像我」〔註 11〕。小說中的女主角洛貞從上海到香港的過程，裏面還穿插了姐姐的朋友范妮艾軍夫婦的故事。女主角在廣州的經歷和感受以及剛到香港時的生活情形應該就是張愛玲的親身經歷。「自從羅湖，她覺得是個陰陽界，走陰間回到陽間，有一種使命感。」〔註 12〕這大概是張愛玲剛

〔註 8〕　參見唐文標，《一級一級走進沒有光的所在》，唐文標《張愛玲研究》，聯經出版事業公司，1976 年版，第 59 頁。

〔註 9〕　張愛玲：《相見歡》，《怨女》，北京十月文藝出版社，2012 年版，第 267 頁。

〔註 10〕張愛玲：《相見歡》，《怨女》，北京十月文藝出版社，2012 年版，第 277 頁。

〔註 11〕夏志清：《張愛玲給我的信件》，聯合文學出版社股份有限公司，2013 年版，第 274～275 頁。

〔註 12〕張愛玲：《浮花浪蕊》，《怨女》，北京十月文藝出版社，2012 年版，第 303 頁。

從羅湖到香港的眞實感受。另外，洛貞去日本投奔老同學，也和張愛玲投奔炎櫻的事實相符。這是張愛玲第一次將自己的親身經歷寫在小說裏面。以自己的親身經歷爲小說題材應該是從《浮花浪蕊》這部小說開始的。

還有張愛玲去世後才出版的《同學少年都不賤》，這部小說講述了趙玨和恩娟少女時期在學校的經歷以及兩人成年後不同的生活經歷。裏面第一次有關於女性青春期、情感和身體發育的描述。還涉及到女性之間同性愛慕的情節，恩娟對芷琪和趙玨對赫素容的同性之愛。這些題材也是在張愛玲的後期小說創作中才開始出現的。趙玨身上也有張愛玲的影子，而恩娟據宋以朗的考證應該是張愛玲的中學同學張天愛。

最後是張愛玲在六〇年代就開始創作的《雷峰塔》、《易經》以及未完成的《少帥》，還有一直在修改中的《小團圓》。《雷峰塔》、《易經》、《小團圓》可以說是張愛玲的自傳體小說，故事以她的親身經歷爲藍本。《少帥》是以張學良和趙四小姐的愛情故事爲藍本，裏面穿插了一些軍閥時代的歷史事件爲題材來創作的文學作品。小說中關於陳叔覃和周四小姐的男女情事也和《小團圓》中的相關情節類似，應該說張愛玲在寫作《少帥》時不由自主地將自己和胡蘭成相戀的細節代入到陳周之戀中。所以這四部小說可以說是張愛玲以自己的親身經歷爲題材，詳盡地描述了自己從童年到青少年、再到去美國的經歷。特別是《小團圓》中女主角九莉和母親、以及和男主角邵之雍之間的恩怨情仇尤爲令人矚目。

由此可見，張愛玲後期小說創作的題材和前期相比更加多樣化：從城市到鄉村；從男女間的小事到革命戰爭和政治事件；從異性戀愛到同性之愛；從寫身邊熟悉的人和事到自我書寫……從一九四六年開始，張愛玲的寫作題材不斷地在改變和豐富著，讓我們看到了和前期巔峰狀態時期不一樣的張愛玲，看到了她試圖改變和突破自己的努力。就如她在殷允芃的採訪中談到自己正在翻譯的《海上花列傳》，她認爲以現代的眼光來看，這是一部很不錯的小說，但是她也不確定西方的讀者是否能接受這部曾經兩度被中國讀者摒棄的古典小說。雖然如此她還是信心滿滿地說，「可是，做哪一件事不是冒險的呢？」〔註13〕我們在她後期小說創作題材的變化中看到了張愛玲勇於冒險和創新的創作精神。

〔註13〕殷允芃：《訪張愛玲女士》，蔡鳳儀，《華麗與蒼涼：張愛玲紀念文集》，臺北市：皇冠文學出版有限公司，1996年版，第164頁。

第二節　敘事視角的嬗變：回歸自我

一、從小我到大我再到自我

　　如楊照所說，「張愛玲是一個這麼決絕的人。在我所閱讀的文學作品中，從沒有一個作家跟她的角色距離這麼遙遠，但又看得這麼透徹。一般作家如果不同情一個角色，或跟某個角色拉開一段距離，就會把那個角色寫得平板、無趣，這是作家的『宿命』，好像只有張愛玲擺脫了這個宿命。」〔註14〕在前期小說創作中，張愛玲對其作品中的這些小人物雖然看不起，但是她瞭解他們，同情他們。這是因為張愛玲「太自戀了」，她對他們瞭解至深，寫出來入木三分，實在是很了不起。

　　張愛玲前期小說創作的書寫角度顯然是從「小我」出發的。她筆下的人物都是些不徹底的人物，他們不是英雄，只不過是些軟弱的凡人。因為極端變態和極端醒悟的人還是比較少的，時代動盪不安，人們不是那麼輕易就能覺悟的。〔註15〕張愛玲認為自己寫不出「時代紀念碑」那樣的作品，也不想嘗試，她的筆下都是男女間的小事情，男女戀愛婚姻的瑣碎之事，家長里短和遺老遺少們的不為外人所知的生活內幕。對張愛玲影響深遠的香港之戰給予她的印象是「一些不相干的事」〔註16〕。而她認為「人生的所謂『生趣』全在那些不相干的事」〔註17〕，張愛玲認為威爾斯的《歷史大綱》因為通篇都是大我和小我之間的衝突，太過於合情理，因此無法進入正史〔註18〕。這和張愛玲在香港大學的經歷有很大關係。對她影響深遠的有歷史教授弗朗士，他對於歷史很有自己獨到的見解，授課方式也頗受同學們歡迎，令張愛玲受益匪淺〔註19〕。但是他死了，被自己的士兵誤殺，這讓張愛玲對於戰爭、對於人生有了新的看法。在殘酷的戰爭中，個人顯得格外渺小，人人過著朝不保夕的生活。「人們受不了這個，急於攀住一點

〔註14〕　《永不消逝的華麗──告別張愛玲座談會》，陳子善編，《作別張愛玲》，文匯出版社，1996年版，第170頁。
〔註15〕　參見張愛玲：《自己的文章》，《流言》，北京十月文藝出版社，2012年版，第92頁。
〔註16〕　張愛玲：《燼餘錄》，《流言》，北京十月文藝出版社，2012年版，第48頁。
〔註17〕　張愛玲：《燼餘錄》，《流言》，北京十月文藝出版社，2012年版，第48頁。
〔註18〕　參見張愛玲：《燼餘錄》，《流言》，北京十月文藝出版社，2012年版，第48頁。
〔註19〕　參見張愛玲：《燼餘錄》，《流言》，北京十月文藝出版社，2012年版，第52頁。

踏實的東西，因而結婚了」〔註20〕。張愛玲在香港淪陷大學停課後，和她的同學到處找吃的和口紅，並重新發現了「吃」的喜悅。她站在街頭吃油煎的蘿蔔餅，而腳下不遠處就是一具窮人的屍體。為了生存到醫院當看護，面對傷員的痛苦，她完全無動於衷，甚至在患了蝕爛症而痛苦不堪的病人死後竟然感到歡欣鼓舞。在殘酷的戰爭面前，每個人都只顧自己，正如張愛玲所言「我們這些自私的人若無其事的活下去了」，她深切地體會到「去掉了一切的浮文，剩下的彷彿只有飲食男女這兩項」〔註21〕。這種思維給她即將開始的文學創作帶來了巨大衝擊和啟發。回到上海後，她開始賣文為生，每篇小說的創作角度都是從小我出發，完全沒有小我和大我的激烈衝突。

香港的淪陷讓從外地來的學生無處可去，他們每天就是去買菜，做飯，談情說愛〔註22〕。在張愛玲的小說裏，這些世俗的人們，也只是沉浸於男女之情：白流蘇和范柳原雖經歷了戰爭卻沒有成為革命鬥士，最後結婚做了一對平凡的夫妻；翠遠和宗楨因為封鎖而不得不留在電車裏從而發生了短暫的戀情；好人振保和情人紅玫瑰、妻子白玫瑰之間的情感糾葛；小寒和父親的不倫之戀；潘汝良和外籍女郎沁西亞之間不現實的感情；忙於辦嫁妝的幽憤的玉清。或是疲於現實生活的奔波又不得不勉強度日的人們：敦鳳和米先生那對現實考量多過愛的婚姻；推拿室裏不滿現實的女太太們；在洋人家辛勤勞作而仍然生活困苦的阿媽阿小。還有在民國之後失去政治舞臺的遺老遺少們陰暗頹廢的生活：鄭先生不承認民國，唯有不停地生兒育女，但在女兒有病時卻捨不得拿出錢給她醫治；兒孫都不爭氣，紫薇老太太唯有不停地變賣家產來維持一家人的生活；白家老太太兩個兒子狂嫖濫賭敗完了家產，而她連可賣的田產也差不多都變賣光了，生活已無法維持下去了。在張愛玲的前期小說創作中，其創作角度是傾向於「小我」的，她筆下都是些「不徹底的人物，他們不是英雄，他們可是這時代的廣大的負荷者」〔註23〕。張愛玲在《傳奇》的開頭說，這部小說就叫做傳奇，意思是在傳奇中找尋普通人，在普通人中找尋傳奇故事，她筆下都是世間男女的蒼涼故事。這些人物都是「那種不明不白，猥瑣」的，是面對殘酷的現實生活而不得不「失面子的屈服」的「小我」們。在那個時代，「被支配、被排擠、被掠奪，這是女性的處境，

〔註20〕 張愛玲：《燼餘錄》，《流言》，北京十月文藝出版社，2012年版，第53頁。
〔註21〕 張愛玲：《燼餘錄》，《流言》，北京十月文藝出版社，2012年版，第53頁。
〔註22〕 參見張愛玲：《燼餘錄》，《流言》，北京十月文藝出版社，2012年版，第58頁。
〔註23〕 張愛玲：《自己的文章》，《流言》，北京十月文藝出版社，2012年版，第92頁。

亦是淪陷區上海人的處境」〔註 24〕。小人物們無論男性女性都忙於生計、忙於家庭瑣事、忙於男女之間的爭鬥，他們無暇顧及革命和戰爭的偉大事業。《傳奇》的大獲成功，是因爲張愛玲通過描寫普通人的故事，而凸顯了普通人、小人物們在中國文明受到巨大衝擊中的現實生存狀況，使已經對政治、對時代感到絕望的人們對此有種切實的體會和感受。

　　一九四九年新中國建立後，政治環境發生了巨大的轉變，這在第一章已經詳述過。在這個大的政治環境下，張愛玲的創作風格也隨之發生了轉變。此時，她的敘述角度從「小我」轉向了「大我」。在這之前，張愛玲坦言自己的故事裏沒有革命和戰爭，在時代的列車轟轟地往前開著時，人們只是看見自己蒼白渺小的臉和自己的自私和虛空，她的書寫角度是著重「小我」的。她從未想過要寫一部時代紀念碑式的小說，當朋友問她會寫無產階級的故事嗎？她回答說不會，而且也並無這樣的計劃。她認爲好像戀愛婚姻家庭這一類的普通題材，可以從各個不同的角度去寫，一生都寫不完〔註 25〕。對於左翼文學，張愛玲覺得自己並不瞭解，遇到警察打人這樣的事，她很憤慨，但可能因爲她的思想並未受過這方面的訓練，因此並沒有想到什麼階級革命之類的，而只想到如果能做官或者主席夫人，就可以上去打那個警察兩個嘴巴〔註 26〕。在《寫什麼》中她認爲文人「寫所能夠寫的，無所謂應當」〔註 27〕，並且「文藝沒什麼不應當寫哪一個階級」（《國語本〈海上花〉譯後記》）。所以，在這一時期她的寫作角度發生了巨大的轉變，開始強調政治學習、個人階級成分和階級仇恨，以及大我對小我的提升和感召。

　　一九五○年她在《亦報》上連載出版了《十八春》，一九五一年又發表了《小艾》。這兩部小說的寫作角度顯然和她前期的小說大爲不同，從「小我」轉向了「大我」。前面已經詳述過，張愛玲這個轉向的原因是迫於客觀政治環境的壓力、作者謀生存活的需要、甚至作者對新中國短暫的、善意的肯定。〔註 28〕《十八春》中的翠芝在十幾年後和叔惠相遇仍然未能忘情於他，思想進步的叔惠卻無意於她，並對她曉之以大義，翠芝哭著向他表白，「我一直是愛你的，除

〔註 24〕　〔日〕邵迎建：《張愛玲的傳奇文學與流言人生》，臺北：秀威信息科技，2012
　　　　　年版，第 200 頁。
〔註 25〕　參見張愛玲：《寫什麼》，《流言》，北京十月文藝出版社，2012 年版，第 131 頁。
〔註 26〕　張愛玲：《打人》，《流言》，北京十月文藝出版社，2012 年版，第 112 頁。
〔註 27〕　張愛玲：《寫什麼》，《流言》，北京十月文藝出版社，2012 年版，第 131 頁。
〔註 28〕　參見高全之：《〈小艾〉的無產階級的文學實驗》，《張愛玲學》，臺北市：麥田，
　　　　　城邦文化出版，2011 年版，第 134 頁。

了你我從來也沒愛過別人」〔註29〕，但作者以冰山與熾碳的溫差，來顯示愛國熱忱與兒女私情的高下。〔註30〕而一對舊戀人世鈞和曼楨的相遇，雖然在憶述往事時大家都噓唏不已，但很快就爲革命熱情所激昂振奮起來，曼楨覺得「在現在這個時代裏，是眞得好好地振作起來做人了」〔註31〕，世鈞也在曼楨的鼓勵下振奮了大我，「我對新中國的前途是絕對有信心的」〔註32〕。愛國熱情戰勝了兒女私情，從小我提升到大我。最後世鈞、翠芝在早已投奔解放區、思想進步的叔惠的感召之下，準備一起去東北參加革命建設。而《小艾》中一心想靠發財揚眉吐氣的女傭小艾，也在丈夫金槐的思想感化下，並且切實感受到解放後生活得到很大的提高，而落實了她的政治認同，「她現在通過學習，把眼界也放大了，而且明白了許多事情」〔註33〕。叔惠和金槐成爲了張愛玲作品中唯一的沒有缺點的左翼思想模範。這使得她以前曾說過的「我寫的故事裏沒有一個主角是個『完人』」〔註34〕，從事實陳述降格爲理想訴求〔註35〕。而《十八春》和《小艾》這兩部小說的結尾也具有「強調解放後國家大我對個人小我感召教化的功能」〔註36〕。

張愛玲在一九五二年離開上海去了香港，寫作了《秧歌》和《赤地之戀》後，於一九五五年去美國直到一九九五年去世。在美國的四十年，張愛玲過的是一種遠離塵世的生活，特別是在第二任丈夫賴雅去世後，張愛玲更是完全避世躲在自己的世界裏。除了埋頭於研究《紅樓夢》和翻譯《海上花》，她的小說創作也開始轉向了自我。

王安憶曾說過，張愛玲總是遠著的，叫人看不清她的面目，看清了也還不是你想看的那一個。〔註37〕的確，張愛玲和自己的作品保持著距離。

〔註29〕 張愛玲：《十八春》，江蘇文藝出版社，1986年版，第348頁。

〔註30〕 參見高全之：《大我與小我》，《張愛玲學》，臺北市：麥田，城邦文化出版，2011年版，第317頁。

〔註31〕 張愛玲：《十八春》，江蘇文藝出版社，1986年版，第345頁。

〔註32〕 張愛玲：《十八春》，江蘇文藝出版社，1986年版，第349頁。

〔註33〕 張愛玲：《小艾》，《鬱金香》，北京十月文藝出版社，2006年版，第324頁。

〔註34〕 張愛玲：《到底是上海人》，《流言》，北京十月文藝出版社，2012年版，第5頁。

〔註35〕 高全之：《〈小艾〉的無產階級的文學實驗》，《張愛玲學》，臺北市：麥田，城邦文化出版，2011年版，第141頁。

〔註36〕 高全之：《〈小艾〉的無產階級的文學實驗》，《張愛玲學》，臺北市：麥田，城邦文化出版，2011年版，第143頁。

〔註37〕 王安憶：《人生戲劇的鑒賞者》，摘自陳子善編，《作別張愛玲》，文匯出版社，1996年版，第134。

讀者聽不到作者張愛玲的聲音，唯有葛薇龍、曹七巧、白流蘇等小說人物們的聲音。〔註 38〕但在去了美國之後，她的創作角度開始發生變化，從一九五七年起張愛玲開始寫作英文小說 The Fall of the Pagoda（《雷峰塔》）和 The Book of Change（《易經》）。她在給夏志清的信中提到，讀者可以從《雷峰塔》中看到很多《私語》的內容，而《易經》裏的港戰內容則來自於《燼餘錄》，甚至認爲中文讀者會對此感到厭倦。顯然，我們在這些作品裏可以隱隱見到張愛玲的身影。

　　一九七五年張愛玲開始創作《小團圓》，因爲夏志清曾勸她寫關於祖父母的故事，所以她曾在信中對夏志清說，「你定做的小說就是《小團圓》」〔註 39〕，裏面還有關於胡蘭成的故事。她在給皇冠的信中提到《小團圓》的內容比散文《私語》和《對照記》的內容更深入，而且因爲自傳性過強，影射的人物太多，張愛玲一直修改了二十年也未能在生前出版。張愛玲後期創作的《雷峰塔》、《易經》、《小團圓》可以說是她的自傳三部曲，裏面有大量她前期散文的內容，可以說是其書寫角度的又一次轉向，從小我到大我再到自我。《雷峰塔》是以童年琵琶的視角來講述她從童年開始到離開父親家的生活經歷，內容和《私語》較爲相近；《易經》則是講述琵琶在港大讀書的經歷，直到返回上海，裏面關於港戰的內容和《燼餘錄》較爲相近；至於《小團圓》則講述了九莉在港大的經歷和回到上海後的生活，裏面也有張愛玲早期散文的內容。這三部小說的主人公都有張愛玲自己的影子，可以說是她的自傳體小說。裏面的母女關係和愛情故事都特別引人注目和值得研究。而《怨女》中也蘊含了一些張愛玲在美國的生活感受。《少帥》中的情愛和性愛描寫和《小團圓》中的相關情節頗爲相似，相信這些情節應該都是張愛玲自己的眞實生活體驗，所以在兩部小說中反覆出現。《浮花浪蕊》和《同學少年都不賤》也有張愛玲自己的影子。由此可見，張愛玲後期小說創作的角度轉向了自我，這一時期的作品顯然透露了她的眞實感受和生活經歷。

　　終上所述，張愛玲小說創作的角度從前期到後期，是一個從小我到大我再到自我的轉變過程。

〔註38〕　參見王安憶：《人生戲劇的鑒賞者》，摘自陳子善編，《作別張愛玲》，文匯出版社，1996 年版，第 134。
〔註39〕　張愛玲：《小團圓》，北京十月文藝出版社，2012 年版，第 6。

二、自傳性和眞實性

水晶在《夜訪張愛玲》中提到，張愛玲小説「傳奇」裏的人物和故事，差不多「各有其本」。他們曾談到《紅玫瑰和白玫瑰》，張愛玲説寫完了這篇故事，覺得很對不住佟振保和白玫瑰，這兩人她曾經看見過，紅玫瑰這個人物就沒有見過，只是聽説而已。〔註40〕張愛玲的弟弟張子靜説，張愛玲小説中的人物大部分都是些心理或是身體上有病的人，因爲他們自小就生活在遺老遺少這樣畸形的生活環境中，所見所聞都是些很病態和不健康的人物和事物〔註41〕，她的文學創作也可以説是她發洩鬱悶痛苦的方式之一。她小説中的人物在現實生活中都有原型，熟悉她的人一看就知道她寫的是誰〔註42〕。據張子靜説，《金鎖記》的人物原型和故事來源就是外祖父李鴻章第二個兒子李經述一家人的故事；《花凋》的故事來源於張愛玲的舅舅一家人，川嫦的故事就是以舅舅三女兒黃家漪的愛情故事爲基礎寫出來的。張愛玲説，「《紅玫瑰與白玫瑰》中的男主角是我母親的朋友，事情是他自己講給我母親和姑姑聽的，那時我還小，他以爲我不懂，哪知道我聽過全記住了。寫出來後他也看見的，大概很氣——只能怪他自己講。」〔註43〕

前期的小説創作都是自己家族和身邊人的故事，那麼後期呢？張愛玲曾對鄺文美説過，「我要寫書——每一本都不同——（一）《秧歌》；（二）《赤地之戀》；（三）Pink Tear〔《粉淚》〕；然後（四）我自己的故事……」〔註44〕據研究推測，「我自己的故事」大概是指《雷峰塔》、《易經》、《小團圓》，當然還有近幾年才發掘出來的《少帥》。以及在張愛玲身後才發表的《同學少年都不賤》等作品。

張愛玲後期的小説，和她以前的風格一樣，仍然是喜歡寫瑣碎之事，並著重細節描寫，不過文字沒有了早期的華麗繁複，變得平淡枯澀，可以説是

〔註40〕 參見水晶：《夜訪張愛玲》，季季、關鴻，《永遠的張愛玲——弟弟、丈夫、親友筆下的傳奇》，學林出版社，1996 年版，第 316 頁。

〔註41〕 參見張子靜：《我的姐姐》，季季、關鴻，《永遠的張愛玲——弟弟、丈夫、親友筆下的傳奇》，學林出版社，1996 年版，第 38～39 頁。

〔註42〕 參見張子靜：《我的姐姐》，季季、關鴻，《永遠的張愛玲——弟弟、丈夫、親友筆下的傳奇》，學林出版社，1996 年版，第 39 頁。

〔註43〕 張愛玲、宋淇、鄺文美著：宋以朗主編，《張愛玲私語錄》，皇冠出版社（香港）有限公司，2010 年版，第 48 頁。

〔註44〕 張愛玲、宋淇、鄺文美著：宋以朗主編，《張愛玲私語錄》，皇冠出版社（香港）有限公司，2010 年版，第 48 頁。

個人和文章都已趨向晚期風格〔註45〕，但故事就由男女間的小事情轉到鄉村故事再到個人往事，張愛玲的後期小說創作帶有了濃烈的自傳體的味道。據許子東的研究，中國自傳體小說大概可以分成三個類別，第一種是認為作家創作的小說都是以自己的自傳為主體，比如郁達夫的《沉淪》，他的自敘體既是私人心理體驗的懺悔，同時又具有社會時代意義；第二種「自傳體」就是刻意用自己的私事來書寫宏大的主題，比如新文學領軍人物巴金所創作的家族三部曲《家》《春》《秋》，巴金的個人家事從一開始就是社會縮影、時代象徵；第三種「自傳體文學」出現在四十年代後，由社會轉向私人的傾向，如錢鍾書的《圍城》，這裡的私人故事原型還是很明顯的。〔註46〕

　　而《雷峰塔》、《易經》、《小團圓》等幾部張愛玲的自傳體小說顯然也是沿著《圍城》的方向往更極端的方向發展。這三部小說並沒有當時美國的時代背景，完全是講述張愛玲自己從童年到青少年時期的往事。張愛玲自己也說，「我寫《小團圓》並不是為了發洩出氣，我一直認為最好的材料是你最深知的材料」〔註47〕。小說用的是自己最深知的材料，並且「我在《小團圓》裏講到自己也很不客氣」〔註48〕。而且小說中涉及到了胡蘭成，「《小團圓》是寫過去的事，雖然是我一直要寫的，胡蘭成現在在臺灣，讓他更得了意」〔註49〕。在第一章裏已經提到，張愛玲用英文寫的《雷峰塔》和《易經》有前期散文的內容，所以她認為如果翻譯成中文估計讀者會感到厭煩，所以這兩部小說的讀者張愛玲顯然預計的是英文世界的讀者，這可能也是她遲遲沒有翻譯成中文的原因。而《小團圓》則「是採用那篇奇長的《易經》一小部分……加上愛情故事」〔註50〕，而這愛情故事是和胡蘭成有關的，「《小團圓》情節複雜，很有戲劇性，full of shocks，是個愛情故事，不是打筆墨官司的白皮書，裏面對胡蘭成的憎笑也沒像後來那樣」〔註51〕。宋淇在給張愛玲的信中寫道，這顯然是一部不加掩飾的、甚至可以說是獨創的自傳體式的小說，

〔註45〕參見許子東：《張愛玲的文學史意義》，中華書局（香港）有限公司，2011年版，第3頁。

〔註46〕參見許子東，《張愛玲晚期小說中的『愛情故事』》，《張愛玲的文學史意義》，中華書局（香港）有限公司，2011年版，第5頁。

〔註47〕張愛玲：《小團圓》，北京十月文藝出版社，2012年版，第5頁。

〔註48〕張愛玲：《小團圓》，北京十月文藝出版社，2012年版，第2頁。

〔註49〕張愛玲：《小團圓》，北京十月文藝出版社，2012年版，第3頁。

〔註50〕張愛玲：《小團圓》，北京十月文藝出版社，2012年版，第4頁。

〔註51〕張愛玲：《小團圓》，北京十月文藝出版社，2012年版，第4頁。

不用說像他們和張愛玲這樣親密的朋友，只要是對她的作品比較瞭解、或者是對她的生平事蹟稍微有所聞的人都能看得出來〔註52〕。所以這三部小說顯然是張愛玲的自傳體小說。小說的原型就是張愛玲自己，以及胡蘭成，張愛玲的母親、姑姑，保姆何干，還有柯靈、桑弧、蘇青等等。

但是自傳體小說也還是小說，裏面雖然有作者的真實體驗或者一些親身經歷，畢竟和作者還是有一些距離，有些情節或人物可能是作者為了故事更吸引而刻意虛擬的。宋淇當初也顧慮到這一點，他說國內外讀者都是非常愛管閒事的人，他們喜歡把小說中的內容和作者的生平事蹟混為一談，特別是中國的讀者才不會去理會哪些部分是虛構，哪些部分是作者的自傳〔註53〕。他還擔心「無賴人」胡蘭成借《小團圓》而「大出風頭」，說九莉就是張愛玲，最後連累張愛玲。所以宋淇曾經勸張愛玲將小說中以胡蘭成為原型的男主人公邵之雍改寫成地下工作者，後來為了錢又變成 double agent，最後被幹掉了。但張愛玲並沒有遵照宋淇的意見進行改寫，卻是暫時擱置，並一直修改了二十年，在其生前未能發表。而張愛玲曾在 1994 年 9 月 11 日寫給蘇偉貞的信中說，「不過《小團圓》與《對》是同類性質的散文，內容也一樣，只較深入，希望不使瘂弦先生失望。」張愛玲稱《小團圓》是散文，可見其具有極大的真實性和自傳性。

《雷峰塔》、《易經》、《小團圓》這三部小說的自傳性是毋庸置疑的，只要看過《私語》、《燼餘錄》和《對照記》這三篇自傳性的散文就知道張愛玲是以自己和親人以及周圍的人為原型寫的。裏面最引人注目的是母女關係和愛情故事。其真實性究竟如何呢？

先說母女關係，在《私語》中，我們大概知道張愛玲和母親的關係。張母黃逸梵在女兒四歲時就去了歐洲遊學，回來後沒幾年又出國，一生的大部分時間都在外國。張愛玲中學畢業時黃逸梵回到了上海，因為發生滬戰，張愛玲去母親處住了兩個星期。回到家，繼母因為沒有事先和她說而發生爭執打了張愛玲一個耳光，張父又把張愛玲拳打腳踢一頓並軟禁了半年之久，之後張愛玲身患痢疾。後來張愛玲逃出來跑到母親處，但母親的經濟狀況不佳，還要負擔張愛玲的生活費和學費。張愛玲「看得出我母親是為我犧牲了許多，而且一直懷疑著我是否值得這些犧牲。……母親的家

〔註52〕參見張愛玲：《小團圓》，北京十月文藝出版社，2012 年版，第 8 頁。
〔註53〕參見張愛玲：《小團圓》，北京十月文藝出版社，2012 年版，第 8 頁。

不復是柔和的了」〔註 54〕。在《小團圓》中，九莉覺得自己並不是那種多愁善感的女子，其實只有母親和之雍讓她吃過不少苦頭〔註 55〕。可見在張愛玲心中只有母女關係和愛情曾帶給她巨大的傷害。

　　母親在五四小說中都是以正面形象出現的。很多作家都在作品中歌頌過自己的母親，如魯迅、茅盾、老舍、冰心等。但張愛玲筆下的母親形象卻是令人毛骨悚然的，比如：《金鎖記》中狠毒的母親曹七巧、《傾城之戀》中冷漠的母親白老太等。而《小團圓》則將這種緊張的母女關係推向細膩的極致〔註 56〕。九莉從小母親就不在身邊，十六歲投奔母親後又覺得自己成為母親的負擔。所以兩人處處都在較勁。張愛玲在《小團圓》提到，九莉得到歷史教授安竹斯私人提供的八百元獎學金，急切地想趕快拿給母親，一天也不能多等，因為她想和母親一起分享這快樂，但母親收下後卻在賭桌上輸掉了。九莉急切地想知道母親的反映，卻遭受到嚴酷的打擊，她在心中想著一切都結束了〔註 57〕。九莉對母親極其失望「自從那八百港幣的事之後，對她母親極度淡漠，不去想她」〔註 58〕。而在《易經》中還有更為詳細的描述，母親露懷疑女兒和外國教授發生關係所以得到資助，在女兒洗澡時把浴室的門突然打開來，假裝從架子上取了口紅或是鑷子之類的東西，眼睛卻偷偷地打量女兒的身體，這讓琵琶感到十分羞辱，她覺得母親自己永遠是高尚的，卻把女兒往壞處想〔註 59〕。《小團圓》的描述顯然比《易經》要緩和的多，沒有「將母女關係撕裂得這麼血淋淋」〔註 60〕的。這個情節在兩部小說中都有提到，相信是真有其事，但隨著時間的流逝，那種感覺發生了變化。

　　另外一個情節是在《童言無忌》中提到和母親的身體接觸，「有兩趟她領我出去，穿過馬路的時候，偶而拉住我的手，便覺得一種生疏的刺激

〔註 54〕張愛玲：《私語》，《流言》，北京十月文藝出版社，2012 年版，第 125 頁。

〔註 55〕參見張愛玲：《小團圓》，北京十月文藝出版社，2012 年版，第 241 頁。

〔註 56〕許子東：《張愛玲的文學史意義》，中華書局（香港）有限公司，2011 年版，第 47 頁。

〔註 57〕參見張愛玲：《小團圓》，北京十月文藝出版社，2012 年版，第 28 頁。

〔註 58〕張愛玲：《小團圓》，北京十月文藝出版社，2012 年版，第 68 頁。

〔註 59〕參見張愛玲著：趙丕慧譯，《易經》，北京十月文藝出版社，2011 年版，第 118 頁。

〔註 60〕許子東：《張愛玲的文學史意義》，中華書局（香港）有限公司，2011 年版，第 51 頁。

性」〔註61〕。這個情節在《雷峰塔》也有出現，「她……彷彿覺得有牽著她手的必要，……琵琶沒想到她的手這麼瘦，像一把骨頭夾在自己手上，心裏也很亂。這是她母親唯一牽她手的一次，感覺很異樣，可也讓她很歡喜」〔註62〕。而在《小團圓》中也有這個情節，但感覺卻變了，九莉「那年才九歲。……蕊秋……正要走……彷彿覺得有牽著她手的必要，一咬牙，方才抓住她的手，……她手指這麼瘦，像一把細竹管橫七豎八夾在自己手上，心裏也很亂。……九莉感到她剛才那一剎那的內心的掙扎，很震動。這是她這次回來唯一一次形體上的接觸。顯然她也有點噁心」〔註63〕。由「生疏的刺激性」到「也讓她很歡喜」再到「顯然她也有點噁心」，二十幾歲時的描述很簡單中性，到了三十多歲的時候想起來覺得歡喜，到了五十歲以後那種感覺依然是「心裏也很亂」，但順帶也講述了母親的感覺「也有點噁心」，「也」說明九莉對於母親拉著她的手覺得「噁心」。早期散文的描寫比較模糊，到了三十多歲，再想起這段往事，感到「歡喜」可能是此時張愛玲還未能有勇氣真實地面對自己當初的感覺。到了晚年，在張愛玲創作的過程中，從一九七五到一九九五，老年的張愛玲終於有勇氣面對自己當年真實的感受。當年還是兒童的張愛玲，對母親那種愛恨交加的感情折磨著她，她當時真實的感覺是「噁心」，而母親「也有點噁心」是張愛玲當時的猜測。這個情節在散文和小説中反覆出現，雖然描寫的程度不同，但仍說明了其真實性。

在《小團圓》中還多次出現對母親不滿的情節。九莉很希望母親來看望她，甚至希望同學能看到母親。當母親真的來了，並且告訴大學裏照顧生活的修女亨利嬤嬤住在昂貴的淺水灣酒店，讓大學貧寒生九莉奇窘，「一不小心，蕊秋又陷窮學生女兒於窘境」〔註64〕。但九莉是愛母親的，當有次蕊秋說知道二叔傷了她的心，九莉憤怒想著「二叔怎麼會傷我的心，我從來沒愛過他」〔註65〕，九莉因為愛著母親，所以母親才會傷了她的心。在香港大學做窮學生的經歷給張愛玲帶來很深刻的影響，在《我看蘇青》中，她提到她做了個夢又回到香港大學，半夜下著大雨，張愛玲不敢叫醒修女開門，在黑

〔註61〕張愛玲：《童言無忌》，《流言》，北京十月文藝出版社，2012年版，第102頁。
〔註62〕張愛玲著：趙丕慧譯，《雷峰塔》，北京十月文藝出版社，2011年版，第144頁。
〔註63〕張愛玲：《小團圓》，北京十月文藝出版社，2012年版，第80頁。
〔註64〕許子東：《張愛玲的文學史意義》，中華書局（香港）有限公司，2011年版，第48頁。
〔註65〕張愛玲：《小團圓》，北京十月文藝出版社，2012年版，第121頁。

漆漆的門洞子裏過夜，知道有闊客來了，修女們頓時燈火輝煌，而張愛玲像見了晚娘一樣陪笑。一提起這個夢張愛玲就會滿眼含淚，可想而知在香港大學做窮學生的經歷給她帶來了多大的傷害和無法忘卻的痛苦記憶。

而從小缺乏母愛的張愛玲「在父親家裏孤獨慣了，驟然想學做人，而且是在窘境中做『淑女』，非常感到困難」〔註66〕。這簡單的一句話在《小團圓》中有很多細節的描述。有一次蕊秋請客，家裏的椅子不夠，九莉花了很大的力氣把一個沙發移到客廳，可是母親居然驚異地呵斥道，「你這是幹什麼？豬！」〔註67〕。母親對九莉有諸多不滿，言行舉止、處理人際關係等等。母親甚至埋怨九莉拖累了她不能到外國去，甚至說可以嫁掉她，因為年輕的女孩兒容易嫁人〔註68〕。而在九莉病中母親痛罵她，活著就只會加害別人，應該讓她自生自滅〔註69〕。母親對九莉的諸多不滿給她帶來了極大的傷害。但張愛玲心裏一直是愛著母親的，瞭解母親生活的難處，在《小團圓》中，九莉一直幻想著將來把賺來的錢「裝在一隻長盒子裏，埋在一打深紅的玫瑰花下」〔註70〕還給母親，以此來討好和報答母親。

從表面上看，九莉對母親有很多怨恨，可是同時張愛玲卻在小說中敘述蕊秋忙著幫九莉領護照，雖然姑姑楚娣也不贊成她出洋，但母親卻堅持要這樣做。九莉雖然對母親不滿，內心卻又充滿自責，覺得自己沒有良心，母親在自己身上花了那麼多錢，怎麼能說不去就不去呢。〔註71〕她嫉恨母親的那些情人，因為在「請客吃茶的下午，蕊秋總是脾氣特別好……相形之下，反而覺得平時實在使人不能忍受」〔註72〕。她憤憤地對自己說「讓你到後臺來，你就感到幻滅了？」〔註73〕，她痛苦至極甚至想過跳樓。

當九莉拿了早已兌換好的黃金要還給母親，她卻堅決地拒絕了，流著眼淚對九莉說：你怎麼可以這樣對我呢，虎毒不食兒，我再怎麼樣也都是為你好呀，我的事都是人家逼迫我的〔註74〕，九莉一邊說自己對此一點感覺也沒

〔註66〕張愛玲：《私語》,《流言》,北京十月文藝出版社，2012年版，第125頁。
〔註67〕張愛玲：《小團圓》,北京十月文藝出版社，2012年版，第119頁。
〔註68〕參見張愛玲：《小團圓》,北京十月文藝出版社，2012年版，第120頁。
〔註69〕參見張愛玲：《小團圓》,北京十月文藝出版社，2012年版，第130頁。
〔註70〕張愛玲：《小團圓》,北京十月文藝出版社，2012年版，第120頁。
〔註71〕參見張愛玲：《小團圓》,北京十月文藝出版社，2012年版，第127頁。
〔註72〕張愛玲：《小團圓》,北京十月文藝出版社，2012年版，第126頁。
〔註73〕張愛玲：《小團圓》,北京十月文藝出版社，2012年版，第127頁。
〔註74〕參見張愛玲：《小團圓》,北京十月文藝出版社，2012年版，第251頁。

有了，一邊在心裏想，其實母親完全誤會了，她從來不裁判任何人，怎麼會裁判起母親來？自己受到蕭伯納的影響，思想上根本沒有聖牛這樣東西〔註75〕，但是九莉隨即又涼薄地想到「作爲一個身世淒涼的風流罪人，這種悲哀也還不壞」〔註76〕。九莉只是想把欠母親的錢還給她，裏面當然也有討好的意思，「她沒有想到蕊秋以爲她還錢是要跟她斷絕關係」〔註77〕，原來母親「不拿她的錢是要保留一份感情在這裡」〔註78〕。還有當蕊秋看完九莉編劇的電影《露水姻緣》後居然說很不錯，九莉感覺很詫異，她怎麼也變得和天下間普通的母親一樣，很容易就滿足於子女小小的成績〔註79〕。九莉此時已經意識到母親對自己的愛，但長久以來的痛苦和傷害讓她倔強地不肯承認這一點，她甚至看著鏡子裏年輕貌美的自己，面對年華老去的母親，以勝利的姿態想著，自己終於戰勝了母親，可是她又暗暗對自己說，你將來也不會有什麼好下場〔註80〕。從這裡看出張愛玲對母親既恨又愛的矛盾心理，她感覺到母親的愛，又不敢承認，並且漸漸意識到自己對母親的殘忍。

　　九莉眞的對母親已沒有了感情嗎？當楚娣說母親已經年老色衰，九莉卻認爲雖然說對母親已經恩斷義絕，但當別人批評自己人的時候，還是很反感的〔註81〕。九莉在心裏仍把母親當成自己人，對母親滿是維護之情。還有當楚娣和碧桃談論母親在金錢上斤斤計較時，她在心裏替母親鳴不平，怎麼母親年紀一老，就人人都開始評論她的不是。〔註82〕當同學比比問她，她母親眞的同男人發生關係嗎，九莉說不是，她只不過是希望人家都喜歡她〔註83〕，可見九莉處處替母親說話，維護母親。再看看張愛玲描述母親替九莉清理燙傷傷口時的情景，「『這泡應該戳破它。』蕊秋……拿把小剪刀消了毒，刺破了泡。……她又輕輕的剪掉那塊破裂的皮膚，九莉反正最會替自己上麻藥。可以覺得她母親微涼的手指，但是定著心，不動心。南西在旁笑道：『噯喲，蕊秋的手抖了！』蕊秋似笑非笑的繼續剪

〔註75〕參見張愛玲：《小團圓》，北京十月文藝出版社，2012 年版，第 252 頁。
〔註76〕參見張愛玲：《小團圓》，北京十月文藝出版社，2012 年版，第 252 頁。
〔註77〕張愛玲：《小團圓》，北京十月文藝出版社，2012 年版，第 252 頁。
〔註78〕張愛玲：《小團圓》，北京十月文藝出版社，2012 年版，第 252 頁。
〔註79〕參見張愛玲：《小團圓》，北京十月文藝出版社，2012 年版，第 250 頁。
〔註80〕參見張愛玲：《小團圓》，北京十月文藝出版社，2012 年版，第 253 頁。
〔註81〕參見張愛玲：《小團圓》，北京十月文藝出版社，2012 年版，第 169 頁。
〔註82〕參見張愛玲：《小團圓》，北京十月文藝出版社，2012 年版，第 257 頁。
〔註83〕張愛玲：《小團圓》，北京十月文藝出版社，2012 年版，第 30 頁。

著⋯⋯」〔註84〕這段很生動地描述了母親對九莉的愛和關心，而九莉也感覺到了，只是倔強地不肯承認。

　　在《小團圓》中還出現了一段九莉在美國家中打胎的細節，文中還說她從未想過生孩子，或許是擔心她的孩子會對她壞，幫她母親報仇〔註85〕，此時九莉意識到了自己對母親的誤解和殘忍，「傲慢的九莉終於承認錯誤」〔註86〕，她沒有按母親的要求完成學業，也沒有在心裏對母親存感激和孝順之情。前面講過母親在九莉病中罵她，原來是因為母親為了給她付醫藥費而不得不出賣色相，但九莉還在心裏辯解道，「有些事是知道得太晚了⋯⋯知道自己不對，但事實是毫無感覺」〔註87〕。張愛玲也認為自己沒錯嗎？高全之認為「多情總似無情。真的用盡感情就不必再去寫它」〔註88〕。墮胎的情節在鄺文美與張愛玲的通信中提到過。而母親為付醫藥費而出賣色相的事則沒有其他的佐證。可能是張愛玲虛構的，意在突出母親對自己的愛和付出。高全之認為，九莉在小說的最後坦白了自己對母親的內疚之情，和作者張愛玲一起對母親說：感謝母親的養育之恩和真心的關懷；也真誠地對母親說一句，抱歉，母親！〔註89〕

　　除了母女關係《小團圓》的另一個重點是九莉和邵之雍的愛情故事。這在張愛玲以前的小說中從未出現過。這是張愛玲第一次寫關於自己的愛情故事，「這是一個熱情的故事，我想表達出愛情的萬轉千回，完全幻滅了以後也還有點什麼東西在」〔註90〕（張愛玲致宋淇信一九七六年四月二十二日）。這個小說關於愛情的故事可以用宋淇的話來概括，男主角之雍是個漢奸，和他好的女人不是被休掉，就是看透了他的本性，或是迫於當時的形勢，最後都離開了他，他也不得不躲起來，說起來他也不過是一時的風光，最後連小團圓都說不上。〔註91〕（宋淇致張愛玲信一九七六年四月二十八日）。邵之雍的原型就是胡蘭成，這個愛情故事的原型就是張愛玲和胡蘭成的故事。

〔註84〕張愛玲：《小團圓》，北京十月文藝出版社，2012年版，第255～256頁。
〔註85〕參見張愛玲：《小團圓》，北京十月文藝出版社，2012年版，第283頁。
〔註86〕高全之：《懺悔與虛實》，《張愛玲學續篇》，臺北市：麥田，城邦文化出版，2014年版，第194頁。
〔註87〕張愛玲：《小團圓》，北京十月文藝出版社，2012年版，第169～170頁。
〔註88〕高全之：《懺悔與虛實》，《張愛玲學續篇》，臺北市：麥田，城邦文化出版，2014年版，第194頁。
〔註89〕參見高全之：《懺悔與虛實》，《張愛玲學續篇》，臺北市：麥田，城邦文化出版，2014年版，第195頁。
〔註90〕張愛玲：《小團圓》，北京十月文藝出版社，2012年版，第7頁。
〔註91〕參見張愛玲：《小團圓》，北京十月文藝出版社，2012年版，第8頁。

　　《小團圓》中的一些情節可在《今生今世》中找到，比如九莉爲辛巧玉畫像；巧玉過境到九莉處，並且知道了巧玉和之雍在「千里送京娘」的路上已經成就了好事；還有之雍寫信給九莉，說巧玉和自己之間恩愛之情的細節，令九莉有情書錯投之感；邵之雍還告訴九莉，住在那日本人家的主婦也跟他發生了關係；武漢的小康小姐在邵之雍臨走前和他發生了關係並一直哭泣「她有太太的，我怎麼辦呢？」。這些情節應該都是張胡之間發生過的眞實事件。另外，胡蘭成曾在他的《今生今世》中提到，張愛玲在信中寫道，自己已經不喜歡他了，而他也早就不喜歡她了，但因爲「彼惟時以小吉故，不欲增加你的困難。你不要來尋我，即或寫信來，我亦是不看的了。」〔註92〕

　　連胡蘭成也說，信裏的小吉是小劫的隱語，可見張愛玲是多麼體諒胡蘭成逃難在外的艱險和難處，「這種地方尙見是患難夫妻之情」，胡蘭成說，「她是等我災星退了，才來與我訣絕」〔註93〕。而且張愛玲還把劇本《不了情》和《太太萬歲》的稿費三十萬都給了胡蘭成。但在《小團圓》中，是邵之雍提了一箱子錢給九莉〔註94〕，這個情節可能是張愛玲添加的，藉以美化男主角。雖然邵之雍對九莉不忠，但張愛玲還是在小說的結尾處設計了：九莉在夢中夢見蔚藍的天空下，一棟木屋前，她的幾個可愛的孩子在茂密的樹林裏跑來跑去，之雍笑著拉著她……〔註95〕愛情的千回百轉之後，剩下的只是美好的回憶，傷痛已經過去。這可能是歷經滄桑之後的老年張愛玲對這段感情的眞實感受。

　　在《小團圓》中有一段楚娣包包子的情節在《我看蘇青》中也出現過，「楚娣在家裏沒事，忽然笑道；『想吃包子』……九莉笑道：『沒有餡子。』『有芝麻醬』……」〔註96〕「想到貧窮，我就想到有一次……姑姑那一向心境也不好，可是有一天突然高興，因爲我想吃包子，用現成的芝麻醬做餡，捏了四隻小小的包子……包子上面縐著，看了它，使我的心也縐了起來，一把抓似的，喉嚨裏一陣陣哽咽著……好像我還是笑著說『好吃』」〔註97〕（《我看蘇

〔註92〕胡蘭成：《今生今世》，北京：中國長安出版社，2013年版，第293頁。
〔註93〕胡蘭成：《今生今世》，北京：中國長安出版社，2013年版，第293頁。
〔註94〕參見張愛玲：《小團圓》，北京十月文藝出版社，2012年版，第161頁。
〔註95〕參見張愛玲：《小團圓》，北京十月文藝出版社，2012年版，第283頁。
〔註96〕張愛玲：《小團圓》，北京十月文藝出版社，2012年版，第129頁。
〔註97〕張愛玲：《我看蘇青》，《流言》，北京十月文藝出版社，2012年版，第244～245頁。

青》)。這段辛酸卻又溫馨的回憶表達了張愛玲對在清貧時期，仍傾力照顧和體貼她的姑姑的一片感激之情。幾十年過去了仍然難以忘懷，以此表達她對姑姑的思念之情。

另外小說中的文姬應該是以蘇青為原型創作的。裏面提到文姬和邵之雍發生關係，文姬問他「你有性病沒有？」邵答「你呢？你有沒有？」〔註 98〕這段在蘇青的《續結婚十年》中提到第 11 章〈黃昏的來客〉中「談維明」這個人物就是以胡蘭成為原型寫的，他口才極好說服了蘇青和他上了床，然後談維明問蘇青滿意嗎，蘇青沒有回答，於是他又問她，有沒有生過什麼病。〔註 99〕而在胡蘭成的《今生今世》中，也提到有一次他去蘇青家剛好碰到張愛玲也來了，張愛玲說她喜歡在很多人面前看著胡蘭成，但又覺得自己很委屈和嫉妒〔註 100〕。由此看來張愛玲的委屈和嫉妒應該是因為胡蘭成曾經和蘇青有過性關係的緣故。在《今生今世》中，張愛玲對胡蘭成說，「蘇青的美是一個『俊』字，有人說她世俗，其實她俊俏……」〔註 101〕在《小團圓》中，「文姬……不修邊幅，……身材趨向矮胖，旗袍上罩件臃腫的咖啡色絨線衫」。《小團圓》中的描寫顯然比《今生今世》較為負面。而在《我看蘇青》中張愛玲對蘇青滿是溢美之詞，可能出於一種現實的考量，因為她的作品要在蘇青所辦的雜誌上發表。也許在晚年張愛玲才肯真實的面對自己當年的真實感受，表達對蘇青的不滿。

還有以柯靈為原型的荀樺，荀樺有妻子還有兩個同居女友以及一大群孩子，更重要的是他在電車「忽然用膝蓋夾緊了她兩隻腿」〔註 102〕，九莉憤而想到「漢奸妻，人人可戲」〔註 103〕。這段情節是否屬實呢？柯靈在《遙寄張愛玲》中提到他被日本憲兵隊逮捕張愛玲幫忙營救一事，「一九四四年六月和一九四五年六月，我兩次被日本滬南憲兵隊所捕。……我被釋放時，恰像剛從死亡線上脫險……回到家裏，又看到張愛玲的留言，知道她在我

〔註 98〕　參見張愛玲：《小團圓》，北京十月文藝出版社，2012 年版，第 193～194 頁。
〔註 99〕　參見蔡登山：《張愛玲『上海十年』(1943～1952) 與其他作家交往初探》，林幸謙，《張愛玲——傳奇·性別·系譜》，聯經出版事業股份有限公司，2012 年版，第 586 頁。
〔註 100〕參見胡蘭成：《民國女子》，《今生今世》，中國長安出版社，2012 年版，第 159 頁。
〔註 101〕胡蘭成：《民國女子》，《今生今世》，中國長安出版社，2012 年版，第 158 頁。
〔註 102〕張愛玲：《小團圓》，北京十月文藝出版社，2012 年版，第 213 頁。
〔註 103〕張愛玲：《小團圓》，北京十月文藝出版社，2012 年版，第 213 頁。

受難時曾來存問……」〔註104〕，而在胡蘭成的《今生今世》裏也有提到這一事，有個朋友有一次被日本人捉去，而他曾經幫助張愛玲將《傾城之戀》改編成舞臺劇並上演，所以胡蘭成陪她一起去他家裏探望，之後胡蘭成還幫忙釋放了他。〔註105〕

在《小團圓》裏張愛玲也曾提到這一情節。而柯靈則說自己雖然和張愛玲來往並不多，可是彼此的感情還是不錯的，沒有任何矛盾。〔註106〕張愛玲想把《傾城之戀》改編成一齣舞臺劇，她曾經找柯靈幫忙，柯靈積極地提出寶貴的修改意見並且爲舞臺劇上演而奔波〔註107〕。爲了感謝柯靈的幫助和支持張愛玲還送了「一段寶藍色的綢袍料」〔註108〕給他。可見兩人的關係是非常融洽的。爲什麼張愛玲在《小團圓》中把柯靈描寫得如此不堪呢？據高全之的估計，可能是因爲柯靈的那篇《遙寄張愛玲》中不實的描寫得罪了張愛玲〔註109〕，故她以此來表達自己對柯靈失實描寫的不滿。

另外，《小團圓》中的燕山應該是以桑弧爲原型的。在龔之方的《離滬之前》提到張愛玲和桑弧的戀情，張愛玲當時爲文華公司寫電影劇本《不了情》，桑弧是導演，兩人經常因爲劇本的事情碰面商討。後來兩人又合作了第二部電影《太太萬歲》，兩人的接觸就更多了。桑弧年輕，人又老實忠厚，又有電影方面的才華，很多人認爲他們是天生的一對。當年桑弧與張愛玲的情事，一度充斥上海各大小報。〔註110〕龔之方有一次「婉轉地向她提過此類的想法，她的回答不是語言，只對我搖頭、再搖頭，意思是叫我不要再說下去了。」〔註111〕所以龔之

〔註104〕柯靈：《偌大的文壇，哪個階段都安放不下她》，季季、關鴻，《永遠的張愛玲——弟弟、丈夫、親友筆下的傳奇》，學林出版社，1996年版，第197頁。

〔註105〕參見胡蘭成：《今生今世》，北京：中國長安出版社，2013年版，第159頁。

〔註106〕參見柯靈：《偌大的文壇，哪個階段都安放不下她》，《永遠的張愛玲——弟弟、丈夫、親友筆下的傳奇》，學林出版社，1996年版，第196頁。

〔註107〕參見柯靈：《偌大的文壇，哪個階段都安放不下她》，《永遠的張愛玲——弟弟、丈夫、親友筆下的傳奇》，學林出版社，1996年版，第196頁。

〔註108〕柯靈：《偌大的文壇，哪個階段都安放不下她》，《永遠的張愛玲——弟弟、丈夫、親友筆下的傳奇》，學林出版社，1996年版，第196頁。

〔註109〕參見高全之：《張愛玲學續篇》，《懺悔與虛實》臺北市：麥田，城邦文化出版，2014年版，第184頁。

〔註110〕參見蔡登山：《張愛玲『上海十年』（1943～1952）與其他作家交往初探》，林幸謙，《張愛玲——傳奇‧性別‧譜系》，聯經出版事業股份有限公司，2012年版，第594頁。

〔註111〕龔之方：《離滬之前》，季季、關鴻，《永遠的張愛玲——弟弟、丈夫、親友筆下的傳奇》，學林出版社，1996年版，第189～190頁。

方認為，「所有關於張愛玲與桑弧談戀愛的事，都是沒有事實根據的。」〔註112〕而桑弧在生前受訪時則說「因為幾十年沒通音信了，我很難發表意見，我不準備談。」〔註113〕。一九五〇年三月張愛玲發表了《十八春》，桑弧用「叔紅」的筆名寫了一篇《推薦梁京的小說》，讚揚這部小說比她以前的小說更疏朗醇厚，有可喜的進步〔註114〕。而張愛玲在《小團圓》中也借九莉之口說她從未後悔過和燕山在一起，還好那時候有他的陪伴。〔註115〕。高全之認為，這說明張愛玲覺得桑弧對他們之間的感情事一直保持沉默，表現了他為人厚道的一面。〔註116〕至於張愛玲和桑弧之間是否真的有戀情似乎已經不重要，至少我們知道張愛玲在《小團圓》中對桑弧的評價比胡蘭成好得多。

除了三部自傳體小說具有極強的真實性之外，張愛玲的其他小說也是如此。張愛玲認為，寫小說最重要的是「要對所寫的事物有了真感情，然後才下筆寫」〔註117〕。她對殷允茹說，在寫《秧歌》前，她曾在鄉下住了三四個月，那時是冬天。寫作的時候十分擔心，要是故事的情節延續到了春天，她該怎麼處理呢？〔註118〕而《秧歌》的故事，在冬天就結束了。可見她極為重視寫作素材的真實性和對生活的真實感受。

據高克毅《請張愛玲寫廣播劇》一文中瞭解到，一九六四年張愛玲曾居住在華盛頓。張愛玲的兩部英文小說《秧歌》和《赤地之戀》由麥卡錫主持的「美國新聞處」出版後，麥卡錫將要被政府調回美國任職「美國之音」，於是就介紹張愛玲去高克毅那裡做「散工」，編撰幾部廣播劇。其中有陳紀

〔註112〕 龔之方：《離滬之前》，季季、關鴻，《永遠的張愛玲——弟弟、丈夫、親友筆下的傳奇》，學林出版社，1996 年版，第 189～190 頁。

〔註113〕 參見蔡登山：《張愛玲『上海十年』（1943～1952）與其他作家交往初探》，林幸謙，《張愛玲——傳奇·性別·譜系》，聯經出版事業股份有限公司，2012年版，第 594 頁。

〔註114〕 參見蔡登山：《張愛玲『上海十年』（1943～1952）與其他作家交往初探》，林幸謙，《張愛玲——傳奇·性別·譜系》，聯經出版事業股份有限公司，2012年版，第 594～595 頁。

〔註115〕 參見張愛玲：《小團圓》，北京十月文藝出版社，2012.6，第 282 頁。

〔註116〕 參見高全之：《張愛玲學續篇》，《懺悔與虛實》臺北市：麥田，城邦文化出版，2014 年版，第 185 頁。

〔註117〕 殷允芃：《生命有它的圖案，我們唯有臨摩》，《永遠的張愛玲——弟弟、丈夫、親友筆下的傳奇》，學林出版社，1996 年版，第 328 頁。

〔註118〕 參見殷允芃：《生命有它的圖案，我們唯有臨摩》，《永遠的張愛玲——弟弟、丈夫、親友筆下的傳奇》，學林出版社，1996 年版，第 329 頁。

澄的《荻村傳》改編爲若干半小時的廣播節目；改編蘇聯作家索爾仁尼琴
（Alexander Solzhenitsyn）的成名作：《伊凡生命中的一天》；和索爾仁尼琴
的另一部小說《瑪曲昂娜的家》編成一個劇本播出。高克毅回憶了第一次見
到張愛玲時的印象「果然是一位害羞、內向的女作家，她不肯涉足我們的辦
公室。我接到外邊接待處的電話，出來迎迓，只見一位身段苗條、穿著黑色
（也許是墨綠）西洋時裝的中年女士，在外廳徘徊，一面東張西望，觀看四
壁的圖畫。」〔註119〕讓高克毅沒有想到的是，張愛玲居然是他太太梅卿在
上海聖馬利的中學同學。夫婦倆想請張愛玲吃飯聚一聚，但被張愛玲「委婉
而肯定地推辭掉」〔註120〕。後來，高克毅爲了談稿子的事，去到張愛玲的
住處附近，想拜訪張愛玲夫婦，以爲可以「瞻仰一下那位老作家的風采」〔註
121〕，但卻被張愛玲告知賴雅「臥病在床，不能會客」〔註122〕。這位高克毅
據宋以朗推測就是《同學少年都不賤》中的司徒華，張愛玲曾在給宋淇的信
中提到他，「Stephen（宋淇）一再說過海上花登在 Renditions（譯叢）上的事，
我因爲有點苦衷，以前喬志高（即高克毅）對我那麼陰毒，而不是沒人知道，
我後來見到老同學張秀愛——費太太，她丈夫不知道還是 A.I.D Director（美
國國籍開發署主任）——也聽見她說他到處替我反宣傳。我雖然自己不中
用，做不到恩怨分明，再去替他編的雜誌寫稿，也覺得太鏟頭了，所以總想
拖到有一天編輯換人之後」〔註123〕。高克毅是宋淇的好友，宋淇與高克毅
爲香港中文大學創了《譯叢》，宋淇想連載張愛玲的《海上花》英譯稿，但
被張愛玲一拖再拖，最後說出了自己的苦衷。另外在給宋淇的信中，還提到
有一次美國人叫張愛玲聽中文話劇錄音帶並提出意見時，喬治高在隔壁竊
聽；並且在大年三十晚上告訴張愛玲歇生意；還到處說她的壞話。這一情節
被張愛玲移到了《同》中，司徒華是趙珏的上司，當科長和趙談話時，司徒

〔註119〕高克毅：《請張愛玲寫廣播劇》，季季、關鴻，《永遠的張愛玲——弟弟、丈夫、
　　　　親友筆下的傳奇》，學林出版社，1996 年版，第 374 頁。
〔註120〕高克毅：《請張愛玲寫廣播劇》，季季、關鴻，《永遠的張愛玲——弟弟、丈夫、
　　　　親友筆下的傳奇》，學林出版社，1996 年版，第 374 頁。
〔註121〕高克毅：《請張愛玲寫廣播劇》，季季、關鴻，《永遠的張愛玲——弟弟、丈夫、
　　　　親友筆下的傳奇》，學林出版社，1996 年版，第 374 頁。
〔註122〕高克毅：《請張愛玲寫廣播劇》，季季、關鴻，《永遠的張愛玲——弟弟、丈夫、
　　　　親友筆下的傳奇》，學林出版社，1996 年版，第 374 頁。
〔註123〕宋以朗：《同學少年都不賤解密》，《宋淇傳奇》，牛津大學出版社，2014 年版，
　　　　第 323 頁。

一直在隔壁偷聽，並且年三十晚打電話告訴趙珏已有韓語翻譯了，觸趙珏的黴頭。所以，張愛玲很善於將自己親身經歷的事情化為小說的情節。而據宋以朗的推測，張秀愛可能是恩娟的原型，因為在萬燕的《算命者的語言》一文中，據張愛玲的中學同學顧淑琪回憶，張愛玲「和低一班的張秀愛玩得很好，什麼都對她說，張愛玲只有同她一起才會講話會笑」〔註124〕。而據張愛玲信中提到張秀愛後來到了美國，嫁得很好，似乎有恩娟的影子。而據宋以朗分析，「恩」和「愛」恰巧是一對，而「娟」和「秀」又都有美麗的意思。從以上分析看來似乎張秀愛就是恩娟的原型，而高克毅就是司徒華的原型。

　　而《十八春》的故事也是有來歷的。據張愛玲的姑父李開弟說，「在寫作上，姑姑蠻鼓勵她的，其實她的很多小說也是姑姑說給她聽的。別人聽故事會忘掉，但愛玲會化出來，而且和真人真事完全不搭介。否則就是模仿了嘛。像《十八春》，故事我最熟了。」〔註125〕正如鄺文美在《我所認識的張愛玲》一文中所說，雖然張愛玲的人生經驗不算豐富，但是憑她驚人的觀察力和悟性，她很懂得如何直接或間接地在日常生活中獲得她寫作時需要的材料。〔註126〕所以張愛玲的小說創作「永遠多姿多彩，一寸一寸都是活的」〔註127〕。張愛玲在離開香港去美國的船上，曾寫信給鄺文美說道，「昨天到神戶，我本來不想上岸的，後來想說不定將來又會需要寫日本作背景的小說或戲，我又那麼拘泥，沒親眼看見的，寫到就心虛，還是去看看。」〔註128〕張愛玲凡事都喜歡有親身體會，這樣在寫作的時候才會更加真實感人。她在《談看書》中說，自己對創作是非常苛求的，尤其對原材料非常喜愛，因為酷愛其獨有的一種人生味。〔註129〕

〔註124〕萬燕：《生命有它的圖案：評張愛玲的漫畫》，林幸謙，《張愛玲——傳奇·性別·譜系》，聯經出版事業股份有限公司，2012年版，第763頁。
〔註125〕陳怡真：《到底是上海人》，季季、關鴻，《永遠的張愛玲——弟弟、丈夫、親友筆下的傳奇》，學林出版社，1996年版，第171頁。
〔註126〕參見張愛玲、宋淇、鄺文美著：宋以朗主編，《張愛玲私語錄》，皇冠出版社（香港）有限公司，2010年版，第14頁。
〔註127〕參見張愛玲、宋淇、鄺文美著：宋以朗主編，《張愛玲私語錄》，皇冠出版社（香港）有限公司，2010年版，第14頁。
〔註128〕參見張愛玲、宋淇、鄺文美著：宋以朗主編，《張愛玲私語錄》，皇冠出版社（香港）有限公司，2010年版，第143頁。
〔註129〕參見張愛玲：《談看書》，《重訪邊城》，北京十月文藝出版社，2012年版，第60頁。

第三節　情節模式的變異

一、妥協、情愛與日常生活

　　張愛玲是清末貴族的後代，所以她對於遺老遺少們頹廢腐朽的生活有著最切身的體會，好像魯迅所言，不是同一階級的人是不可能深知那其中的緣由，一定要加以襲擊，並且撕掉他們的面具，那麼肯定比那些不熟悉其中情況的人所施加的力量更爲強大有力。〔註 130〕在她的《傳奇》中，隨處可見的是各種病態頹廢墮落的男男女女們，張愛玲用自己的一支筆寫出了這些人背後眞切的日常生活細節，男女情愛婚姻的瑣瑣碎碎，以及腐朽沒落的封建文化背景，毫無疑問，她精準地把握了這些小人物們在現實生活中的妥協、頹喪和沒落的特點。

　　張愛玲曾這樣說，「我發現弄文學的人向來是重視人生飛揚的一面，而忽視人生安穩的一面。其實，後者正是前者的底子。」〔註 131〕因爲在這個動盪的時代下，極端的病態和覺悟的人畢竟是很少的，小市民們不是那麼容易就能大徹大悟的〔註 132〕。在張愛玲前期小說作品中，故事裏的小人物們對現實生活充滿了無奈的妥協，她要告訴我們的是，顯然人根本無法掌控自己的命運〔註 133〕。在《傳奇》中，沒有人可以戰勝命運，實現自己的理想，人的自信和努力只會遭受到現實最殘酷的打擊。〔註 134〕《心經》的女主角許小寒開始很驕傲和自信，以爲自己可以掌控和父親之間的感情，她自負地將愛她的龔海立玩弄於股掌之間，但現實卻是父親離她而去，小寒控制不了環境，甚至做不了自己的主人。葛薇龍在進入姑媽淫靡混亂的世界之前，曾抱有出污泥而不染的決心。但實際卻是她慢慢地發現理想和現實之間存在的巨大差距，最終不得不向現實低頭和妥協，嫁給花花公子喬琪喬，實際淪爲高級妓女的下場。面對殘酷的現實，人們唯有節節敗退，除了向現實低頭妥協之外別無它法。所以張愛玲也無奈地說，「生命是殘酷的。看到我們縮小又縮小的，怯怯的願望，我總覺得有無限的慘傷」〔註 135〕。而她筆下的這些人物都是些

〔註 130〕參見余斌：《張愛玲傳》，海南出版社，1993 年版，第 109 頁。
〔註 131〕張愛玲：《自己的文章》，《流言》，北京十月文藝出版社，2012 年版，第 91 頁。
〔註 132〕參見張愛玲：《自己的文章》，《流言》，北京十月文藝出版社，2012 年版，第 92 頁。
〔註 133〕參見余斌：《張愛玲傳》，海南出版社，1993 年版，第 112 頁。
〔註 134〕參見余斌：《張愛玲傳》，海南出版社，1993 年版，第 112 頁。
〔註 135〕張愛玲：《自己的文章》，《流言》，北京十月文藝出版社，2012 年版，第 248 頁。

軟弱現實的普通人，他們不是英雄，但是他們卻比英雄更可以代表這個時代的總量〔註 136〕。張愛玲的前期作品採用的是「參差的對照的寫法」寫盡了淪陷區人們對現實生活的妥協、他們的情愛、日常生活的點點滴滴，寫出了現代人「虛偽之中有眞實，浮華之中有素樸」〔註 137〕。

　　在上海淪陷期間，張愛玲對戰爭、對亂世已有了許多切身的體會，「這是亂世，我想到許多人的命運，連我在內的；有一種鬱鬱蒼蒼的身世之感。……將來的平安，來到的時候已經不是我們的了，我們只能就近求得自己平安。」〔註 138〕其實早在一九四一年日本人攻陷香港，正在香港大學的張愛玲已經嘗到了戰爭的殘酷與恐懼滋味。她在《燼餘錄》中說，「香港之戰予我的印象幾乎完全限於一些不相干的事。」〔註 139〕在當時面臨國家民族存亡的時刻，許多作家關心的是國家民族的大事，而張愛玲則醉心於普通小市民的日常生活瑣事，是對在動盪的大時代下個人命運的一種探究。所以張愛玲前期小說創作的情節模式大多是妥協、情愛和日常生活。而我們只要「把張愛玲對中國生活的獨特觀察和表述，歸因於淪陷區那種遠離了國家政治和民族意義的特殊意識形態背景」〔註 140〕，就能理解張愛玲爲何會以小市民對現實生活的妥協、男女之間的情愛、以及日常生活爲特徵的情節模式來書寫亂世中的人生。

　　《花凋》中的川嫦是家中最小的女兒卻不得父母的寵愛，在家中受盡委屈。好容易等到姐姐們出嫁了，她才突然漂亮起來。她想等爹有錢送她讀大學，再從容找個合適的人。但是她爹「非得有很多的錢，多得滿了出來，才肯花在女兒的學費上」〔註 141〕。沒有辦法上大學，川嫦就寄希望於嫁人。後來終於結識了維也納回來的醫生章雲藩，雖然她對他最初的印象是「純粹消

〔註 136〕參見張愛玲：《自己的文章》，《流言》，北京十月文藝出版社，2012 年版，第
　　　　　93 頁。
〔註 137〕張愛玲：《自己的文章》，《流言》，北京十月文藝出版社，2012 年版，第 94
　　　　　頁。
〔註 138〕張愛玲：《我看蘇青》，《流言》，北京十月文藝出版社，2012 年版，第 252 頁。
〔註 139〕張愛玲：《燼餘錄》，《流言》，北京十月文藝出版社，2012 年版，第 48 頁。
〔註 140〕孟悅：《中國文學的『現代性』與張愛玲》，王曉明主編，《批評空間的開創》
　　　　　（上海：東方出版中心，1998 年版），第 352～353 頁，董麗敏，《『性別化』
　　　　　張愛玲：一種文化政治的解讀》，林幸謙，《傳奇‧性別‧系譜》，聯經出版事
　　　　　業有限公司，2012 年版，第 202 頁。
〔註 141〕張愛玲：《花凋》，《紅玫瑰與白玫瑰》，北京十月文藝出版社，2012 年版，第
　　　　　20 頁。

極」的，但因爲「他是她眼前的第一個有可能性的男人」〔註142〕，所以她妥協地愛上了他。但是不久川嫦就患上了肺癆，她沒有絲毫和病魔鬥爭的勇氣，甚至連想抓住這個世界的一絲想法都沒有。她拿著最後的一點錢想買安眠藥自殺，可是安眠藥也漲價了。

父母和戀人對她的病也是淡淡然，漠不關心。父母捨不得拿出錢來給她治病，她的父親鄭先生說，「我花錢可得花個高興，苦著臉子花在醫藥上，夠多冤！」鄭夫人也捨不得拿錢出來，因爲「若是自己拿錢給她買，那是證實了自己有私房錢存著」〔註143〕。夫婦倆居然希望女兒的未婚夫章雲藩承擔所有醫療費。最後連章雲藩也有了新的女友。川嫦覺得自己「是個拖累。對於整個世界，她是個拖累」。〔註144〕她對病魔妥協了，沒有一絲抗爭的意識，「碩大無朋的自身和著腐爛而美麗的世界，兩個屍首背對背拴在一起，你墜著我，我墜著你，往下沉」。〔註145〕她就這樣死去了，她的死是一種「不經戰鬥的投降」〔註146〕。川嫦短暫的一生就是不斷向現實生活低頭妥協的人生。

川嫦的父親「鄭先生是連演四十年的一齣鬧劇，他夫人則是一齣冗長單調的悲劇」〔註147〕。她對丈夫很灰心，他不負責任，讓她生很多的孩子，不講衛生，她辛辛苦苦攢下的錢也被丈夫哄騙光了。她唯有把全部的精力都集中在選女婿上，那是「她死灰的生命中的一星微紅的炭火」〔註148〕。雖然她對丈夫很失望，但是她是一個好婦人，「既沒有這膽子，又沒有機會在其他方面取得滿足」〔註149〕，她對現實生活的妥協方式就是不停地爲女兒們找女婿，

〔註142〕張愛玲：《花凋》，《紅玫瑰與白玫瑰》，北京十月文藝出版社，2012年版，第21頁。

〔註143〕張愛玲：《花凋》，《紅玫瑰與白玫瑰》，北京十月文藝出版社，2012年版，第32頁。

〔註144〕張愛玲：《花凋》，《紅玫瑰與白玫瑰》，北京十月文藝出版社，2012年版，第33頁。

〔註145〕張愛玲：《花凋》，《紅玫瑰與白玫瑰》，北京十月文藝出版社，2012年版，第33頁。

〔註146〕傅雷：《論張愛玲的小說》，季季、關鴻，《永遠的張愛玲——弟弟、丈夫、親友筆下的傳奇》，學林出版社，1996年版，第150頁。

〔註147〕張愛玲：《花凋》，《紅玫瑰與白玫瑰》，北京十月文藝出版社，2012年版，第18頁。

〔註148〕張愛玲：《花凋》，《紅玫瑰與白玫瑰》，北京十月文藝出版社，2012年版，第20頁。

〔註149〕張愛玲：《花凋》，《紅玫瑰與白玫瑰》，北京十月文藝出版社，2012年版，第20頁。

以此來慰藉自己空虛痛苦的心靈。

　　還有《金鎖記》中在舊式封建家族里長大的女子長安，在她的一生中有過兩次快樂的記憶，一次是她去學校念書，學校的生活很愉快，不到半年「臉色也紅潤了，胳膊腿腕也粗了一圈」〔註150〕，但因為丟了一條褥單，母親七巧暴跳如雷要去學校興師問罪，為了不在老師同學面前丟臉，長安決定放棄她所喜歡的學校生涯。她覺得「她這犧牲是一個美麗的，蒼涼的手勢」。〔註151〕從此以後她放棄了一切上進的思想。「她學會了挑是非，使小壞，干涉家裏的行政」〔註152〕，她變成了另一個七巧，「再年輕些也不過是一棵較嫩的雪裏紅——鹽醃過的」〔註153〕。另一次是她和童世舫短暫的戀愛，這是她唯一的可能脫離舊家庭獲得新生的機會。但這兩次快樂的經歷都被母親七巧用卑鄙的手段斷送了。而長安卻沒有任何反抗和爭取的意識。這兩次難得的獲取幸福生活的機會都被她用「一個美麗而蒼涼的手勢」自願放棄了。讓人感覺很無奈，充滿了惆悵和蒼涼的滋味。長安就這樣對現實低了頭，但除了妥協或許也確實沒有其他辦法。

　　此外，還有男女情愛的情節模式，如《紅玫瑰與白玫瑰》講到好人佟振保和他生命中兩個女人，紅玫瑰和白玫瑰的故事。佟振保熱烈地愛著熱情的紅玫瑰嬌蕊，被她的性感火辣所吸引，因為「他喜歡的是熱的女人，放浪一點的，娶不得的女人」〔註154〕。振保被嬌蕊的肉體所誘惑，他為自己找和她睡覺的理由，「男人憧憬著一個女人的身體的時候，就關心到她的靈魂……唯有佔領了她的身體之後，他才能夠忘記她的靈魂……」〔註155〕。但是嬌蕊真的愛上了他，傻傻地坐在他的大衣旁，癡心地聞著衣服上他香煙的味道。振

〔註150〕張愛玲：《金鎖記》，《傾城之戀》，北京十月文藝出版社，2012年版，第242頁。
〔註151〕張愛玲：《金鎖記》，《傾城之戀》，北京十月文藝出版社，2012年版，第243頁。
〔註152〕張愛玲：《金鎖記》，《傾城之戀》，北京十月文藝出版社，2012年版，第244頁。
〔註153〕張愛玲：《金鎖記》，《傾城之戀》，北京十月文藝出版社，2012年版，第244頁。
〔註154〕張愛玲：《紅玫瑰與白玫瑰》，摘自《紅玫瑰與白玫瑰》，北京十月文藝出版社，2012年版，第58頁。
〔註155〕張愛玲：《紅玫瑰與白玫瑰》，摘自《紅玫瑰與白玫瑰》，北京十月文藝出版社，2012年版，第67頁。

保被這「嬰孩的頭腦與成熟的婦人美」〔註156〕征服了。兩人終於在一起了，「兩個人，也有身體，也有心」〔註157〕。但是當嬌蕊告訴他決定離婚時，振保突然懷疑自己做了傻瓜，入了嬌蕊的圈套，他擔心會因此毀了自己的前途。於是他以鋼鐵一般的意志堅決地捨棄了嬌蕊，娶了母親託人介紹的門當戶對的清白女子孟煙鸝。

煙鸝「給人第一個印象是籠統的白……細高身量，一直線下去，僅在有無間的一點波折是在那幼小的乳的尖端……很少說話，連頭都很少抬起來」〔註158〕。煙鸝不喜歡「最好的戶內運動」〔註159〕，而振保對她的身體也很快失去了興趣，他開始嫖娼。到後來煙鸝和他的母親也相處得不和睦，連母親也氣得搬走了。振保對婚姻徹底地絕望了。煙鸝得不到丈夫的愛和關心，得了便秘症，每天在浴室裏坐上幾個鐘頭「她低頭看著自己雪白的肚子，白皚皚的一片，時而鼓起來些，時而瘪進去，肚臍的式樣也改變……」〔註160〕，這甚至成了她逃避現實生活的藉口，以至於和裁縫偷情。而對於現實生活喪失了信心的振保則「常常喝酒，在外面公開地玩女人」〔註161〕。

為了振保和丈夫離婚的紅玫瑰嬌蕊則改嫁他人並生了孩子，她「比以前胖了……很憔悴，還打扮著，塗著脂粉」〔註162〕，雖然為愛吃了苦頭，但還是要往前走，「碰到什麼就是什麼」〔註163〕。振保重見自己曾經熱烈愛過的紅玫瑰，內心充滿了難堪的妒忌和痛苦，他的眼淚滔滔流下來。面對無愛的婚姻和現實生活，「他砸不掉他自造的家，他的妻，他的女兒，至少他可以砸掉

〔註156〕張愛玲：《紅玫瑰與白玫瑰》，摘自《紅玫瑰與白玫瑰》，北京十月文藝出版社，2012年版，第70頁。

〔註157〕張愛玲：《紅玫瑰與白玫瑰》，摘自《紅玫瑰與白玫瑰》，北京十月文藝出版社，2012年版，第70頁。

〔註158〕張愛玲：《紅玫瑰與白玫瑰》，摘自《紅玫瑰與白玫瑰》，北京十月文藝出版社，2012年版，第81頁。

〔註159〕張愛玲：《紅玫瑰與白玫瑰》，摘自《紅玫瑰與白玫瑰》，北京十月文藝出版社，2012年版，第82頁。

〔註160〕張愛玲：《紅玫瑰與白玫瑰》，《紅玫瑰與白玫瑰》，北京十月文藝出版社，2012年版，第89頁。

〔註161〕張愛玲：《紅玫瑰與白玫瑰》，《紅玫瑰與白玫瑰》，北京十月文藝出版社，2012年版，第93頁。

〔註162〕張愛玲：《紅玫瑰與白玫瑰》，《紅玫瑰與白玫瑰》，北京十月文藝出版社，2012年版，第84頁。

〔註163〕張愛玲：《紅玫瑰與白玫瑰》，《紅玫瑰與白玫瑰》，北京十月文藝出版社，2012年版，第85頁。

他自己」〔註 164〕，但無論怎樣痛苦和不如意，生活還是要依舊地過下去，「第二天，振保改過自新，又變了個好人」〔註 165〕。每個人，振保，紅玫瑰，白玫瑰無論怎樣在情愛中痛苦掙扎，最後都要無奈地向現實生活妥協，沒有別的出路。

　　《留情》則詳細地講述了敦鳳和米先生一天的日常生活，他們去敦鳳舅母家所經歷的事情。敦鳳念念不忘自己的前夫，絮絮叨叨地講述和前夫的生活經歷，算命、他的舊皮袍、他那眉清目秀的臉和笑起來壞壞的樣子。敦鳳才 36 歲，嫁給了 59 歲的米先生，她嫉恨米先生還惦記著病中的老妻，說自己完全是為了生計才嫁給米先生，「我為了自己，也得當心他呀，衣裳穿、脫、吃東西……總想把他喂得好好的，多活兩年就好了」〔註 166〕。米先生雖然和老妻過得不那麼快樂，但年輕時共同度過的歲月還是時時觸動他的內心，然而娶敦鳳，他卻是事先計劃好要娶一個年輕美貌的妻子來彌補以前不順心的日子。敦鳳毫無忌諱地在米先生面前「說他還有十二年的陽壽」〔註 167〕，並覺得彷彿是「意外之喜」，令米先生覺得「身上一陣寒冷」〔註 168〕。敦鳳為了生計，而米先生是為了彌補以前婚姻的不如意，兩人各懷著私心結為夫婦，但是現實卻讓他們並不能如意，兩人不得不向現實生活低頭妥協。

　　而敦鳳舅母的媳婦楊太太和丈夫關係也不和睦，於是她「被鼓勵成了活潑的主婦」〔註 169〕，每天有許多男人圍著她打麻將、送花、送糖，互相調情，男人述說自己的太太怎樣的不講理，以前連米先生也是其中的一員。麻將桌成了楊太太對現實生活妥協的唯一方式，她妒忌敦鳳富貴安穩的生活，卻自我安慰「桃花運還沒走完呢」〔註 170〕。舅母楊老太太因家道中落羨慕敦鳳嫁

〔註 164〕 張愛玲：《紅玫瑰與白玫瑰》，《紅玫瑰與白玫瑰》，北京十月文藝出版社，2012年版，第 94 頁。

〔註 165〕 張愛玲：《紅玫瑰與白玫瑰》，《紅玫瑰與白玫瑰》，北京十月文藝出版社，2012年版，第 95 頁。

〔註 166〕 張愛玲：《留情》，《紅玫瑰與白玫瑰》，北京十月文藝出版社，2012年版，第 164 頁。

〔註 167〕 張愛玲：《留情》，《紅玫瑰與白玫瑰》，北京十月文藝出版社，2012年版，第 159 頁。

〔註 168〕 張愛玲：《留情》，《紅玫瑰與白玫瑰》，北京十月文藝出版社，2012年版，第 159 頁。

〔註 169〕 張愛玲：《留情》，《紅玫瑰與白玫瑰》，北京十月文藝出版社，2012年版，第 155 頁。

〔註 170〕 張愛玲：《留情》，《紅玫瑰與白玫瑰》，北京十月文藝出版社，2012年版，第 166 頁。

給米先生而過上的富裕生活，一面感歎自己「拖著這一大家子人，媳婦不守婦道，把兒子嘔的也不大來家了」〔註171〕。她對敦鳳和米先生的夫妻生活也表現出極大的興趣，絮絮叨叨的家長里短、吃栗子、買烘山芋、洗熱水澡、把家裏的古董字畫讓米先生估價準備變賣，這也是楊老太太對現實生活的一種無奈的妥協吧！在這個故事裏，每個人都活得不如意，都不得不對現實生活低頭和妥協。米先生和敦鳳之間沒有愛情，有的只是各自的牽掛和對現實的考慮，正所謂在這世界上所有的感情無不是千瘡百孔的。

在《等》中，講述了坐在推拿醫生龐松齡的診所裏等待推拿的女太太們乏味的一天。裏面有「瘦得厲害，駝著背編結絨線衫……兩盞光明嬉笑的大眼睛像人家樓上的燈，與路人完全不相干」〔註172〕的庸俗的龐太太，因爲沒有好衣裳找不到對象「杏眼含嗔」〔註173〕的女兒阿芳；被丈夫拋棄的奚太太，不停地埋怨政府因爲戰爭緣故人口損失太多，而獎勵生育讓政府官員討姨太太的社會現實，她唯有不停地安慰自己，希望將來見到丈夫，他會覺得愧疚；童太太，嚴守婦道勤勉侍奉公婆，在家裏承擔起所有家務，在丈夫有難時全力營救，卻仍得不到丈夫和家人的尊重和愛護，所感覺到的「只是手指骨上一節節奇酸的凍疼」〔註174〕；還有長得醜的包太太……她們的生活百般不如意，每個人都在絮絮叨叨地述說自己的不幸，但是什麼也不能改變，只有生命無謂的浪費。她們對現實唯有妥協，唯有等待，一天一天就這樣讓「生命自顧自走過去了」〔註175〕。

《桂花蒸 阿小悲秋》講述的是蘇州阿媽阿小繁忙的一天，她忙著幫主人哥兒達先生，煮咖啡、洗衣、煮飯，幫他接聽各種女人的電話。雖然哥兒達對她很小氣也很刻薄，但善良的阿小卻總是對他有種「母性的衛護，堅決而厲害〔註176〕」，還用自己的戶口麵粉幫她的主人做雞蛋餅。除了辛苦的勞作，阿小還要

〔註171〕張愛玲：《留情》，《紅玫瑰與白玫瑰》，北京十月文藝出版社，2012年版，第161頁。

〔註172〕張愛玲：《等》，《紅玫瑰與白玫瑰》，北京十月文藝出版社，2012年版，第137～148頁。

〔註173〕張愛玲：《等》，《紅玫瑰與白玫瑰》，北京十月文藝出版社，2012年版，第137頁。

〔註174〕張愛玲：《等》，《紅玫瑰與白玫瑰》，北京十月文藝出版社，2012年版，第144頁。

〔註175〕張愛玲：《等》，《紅玫瑰與白玫瑰》，北京十月文藝出版社，2012年版，第149頁。

〔註176〕張愛玲：《桂花蒸　阿小悲秋》，《紅玫瑰與白玫瑰》，北京十月文藝出版社，2012年版，第130頁。

照顧兒子百順，雖然生活貧窮，卻總想著讓兒子讀書上進。沒有正式拜過堂的做裁縫的男人無法養活阿小，甚至還要阿小資助他。這也讓阿小羨慕可以拜堂成親的阿媽秀琴，可以要挾婆家給她訂做純金戒指。貧困的阿媽們喋喋不休的家長里短、樓上的新婚夫婦富有卻爭吵打架，而阿小也有自己的許多煩惱，卻看不得樓下「地下一地的菱角花生殼，柿子核與皮」，勤勞的阿小想著，「天下就有這麼些人會作髒！好在不是在她的範圍內」〔註177〕。這就是勤勞的蘇州阿媽阿小日常生活一天的實錄，瑣碎卻又真實，令人心酸而又無可奈何！

　　毫無疑問，現實人生是殘酷無情的，而人性的真相也是極其恐怖的。人們沒有勇氣面對這可怕的場景，即使偶然一瞥看見這人性的真相，也不願停留在此，於是人們唯有埋首於現實瑣事中，才能暫時忘記生命的恐怖〔註178〕。這正是張愛玲的看法，人生就是一個悲劇，唯有在豐盛的物質生活中才能找到一些安慰。葛薇龍和喬琪喬在灣仔市場逛街，想想自己的人生，她瞬間感覺到無邊的恐懼，唯有眼前這些瑣碎的小東西可以讓她畏縮不寧的心得到暫時的安慰。阿小每天忙忙碌碌地辛苦勞作著，在某一瞬間她突然朦朧地感覺到一陣恐怖和悲哀，因為她平常的生活總是被不停的勞碌奔波所充滿著，現在她清閒下來，有時間思想了，立刻感覺到無盡的空虛和荒涼，她此時要面對人生的殘酷和重壓……不行，她要把孩子領回來，要立刻開始忙碌起來，要立刻回到日常生活習慣的軌道上，才會有安全感。封鎖中的電車上，人們突然脫離了日常的生活軌道，一時無事可做，於是看報的看報，沒有報的看發票，看章程，看名片，甚至看街招，他們不想讓自己的腦子有空餘的時間去思考，無疑思想是一件痛苦的事情。〔註179〕人們只有回到日常生活習慣的軌道，才會覺得安穩，即使不得不對殘酷的現實生活低頭妥協，不得不在世俗的情愛中受盡痛苦和折磨。如同張愛玲對她喜愛的《金瓶梅》《紅樓夢》的評價，「只有在物質的細節上，它得到歡悅……細節往往是和美暢快，引人入勝的，而主題永遠是悲觀，一切對於人生的籠統觀察都指向虛無」〔註180〕。

〔註177〕張愛玲：《桂花蒸　阿小悲秋》，《紅玫瑰與白玫瑰》，北京十月文藝出版社，
　　　　2012年版，第135頁。
〔註178〕參見余斌：《張愛玲傳》，海南出版社，1993年版，第117頁。
〔註179〕參見張愛玲：《封鎖》，《傾城之戀》，北京十月文藝出版社，2012年版，第137頁。
〔註180〕張愛玲：《中國人的宗教》，《流言》，北京十月文藝出版社，2012.6，第133頁。

　　如唐文標說，「張愛玲的潔癖從不排它，而是包容，包容一切小市民的糾纏、瑣碎、近於吝惜的要慢慢長期享受的小快樂，同時又毫不留空把身體放到快樂中去……。他所有最好的文字表明在挖出苦楚，卻在其中把小市民平淡自然的屈服，重新提到人的層面來……」〔註181〕唐文標顯然意識到了，張愛玲小說中的小市民們在面對亂世時所表現出來的無奈、妥協和屈服。她極力擁抱的，絕對不是虛構出來的英雄好漢，而是充滿人性弱點與具備生命活力的小人物。〔註182〕「張愛玲文章並不勇於作樂，也不貪歡」〔註183〕，只是細細述說亂世中的男女情愛、對現實生活無奈的妥協和日常生活的點點滴滴。

二、飢餓、背叛與政治事件

　　一九五二年張愛玲離開上海到了香港，一九五五年又去了美國。從香港開始，張愛玲小說創作的情節模式有了很大的轉變，由前期的描寫妥協、情愛和日常生活轉向了描寫飢餓、背叛和政治事件。

　　在《秧歌》中，張愛玲深刻細膩地描寫了飢餓。胡適在給張愛玲的信中提到「這本小說，從頭到尾，寫的是『飢餓』」〔註184〕。在張愛玲的前期小說創作中從未涉及過這個議題，她描寫的都是中產階級的日常生活。這是張愛玲第一次觸及關於鄉村的題材，裏面有很多經過細緻描寫的關於飢餓的情節。金根剛從妹妹的婚宴上離開，在路上已經感到飢餓，「這肚子簡直是個無底洞，辛辛苦苦一年做到頭，永遠也填不飽它」〔註185〕。月香剛剛從上海回到鄉下家裏，拿出從城裏帶來的杏仁酥，金根在吃的時候，「他捏著餅的手顫抖得很厲害」，月香後來才明白那是因為「飢餓的緣故」〔註186〕。金根要求月香煮一頓乾飯，但是月香不肯，「得要省著點吃了，已經剩的不多了。明年開了春還要過日子呢！」〔註187〕最後還是依了金根，但舀米的時候還是沒捨得

〔註181〕唐文標：《私語張愛玲》，《張愛玲研究》，臺北：聯經出版事業公司，1976年版，第196～197頁。

〔註182〕陳芳明：《毀滅與永恆——張愛玲的文學精神》，蔡鳳儀，《華麗與蒼涼：張愛玲紀念文集》，臺北市：皇冠文學出版有限公司，1996年版，第229頁。

〔註183〕唐文標：《私語張愛玲》，《張愛玲研究》，臺北：聯經出版事業公司，1976年版，第197頁。

〔註184〕張愛玲：《憶胡適之》，季季、關鴻，《永遠的張愛玲——弟弟、丈夫、親友筆下的傳奇》，學林出版社，1996年版，第227頁。

〔註185〕張愛玲：《秧歌》，皇冠文化出版有限公司，2010年版，第25頁。

〔註186〕張愛玲：《秧歌》，皇冠文化出版有限公司，2010年版，第43頁。

〔註187〕張愛玲：《秧歌》，皇冠文化出版有限公司，2010年版，第60頁。

多拿,「結果折衷地煮了一鍋稠粥」〔註188〕,雖百般遮掩,最後還是被王同志發現了。

雖然報紙上從來沒有提到過任何地方發生飢饉,但是「這裡的人一日三餐都是一鍋稀薄的米湯,裏面浮著切成一寸來長的一段段草」〔註189〕。來鄉下體驗生活的作家顧岡第一次嘗到飢餓的滋味,「他有一種奇異的虛空之感,就像是他跳出了時間與空間,生活在一個不存在的地方」〔註190〕。為了填飽肚子,顧岡常常走三十里路去寄信,然後就在一家飯館吃午飯。每隔七八天就要去一次鎮上,而當王同志去鎮上開會提出想幫他寄信時,顧岡竟然「憤怒得渾身顫抖起來」〔註191〕,因為「隔這些天吃這麼一頓飽飯,都不許他吃嗎?」〔註192〕顧岡還買些茶葉蛋和紅棗之類的悄悄帶回住處。當他偷偷地吃完茶葉蛋和紅棗後,想把蛋殼和棗核偷偷扔掉,居然無處可扔,「他不得不走到很遠的地方去,到山崗上去,把蛋殼和棗核分散在長草叢裏」〔註193〕。後來因為月香發現了他偷吃茶葉蛋,最後搞得大家的關係也不如以前融洽了,食物在此時成了一種污穢的東西,只能引發人們最原始最卑鄙的本能〔註194〕。顧岡飢餓難耐,買各種食物來填飽肚子,但又不能讓人發現,他在吃小麻餅的時候,發現自己「從來沒注意到它吃起來咭嗞咭嗞,響得那樣厲害」〔註195〕,他覺得這樣偷吃很可恥,但是「確是緩和了飢餓的痛苦和精神上的不安」〔註196〕,使他能夠在這艱苦的環境中堅持下去。

月香的孩子阿招因為飢餓偷看顧岡吃東西,經常遭到月香的打罵。有一次阿招又因為食物的事情惹惱了母親,月香用最惡毒的語言罵女兒是個癟三叫化子,還咒她去死。最後竟然暴怒起來「劈頭劈腦打下去」〔註197〕,而阿招面對母親的怒火,臉上露出極度恐懼和焦慮的神情〔註198〕。因為飢餓使月

〔註188〕張愛玲:《秧歌》,皇冠文化出版有限公司,2010年版,第60頁。
〔註189〕張愛玲:《秧歌》,皇冠文化出版有限公司,2010年版,第94頁。
〔註190〕張愛玲:《秧歌》,皇冠文化出版有限公司,2010年版,第95頁。
〔註191〕張愛玲:《秧歌》,皇冠文化出版有限公司,2010年版,第100頁。
〔註192〕張愛玲:《秧歌》,皇冠文化出版有限公司,2010年版,第100頁。
〔註193〕張愛玲:《秧歌》,皇冠文化出版有限公司,2010年版,第114頁。
〔註194〕參見張愛玲:《秧歌》,皇冠文化出版有限公司,2010年版,第115頁。
〔註195〕張愛玲:《秧歌》,皇冠文化出版有限公司,2010年版,第116頁。
〔註196〕張愛玲:《秧歌》,皇冠文化出版有限公司,2010年版,第116頁。
〔註197〕張愛玲:《秧歌》,皇冠文化出版有限公司,2010年版,第118頁。
〔註198〕張愛玲:《秧歌》,皇冠文化出版有限公司,2010年版,第117頁。

香失去了作爲母親的慈愛和忍耐，阿招也失去了作爲一個正常孩子應有的健康和活潑，飢餓使人們都失去了常態，露出最原始、最低卑的本能。

　　和前期作品的疏離政治不同，在張愛玲的後期作品中開始出現政治事件。在《秧歌》中，金根向剛剛從上海回鄉的月香展示了自己家的地契，仔細地研究著，他又向她解釋道，「這田是我們自己的田了，眼前日子過得苦些，那是因爲打仗，等仗打完了就好了。苦是一時的事，田總是在那兒的」〔註199〕。還有一段情節，金有嫂對月香說起村裏發動大家做軍鞋，農民們要「白天黑日的趕做」〔註200〕，而且「不要說買鞋面和裏子，就連做鞋底的破布和麻線，哪樣不要錢？」〔註201〕對於這苦差事，幹部們這樣解釋，「我們的戰士穿著這鞋要走上幾千里地，到朝鮮去打美國鬼子。」〔註202〕交完了軍鞋，又要「支前捐獻」，甚至要「捐飛機大炮」。〔註203〕這是土改後，農民分到了自己的土地，但日子過得依然十分艱苦，因爲當時國家正在進行抗美援朝戰爭，農民們需要繳交大量的糧食和各種賦稅來支持人民志願軍。

　　王同志的妻子沙明參加新四軍的過程也反映了那個時代，在中國共產黨的宣傳號召之下，大批青年學生受感召投奔延安尋找光明前途的歷史再現。沙明在高中讀書時，有一位老師經常找她談話，這位老師是共產黨。沙明「鑽在被窩裏偷看宣傳書籍」〔註204〕，女教師告訴她「只有蘇聯這一個國家是眞正幫助中國抗日的」〔註205〕，「她還經常報告延安與日軍交戰大勝的消息……於是沙明與其他的幾個女同學，都成了共產主義的信徒」〔註206〕，以至於後來沙明跟著女教師一起去了蘇北參加新四軍。

　　在《秧歌》中也有一些描寫戰爭的文字，敵對的兩方「都變得滿不在乎起來，……往往經過轟轟烈烈一場大戰，一個人也沒有死，簡直成了鬧劇化的局面。……大家……就像一大堆一大堆的籌碼一樣，在牌桌上推來推去。」〔註207〕這段文字常常因欠缺眞實性而爲人所詬病，理由是張愛玲

〔註199〕張愛玲：《秧歌》，皇冠文化出版有限公司，2010年版，第47頁。
〔註200〕張愛玲：《秧歌》，皇冠文化出版有限公司，2010年版，第57頁。
〔註201〕張愛玲：《秧歌》，皇冠文化出版有限公司，2010年版，第57頁。
〔註202〕張愛玲：《秧歌》，皇冠文化出版有限公司，2010年版，第57頁。
〔註203〕參見張愛玲：《秧歌》，皇冠文化出版有限公司，2010年版，第57頁。
〔註204〕張愛玲：《秧歌》，皇冠文化出版有限公司，2010年版，第79頁。
〔註205〕張愛玲：《秧歌》，皇冠文化出版有限公司，2010年版，第79頁。
〔註206〕張愛玲：《秧歌》，皇冠文化出版有限公司，2010年版，第79頁。
〔註207〕張愛玲：《秧歌》，皇冠文化出版有限公司，2010年版，第83頁。

並無戰爭方面的眞實經歷。無論張愛玲描寫的戰爭場面是否眞實，這的確是她第一次在作品中直接描寫戰爭的場面。

通過王同志的眼睛，張愛玲也讓我們看到當時黨政機關的一些情況，政府官員的妻子永遠做著官銜很大的官，吃糧不管事；無論辦什麼就要靠認識人，要「找關係」。〔註208〕而且政府浪費得也很厲害，爲了討好來訪問的西藏代表，北京上海重建了許多佛寺，還造得金碧輝煌的。〔註209〕而這些錢被說成是從農民手裏「搜刮」來的。

在解放初期，還形成一個新的風氣，「在新年裏，闔村都要去給四鄉的軍屬拜年，送年禮」〔註210〕。在金根的村子裏，「每家攤派半隻豬，四十斤年糕，上面掛著紅綠彩綢，由秧歌隊帶領，吹吹打打送上門去。每一家軍屬門上給貼上一張紅紙條，上面寫著『光榮人家』貼的時候再放上一通鞭炮」〔註211〕。但是「誰也沒有力量執行它」〔註212〕，雖然如此大家還是舉手通過了這個決議。最後譚大娘不得不交出自己偷偷養的豬，而金花也只得忍痛將自己辛辛苦苦攢下的一點私房錢貢獻出來。

《秧歌》經過金根的口提到，目前的貧窮是暫時的，因爲在打仗，以及金有嫂向月香說起爲在朝鮮作戰的士兵做軍鞋等情節，這些都是從側面描寫抗美援朝戰爭給農民生活帶來的影響和變化。但總的來說，這部小說只是描寫「土改」後農民的一段平凡的生活故事。而《赤地之戀》則將「土改」、「三反」、「抗美援朝」一一坐實，並且寫的都是風口浪尖〔註213〕。夏志清認爲《赤地之戀》的主題可用「出賣」二字概括：無論有意無意，所有角色都捲入勾心鬥角的政治陰謀中，誰也難以全身而退。幾乎每個人都在出賣和背叛。這些人都是剛巧陷在時代的夾縫裏〔註214〕。劉荃和黃娟在土改的血腥和殘暴中感到恐懼和無助，兩人唯有互相依靠、互相取暖。黃娟是美麗純潔的，兩人的愛情也是眞摯的。他只想著「一定要好好地照顧她……他一定要在工作上有好的表現，希望能一步步地升遷，等到當上了團級幹部，就可以有結婚的

〔註208〕參見張愛玲：《秧歌》，皇冠文化出版有限公司，2010年版，第93頁。
〔註209〕參見張愛玲：《秧歌》，皇冠文化出版有限公司，2010年版，第93頁。
〔註210〕參見張愛玲：《秧歌》，皇冠文化出版有限公司，2010年版，第133頁。
〔註211〕參見張愛玲：《秧歌》，皇冠文化出版有限公司，2010年版，第133頁。
〔註212〕參見張愛玲：《秧歌》，皇冠文化出版有限公司，2010年版，第133頁。
〔註213〕余斌：《張愛玲傳》，海南出版社，1993年版，第268頁。
〔註214〕張愛玲：《赤地之戀》，皇冠文化出版有限公司，2010年版，第56頁。

權利」〔註215〕。但是，當劉荃調到抗美援朝總會華東分會時遇到了戈珊，這個女人很漂亮，「……明豔的圓臉，杏仁形的眼睛，鼻子很直，而鼻尖似乎挫掉了一小塊，更有一種甜厚的感覺」〔註216〕，但是「她年紀似乎不輕了……眉梢眼角也帶著一些秋意了」〔註217〕。劉荃只是一個下級幹部，連結婚的權利也沒有，他的願望只不過是，有一天能和黃娟在一起，像趙楚和周玉寶一樣，有孩子，有一個流浪的小家庭，也就感到滿足了。〔註218〕但即使是這樣「最沒出息」的願望也是沒有希望達到的。在這種頹喪的心境中，他又遇到戈珊的引誘，她「那件列寧服裏面似乎沒穿襯衫，又少扣了一隻鈕子…那深 V 字形的衣領裏掩映著的兩隻白膩的圓球……」〔註219〕劉荃感到震動與恍惚〔註220〕，他墮入了戈珊的情慾之網，覺得這「像一個綺麗而恐怖的噩夢」〔註221〕，他時刻都想著她的肉體，雖然內心覺得很慚愧卻無法擺脫出來。劉荃面對嚴酷的現實，所希冀的只是戈珊帶給他的一點安慰和溫暖。劉荃背叛了黃娟，心裏覺得很內疚，想告訴黃娟不要等他了。當他和黃娟再見面時，劉荃故意用辛辣的語言疏遠她，不要和她接近，因為他自己有一種不潔之感〔註222〕。

這部小說中的另一種背叛更讓人不寒而慄，趙楚和崔平是大學同學，更是在戰場上同生共死的兄弟，他們互相救過對方的命多次。但是在三反運動中，因為趙楚寫了一封信揭發自己的上司陳毅私自用軍餉購買衣物及食品供自己享用〔註223〕，並且「歷次貽誤軍機，不聽忠諫，損失士兵，放走敵人」〔註224〕。這封信被劉荃交給了上司崔平，崔平為了保全自己，把信交到了陳毅手裏，並且寫了一份檢舉書檢舉趙楚，還暗自對自己說無論怎樣趙楚都難逃一死……這不過像在戰場上，以死人的身體作為掩蔽物〔註225〕。那封檢舉書令崔平感到非常沉重，他在裏面檢討了自己只想報答趙楚救命之恩的小資

〔註215〕張愛玲：《赤地之戀》，皇冠文化出版有限公司，2010 年版，第 104 頁。
〔註216〕張愛玲：《赤地之戀》，皇冠文化出版有限公司，2010 年版，第 116 頁。
〔註217〕張愛玲：《赤地之戀》，皇冠文化出版有限公司，2010 年版，第 116 頁。
〔註218〕參見張愛玲：《赤地之戀》，皇冠文化出版有限公司，2010 年版，第 134 頁。
〔註219〕張愛玲：《赤地之戀》，皇冠文化出版有限公司，2010 年版，第 157 頁。
〔註220〕張愛玲：《赤地之戀》，皇冠文化出版有限公司，2010 年版，第 157 頁。
〔註221〕張愛玲：《赤地之戀》，皇冠文化出版有限公司，2010 年版，第 158 頁。
〔註222〕張愛玲：《赤地之戀》，皇冠文化出版有限公司，2010 年版，第 184 頁。
〔註223〕參見張愛玲：《赤地之戀》，皇冠文化出版有限公司，2010 年版，第 204 頁。
〔註224〕張愛玲：《赤地之戀》，皇冠文化出版有限公司，2010 年版，第 204 頁。
〔註225〕參見張愛玲：《赤地之戀》，皇冠文化出版有限公司，2010 年版，第 210 頁。

產階級情懷。在三反的鬥爭中他唯有犧牲這個曾多次救過他性命的朋友，來作為對革命的奉獻，同時也可以安然度過這個難關，還能夠陞級。而趙楚寫這封信卻始終瞞著崔平，怕連累他。崔平內心也掙扎得很厲害，恨不能再回到戰場上救這個知心朋友一命來表明自己的心意〔註226〕。他的內心是多麼得痛苦和無奈「如果有人在流淚，那是死去多年的一個男孩子」〔註227〕。

　　而在這次三反運動中，除了生死之交的背叛，還有夫妻之間的背叛。趙楚和周玉寶也算一對相濡以沫的夫妻，他們在家裏練習接待蘇聯友人的禮儀，握手和擁抱親吻，因為中級以下的幹部稍有一點失儀的地方，就會受到最嚴厲的處罰。在家裏偷偷練習禮儀可以看出夫妻倆同舟共濟、互相扶持的一種深厚感情。在趙楚寫信檢舉陳毅被崔平告發並被逮捕之後，周玉寶瘋了一樣到處求人營救趙楚。可是一週的時間，趙楚就被槍斃了。周玉寶「倒在床上放聲大哭……用力抓著床單搥床」〔註228〕，失去了丈夫，她悲痛欲絕。但她很快調整了自己，寫了一篇「叛徒趙楚毒害了我」準備登在新聞日報上。她在這麼短的時間就開始聲討丈夫，這麼快就背叛了他，實在也是不得已而為之。這是當時的政策，她必須要和她的反革命丈夫劃清界限，還要歌頌政府。〔註229〕所以周玉寶聲討「叛徒趙楚」，不過是為了自己和孩子們的安全著想罷了〔註230〕。周玉寶對丈夫的背叛是無奈的，也是情有可原的。

　　劉荃的同事張勵，也因為在三反運動中戈珊交代和自己有曖昧關係的男人時，把他供了出來，卻保全了劉荃，而感到極為不滿。所以他在劉荃的上司趙楚被入罪槍斃後，告發了劉荃。劉荃在被警察帶走的一刻想起了「張勵對他的懷恨」〔註231〕。當黃娟找到張勵詢問劉荃的情況時，張勵滿懷妒意地說，「你跟劉荃很熟吧？你們在土改的時候就很接近，是不是……」〔註232〕，張勵在土改時曾向黃娟示愛，但遭到拒絕。此時「他臉上現出一種奇異的笑容，含有掩飾不住的驚奇妒忌與快意」〔註233〕。僅僅因為妒忌和爭風吃醋，張勵就這樣出賣了自己的同志和戰友。

〔註226〕參見張愛玲：《赤地之戀》，皇冠文化出版有限公司，2010年版，第211頁。
〔註227〕張愛玲：《赤地之戀》，皇冠文化出版有限公司，2010年版，第212頁。
〔註228〕張愛玲：《赤地之戀》，皇冠文化出版有限公司，2010年版，第216頁。
〔註229〕參見張愛玲：《赤地之戀》，皇冠文化出版有限公司，2010年版，第220頁。
〔註230〕參見張愛玲：《赤地之戀》，皇冠文化出版有限公司，2010年版，第220頁。
〔註231〕張愛玲：《赤地之戀》，皇冠文化出版有限公司，2010年版，第222頁。
〔註232〕張愛玲：《赤地之戀》，皇冠文化出版有限公司，2010年版，第223頁。
〔註233〕張愛玲：《赤地之戀》，皇冠文化出版有限公司，2010年版，第223頁。

　　《赤地之戀》將五十年代的重大歷史事件都講述了出來，「土改」、「三反」、「抗美援朝」成為故事的前景而不是背景，而不是像前期作品那樣，歷史背景要麼就模糊不清或是根本忽略不提。《赤地之戀》前半部分是寫農村的土改，後半部分是寫城市的「三反」和「抗美援朝」。小說一開頭，就是兩輛卡車駛向農村，「他們都是北京幾個大學的學生，這次人民政府動員大學生參加土改，學校裏的積極分子都搶著報名參加」〔註234〕。學生們在車上唱著歌「東方紅，太陽升……中國出了個毛澤東」〔註235〕。他們進村後才聽說這個村根本沒有地主，「我們這兒連個大地主都沒有。不像七里堡，他們有大地主，三百頃地，幹起來多有勁！你聽見說沒有，地還沒分呢，大紅綢面子的被窩都堆在幹部炕上了！」〔註236〕但隊長張勵卻說，「走群眾路線，一方面得倚賴群眾，一方面得啟發群眾，幫助群眾，進行思想動員」〔註237〕。在土改工作隊和村幹部的「思想動員」下，許多貧雇農紛紛跳出來控訴地主富農的「罪行」，勤勤懇懇種田的中農唐占魁被劃為地主，並在酷刑下招認藏有銀元的莫須有的罪名，最後被槍決。因為太老實在外面混不下去的鄉紳韓延榜最後被施以「滾地碾子」的刑罰，而他身懷六甲的妻子受到「弔半邊豬」的酷刑，他們最後都悲慘地死去了。不論這些情節是否如柯靈所說，是虛假沒有根據的，但確實是張愛玲後期小說才有的，正面描寫當時的政治歷史事件。

　　繼土改之後，又一個重大的政治事件被放上檯面：增產節約運動蛻化為三反運動〔註238〕。小說中陳毅是這樣說的，「三反鬥爭將要像狂風暴雨似的打來，不論好人壞人都要受到暴風雨的侵襲，然後始能確定誰能夠存在，誰需要淘汰」〔註239〕。解放日報也開始開會進行坦白檢討。劉荃因為年資淺職位低很容易就過關了。但是到了戈珊，就有人不肯放過她，「戈珊同志！大家都知道你腐化墮落，私生活不嚴肅，還在搞舊社會不正常的男女關係！你還不徹底坦白！」〔註240〕戈珊檢討了自己後，群眾還不肯放過她，要求她宣布出和她發生曖昧關係的人的名字。劉荃非常緊張，但戈珊最後交代的是張勵。張勵為此吃了不少苦頭。接著報社的社長蘭益群又被檢舉貪污扣押起來。「三

〔註234〕張愛玲：《赤地之戀》，皇冠文化出版有限公司，2010年版，第5頁。
〔註235〕張愛玲：《赤地之戀》，皇冠文化出版有限公司，2010年版，第5頁。
〔註236〕張愛玲：《赤地之戀》，皇冠文化出版有限公司，2010年版，第15頁。
〔註237〕張愛玲：《赤地之戀》，皇冠文化出版有限公司，2010年版，第18頁。
〔註238〕張愛玲：《赤地之戀》，皇冠文化出版有限公司，2010年版，第196頁。
〔註239〕張愛玲：《赤地之戀》，皇冠文化出版有限公司，2010年版，第197頁。
〔註240〕張愛玲：《赤地之戀》，皇冠文化出版有限公司，2010年版，第197頁。

反運動到了白熱化的階段,告密信堆積如山。」〔註241〕趙楚也寫了封信揭發他的上司陳毅而被他出生入死的戰友和兄弟崔平告發,在一個星期後被槍斃。而劉荃也因爲被張勵陷害並因曾是趙楚的下屬而受牽連入獄。

　　從劉荃由農村調回上海抗美援朝總會華東分會,小說就開始涉及到關於抗美援朝的情節。其中有個情節是劉荃在戈珊的授意下開始修改朝鮮戰場上美軍暴行的圖片,完全是弄虛作假。後來,劉荃被黃娟捨身救出來後,萬念俱灰下參加了抗美援朝志願軍,入朝參戰。裏面提到作家魏巍那篇著名的歌頌志願軍的散文《誰是最可愛的人?》。在文中還有很慘烈的戰爭場面,「他看見一個熟識的士兵,頭腦的前半部完全沒有了,腦漿淋了一臉」〔註242〕。

　　劉荃也負了重傷,靠喝自己的尿以及在戰友葉景奎幫他把棉大衣用兩根皮帶綁在身上,忍痛用手爬行。最後被放哨的南韓兵發現送到了漢城的聯軍醫院。他得到了和聯軍傷員完全一樣的待遇〔註243〕。在醫院裏,一個戰俘被鋸掉了一隻腿,充任工役的一個戰俘說這是聯軍故意把他好好的一條腿鋸掉了。引起那個戰俘極大的憤怒,他高聲喊道「打倒帝國主義……共產黨萬歲!」〔註244〕劉荃看到的卻是,聯軍醫生是眞心地醫治來自各方的傷員。那工役半夜想用枕頭悶死劉荃,後來被發現。最後,戰俘們要被遣送回去,但他們可以自由選擇去大陸或者臺灣,由共產黨的解釋員進行解說勸服工作。當解釋員對葉景荃說,歡迎他回到祖國〔註245〕。但葉景荃卻斷然答道,「我要回台灣去」〔註246〕。解說員說「你到台灣去沒有前途的,台灣也沒有眞正的自由……」〔註247〕而劉荃卻在最後關頭選擇了回到大陸。小說中的這一部分內容也記錄了抗美援朝戰爭的一些切面,雖然小說的眞實性一直是學界爭論的焦點,但這確實是張愛玲後期小說的一個很顯著的特點,就是正面地描寫政治事件並涉及到背叛的情節。

　　而張愛玲在美國創作的三個短篇小說,《色戒》、《浮花浪蕊》、《相見歡》也涉及到背叛的情節。張愛玲在《憫然記》中提到這三個故事的素材曾使她感覺非常震動,所以一直改寫了這麼多年,還不時會想起當時得到這些素材

〔註241〕張愛玲:《赤地之戀》,皇冠文化出版有限公司,2010年版,第203頁。
〔註242〕張愛玲:《赤地之戀》,皇冠文化出版有限公司,2010年版,第256頁。
〔註243〕參見張愛玲:《赤地之戀》,皇冠文化出版有限公司,2010年版,第265頁。
〔註244〕張愛玲:《赤地之戀》,皇冠文化出版有限公司,2010年版,第267頁。
〔註245〕張愛玲:《赤地之戀》,皇冠文化出版有限公司,2010年版,第283頁。
〔註246〕張愛玲:《赤地之戀》,皇冠文化出版有限公司,2010年版,第283頁。
〔註247〕張愛玲:《赤地之戀》,皇冠文化出版有限公司,2010年版,第284頁。

時是多麼歡喜，就這樣不知不覺中過去了三十多年。為什麼這三個小故事讓張愛玲如此震動，可能是因為涉及到她以前未曾寫過的背叛情節。當然如前面所述，《赤地之戀》也涉及到出賣和背叛的情節，但《赤地之戀》是以國家敘述為主體，帶有強烈的政治色彩。而這三個小故事，大的歷史背景已經變得模糊不清，所謂的背叛情節強調的是人性和個體的感受。

《色戒》中的王佳之因為一時的動情放走了漢奸易先生，背叛了她的同夥，背叛了她所信奉的抗日救國的信念，使得暗殺行動失敗，所有人都被易先生下令槍斃了。王佳芝的背叛行為，說來情有可原，因為她是在愛情的幻覺下犯了色戒。〔註248〕而在《浮花浪蕊》中，洛貞用面目表情答應了艾軍不把他常去舞場消遣、在小肥皂廠「幹得熱火朝天」〔註249〕、不積極申請出境證等事情告訴他的妻子范妮。范妮夫婦是洛貞姐姐的好友兼媒人，姐姐姐夫在外國念書時也多得范妮照顧他們，在洛貞去香港後也盡力照應她，但是她還是背叛了當初對艾軍的承諾和范妮這份深厚的情誼，把一切都告訴了范妮，以至後來范妮憂憤中風而死。洛貞為什麼會有這種背叛行為呢？只是因為她是老處女搬弄是非嗎？也許有這方面的原因，但更重要的可能是洛貞在大陸時所受到的政治和精神壓迫。洛貞從廣州換車到香港，被人釘梢，「有解放軍站崗的，都有人敢輕薄女人」〔註250〕。當時的形勢，洛貞覺得「是世界末日前夕的感覺。共產黨剛來的時候，小市民不知厲害，兩三年下來，有點數了。這是自己的命運交到了別人手裏之後，給在腦後掐住了脖子，一種蠢動蠕動，乘還可以這樣，就這樣。恐懼的面容也沒有定型的，可以是千面人」〔註251〕。所以洛貞的背叛行為除了和老處女的變態心理有關，也和當時的政治高壓帶來的恐懼有關，這種背叛行為也是千萬種恐懼面具中的一種。而「這一種面具是和一個人的性心理有關的」〔註252〕，水晶認為，張愛玲把歷史感、時代感、性心理當做三位一體來寫是一種新的嘗試。

〔註248〕水晶：《從屈服到背叛—談張愛玲『新』作》，《替張愛玲補妝》，濟南：山東畫報出版社，2004 年版，第 263 頁。
〔註249〕張愛玲：《浮花浪蕊》，《怨女》，北京十月文藝出版社，2012 年版，第 301 頁。
〔註250〕張愛玲：《浮花浪蕊》，《怨女》，北京十月文藝出版社，2012 年版，第 290～291 頁。
〔註251〕張愛玲：《浮花浪蕊》，《怨女》，北京十月文藝出版社，2012 年版，第 293 頁。
〔註252〕水晶：《從屈服到背叛—談張愛玲『新』作》，《替張愛玲補妝》，濟南：山東畫報出版社，2004 年版，第 264 頁。

　　另一種形式的背叛體現在《相見歡》中。這個故事中的一對感情甚篤的表姐妹伍太太和荀太太，她們的婚姻都不美滿。伍太太與丈夫感情不和，丈夫因為公司搬到香港，趁勢帶了女秘書過去，還生了兒子，伍太太和女兒苑梅住在一起。荀太太也不愛自己的丈夫，在丈夫家被當做傭人使喚，做粗重的家務弄了一身病。唯有伍太太心疼她，替她不平，紅著眼圈哽咽著說「你沒看見她從前眼睛多麼亮，還有種調皮的神氣。一嫁過去眼睛都呆了。整個一個人呆了」〔註253〕。這種「天真的同性戀愛」〔註254〕是兩人絕望生活中唯一的安慰，因為「上一代的人此後沒機會跟異性戀愛，所以感情深厚持久些」〔註255〕。荀太太多次平靜地講到丈夫紹甫之死，令伍太太心寒，同時也說明荀太太根本不愛自己的丈夫。已被丈夫遺棄的伍太太把全部的情感投入到表姐妹荀太太身上。荀太太則念叨著曾經釘梢她的一個男人，而且過了不久又將此事講述了一遍。苑梅在旁邊聽到恨不得大叫一聲，差點笑出聲來，而伍太太卻好像第一次聽到似的，又好奇地發問。兩人的記性都不壞，卻不斷地重複這一個帶點性意味的小故事，荀太太似乎是想炫示她還有吸引男人的魅力，而伍太太也表示贊同，這種背叛行為是一種對現實極度不滿的宣洩。她們兩人是「完全豁出去了，男人的愚昧、胡作非為，完全不掛在心上」〔註256〕，這也是一種無形的背叛，是一種心理暗示，以發洩她們內心對現實生活的不滿。

　　此外的政治事件還有關於漢奸的處理情節。在《十八春》裏提到了關於漢奸的處理問題，日本兵進城的時候，照例一番姦淫擄掠，到了第三天指定了十個鄉紳出來維持治安。這些有名望的鄉紳也就是地頭蛇一流的人物，沒有什麼國家思想，但是有錢的人都是怕事的，誰都不願意替日本人做事，知道日本人走了，他們卻是跑不了的。但是在刺刀的逼迫下，唯有低頭。但是維持會成立了沒幾天，國民黨軍隊又反攻過來，一進城就把那十個鄉紳槍斃了。而曼楨的小叔顧希堯也是其中的一個，他不過是從前在教育局做過一任科員罷了，可是也被當做漢奸殺掉了。這也是當時國民黨嚴酷處理漢奸問題的一個縮影。

〔註253〕張愛玲：《相見歡》，《怨女》，北京十月文藝出版社，2012年版，第267頁。
〔註254〕張愛玲：《相見歡》，《怨女》，北京十月文藝出版社，2012年版，第277頁。
〔註255〕張愛玲：《相見歡》，《怨女》，北京十月文藝出版社，2012年版，第277頁。
〔註256〕水晶：《從屈服到背叛—談張愛玲『新』作》，《替張愛玲補妝》，濟南：山東畫報出版社，2004年版，第265頁。

　　《小艾》也有類似的情節，五老爺景藩因為在北邊的時候跟日本人非常接近，而被傳說是要做漢奸。有一天景藩一出大門，就被兩個人開槍打死了。在《小團圓》中也提到表大爺被重慶派來的人暗殺了，「他現在實在窮途末路了，錢用光了只好動用政治資本」〔註257〕。這個情節也是當時發生在上海的真事，一些清末遺老因為生活的沒有著落而成為漢奸，這些漢奸則被國共兩黨的特務秘密槍殺處死，這也是當年真實政治事件的縮影，張愛玲在這裡做了描述。

　　另外在《小艾》中，金槐在解放後熱心政治學習，金福辭掉生意還鄉生產，因為鄉下要進行土改了。《十八春》中的男女主人公們，都在政治學習後思想境界得到提高而去東北參加革命建設。這些都是解放後發生的一些真實的政治事件，而這些情節在張愛玲前期小說作品中都未曾出現過。

第四節　表現手法的變化

一、意象營造：繁複歸於平淡

　　在張愛玲的前期小說創作中，意象非常的華麗繁複，如李渝所說，張愛玲的意象比擬得聰明新穎，情和景重現得貼切真實，真正的感覺和才氣是別人沒有的。的確，文字一到她的手裏，就像一件日夜把玩的玉石一樣，變得圓通滑潤婉轉極了。〔註258〕

　　張愛玲的上海時期，她創作的小說中關於月亮、鏡子的意象一直為方家所稱道。從她早期的作品《牛》、《霸王別姬》已初見端倪。虞姬意識到如果楚霸王勝利了，他一定會姬妾成群，她將變成「一個被蝕的明月，陰暗、憂愁、鬱結、發狂」。這個月亮已經沒有了中國傳統文學中借月來抒發離愁別緒的感覺，張愛玲在此賦予了月亮更多的含義。令人印象深刻的是小說《金鎖記》的開始：三十年前的上海，一個有月亮的晚上……年輕的人想著三十年前的月亮該是銅錢大的一個紅黃的濕暈，像朵雲信箋上落了一滴淚珠……老年人回憶中的三十年前的月亮是歡愉的，……然而隔著三十年前的辛苦路往回看，再好的月色也不免帶點淒涼。〔註259〕這輪月亮，

〔註257〕張愛玲：《小團圓》，北京十月文藝出版社，2012年版，第131頁。
〔註258〕李渝：《跋扈的自戀》，陳子善編，《作別張愛玲》，文匯出版社，1996年版，第80頁。
〔註259〕張愛玲：《金鎖記》，《傾城之戀》，北京十月文藝出版社，2012年版，第216頁。

預示了曹七巧淒涼的一生，「幸福的憧憬，人生的艱險，都在這輪月亮的閃爍中透射出來」〔註260〕。

　　長安為了不讓母親七巧到學校吵鬧而決定放棄學校生活，這時，「黑灰的天，幾點疏星，模糊的狀月」〔註261〕，月亮是模糊的，天也是黑灰的，喻示了長安絕望的心情，「她覺得她這犧牲是一個美麗的，蒼涼的手勢」〔註262〕。

　　而長白也被母親留在身邊燒了一夜的煙，「烏雲裏有個月亮，一搭黑，一搭白，像個戲劇化的猙獰的臉譜。」〔註263〕她不讓兒子和妻子同房，還探聽夫妻倆的房事，以此來羞辱媳婦。此時的月亮是如此的恐怖，正是「七巧的精神瘋狂的表徵」〔註264〕，預示了七巧的瘋狂和兒媳芝壽的悲慘命運。芝壽眼中的月亮像「一個白太陽。滿地的藍影子，帳頂上也是藍影子，她的一雙腳也在那死寂的影子裏」〔註265〕。這可怕的「白太陽」令芝壽覺得恐懼，她已感覺到死亡的威脅，不由得就抽噎起來。這可怕帶有死亡意象的月亮，讓痛苦不堪的芝壽想到用死來解脫，「月光裏，她腳沒有一點血色——青、綠、紫，冷去的屍身的顏色。她想死，她想死。」此時的月亮意象生動地將七巧醜惡的心理與芝壽恐懼無助的心態充分地表現出來。

　　除了恐怖的意象，還有在《沉香屑　第一爐香》中代表情慾的月亮意象。葛薇龍在得到姑媽應允資助上學後，在路上走著，「那月亮越白，越晶亮，彷彿是一頭肥胸脯的白鳳凰」〔註266〕，把月亮比作「肥胸脯的白鳳凰」實在是一個很特別的帶有性意味的比喻，似乎暗示讀者，薇龍的故事和情慾有關。薇龍對浪子喬琪喬動了心，月亮「黃黃的，像玉色緞子上，刺繡時

〔註260〕劉鋒傑、薛雯、黃玉蓉：《月光下的憂鬱與癲狂》，《張愛玲的意象世界》，銀川：寧夏人民出版社，2006年版，第105頁。
〔註261〕張愛玲：《金鎖記》，《傾城之戀》，北京十月文藝出版社，2012年版，第243頁。
〔註262〕張愛玲：《金鎖記》，《傾城之戀》，北京十月文藝出版社，2012年版，第243頁。
〔註263〕張愛玲：《金鎖記》，《傾城之戀》，北京十月文藝出版社，2012年版，第246頁。
〔註264〕劉鋒傑、薛雯、黃玉蓉：《月光下的憂鬱與癲狂》，《張愛玲的意象世界》，銀川：寧夏人民出版社，2006年版，第119頁。
〔註265〕張愛玲：《金鎖記》，《傾城之戀》，北京十月文藝出版社，2012年版，第240頁。
〔註266〕張愛玲：《第一爐香》，《傾城之戀》，北京十月文藝出版社，2012年版，第12頁。

彈落了一點香灰，燒糊了一小片」〔註 267〕，她內心隱藏的情慾被激發起來。
當薇龍終於抵擋不了喬琪的誘惑，與他發生了關係，那晚「整個的山窪子
像一隻大鍋，那月亮便是一團藍陰陰的火，緩緩的煮著它，鍋裏水沸了」〔註
268〕，象徵著薇龍和喬其的情慾之火正熊熊燃燒。喬琪走後，「雖然月亮已
經落下去了，她的人已經在月光裏浸了個透」〔註 269〕，薇龍還沉浸在甜蜜
的回味中。此處的月亮代表了情慾。還有《紅玫瑰與白玫瑰》中振保在和
嬌蕊發生關係後，第二天發現自己的頭髮裏有一彎像小月牙的指甲，是嬌
蕊剪下來的，「昨天晚上忘了看看有月亮沒有，應當是紅色的月牙」〔註
270〕。這一段是非常浪漫的情色描寫，紅色的月牙代表了振保和嬌蕊身心
交融的熾熱戀情。

　　再來看看關於鏡子的意象。在中國文學裏，《封神演義》裏的「照妖鏡」、
《西遊記》裏的「萬鏡樓」、《紅樓夢》裏的「風月寶鑒」等，何可勝數。〔註
271〕而張愛玲的鏡子意象則更爲學者們所津津樂道。據水晶的研究，在小說《鴻
鸞禧》中鏡子、眼鏡、玻璃都多次被寫到〔註 272〕。待嫁新娘玉清忙著置辦了
金琺瑯粉鏡、有拉鍊的雞皮小粉鏡，而婁太太「對著鏡子，她覺得癢癢地有
點小東西落到眼鏡的邊緣，以爲是珠淚，……卻原來是個撲燈的小青蟲」〔註
273〕。這些在鏡子前左顧右盼的女人都有顧影自憐的意思。玉清對婚姻既有憧
憬也有幾分決絕和悲傷；而婁太太看著鏡子裏的自己，想到無望痛苦的婚姻，
只是覺得一陣說不清楚的傷悲；婁囂伯也帶著眼鏡；而整個大廳像花團錦簇

〔註 267〕張愛玲：《第一爐香》，《傾城之戀》，北京十月文藝出版社，2012 年版，第 27
　　　　頁。

〔註 268〕張愛玲：《第一爐香》，《傾城之戀》，北京十月文藝出版社，2012 年版，第 37
　　　　頁。

〔註 269〕張愛玲：《第一爐香》，《傾城之戀》，北京十月文藝出版社，2012 年版，第 40
　　　　頁。

〔註 270〕張愛玲：《紅玫瑰與白玫瑰》，《紅玫瑰與白玫瑰》，北京十月文藝出版社，2012
　　　　年版，第 70～71 頁。

〔註 271〕參見樂黛雲：《中國詩學中的鏡子隱喻》，《文藝理論》75（1991 年 10 月），
　　　　第 42～47 頁，摘自陳建華，《質疑理性、反諷自我——張愛玲〈傳奇〉與奇
　　　　幻小說現代性》，林幸謙，《張愛玲：文學·電影·舞臺》，Oxford University
　　　　Press，2007 年版，第 248 頁。

〔註 272〕參見水晶：《象憂亦憂·象喜亦喜》，《替張愛玲補妝》，濟南：山東畫報出版
　　　　社，2004 年版，第 98 頁。

〔註 273〕張愛玲：《鴻鸞禧》，《紅玫瑰與白玫瑰》，北京十月文藝出版社，2012 年版，
　　　　第 45 頁。

的玻璃球……〔註274〕。眼鏡、玻璃、鏡子、白磁都是及其易碎的東西，似乎也象徵了男女關係的容易破裂。老少兩對夫妻，少的是爲結婚而結婚，老的無疑是一對怨偶。

還有《傾城之戀》的白流蘇和范柳原，雖然都是精刮算計的人，但在海上的那點月意薄薄的光照亮了鏡子，給他們帶來了幻覺，兩人都糊塗了，陷入了狂熱的情慾當中，「他們似乎是跌倒鏡子裏面，另一個昏昏的世界裏去了」〔註275〕，此處的鏡子意象代表了虛幻的愛情美景。鏡子意象在張愛玲的前期小說中眞是特別得生動形象。但邁出了《傳奇》的疆界到了《秧歌》、《赤地之戀》或者《半生緣》等中長篇小說，鏡子雖然照舊出現不誤，卻不若《傳奇》中那樣重要了。〔註276〕

關於月亮和鏡子的意象在張愛玲的小說中還有很多，這裡不一一列舉了。除此之外，還有很多其他豐富的意象。如《第一爐香》中，描寫薇龍初次見到喬琪喬時，緊張和不安的感覺，她穿了一件磁青色的旗袍「給他綠眼睛一看，她覺得她的手臂像熱騰騰的牛奶似的，從青色的壺裏倒了出來，」〔註277〕。《第二爐香》中描寫羅傑心中的痛楚和無奈，整個世界就好像一個被蛀空了的牙齒〔註278〕。《茉莉香片》中，形容聶傳慶的母親就像一隻繡在屛風上的鳥，在無愛的令人窒息的家庭環境下抑鬱而終的慘況。《封鎖》中樣貌普通沒有特點的英文助教吳翠遠，「頭髮梳成千篇一律的式樣，唯恐喚起公眾的注意……她的整個的人像擠出來的牙膏，沒有款式」〔註279〕。《花凋》中病重的川嫦「爬在李媽背上像一個冷而白的大白蜘蛛」〔註280〕。《創世紀》

〔註274〕參見張愛玲：《鴻鸞禧》，《紅玫瑰與白玫瑰》，北京十月文藝出版社，2012年版，第46頁。

〔註275〕張愛玲：《傾城之戀》，《傾城之戀》，北京十月文藝出版社，2012年版，第191頁。

〔註276〕參見水晶：《象憂亦憂‧象喜亦喜》，《替張愛玲補妝》，濟南：山東畫報出版社，2004年版，第96～97頁。

〔註277〕張愛玲：《第一爐香》，《傾城之戀》，北京十月文藝出版社，2012年版，第25頁。

〔註278〕參見張愛玲：《第二爐香》，《傾城之戀》，北京十月文藝出版社，2012年版，第73頁。

〔註279〕張愛玲：《傾城之戀》，《傾城之戀》，北京十月文藝出版社，2012年版，第150～153頁。

〔註280〕張愛玲：《花凋》，《紅玫瑰與白玫瑰》，北京十月文藝出版社，2012年版，第33頁。

中的戚寶彝感歎自己的一生「是擁擠的，如同鄉下人的年畫，繡像人物般演故事，有一點空的地方都給填上了花，一朵一朵臨空的金圈紅梅」〔註281〕。

還有豐富的自然景物的意象也比比皆是，並且被有意無意塗抹上作者的主觀看法。受病魔困擾絕望的川嫦看著窗外的天空，永遠看到的是磁青的那一片，好像這一天早就已經不知不覺地走過去了。羅傑不幸的新婚之夜，夜光下的校園讓人覺得毛骨悚然，這個噴著熱氣，有眼睛亮晶晶的黑色怪獸，毒辣的花朵，無數的叫喚著蠕動著的昆蟲所造成的怔忡不寧的風景意象暗藏著殺機，愫細的恐懼和羅傑的惶恐不安都在自然景物意象的神秘色彩中得以體現，寓示著一場災難即將來臨的前奏。在張愛玲的《傳奇》中，所有的景物都有了感情色彩，它們有了生命、感覺、聲音，表達了作者的主觀感受〔註282〕，在《阿小悲秋》中，「天突然回過臉，漆黑的大臉，塵世上一切都驚惶逃遁，黑暗裏拼拎碰隆」〔註283〕，連天也看不下去阿小的悲慘生活而背過臉去發出呼喊。

除此之外，《傳奇》中的一些意象還有著雙重含義。既有表面的意思，又含有隱喻和象徵意義。如《第二爐香》中反覆出現的「小藍牙齒」。在不幸的新婚之夜後羅傑登門想找回愫細，遇到愫細的姐姐蜜秋靡麗笙，令羅傑感到非常恐懼，「靡麗笙輕輕哼了一聲……薄薄的嘴唇向上一掀，露出一排小小的牙齒來，在燈光下，白的發藍。小藍牙齒……羅傑打了一個寒噤」〔註284〕。而回到家中，愫細給他的感覺仍然是恐懼，愫細「把雙手掩住了眼睛，頭向後仰著，笑的時候露出一排小小的牙齒，白得發藍……小藍牙齒？但是多麼美！」〔註285〕到了最後，走投無路的羅傑打開煤氣然後把火關小直到熄滅，「只剩下一圈整齊的小藍牙齒，但是在完全消滅之前，突然向外一撲，伸為一兩寸長的尖利的獠牙」〔註286〕。美麗的「小藍牙齒」變為「尖利的獠牙」，最後

〔註281〕張愛玲：《創世紀》，《紅玫瑰與白玫瑰》，北京十月文藝出版社，2012 年版，第 214 頁。

〔註282〕參見余斌：《張愛玲傳》，海南出版社，1993 年版，第 123 頁。

〔註283〕張愛玲：《桂花蒸　阿小悲秋》，《紅玫瑰與白玫瑰》，北京十月文藝出版社，2012 年版，第 133 頁。

〔註284〕張愛玲：《第二爐香》，《傾城之戀》，北京十月文藝出版社，2012 年版，第 76 頁。

〔註285〕張愛玲：《第二爐香》，《傾城之戀》，北京十月文藝出版社，2012 年版，第 77 頁。

〔註286〕張愛玲：《第二爐香》，《傾城之戀》，北京十月文藝出版社，2012 年版，第 90 頁。

把羅傑吞噬了。「小藍牙齒」的隱喻是借助羅傑的感受來寓示這個悲劇的內涵，說明愫細和她姐姐所接受的禁欲主義的家庭教育使她們無法享有正常的婚姻性生活，而導致社會輿論將羅傑徹底地吞沒。

此類繁複華麗的意象在張愛玲前期創作的每一篇小說中都多不勝數。我們可以感受到，張愛玲的《傳奇》世界是一個極其感性的世界，充滿著美麗的色彩、各種各樣的氣味、聲音和情感，其中繁複華麗的意象多不勝數，美不勝收。

由此可見，張愛玲前期小說創作的意象可謂極其的華麗繁複，文中的意象紛至沓來，讓人應接不暇。可是到了一九四五年抗戰勝利之後，張愛玲的創作風格開始發生了巨大的改變。這除了她個人的感情波折外，還和當時的政治環境有很大的關係。張愛玲和胡蘭成的關係，以及她曾在《雜誌》、《古今》等背景不明的刊物上發表文章，並參與一些相關活動，都給她帶來很壞的影響。特別是和胡蘭成的關係，中國人傳統觀念傾向於把政治立場與個人的私生活混為一談〔註287〕。看看文革中兒女如何批鬥、暴打父母長輩；為表明自己的清白而不惜與親人劃清界線、斬斷親情、脫離夫妻關係等，就會對當時張愛玲所受到的口誅筆伐毫不感到出奇了。以致在幾十年後仍然有人討伐張愛玲，他們認為她的作品雖然精彩絕倫，但是她在抗日期間沒有參與抗戰工作，還和漢奸在一起，這樣的行為「從政治立場上來看，不能說沒有問題。國家多難，是非要分明，中堅要分」〔註288〕。現在看到這樣的文字當然覺得很幼稚可笑，可是從另一方面，也可以想像到當年張愛玲所承受的責難和艱難處境。因為有「文化漢奸」的嫌疑，張愛玲的創作也受到了很大的影響，在一九四五年八月到四七年四月，張愛玲沒有發表任何作品。她復出後的第一部作品《華麗緣》已經沒有了她早期散文的灑脫、靈動與飛揚，議論減了幾分從容論道的自信，敘述也有更多的遲滯，黏著，「牽牽絆絆」，令人感到作者短暫的青春期已經過早地逝去，隱然已到了「結束鉛華歸少作，摒除絲竹入中年」的時候〔註289〕。在這一時期，張愛玲也告別了炫目的華服，轉向平淡的生活。在《中國的日夜》中她說「我非常高興曬著太陽去買回來 沉

〔註287〕余斌：《張愛玲傳》，海南出版社，1993年版，第217頁。

〔註288〕劉心皇：《抗戰時期淪陷區文學史》，臺北成文出版社有限公司，1970年，頁130，摘自余斌，《張愛玲傳》，海南出版社，1993年版，第218頁。

〔註289〕余斌：《張愛玲傳》，海南出版社，1993年版，第221頁。

重累贅的一日三餐」〔註290〕，在這一段時間，張愛玲從萬眾矚目的文壇回歸到平實的生活，讓她能真切地體味普通人生活的真諦，體驗一種更平凡真實的人生。這種體驗使她這一時期的小說創作風格回歸到平淡自然。

這在她一九四七創作的《鬱金香》和《多少恨》已經初見端倪。《鬱金香》中用平實的語言敘述了女傭金香和陳寶初陳寶余兩兄弟間朦朧的情愛故事。少爺寶余被金香所吸引並經常調戲她，而金香真心喜歡的是寶初，兩人互生情愫。這裡沒有繁複華麗的意象和隱喻，也沒有大量的風景意象和心理過程的描寫，唯有樸素真摯的語言描寫兩人朦朧的初戀。寶初離開之前，金香給他做了一個裝市民防疫證的白緞子糊的小夾子，「被他無意中翻了出來，一看見，心裏就是一陣淒慘。然而怎麼著也不忍心丟掉它。」〔註291〕後來他想了一個辦法把它送走了，他借了一本小說，「把那市民證套子夾在後半本感傷的高潮那一頁，把書還到了架子上」〔註292〕。語言雖然平實，感情卻很真摯，可以從中真切感覺到寶初對金香那難以忘懷又不得不割捨的情意。《多少恨》也是一部語言樸實的通俗小說，但主人公的悲歡離合仍然深深打動了廣大讀者的心。其中有一個情節，夏宗豫在家茵的家裏看到那些零零碎碎、罈罈罐罐的家常用品，不禁想到她的家才是誠心過日子的樣子，不像他的屋子，好像小朋友搭的玩具房子，根本沒有人氣〔註293〕，由這些描寫可以看出張愛玲在創作中對平實生活的認同。正如余斌所說，我們應該注意她這時期更帶「世俗氣」的故事後面是她已經稀釋、淡化了的好奇心，年歲的增長，境遇的變化，加上通俗文學的要求，都使她的作品較前多了一份平常心〔註294〕。

而一九四九年新中國的成立，對張愛玲來說卻無疑是「一場災難」。雖然她一直標榜自己遠離政治，只寫些男女之間的小事情，但政治還是要找上她。夏衍對她的器重令她受寵若驚，在夏衍的推薦下張愛玲參加了「第一次文學藝術界代表大會」。她的服飾已沒有了早期的華麗炫人，但仍舊不想穿那被西

〔註290〕張愛玲：《中國的日夜》，《流言》，北京十月文藝出版社，2012 年版，第 266 頁。

〔註291〕張愛玲：《鬱金香》，《紅玫瑰與白玫瑰》，北京十月文藝出版社，2012 年版，第 234 頁。

〔註292〕張愛玲：《鬱金香》，《紅玫瑰與白玫瑰》，北京十月文藝出版社，2012 年版，第 234 頁。

〔註293〕參見張愛玲：《多少恨》，《紅玫瑰與白玫瑰》，北京十月文藝出版社，2012 年版，第 257 頁。

〔註294〕余斌：《張愛玲傳》，海南出版社，1993 年版，第 21 頁。

方視為藍螞蟻的千篇一律的列寧裝。樸素的旗袍仍然是那麼與眾不同，張愛玲不是那麼容易就覺悟的，她的旗袍顯然是「表明她要在強調集體觀念的年頭保持個人意識的小天地」，連柯靈也覺得「不敢想張愛玲會穿中山裝，穿上了又是什麼樣子」〔註295〕。她曾在《更衣記》說起中國男士的著裝太過單調，並不由地歎道，「男子的生活比女子自由得多，然而單憑這一件不自由，我就不願意做一個男子」〔註296〕。

　　張愛玲要保有作為一個女人著裝的自由和權力，更想保有自己的獨立人格。但她迫於形勢，不得不在這強調集體意識的大時代裏尋找一個可以容身的縫隙，於是她的《十八春》出爐了！這部作品的風格歸於平淡樸素，張愛玲還在後面為這個蒼涼的故事加了一點保護色，但《十八春》顯然是一部言情小說，愛情糾葛和人物的悲歡離合才是小說的重點。張愛玲在這部小說文風上的轉變是顯而易見的，她放棄了一貫以來對繁複華麗意象的全力經營，也鬆懈了她那有幾分迫人的機警慧敏，盡可能地用一種比較平淡樸實的語言和敘事方式來講述這個故事。〔註297〕儘管如此，余斌認為這部小說「只是一部高級言情小說」〔註298〕，雖然放棄了華麗的文體卻沒有做到真正的素樸，即使她的文風較前來得「疏朗」、「醇厚」，其效果也在很大程度上被貧瘠的內容、曲折離奇傷感的故事情節抵消了。而之後的《小艾》更是將焦點聚集到真正的勞動人民身上，男女主人公都是社會最底層的無產階級，故事更為樸實無華，華麗的意象在此已經徹底消失了。還加上一些頗有時代色彩的句子，如「她的冤仇有海樣深」〔註299〕，小艾聽到席家有個丫頭被騙做了妓女，她的感受是「對於這吃人的社會卻是多了一層認識」〔註300〕，這些句式顯然帶有濃烈的時代色彩。這些句式出現在張愛玲的作品中讓人感覺生硬和不自然。但無論怎樣，《小艾》這部作品固然是向無產階級靠攏，但也未嘗不是她轉向平實人生態度的一種延伸，從她一貫的人性立場也能通向對小艾、金槐們的衷心的同情，〔註301〕體現在作品中就是她的寫作風格轉向了平實和素樸。

〔註295〕余斌：《張愛玲傳》，北京：人民文學出版社，2012年版，第254頁。
〔註296〕張愛玲：《更衣記》，《流言》，北京十月文藝出版社，2012年版，第15頁。
〔註297〕參見余斌：《張愛玲傳》，海南出版社，1993年版，第243頁。
〔註298〕余斌：《張愛玲傳》，北京：人民文學出版社，2012年版，第265頁。
〔註299〕張愛玲：《小艾》，《鬱金香》，北京十月文藝出版社，2006年版，第264頁。
〔註300〕張愛玲：《小艾》，《鬱金香》，北京十月文藝出版社，2006年版，第269頁。
〔註301〕參見余斌：《張愛玲傳》，海南出版社，1993年版，第252頁。

　　一九五二年，張愛玲到香港後所創作的《秧歌》和《赤地之戀》與前期作品相比有更大的轉變，華麗的意象不見了，如胡適所說「有點接近平淡而近自然的境界」〔註 302〕。夏志清也認爲《秧歌》的風格十分樸素，句子和段落都縮短了，意象的運用也大爲緊縮。他還特別以金根和金花兩兄妹的眞摯感情爲例來說明張愛玲樸素寫實的筆法（筆者在前面「發現人性的閃光點」一節已經引述過這一段）。夏志清認爲，張愛玲樸素寫實的筆法，足以和喬治・艾略式的《河上磨坊》（Mill on the Floss）相比。在《秧歌》中「長圓形的月亮，白而冷，像一顆新剝出來的蓮子」〔註 303〕。這裡的月亮只是大自然的一份子，不再是情慾或邪惡的象徵，也不代表人的某種心理狀態的發展變化。《赤地之戀》夏志清則認爲是一部悲天憫人的小說，語言乾淨。「這天晚上月色很好……照在那淡黃色的光禿禿的土牆上，有一種說不出來的淒清的況味」〔註 304〕，在這裡月亮作爲自然景象的出現是對人類殘忍的一種嘲諷，「不管地上的人類在犯著什麼滔天罪行，天上的太陽照常上升，月亮光華依舊。當地上的人失去了人的特質時，月亮和太陽就成了正常人性的象徵了」〔註 305〕。

　　再來看看《小團圓》中的月亮，「陽臺上的月光，……浴在晚唐的藍色的月光中……墓碑一樣沉重的壓在心上。」〔註 306〕在這裡月亮意象帶有一點憂鬱的味道，古代的月亮在今天仍然掛在天上，卻是壓在心上的一座墓碑，意味著這是一個憂鬱的、悲哀的故事。這是張愛玲後期小說創作中不多見的月亮意象，比起前期的月亮意象也只是蒼涼而已。除此之外月亮還在九莉回憶童年生活中出現過，月夜韓媽問九莉「你們這小眼睛看月亮有多大？」，童年的九莉看著天上「月亮很高很小，霧濛濛的發出青光來」〔註 307〕，這裡的月亮沒有任何特別的含義，只是自然界存在的一物而已。在這部小說裏，大多是用平淡樸實的語言來敘述情節的發展。

　　前後期對比最強烈的要算《金鎖記》和《怨女》，《金鎖記》中的意象華

〔註 302〕張愛玲：《憶胡適之》，《重訪邊城》，北京十月文藝出版社，2012 年版，第 16 頁。
〔註 303〕張愛玲：《秧歌》，臺北市：皇冠文化出版有限公司，2010 年版，第 25 頁。
〔註 304〕張愛玲：《赤地之戀》，臺北市：皇冠文化出版有限公司，2010 年版，第 54 頁。
〔註 305〕夏志清：《中國現代小說史》，香港：中文大學出版社，2001 年版，第 327 頁。
〔註 306〕張愛玲：《小團圓》，北京十月文藝出版社，2012 年版，第 15 頁。
〔註 307〕張愛玲：《小團圓》，北京十月文藝出版社，2012 年版，第 174 頁。

麗繁複非常密集，而在《怨女》中都化為平實的緩緩敘述的語言。在談及《傳奇》的意象時，張愛玲在水晶的訪談中曾說過，因為那時候她覺得小說中的故事成分不是很強，所以需要用意象來加強故事的吸引力。意象對於人物內心的描述和製造氣氛，其實都是一種解釋，而到了一九四五年之後，張愛玲就對「不用多加解釋的人物，他們的悲歡離合」〔註308〕非常嚮往。她更強調用故事本身說話，而達到一種意在言外，一說便俗的平淡而近自然的效果。例如前面所述的《金鎖記》開頭關於月亮的意象〔註309〕，非常得美和有詩意，寓示了七巧慘淡的一生。再來看看《怨女》的開頭，「上海那時候睡得早，尤其是城裏，還沒有裝電燈。夏夜八點鐘左右，……下面房子墨黑，是沉澱物，人聲嗡嗡也跟著低了下去」〔註310〕，這是一個沒有華麗意象的很普通的開頭，喻示了這個故事的講述方式也是用比較平實樸素的語言娓娓道來。

　　還有在《金鎖記》中用鏡子的意象來顯示故事戲劇性的關口，七巧在痛苦的折磨中熬過了十年，這十年的光陰就用一面鏡子來將七巧前後半生的時間連接起來，「風從鏡子裏進來。對面掛著的迴文雕漆長鏡被吹得搖搖晃晃，嗑托嗑托敲著牆……再定睛看時……金綠山水換為一張她丈夫的遺像，鏡子裏的人也老了十年。」〔註311〕此處用的是電影鏡頭蒙太奇的做法。鏡子在此「除了補綴時間，而且又挑起另一個戲劇性的高潮」〔註312〕，就是姜家分家七巧大鬧撒潑的情景。而在《怨女》中的這十年時間則是花了大量篇幅敘述銀娣嫁到姜家的經過；和中藥店小劉情竇初開的朦朧戀情；在姜家的生活點滴；和三爺的幾次調情，難耐的情慾；以及如何用鴉片和納妾把兒子玉熹留在身邊的過程，她心裏想著「煙燈比什麼燈都亮，因為人躺著，眼光是新鮮的角度，離得又近」〔註313〕，她覺得和兒子在一起是那麼的安全，因為他是

〔註308〕張愛玲：《多少恨》，《紅玫瑰與白玫瑰》，北京十月文藝出版社，2012年版，第238頁。
〔註309〕參見張愛玲：《金鎖記》，《傾城之戀》，北京十月文藝出版社，2012年版，第216頁。
〔註310〕張愛玲：《怨女》，《怨女》，北京十月文藝出版社，2012年版，第99頁。
〔註311〕張愛玲：《金鎖記》，《傾城之戀》，北京十月文藝出版社，2012年版，第231～232頁。
〔註312〕水晶：《象憂亦憂·象喜亦喜——泛論張愛玲短篇小說中的鏡子意象》，于青、金宏達，《張愛玲研究資料》，海峽文藝出版社，1994年版，第208頁。
〔註313〕張愛玲：《怨女》，《怨女》，北京十月文藝出版社，2012年版，第211～212頁。

個男的，是她身體的一部分，兩人骨肉相連。在這裡沒有了華麗的意象，但樸素的語言更令人感覺到銀娣的心酸和無奈。還有那些遺老們頹廢的生活，「只顧得個保全大節，不忌醇酒婦人，個個狂嫖濫賭，來補償他們生活的空虛」〔註314〕。《怨女》注重以動作、對話顯示人物的性格和心態，有時候對人物動作、對話本身力量的依仗，甚至更在《金鎖記》之上，因為這裡意象的出現已經沒有她早期小說中那樣頻繁和密集〔註315〕。

《金鎖記》也是用月亮的意象來結尾，「三十年前的月亮早已沉下去，三十年前的人也死了，然而三十年前的故事還沒完」〔註316〕，帶有一種幽怨的味道。而《怨女》的結尾是銀娣躺在煙鋪上，畫面回到了她做大姑娘的時候，那個調戲他的木匠半夜來敲門的那一夜。和《金鎖記》相比，《怨女》少了繁複華麗的意象，更多了一份樸實平淡的意味和歷經滄桑後的平靜，也隱隱透露出張愛玲多年來在美國生活和文學創作的感受。正如水晶所說，「張愛玲的筆法，也逐漸由絢爛歸入平淡」〔註317〕。

相比較之下，《色戒》雖然具有很強的戲劇性，但整個小說的語言還是比較樸實無華，沒有了華麗的意象。和《色戒》相比，《相見歡》的故事就平淡多了，完全沒有什麼引人入勝的故事性，更不用說華麗繁複的意象，她所要表現的不過是生命的空虛和無奈。而《浮花浪蕊》也是一篇沒有什麼情節的小說，只是摻雜了更多情緒性的因素〔註318〕，和張愛玲個人的生活經歷和感受。非但沒有特別的故事情節，語言也是樸實無華的。張愛玲早期小說傳奇的味道很濃、意象華麗繁複，可能是因為她「出名要趁早」和炫技的一種體現，到後來已經成名，並積累了一定的寫作經驗，還有後來人生經歷的巨大改變給她帶來不一樣的人生感悟。凡此種種，讓她相信不必仰仗曲折的情節、戲劇性的故事，她也能將小說寫得引人入勝〔註319〕。至於《雷峰塔》、《易經》、《小團圓》、《少帥》這幾部帶有強烈自傳味道並在張愛玲去世後才出版的小

〔註314〕張愛玲：《怨女》，《怨女》，北京十月文藝出版社，2012年版，第209頁。
〔註315〕參見余斌：《張愛玲傳》，海南出版社，1993年版，第292頁。
〔註316〕張愛玲：《金鎖記》，《傾城之戀》，北京十月文藝出版社，2012年版，第261頁。
〔註317〕水晶：《讀張著〈怨女〉偶拾》，《替張愛玲補妝》，濟南：山東畫報出版社，2004年版，第221頁。
〔註318〕參見余斌：《張愛玲傳》，海南出版社，1993年版，第299頁。
〔註319〕余斌：《張愛玲傳》，海南出版社，1993年版，第298頁。

說，顯然也體現了張愛玲後期創作的風格──意象由華麗繁複轉向平淡近自然。

由以上的例子可以看出張愛玲後期小說創作的風格發生了很大的改變，意象由繁複歸於平淡，那些「兀自燃燒的句子」不見了，轉向了平淡而近自然的風格。

二、反諷手法：由言語和情境反諷轉向結構和模式反諷

夏志清這樣評價張愛玲，她不僅是個徹底的悲觀主義者，同時又是個活潑的諷刺家和歷史學家，她忠實地記錄了中國人近代的都市生活，包括清朝的遺老遺少們和掙扎於戰亂中的小市民們的日常生活細節，她的作品可以說是隨意嘲諷，都成妙文。〔註320〕而張愛玲自己曾在《我看蘇青》中提到關於諷刺，「在中國現在，諷刺是容易討好的。前一個時期，大家都是感傷的，充滿了未成年人的夢與歎息，雲裏霧裏，不大懂事。一旦懂事了，就看穿一切，進到諷刺。」〔註321〕中國人喜歡看喜戲，喜歡大團圓的結局，但張愛玲覺得喜戲而非諷刺喜劇，就沒有什麼意思，只是粉飾現實罷了。她認為諷刺雖然是必須的，但不能單單停留於諷刺的階段，因為除了感傷還有感情的存在〔註322〕。張愛玲的機警是建立在廣大的悲情之上，形成既悲涼又犀利的文風。〔註323〕她還盡力避免感傷的文風，認為「現代西方態度嚴肅的文藝，至少在宗旨上力避『三底門答爾』（sentimental）」〔註324〕。在新文學中有很多作家也是喜好用諷刺的，但如果說新文學「諷刺與同情兼重」，那麼他們是把同情施予了一類人，而將諷刺擲向了另一群人，張愛玲的態度曖昧複雜得多，她的主人公同時既是同情的對象，又是諷刺的對象〔註325〕。如同張愛玲在看完崔承喜在上海的一場舞蹈表演《花郎》後，對其非常欣賞的一段諷刺劇情的評價，「諷刺也是這麼好意的，悲劇也還能使人笑。一般的滑稽諷刺從來沒有像這樣的有同

〔註320〕 參見夏志清：《中國現代小說史》，2015 年版，中文大學出版社，第 313 頁。
〔註321〕 張愛玲：《我看蘇青》，《流言》，北京十月文藝出版社，2012 年版，第 247 頁。
〔註322〕 參見張愛玲：《我看蘇青》，《流言》，北京十月文藝出版社，2012 年版，第 247～248 頁。
〔註323〕 周芬伶：《在豔異的空氣中》，楊澤編，《閱讀張愛玲》，麥田出版股份有限公司，1999 年版，第 106 頁。
〔註324〕 張愛玲：《談看書》，《重訪邊城》，北京十月文藝出版社，2012 年版，第 56頁。
〔註325〕 參見余斌：《張愛玲傳》，海南出版社，1993 年版，第 332 頁。

情心的」〔註326〕。新文學作家所描寫的愛情是浪漫的，對人生的追求也是浪漫且高尚的，但張愛玲卻著眼於平庸的凡人，是反浪漫的。張愛玲不像新文學作家那樣愛在小說中創作高潮，她喜歡的是一種反高潮，即是在豔異的空氣裏製造一種突然的跌落，使得傳奇故事中隱藏的人性呱呱地啼叫起來。〔註327〕

　　張愛玲前期創作的小說中，言語反諷和情境反諷是最常見的。最顯著的例子是《紅玫瑰與白玫瑰》中，一開始就說振保「整個地是這樣一個最合理想的中國現代人物」〔註328〕，他出洋拿了學位並在一家外商公司做到很高的位置，他的太太也是大學畢業，性情溫和面容姣好，還有一個九歲的女兒。「事奉母親，誰都沒有他那麼周到；提拔兄弟，誰都沒有他那麼經心；辦公，誰都沒有他那麼火爆認真；待朋友，誰都沒有他那麼熱心」〔註329〕。就是這樣一個表面看上去完美的人物，在巴黎第一次嫖妓的失敗感覺，令他「下決心要創造一個『對』的世界，隨身帶著。在那袖珍世界裏，他是絕對的主人」〔註330〕。可具有反諷意味的是，他在面對初戀情人玫瑰的誘惑時，以他認為「對」的方式強行克制了自己的情慾，贏得了坐懷不亂的柳下惠的名聲，但背地裏卻懊悔不迭。回到上海遇到了紅玫瑰嬌蕊，他還是做不了自己的主人。他被有著嬰孩的頭腦與成熟婦人美的嬌蕊所誘惑，最終陷入和她的熱戀之中。他以為他是這場愛情遊戲的主人，頗為得意地想著「他這女人，吃著旁人的飯，住著旁人的房子，姓著旁人的姓。可是振保的快樂更為快樂，因為覺得不應該」〔註331〕。但是當嬌蕊真的愛上他，要和丈夫離婚同他長相廝守時，他卻驚慌失措，立刻逃走，「為了崇高的理智的制裁，以超人的鐵一般的決定，捨棄了她」〔註332〕，顯然這和「現在他是他的世界的主人」形成了一種極大的反

〔註326〕 胡蘭成：《張愛玲與左派》，陳子善，《張愛玲的風氣》，濟南：山東畫報出版社，2004 年版，第 51 頁。

〔註327〕 參見張愛玲：《談跳舞》，《流言》，北京十月文藝出版社，2012 年版，第 182 頁。

〔註328〕 張愛玲：《紅玫瑰與白玫瑰》，《紅玫瑰與白玫瑰》，北京十月文藝出版社，2012 年版，第 51 頁。

〔註329〕 張愛玲：《紅玫瑰與白玫瑰》，《紅玫瑰與白玫瑰》，北京十月文藝出版社，2012 年版，第 51 頁。

〔註330〕 張愛玲：《紅玫瑰與白玫瑰》，《紅玫瑰與白玫瑰》，北京十月文藝出版社，2012 年版，第 54 頁。

〔註331〕 張愛玲：《紅玫瑰與白玫瑰》，《紅玫瑰與白玫瑰》，北京十月文藝出版社，2012 年版，第 71 頁。

〔註332〕 張愛玲：《紅玫瑰與白玫瑰》，《紅玫瑰與白玫瑰》，北京十月文藝出版社，2012 年版，第 83 頁。

諷。他娶了符合母親和世俗要求的家世清白純潔的白玫瑰煙鸝，但煙鸝生性羞縮，又不愛交際應酬，連「最好的戶內運動」也不喜歡，和振保的母親相處也不和睦，最後甚至和小裁縫偷情。振保「對他太太極為失望，娶她原為她的柔順，他覺得被欺騙了，對於他母親他也恨，如此任性地搬走，叫人說他不是好兒子」〔註333〕，振保做不了任何人的主人。百般痛苦之下，他只得常常喝酒、嫖妓來發洩對妻子對家庭的不滿，就差沒把妓女帶到家裏，最後連家用也不給，甚至暴力對待她。但「大家看著他還是頂天立地的好人」〔註334〕，到了最後，振保「改過自新，又變了了好人」〔註335〕，這顯然和他的實際行為構成了強烈的反諷意味。在這裡，顯然言語反諷和情境反諷是同時運用的。特別要提出的是，紅玫瑰嬌蕊的經歷也是一個明顯的情境反諷的例子。充滿肉欲誘惑風流的嬌蕊，在真心愛上振保並為他離婚後卻被他為了保全自己的名聲地位而拋棄。八年後振保重遇嬌蕊，雖然她的容貌憔悴衰老並打扮豔俗，卻投入到真實的生活中，她帶著孩子去看牙醫，告訴振保她對他曾經愛過投入過，這也讓她知道生活中除了男人還有其他值得把握的東西。風流性感的情人紅玫瑰變成了投入家庭生活的賢惠主婦白玫瑰，而振保最終選擇的白玫瑰煙鸝卻無法勝任家庭主婦的職責並且對丈夫不忠，這對於振保來說真是一個極大的反諷。他為了娶一個符合傳統觀念的賢妻良母型的妻子而拋棄了自己深愛著的妖嬈性感不守婦道的紅玫瑰，然而紅玫瑰最後變成了賢妻良母，而貞賢的白玫瑰卻乏味、不善應酬和家務甚至偷情。一直渴望創造一個「對」的世界，想做自己主人的振保，在現實生活中卻是什麼都不對，既做不了紅玫瑰的主人，也做不了白玫瑰的主人，更做不了自己的主人。言語反諷比比皆是，整個故事情節構成了情境反諷。

至於張愛玲前期創作的其他小說，言語反諷和情節反諷也比比皆是。在《封鎖》中宗楨為了躲避他的一個窮親戚董培芝而假裝和翠遠調情，這董培芝「謙卑地，老遠的就弓著腰，……一個吃苦耐勞，……最合理想的乘龍快婿」〔註336〕。這句話頗具反諷意味的是，實際上宗楨恨透了董培芝，因為

〔註333〕張愛玲：《紅玫瑰與白玫瑰》，《紅玫瑰與白玫瑰》，北京十月文藝出版社，2012年版，第83頁。
〔註334〕張愛玲：《紅玫瑰與白玫瑰》，《紅玫瑰與白玫瑰》，北京十月文藝出版社，2012年版，第93頁。
〔註335〕張愛玲：《紅玫瑰與白玫瑰》，《紅玫瑰與白玫瑰》，北京十月文藝出版社，2012年版，第95頁。
〔註336〕張愛玲：《封鎖》，《傾城之戀》，北京十月文藝出版社，2012年版，第153頁。

他出身貧寒卻只想娶個略具資產的小姐以作為上進的基礎，甚至打宗楨十三歲女兒的主意。除了這類言語反諷，這部小說更具有強烈的情境反諷的意味。宗禎為了躲避窮親戚而和吳翠遠調情，兩人開始互無好感，宗楨甚至覺得她沒有款式，像擠出的牙膏。但很快兩人在交談中墮入情網，甚至談到婚嫁，宗楨說會娶翠遠為妾並當妻子一樣看待，而翠遠也想著，家人想讓她找一個有錢的丈夫，可是宗楨沒錢還有太太，他們知道了一定很生氣，活該生氣！〔註337〕兩人一副談婚論嫁的架勢。讀者都以為這是個一見鍾情的浪漫故事，但是封鎖結束了，事件發生了大逆轉：呂宗楨立刻消失不見了！翠遠發覺他並沒有下車而是回到了自己的座位上，這才意識到這場浪漫的一見鍾情只不過是個惡作劇！這故事無疑構成了具有強烈戲劇性的情境反諷。

《琉璃瓦》也充斥著頗有喜劇意味的反諷，「女兒是家累，是賠錢貨，但是美麗的女兒向來不在此列，姚先生很明白其中的道理，可是要他靠女兒吃飯，他卻不是那種人」〔註338〕。實際上他正是那種人，他把自己的大女兒靜靜嫁給上司的兒子，希望得到好處，但靜靜卻為了避嫌而不讓自己的公公為父親謀取高職位，最後連靜靜的丈夫也開始懷疑她嫁給他的用心而夫妻不睦。這無疑是一個極大的反諷。姚先生無奈寄希望於二女兒曲曲身上，結果曲曲卻心儀窮小子，讓姚先生極為不滿，曲曲說，「若是我陪著你的上司，那又一說了」，姚先生的回答頗具反諷意味，「你就是賠了皇帝老子，我也要罵」〔註339〕，顯然這是言不由衷的。到了為三女兒心心選婿，張愛玲對姚先生描述更是頗有漫畫式的反諷意味，到了見面的那個晚上，姚先生使出渾身伎倆，「把陳良棟的舅父敷衍得風雨不透，同時勻出一隻眼睛來看陳良棟，一隻眼睛管住了心心，眼梢裏又帶住了他太太」〔註340〕，把一個上海小市民妄圖攀上豪門和精明計算的一面生動細緻地描繪出來。但最後的結局卻是心心根本

〔註337〕 參見張愛玲：《封鎖》，《傾城之戀》，北京十月文藝出版社，2012 年版，第 157 頁。

〔註338〕 張愛玲：《琉璃瓦》，《傾城之戀》，北京十月文藝出版社，2012 年版，第 202 頁。

〔註339〕 張愛玲：《琉璃瓦》，《傾城之戀》，北京十月文藝出版社，2012 年版，第 208 頁。

〔註340〕 張愛玲：《琉璃瓦》，《傾城之戀》，北京十月文藝出版社，2012 年版，第 210 頁。

沒有看上陳良棟，而是看上了陪同而來的另一沒錢的男子，令人大跌眼鏡。這無疑是一齣令人啼笑皆非的情景反諷喜劇。

還有《第一爐香》中的葛薇龍為了得到資助而住在姑媽梁太太家裏，她想著只要「我行得正，立得正，不怕她不以禮相待。外頭人說閒話，盡他們說去，我念我的書。將來遇到真正喜歡我的人，自然會明白的」〔註341〕。可是，最後她雖然嫁給了貴族子弟喬琪喬，卻淪為實際的高級妓女，不是幫丈夫弄錢就是幫梁太太弄人。這樣的結果顯然和薇龍的初衷構成了一種極大的反諷，這種小說人物的主觀願望與情節發展構成了一種悖反，是一種情境反諷。《連環套》中的霓喜積極地、使出渾身解數想用她的身體換來一樁婚姻和安定的生活，可最終還是一無所有。這兩者之間也構成一種情境反諷。顯然這種情境反諷是張愛玲小說常見的，她有意讓她小說中的人物擁有崇高的理想和遠大的目標，最後卻在殘酷的現實面前黯然破碎，通向沒有光的所在。〔註342〕

張愛玲前期小說還有一種更常見的情境反諷，就是「滲透於小說中的世俗情趣與虛無底子之間的悖反」〔註343〕，《花凋》中的川嫦患了嚴重的肺病，已在死亡邊緣徘徊的川嫦卻想著那可以穿三年的皮鞋，而她死於三個星期後，這無疑構成了一種情境反諷。葛薇龍在徹底墮落後和喬琪喬去逛灣仔市場，看到密密層層的人，密密層層的物品，同時看到淒清的天和大海而感到無邊的荒涼和恐怖，唯有投入到眼前這些豐富瑣屑的物質裏，她那空虛無助的心才能得到片刻的安慰。〔註344〕毫無疑問，薇龍執著於眼前的物質情趣和實際她所感受到的人生的虛無構成了一種情境反諷。這種情境反諷幾乎在張愛玲前期的所有小說中都有所體現。這裡不再一一列舉。

在張愛玲後期小說創作中依然存在著言語反諷和情境反諷。和前期小說的反諷模式不同的是後期小說創作出現了結構式反諷和模式反諷。結構反諷

〔註341〕張愛玲，《第一爐香》，《傾城之戀》，北京十月文藝出版社，2012年版，第13頁。

〔註342〕參見尤紅蓮：《論張愛玲小說的反諷敘事》，石河子大學學報（哲學社會科學版），中國期刊網，第2頁。

〔註343〕尤紅蓮：《論張愛玲小說的反諷敘事》，石河子大學學報（哲學社會科學版），中國期刊網，第2頁。

〔註344〕參見張愛玲：《第一爐香》，《傾城之戀》，北京十月文藝出版社，2012年版，第51頁。

是一種存在於小說題目與文本的張力中〔註 345〕。例如《小團圓》的題目和實際的內容之間就存在著反諷。這個題目顯然令人聯想到才子和佳人在歷經磨難後，終於可以終成眷屬的大團圓結局。但是我們從宋淇給張愛玲的一封信中可以看出這個書名的真實意義：他說這個書名顯然是具有反諷含義的，中國古代才子佳人小說中的男主人公都是歷經千辛萬苦，然後高中了狀元，最後和他在一起的女子個個都美麗賢淑，並且願意和他共同生活，也就是所謂的大團圓；現在這部小說裏的男主角是一個漢奸，最後躲了起來，個個同他好的女人都或者被休，或是困於情勢，或看穿了他為人，都同他分了手，結果只有一陣風光，連小團圓都談不上。〔註 346〕在這裡，宋淇解釋了書名和小說內容之間的反諷意味，這種反諷就屬於結構式反諷。小說中的男主人公邵之雍除了和九莉相戀，還在武漢和十七歲的小護士小康相戀並發生關係，更在抗戰勝利後在逃難的途中和郁先生家的小妾辛巧玉發生感情並同居。邵之雍在和九莉結婚前還有兩任妻子，並在和九莉交往時還和房東日本太太發生了關係。在小說中，提到「三美團圓」的地方有兩處，「她臨走那天，他沒等她說出來，便微笑道：『不要問我了好不好？』她也就微笑著沒再問他。她竟會不知道他已經答覆了她。直到回去了兩三個星期才回過味來。等他有一天能出頭露面了，等他回來三美團圓？」〔註 347〕另一處，郁先生告訴九莉之雍想把小康接到溫州鄉下，想讓九莉拿出一些錢來，九莉「只微笑聽著，想到：『接她會去嗎？不大能想像。團圓的時候還沒到，這是接她去過地下生活』九莉忽道：『他對女人不大實際。』她總覺得他如果真是跟小康小姐發生了關係，不會把她這樣理想化。郁先生怔了一怔道：『很實際的噢！』輪到九莉怔了怔。兩人都沒往下說。至少臨別的時候有過。當然了，按照三美團圓的公式，這是必須的，作為信物，不然再海誓山盟也沒有用。」〔註 348〕在這裡張愛玲用帶有諷刺意味的口吻，以才子佳人小說的三美團圓公式來譬喻九莉的遭遇，形容邵之雍的願望〔註 349〕。很顯然邵之雍自詡為才子，渴望和九莉、

〔註 345〕尤紅蓮：《論張愛玲小說的反諷敘事》，石河子大學學報（哲學社會科學版），中國期刊網，第 2 頁。

〔註 346〕參見張愛玲：《小團圓》，北京十月文藝出版社，2012 年版，第 8 頁。

〔註 347〕張愛玲：《小團圓》，北京十月文藝出版社，2012 年版，第 239 頁。

〔註 348〕張愛玲：《小團圓》，北京十月文藝出版社，2012 年版，第 241～242 頁。

〔註 349〕楊佳嫻：《才子佳人變形記》，林幸謙，《傳奇‧性別‧系譜》，聯經出版事業有限公司，2012 年版，第 329 頁。

小康小姐和辛巧玉好像古代才子那樣苦盡甘來，最終中了狀元奉旨完婚三美團圓。而才子和佳人一般在大團圓之前就發生了性關係，這是「信物」，是大團圓結局的保障。邵之雍對三美都已經饋贈了這樣的「信物」。但是九莉不喜歡這樣的結局，「並不是她篤信一夫一妻制，只曉得她受不了。她只聽信痛苦的語言，她的鄉音。」〔註350〕她不要這痛苦的三美團圓，不願意被男子寫入這模式化的言情傳奇〔註351〕。雖然邵之雍抱著幻想不願意放棄任何一個妻子或情人，「好好的牙齒為什麼要拔掉？要選擇就是不好」〔註352〕。但是顯然九莉不願意出演這齣「三美團圓」大結局的戲目。這時候已經是五四時代了，沒有了科舉中狀元和奉旨完婚這一類的事情了，但邵之雍卻仍做著這樣的美夢，身邊確實也有三美相伴，如魯迅所說，「以文雅風流綴期間，功名遇合為之主，始或乖違，終多如意，故當時或亦稱為『佳話』」〔註353〕。但具有反諷意味的是，最後九莉離開了他，小康嫁了人，辛巧玉不詳但顯然也沒有和他在一起。邵之雍所能擁有的只有「小團圓」，而沒有三美同在，最後顯然連小團圓也沒有，九莉走了，小康嫁人。〔註354〕這種小說內容和題目構成的結構反諷是張愛玲後期小說的特色。

　　另外還有《五四遺事——羅文濤三美團圓》也是一個結構反諷和模式反諷的例子。這裡面也提到「三美團圓」，這顯示了張愛玲對古代才子佳人小說的一種繼承。如夏濟安所說，「張女士固然熟讀舊小說，充分利用它們的好處，她又深通中國世故人情，她的靈魂的根是插在中國泥土裏的，她是真正的中國小說家」〔註355〕。張愛玲曾說過自己受《紅樓夢》和《金瓶梅》影響頗深，「這兩部書在我是一切的源泉，尤其是《紅樓夢》」〔註356〕。《五四遺事》和古

〔註350〕張愛玲：《小團圓》，北京十月文藝出版社，2012年版，頁241～242。
〔註351〕楊佳嫻：《才子佳人變形記》，林幸謙，《傳奇‧性別‧系譜》，聯經出版事業有限公司，2012年版，第330頁。
〔註352〕張愛玲：《小團圓》，北京十月文藝出版社，2012年版，第238頁。
〔註353〕魯迅：《中國小說史略》，上海：上海古籍，1998年版，第132頁，楊佳嫻，《才子佳人變形記》，林幸謙，《傳奇‧性別‧系譜》，聯經出版事業有限公司，2012年版，第331頁。
〔註354〕楊佳嫻：《才子佳人變形記》，林幸謙，《傳奇‧性別‧系譜》，聯經出版事業有限公司，2012年版，第329頁。
〔註355〕林以亮：《從張愛玲的『五四遺事』說起》，《昨日今日》，臺北：皇冠，1981年版，第126～131頁，摘自楊佳嫻，《才子佳人變形記》，林幸謙，《傳奇‧性別‧系譜》，聯經出版事業有限公司，2012年版，第315～316頁。
〔註356〕張愛玲：《紅樓夢魘》，北京十月文藝出版社，2012年版，第5頁。

代才子佳人小說顯然有聯繫，三美團圓的說法就是從古代舊小說而來。她曾在給夏志清的信中說明自己深受中國傳統文化的影響，「我屬於一個有含蓄的中國寫實小說傳統的作家，其代表作爲《紅樓夢》與《海上花》」，但同時她也意識到自己受到新文學傳統的一些影響〔註357〕。這部小說顯然是繼承了《紅樓夢》的傳統，但又包含了五四新文學的影響，表現了她對才子佳人小說傳統的繼承與變革。

《五四遺事》的背景是 1924，或者是要對當時沸沸揚揚的，前進、省悟、樂觀且直截的新文學，來一點刺戟罷〔註358〕。女主人公密斯范的出場，「周身毫無插戴，只腕上一隻金表，襟上一隻金自來水筆。「西湖在過去一千年來，一直是名士美人流連之所，重重疊疊的回憶太多了。遊湖的女人即使穿的是最新式的服裝，……也有一種時空不協調的突兀之感，彷彿是屬於另一個時代的」〔註359〕。雖然密斯范身上的金表、自來水筆是現代化的象徵，卻仍然給人一種突兀之感，好像來自古代。而兩位男性郭和羅也都是結了婚的人，「差不多人人都是還沒聽過『戀愛』的名詞，早已經結婚生子。」〔註360〕在當時的中國，戀愛完全是一種新的經驗，僅這一點點已經很夠味了。兩位已婚的才子追求具有現代意識的佳人，「發乎情，止乎禮，五四高唱的對於婦女、婚戀的自由解放」〔註361〕，實際的感覺卻像古代文人和懂詩文的青樓女子之間的交往。而在小說中也是模仿才子佳人的模式。密斯范和羅是一對，密斯周和郭是另一對，好像《紅樓夢》中，甄寶玉和賈寶玉，寶釵黛玉或襲人晴雯的人物設計。那麼才子佳人小說的固有結局「私定終身後花園，落難公子中狀元，奉旨完婚大團圓」是否能夠實現呢？羅文濤爲了實踐五四精神爲了追求崇高的愛情而不顧一切地提出離婚，但妻子卻不能接受質問他「我犯了七出哪一條？」〔註362〕經過千辛萬苦離了婚，又因聽說密斯范已和別人定親，一氣之下另娶了大美人王小姐。最後羅和密斯范在西湖重逢舊情復燃，又花

〔註357〕高全之：《張愛玲的英文自白》，《張愛玲學》，臺北市：麥田，城邦文化出版，2011 年版，第 410 頁。

〔註358〕楊佳嫻：《才子佳人變形記》，林幸謙，《傳奇‧性別‧系譜》，聯經出版事業有限公司，2012 年版，第 324 頁。

〔註359〕張愛玲：《五四遺事》，《怨女》，北京十月文藝出版社，2012 年版，第 88 頁。

〔註360〕張愛玲：《五四遺事》，《怨女》，北京十月文藝出版社，2012 年版，第 88 頁。

〔註361〕楊佳嫻：《才子佳人變形記》，林幸謙，《傳奇‧性別‧系譜》，聯經出版事業有限公司，2012 年版，第 325 頁。

〔註362〕張愛玲：《五四遺事》，《怨女》，北京十月文藝出版社，2012 年版，第 90 頁。

費大量時間金錢和王小姐離婚才終於娶到密斯范。具有諷刺意味的是，他發現理想中的「新女性」，那位「崇拜雪萊，十年如一日」〔註363〕的密斯范婚後成了一個平庸的懶婆娘，似乎與舊女性也沒有什麼區別〔註364〕。最後極其失望的羅文濤又把兩位前妻接回家，密斯范儘管哭鬧著要自殺，但還是接受了一夫多妻的現實。最終羅文濤攜著三位妻子隱居西湖湖畔，令很多人羨慕不已。「這已經是 1936 年了，至少在名義上是個一夫一妻的社會，而他擁著三位妻子在湖上偕遊」〔註365〕。表面上看起來羅文濤是三美團圓的完美大結局，可實際上卻是，他的兩位前妻在離婚時拿了他大筆的贍養費，現在卻完全不肯幫他，而他不得不負擔三位太太和她們的孩子，以及奶媽僕傭等所有家庭開支，實在是十分吃力，可謂焦頭爛額。這樣的結局頗有喜劇反諷的意味，雖然羅文濤獲得三美團圓的大結局，結果卻是公子本人以落難告終，他雖然攜著三美卻絕對沒有好日子過。這個結局顯然和題目「羅文濤三美團圓」構成了一種結構反諷。

而從另一個角度來看，《五四遺事》從一開始就給人感覺，羅和密斯范，郭和密斯周是兩對追尋五四所倡導的婦女婚戀的自由解放，結果卻是羅文濤為了追求戀愛和婚姻的自由，最後搞得三美團圓，自己卻落難的下場。這樣的結局顯然是同整個五四文學傳統構成一種反諷。這種反諷就是模式反諷，它是存在於個別作品與此前的整個文學史傳統的背離中〔註366〕。顯然這部小說使得張愛玲的創作與五四新文學傳統之間構成了一種模式反諷。五四新文學作家馮沅君的作品《隔絕》與《隔絕之後》就洋溢著五四所倡導的個性解放與愛情神聖等觀念，使得那一時期的五四愛情小說的主旋律都是愛情至上，秉持愛情不成寧願死去的信念。而在《五四遺事》中羅文濤經過了千辛萬苦終於和自己心愛的人密斯范結為伉儷，但最後卻是和三位妻子偕隱西湖，並且有許多人羨慕他「稀有的豔福」。這個結局顯然和五四新文學傳統構成一種強烈的模式反諷，且頗具有喜劇性。正如余斌所說，「羅和密斯范由最早一批開風氣之先的人落到最後那種局面，其中自有一份沉重的歷史感。但張愛玲始終保持輕描淡寫的簡筆敘述，以世態劇的方式來處理這個故事，使

〔註363〕張愛玲：《五四遺事》，《怨女》，北京十月文藝出版社，2012 年版，第 95 頁。
〔註364〕余斌：《張愛玲傳》，海南出版社，1993 年版，第 301 頁。
〔註365〕張愛玲：《五四遺事》，《怨女》，北京十月文藝出版社，2012 年版，第 98 頁。
〔註366〕尤紅蓮：《論張愛玲小說的反諷敘事》，石河子大學學報（哲學社會科學版），中國期刊網，第 3 頁。

之具有喜劇的格調，成為一幅輕淡的風情畫。」〔註367〕也許這正是張愛玲成功運用結構反諷和模式反諷的奧秘所在吧！

在《秧歌》中我們也感受到作者所運用的結構式反諷。秧歌本來是一種真正的民間舞蹈，是農民用來慶祝豐收或節日的一種歡慶儀式，但實際上卻被拿來做了政治宣傳的工具，表面的歡慶下面是農民實際上的無助和苦難，並揭示了「人生如戲」這一可怕的真理〔註368〕。內容和題目無疑構成了一種結構式的反諷。當然小說中也具體運用了言辭和情境反諷。例如文中描寫菜場警察抓癟三的一幕，「兩個警察一邊一個，握著一個男子的手臂，架著他飛跑，向路邊停著的一輛卡車奔去。兩個警察都是笑容滿面，帶著一種親熱而又幽默的神氣，彷彿他們抓住了自己家裏一個淘氣的小兄弟。他們那襤褸的俘虜被他們架在空氣中，腳不點地，兩隻瘦削的肩膀高高地聳了起來，他也在那裡笑，彷彿有點不好意思似的」〔註369〕。這些癟三被抓住是要被送到河岸的營地裏，和囚犯、反革命分子一起站在深深的河裏做苦力，但那俘虜卻「彷彿有點不好意思似的」笑著，這裡充滿了反諷的意味。另外一個場景，月香在搶糧暴動後，和丈夫金根一起逃跑，子彈不停地嗚嗚叫著在耳邊飛過，而他們「這樣手牽著手跑著；就像孩子在玩一種什麼遊戲」〔註370〕，在這樣的生死關頭卻像玩一場遊戲，其中的反諷意味令人回味。而在農民要求開倉借糧引發暴動後，混亂中月香的女兒阿招被人群踩死了，雖然知道手裏抱著的孩子已經死了，月香卻用稍帶驚異的明亮愉快的表情說「死了！早已死了！」面對女兒的死亡，月香卻是「稍帶驚異的明亮愉快的表情」〔註371〕，這種表情顯然和事實構成了強烈的反諷，令人感到驚訝、悲傷和不解。

還有殺豬的場面，「那豬……看上去真有點像一個人，很有一種恐怖的意味。……竟是笑嘻嘻的，兩隻小眼睛彎彎的，……極度愉快似的。……也不知道他們是遵守一種什麼傳統——這種傳統似乎有一種陰森怪異的幽默感——他們給那豬嘴裏唧著它自己的小尾巴，就像一個快樂的小貓咬著自己的尾巴一樣」〔註372〕，這裡的描寫表面上是頗有喜感的：小豬笑嘻嘻的，極度愉

〔註367〕參見余斌：《張愛玲傳》，海南出版社，1993年版，第302頁。
〔註368〕參見夏志清：《中國現代小說史》，中文大學出版社，2015年版，第320頁。
〔註369〕張愛玲：《秧歌》，臺北：皇冠文化出版有限公司。2010年版，第52頁。
〔註370〕張愛玲：《秧歌》，臺北：皇冠文化出版有限公司。2010年版，第174頁。
〔註371〕張愛玲：《秧歌》，臺北：皇冠文化出版有限公司。2010年版，第173頁。
〔註372〕張愛玲：《秧歌》，臺北：皇冠文化出版有限公司，2010年版，第145頁。

快，還啣著自己的尾巴，像快樂的小貓。但這豬看上去卻像一個人，帶著一絲恐怖意味。愉快的感覺和恐怖的意味構成了強烈的反諷。還有解放前和平軍到譚大娘家搶豬的情景，頗具喜劇意味，雞飛豬跑，一連串嘻嘻哈哈的鬧劇場面，是「以狂歡化而充滿真實歡樂氣氛呈現的，充滿諷刺的一幕精彩好戲」〔註373〕。可實際上譚大娘不僅失去了一頭豬，還失去了唯一的兒子，兒子被和平軍帶走，之後聽說當了逃兵被割了雙耳。這場悲劇表面上卻是一場歡快的鬧劇，兩者形成的強烈反諷令人震撼。

面對著飢餓和死亡的威脅，人們心中都充滿了恐懼和迷惘。當搶糧的暴動發生之後，人們出現在縣城，眯著眼睛望著那火光，「帶著他們那種慣常的表情，半皺眉半微笑」〔註374〕。而在火災過後不久，不少參加暴動的農民被打死或者押解到鄉上，但飢餓的農民們仍舊參加遊行給軍屬送年禮，「扭秧歌的開始扭了起來……不分男女都是臉上抹著一臉胭脂」〔註375〕，臉上還是半皺眉半微笑的表情，具有反諷意味的是這表面歡快的舞蹈，卻成了「中世紀圖畫中『死亡之舞』的行列」〔註376〕。這種題目和內容相悖反而形成的反諷顯然是一種結構反諷。

《相見歡》也是一個結構反諷的好例子。題目是「相見歡」，似乎象徵了伍太太和荀太太表姐們倆相見的歡樂場面和氣氛，兩人「嘮家常的『現在』穿插著個人對過去生活的追憶」〔註377〕，散漫的家常如同一連串睡意朦朧的哈欠〔註378〕。伍太太被丈夫拋棄，而荀太太的丈夫紹甫雖然還愛著太太，卻是個粗心大意的男子，經常會惹太太生氣。伍太太一直單戀著表妹荀太太，痛心她彩鳳隨鴉，妒恨少女時代同性戀的對象下嫁了他，代抱不平甚至恨不得她紅杏出牆。伍太太自己雖然被丈夫拋棄了，卻對紹甫處處吹毛求疵，對自己的丈夫倒相當寬容，只氣她的情敵，心裏直罵「婊子」，還給她丈夫寫家信。荀太太在婆家受了很多苦，最後也對生活麻木了，她始終不愛自己的丈夫，連提到丈夫的死也很平靜。在這漫長無聊的生活中，兩人見面不斷重提

〔註373〕林小菁：《張愛玲〈秧歌〉研究》，臺灣博碩士網，佛光大學碩士論文，2014年4月，第41頁。

〔註374〕張愛玲：《秧歌》，臺北：皇冠文化出版有限公司，2010年版，第195頁。

〔註375〕張愛玲：《秧歌》，臺北：皇冠文化出版有限公司，2010年版，第201～202頁。

〔註376〕夏志清：《中國現代小說史》，中文大學出版社，2015年版，第321頁。

〔註377〕余斌：《張愛玲傳》，海南出版社，1993年版，第296頁。

〔註378〕余斌：《張愛玲傳》，海南出版社，1993年版，第297頁。

舊事，甚至於荀太太不停念叨一個盯她梢的男人，而伍太太總像第一次聽到那樣，紹甫也表現得極爲遲鈍，「他們的關係就像是憋了很久的呵欠，顯示了人生的空虛和乏味」〔註379〕。由此可見，這題目的「相見歡」和兩人見面「自有說不完的體己話，可是嘈嘈切切間並無『歡』可言」〔註380〕的空虛無望的人生之間構成了極大的反諷，《相見歡》最終仍然指向了生命的空虛與無奈〔註381〕。另外《色，戒》也存在這樣的結構反諷，題目是「色，戒」，但實際上準備刺殺漢奸的王佳芝卻因爲假戲成眞，對漢奸易先生動了眞情而使整個刺殺計劃失敗，王佳芝犯了色戒，以致引火燒身。題目的「色，戒」與小說人物實際上是戒不了色，反而犯了色戒的事實構成了結構反諷。這裡的反諷沒有喜劇成分，令人感覺到毛骨悚然、不寒而慄。

三、性描寫：從唯美到直白

　　張愛玲前期作品關於性描寫是比較唯美和含蓄的。這可能和張愛玲自己的經歷有關，在最走紅的 1943～1945 年，她只是個二十多歲的年青姑娘，沒有戀愛經驗。在前面已經列舉過的《紅玫瑰白玫瑰》中關於紅色小月牙的一段，是很有詩意的情色描寫。〔註382〕這段文字描寫十分優美，雖然一看就知道是描寫振保和嬌蕊的性愛經過，卻很唯美浪漫。還有振保感覺到嬌蕊的性吸引，嬌蕊在洗頭，「濺了點肥皂沫子到振保手背上。他不肯擦掉它，由它自己乾了，那一塊皮膚上便有一種緊縮的感覺，像有張嘴輕輕吸著它似的」〔註383〕。在《花凋》中，描寫章雲藩感受到川嫦對他的性吸引力，「他到現在方才注意到她的衣服，心裏也說不出是什麼感想，腳背上彷彿老是蠕蠕囉囉飄著她的旗袍角……太大的衣服另有一種特殊的誘惑性，……有人的地方是人在顫抖，無人的地方是衣服在顫抖」〔註384〕。這些性描寫都非常夢幻、唯美。

〔註379〕周芬伶：《艷異──張愛玲與中國文學》，北京：中國華僑出版社，2003 年版，第 236 頁。

〔註380〕參閱余斌：《張愛玲傳》，海南出版社，1993 年版，第 297 頁。

〔註381〕余斌：《張愛玲傳》，海南出版社，1993 年版，第 298 頁。

〔註382〕參見張愛玲：《紅玫瑰白玫瑰》，《紅玫瑰白玫瑰》，北京十月文藝出版社，2012 年版，第 70 頁。

〔註383〕張愛玲：《紅玫瑰白玫瑰》，《紅玫瑰白玫瑰》，北京十月文藝出版社，2012 年版，第 57 頁。

〔註384〕張愛玲：《花凋》，《紅玫瑰白玫瑰》，北京十月文藝出版社，2012 年版，第 26 頁。

到了後期的作品，張愛玲小説中關於性的描寫開始變得大膽直白。直接出現性器官的名稱，易先生「一隻肘彎正抵在她乳房最肥滿的南半球外緣」〔註385〕。並引用俗語，「到女人心裏的路通過陰道」〔註386〕。還有王佳芝在色誘易先生時，「還非得釘著他，簡直需要提溜著兩隻乳房在他跟前晃」〔註387〕。《同學少年都不賤》中描寫赫素容，「身材相當高，咖啡色絨線衫敞著襟，露出沉甸甸墜著的乳房的線條」〔註388〕。小説裏多次出現「乳房」和「陰道」等性器官的名稱。又如《小團圓》中的那條獅子老虎撢蒼蠅的尾巴，是直接描寫男性的性器官。

我們從《小團圓》知道，帶有張愛玲自傳色彩的女主人公九莉在性方面是開竅比較早的。小的時候就偷偷看過父親的兩本淫書。九莉的母親蕊秋顯然是她這方面的導師，「《小團圓》是個慢慢發現『母親』的故事，而發現母親也即是發現『性』」〔註389〕。母親雖然深受五四精神的影響是個新女性，但在教育女兒的觀念上卻是頗爲保守的，不能説「快活」，因爲「快活」就是性愛的代名詞，另外「幹」、「壞」等字都是忌諱，九莉多年後才知道「壞」大概是同處女壞了身體有關。還有母親對當時女子擇偶的標準「高大」也嗤之以鼻，九莉不解，後來才想到這可以讓人聯想到男人的性器官尺寸。而在九莉長大以後，姑姑告訴她母親曾打過胎，九莉覺得很驚訝，因爲母親以前是很反對發生性關係的。〔註390〕也許是由於母親嚴格的性教育致使九莉對性更好奇，因爲越是禁忌就越是撩人，更讓九莉想瞭解母親究竟有沒有和男人發生關係。〔註391〕

九莉偷看母親的信，想知道母親的私事；在母親的男客人來的時候避到樓頂上，回來後發現床單和浴室都有些曖昧的氣氛。在海灘見到母親的年輕男友，一撮濕頭髮貼在眉心，好像「白馬額前拖著一撮黑鬃毛」〔註392〕，讓

〔註385〕張愛玲：《色戒》，《怨女》，北京十月文藝出版社，2012年版，第251頁。
〔註386〕張愛玲：《色戒》，《怨女》，北京十月文藝出版社，2012年版，第251頁。
〔註387〕張愛玲：《色戒》，《怨女》，北京十月文藝出版社，2012年版，第244頁。
〔註388〕張愛玲：《同學少年都不賤》，《怨女》，北京十月文藝出版社，2012年版，第320～321頁。
〔註389〕陳麗芬：《童言流言，續作團圓》，林幸謙，《張愛玲：傳奇・性別・系譜》，臺北市：聯經出版事業股份有限公司，2012年版，第300頁。
〔註390〕參見張愛玲：《小團圓》，北京十月文藝出版社，2012年版，第168頁。
〔註391〕參見李美皆：《從〈小團圓〉看張愛玲的終極身體寫作》，文學前沿，中國期刊網，第97頁。
〔註392〕張愛玲：《小團圓》，北京十月文藝出版社，2012年版，第37頁。

九莉感到穢褻而想起陰毛。還有母親爲簡煒打胎離婚，和眾多中外情人的曖昧關係，令「九莉二十幾歲性意識萌芽後看到什麼都聯想到性的青春期心理同步進行」〔註393〕。所以後來在已經結過婚，同時擁有妻子和情人，性經驗豐富的邵之雍的撩撥之下，很快就和他發生了關係。

《小團圓》中還有一段描寫九莉對性的態度，她每次都表現得若無其事，「因此除了脫下一條三角袴，從來手邊什麼也沒有。次日自己洗袴子，聞見一股米湯的氣味，想起她小時候病中吃的米湯」〔註394〕。這裡也是很直白地描寫九莉從最初開始接受性愛的羞澀，對性的好奇，到最後習以爲常。

除此之外，還有許多很直白的性愛描寫。在第二章肯定女性的情慾中提到的「獸在幽暗的岩洞裏的一線黄泉就飲，汨汨的用舌頭捲起來……」〔註395〕。這段性愛描寫是張愛玲作品中最直接、最大膽、也最惹人爭議的一段，這是兩情相悅時激情四射滿懷愛意的表達。此時，九莉正在性愛的現場沐浴著戰慄的快感，離愛的悲愴尚遠〔註396〕。而當九莉知道了之雍不但沒有離開小康，還在離開武漢前和小康發生了關係。面對這薄倖的男人，在和之雍做愛時，九莉居然想起了英國作家說性愛的姿勢很滑稽〔註397〕，並開始大笑而讓之雍泄了氣。這時的性愛過程是有性無愛的，是痛苦的折磨，「一隻黄泥罎子有節奏的撞擊……」〔註398〕，她感覺好像被綁在刑具上，有人彷彿在拼命地拉她，想把她活生生地扯成兩半，九莉難受得想吐，可是之雍只是看看她是否斷了氣〔註399〕，沒有絲毫的憐香惜玉。這時的九莉已經對濫情的之雍沒有了愛的感覺，只剩下恨，這無愛的性讓九莉無法投入其中，她的靈魂已經跳脫出來，只是看著肉身在機械地運動，因此覺得滑稽可笑〔註400〕。沒有愛情成分的性愛過程變得如此恐怖，張愛玲把這痛苦的經歷描寫得入木三分。

〔註393〕陳麗芬：《童言流言，續作團圓》，林幸謙，《張愛玲：傳奇‧性別‧系譜》，臺北市：聯經出版事業股份有限公司，2012 年版，第 300 頁。
〔註394〕張愛玲：《小團圓》，北京十月文藝出版社，2012 年版，第 198 頁。
〔註395〕張愛玲：《小團圓》，北京十月文藝出版社，2012 年版，第 208 頁。
〔註396〕李美皆：《從〈小團圓〉看張愛玲的終極身體寫作》，文學前沿，中國期刊網，第 100 頁。
〔註397〕參見張愛玲：《小團圓》，北京十月文藝出版社，2012 年版，第 223 頁。
〔註398〕參見張愛玲：《小團圓》，北京十月文藝出版社，2012 年版，第 223 頁。
〔註399〕參見張愛玲：《小團圓》，北京十月文藝出版社，2012 年版，第 223 頁。
〔註400〕參見李美皆：《從〈小團圓〉看張愛玲的終極身體寫作》，文學前沿，中國期刊網，第 100 頁。

在《少帥》中也有大量直白的性愛描寫。「他的頭毛氄氄的摩擦著她裸露的乳房」〔註401〕，讓她感覺到有些恐懼和難受，這是直接描寫少帥親吻周四的乳房和她的感受。還有初次性愛給周四的感覺，居然是好像一隻狗在自顧自地撞向樹樁〔註402〕，在這裡張愛玲用了一個形象生動、帶有戲謔口吻的比喻，來描寫男人在性愛過程中的形體動作。文中類似的比喻還有很多，如，「一根軟而滑的肉餌在無牙的噬嗑間滑出……挑逗的她膝蓋一陣酥麻，但是立即轉為疼痛……他立即發了瘋似的快馬加鞭……」〔註403〕。這些性愛描寫都非常直接、明白，和前期那種唯美的、朦朧的性愛描寫大相徑庭，是張愛玲後期寫作風格的一個重大轉變。這可能同她自己的生活經歷有關，前期的張愛玲是一個未有戀愛和婚姻經歷的年輕女子，對情慾和性愛還只處於唯美的幻想之中。而後期在美國時已人到中年，經歷了兩次婚姻和生活環境的巨變，對於人生、愛情以及性，張愛玲都有了新的體會和看法。

在《怨女》中也有關於情慾方面較為直白的描寫，如銀娣和三爺的三次調情，在「肯定女性的情慾」一節已經詳述過，這裡不再重複。「有時候她可以覺得裏面的一隻暗啞的嘴，兩片嘴唇輕輕的相貼著，光只覺得它的存在就不能忍受」〔註404〕，這段直接寫出女性的性器官和對性的渴望。後面還加了一句，「老話說女人是『三十如狼，四十如虎』」〔註405〕。「如狼似虎，點明了敘述對象是敏感的女性身體部位，實指性欲之渴求」〔註406〕，寫人到中年的銀娣受到強烈的性欲煎熬，在深夜無法入眠。當時張愛玲46歲，或許寫這段文字時，也有自己切身的感受。如周芬伶所說，如果在四十年代，張愛玲不會如此細緻地描寫愛撫動作或女人的身體，那時她的大膽僅限於人物的言語，在《怨女》中則一再強調女性身體的自覺與渴求〔註407〕。和七巧的變態和瘋狂相比，銀娣更真實，她富有情慾、空虛寂寞的生活更接近張愛玲小說中的那些不徹底的小人物。在《小團圓》中，張愛玲如此大膽直接地描寫性

〔註401〕張愛玲著：鄭遠濤譯，皇冠出版社（香港）有限公司，2014年版，第47～48頁。
〔註402〕參見張愛玲著：鄭遠濤譯，皇冠出版社（香港）有限公司，2014年版，第51頁。
〔註403〕張愛玲著：鄭遠濤譯，皇冠出版社（香港）有限公司，2014年版，第56頁。
〔註404〕張愛玲著：《怨女》，《怨女》，北京十月文藝出版社，2012年版，第179頁。
〔註405〕張愛玲著：《怨女》，《怨女》，北京十月文藝出版社，2012年版，第179頁。
〔註406〕高全之：《〈怨女〉的藝術距離及其調適》，《張愛玲學》，臺北市：麥田，城邦文化出版，2011年版，第338頁。
〔註407〕周芬伶：《豔異——張愛玲與中國文學》，北京：中國華僑出版社，2003年版，第300頁。

愛，「可能也是受了美國式的直白的性愛態度的影響」〔註408〕。因為在七十年代美國人對性的態度是持一種很開放的態度，張愛玲就曾經和賴雅一起去看脫衣舞表演，據說她看得津津有味，賴雅卻感覺索然無味，因為他在年輕時代一直過著紙醉金迷的生活，對脫衣舞之類的早已沒有興趣，只是為了陪張愛玲才勉強為之。張愛玲後期小說創作對性的描寫是很直白的，特別是到了《小團圓》，她開始正視自己的身體和性愛體驗。在《色戒》中張愛玲說「到女人心理的路通過陰道」，這想來也是她真實的心理感受。對於一個女人來說身體代表了她的一切，一個女作家更是要將自己最私隱的身體感受筆之於書，昭告天下。〔註409〕張愛玲在晚年時，表達了對自己、對他人、對世界的最大的坦誠，這意味著她自我生命的一個徹底地釋放和完成。《小團圓》在某種程度上可以說體現了她晚期的寫作風格，如薩依德在他的《論晚期風格》種所說，「他們都有極端自覺，超絕的技法造詣，儘管如此，卻有一件東西在他們身上很難找到：尷尬難為情。彷彿，他們活到了那把年紀，卻不要照理應該享有的安詳或醇熟，或什麼和藹可親，或官方的逢迎。但他們也沒有誰否認或規避年命有時而盡，在他們的作品裏，死亡的主題不斷復返，死亡暗損，但也奇異地提升他們的語言和美學」〔註410〕。在前面提過的，張愛玲曾在《小團圓》已經完稿後，補換了兩頁，這兩頁其中一頁就是「獸在幽暗的岩洞裏的一線黃泉就飲」，九莉和之雍激情另類的性愛過程；以及九莉以為自己懷孕而由當時的男友燕山為她介紹婦科醫生檢查，結果沒有懷孕卻發現「子宮頸折斷過」。這兩段補充的內容是極為私隱的性愛過程描寫和性愛病歷，的確如薩依德所說，他們都有極端自覺，超絕的技法造詣，儘管如此，卻有一件東西在他們身上很難找到：尷尬難為情。張愛玲自己也說，「這篇沒有礙語」〔註411〕，說到自己的時候也絲毫不客氣。道出了這部遺作知無不言、言無不

〔註408〕李美皆：《從〈小團圓〉看張愛玲的終極身體寫作》，文學前沿，中國期刊網，第 99 頁。

〔註409〕參見李美皆：《從〈小團圓〉看張愛玲的終極身體寫作》，文學前沿，中國期刊網，第 101 頁。

〔註410〕譯文參見彭淮棟譯，艾德華‧薩依德著，《論晚期風格——反常合道的音樂與文學》（臺北：麥田人文。2010 年），第 226～227 頁，摘自黃念欣，《『考』與『老』：從語源學與晚期風格論張愛玲〈小團圓〉的擬真策略》，林幸謙，《張愛玲：傳奇‧性別‧系譜》，臺北市：聯經出版事業股份有限公司，2012 年版，第 300 頁。

〔註411〕張愛玲：《小團圓》，北京十月文藝出版社，2012 年版，第 2 頁。

盡、視死如歸但又敝帚自珍的本質。〔註412〕張愛玲在這部自傳體小說中深切體現它的眞實性與眞誠的程度,「其詳盡與見人所未見,都使它成爲了一種『情感的定本』」〔註413〕。

第五節　重複書寫和衍生情節

一、重複書寫

在水晶的採訪中,張愛玲說,「我寫的東西,總得醞釀上一二十年」水晶問,「是不是要寫這麼久呢?」,張愛玲說,「不,是指要隔這麼久才寫得出來,」〔註414〕這大概可以說明,爲什麼在 1943 至 1945 年短短兩年間她可以出版那麼多小說了!因爲她寫的都是發生在身邊的故事,人物都是她身邊的人,這些故事她已經醞釀了十幾二十年,所以可以在短短的時間內寫出那麼多作品,而且篇篇精彩絕倫!這也可以解釋爲什麼去美國之後,寫的幾部小說《雷峰塔》、《易經》、《小團圓》其實都是張愛玲自己的生活經歷,從童年到少年再到青年時期的眞實故事。讀者可以在其中發現曾經在《私語》、《童言無忌》和《燼餘錄》三篇散文集中出現過的情節。甚至可以說,《雷峰塔》就是英文版的《私語》和《童言無忌》;《易經》就是英文版的《燼餘錄》。連張愛玲自己也說,讀者可能會視《小團圓》爲炒冷飯,除了後半部分出現了邵之雍和燕山,以及九莉從香港回到上海後的經歷,其餘都是讀者熟悉的內容,而《小團圓》和《少帥》也有很多相似的情節和描寫。

這幾部小說中很多具體情節也被多次重複描述。例如前面已經提到的一個情節,在《私語》、《易經》、《小團圓》中都出現過的母親牽著女兒手過馬路的情節,但隨著歲月的流逝作者的感覺也在發生變化從「生疏的刺激性」到「也讓她很歡喜」再到「顯然她也有點噁心」。還有港大歷史教授私人獎學

〔註412〕黃念欣:《『考』與『老』:從語源學與晚期風格論張愛玲〈小團圓〉的擬眞策略》,林幸謙,《張愛玲:傳奇‧性別‧系譜》,臺北市:聯經出版事業股份有限公司,2012 年版,第 353 頁。

〔註413〕黃念欣:《『考』與『老』:從語源學與晚期風格論張愛玲〈小團圓〉的擬眞策略》,林幸謙,《張愛玲:傳奇‧性別‧系譜》,臺北市:聯經出版事業股份有限公司,2012 年版,第 353 頁。

〔註414〕水晶:《蟬──夜訪張愛玲》,于青、金宏達,《張愛玲研究資料》,海峽文藝出版社,1994 年版,第 106 頁。

金 800 塊的情節也在《易經》和《小團圓》出現過。基本上張愛玲後期的三部小說《雷峰塔》、《易經》、《小團圓》就是重複其前期散文《私語》、《童言無忌》、《燼餘錄》的內容，不過她在創作中將散文中簡單的敘述，進行了詳盡的細節描寫和藝術加工。例如前面提到過的《私語》中，「看得出我母親是爲我犧牲了許多，而且一直懷疑著我是否值得這些犧牲」〔註415〕，在《易經》和《小團圓》中都有極爲詳盡的細節描述，如母親從小就經常教育子女多吃魚肉蔬菜，並且在男女關係上教育女兒要守貞；而母親自己則有多個情人，還抱怨爲了女兒要留在上海不能出國；九莉知道自己不符合母親心目中女兒的標準〔註416〕；在香港的時候好像聽母親說過類似「我不喜歡你」這樣的話；母親痛罵病中的九莉，因爲要出賣色相爲她付藥費等等情節前面已詳述過。

張愛玲在這三部小說中，不厭其煩地反覆敘述自己和母親之間的故事。特別是在《小團圓》中對母親的風流韻事做了極爲詳盡的描述，究竟孰眞孰假，目前也難以判定。張愛玲還多次在小說中說自己對母親已經沒有感情了，卻在他人議論母親時表示不滿。還有《小團圓》中的墮胎情節，藉此說不希望生育，因爲怕小孩會幫她母親報仇。張愛玲在這幾部小說中反反覆覆講述母親的故事，是借小說創作的自由性，通過虛構一些關於母親的情節，來彌補和母親長期分離難得相聚的遺憾。〔註417〕以此來表達內心深處對母親的愛和掛念。

對母親的描述在張愛玲早期散文中就有一些。例如，張愛玲在《必也正名乎》中提到，她十歲時母親爲了讓她進學校讀書曾和父親發生了爭執，最終是像拐賣人口一樣硬是把她送進了正規的學校讀書。〔註418〕父母離婚了，雖然張愛玲和弟弟都歸父親監護和撫養，但母親卻在離婚協議裏堅持張愛玲日後的教育問題都要先徵求她的同意，教育費用則由父親負擔。〔註419〕可見母親非常關心張愛玲的教育和成長。張愛玲逃到母親處之後，爲了幫助她參加倫敦大學遠東區的考試，本就不寬裕的母親還是高價請了一個猶太裔的英

〔註415〕 張愛玲：《私語》，《流言》，北京十月文藝出版社，2012 年版，第 125 頁。

〔註416〕 參見張愛玲：《小團圓》，北京十月文藝出版社，2012 年版，第 117 頁。

〔註417〕 參見高全之：《懺悔與虛實》，《張愛玲學續篇》，臺北市：麥田，城邦文化出版，2014 年版，第 192 頁。

〔註418〕 參見張愛玲：《必也正名乎》，《流言》，北京十月文藝出版社，2012 年版，第 39 頁。

〔註419〕 張子靜：《我的姐姐》，季季、關鴻，《永遠的張愛玲——弟弟、丈夫、親友筆下的傳奇》，學林出版社，1996 年版，第 13 頁。

國老師，每小時五美元。〔註 420〕即使在經濟狀況不佳的情況下仍然留下張愛玲和她共同生活，負擔她的學費，說明母親對張愛玲是非常關心和愛護的。

另外據張子靜回憶，「我母親為了姐姐出國留學的事，一九三六年特地回上海來了，她託人約我父親談判姐姐出國的問題，父親卻避而不見。」〔註 421〕結果只好由張愛玲自己和父親提出，但遭到拒絕，還受到後母的嘲諷，讓她深受傷害。這在張愛玲的《私語》中有記載，「你母親離了婚還要干涉你們家的事。既然放不下這裡，為什麼不回來？可惜遲了一步，回來只好做姨太太！」〔註 422〕接著發生的事情大家都知道了，張愛玲被父親暴打之後逃到母親那裡。而何干在張愛玲能夠順利逃走這件事上則立下大功。張愛玲在《私語》和《小團圓》中都沒有提到這一點。張愛玲在被軟禁後，患了痢疾，在《私語》中寫了她被軟禁、患病和逃走的經歷。但是她漏了一個重要環節，據張子靜說，何干見張愛玲的病越來越嚴重，就偷偷把她患病的消息告訴了張父，並忠告他，如果不採取挽救措施，出了事她不負責任，最後張父為她注射了消炎的抗生素，張愛玲才慢慢康復。〔註 423〕張子靜說，「這個老女僕照顧我姐姐十多年，是真心關懷著她的」〔註 424〕，並且「如果沒有何干這個關鍵性的進言；中國的文壇也許就沒有『張愛玲』了。」〔註 425〕

在英文小說《雷峰塔》中張愛玲表達了對保姆何干的感激之情，在這部小說中張愛玲用了「Dry Ho」的名字，而在張愛玲的散文《私語》中提到保姆何干名字的來由，「她姓何，叫『何干』不知是哪裏的方言，我們稱老媽子為什麼什麼干。」而「姓氏後加個『干』字是特為區別她不是餵奶的奶媽子」〔註 426〕，顯然「Dry Ho」就是何干。在《雷峰塔》中也未提及何干曾幫張愛玲和母親之間傳遞信息，並勸說父親救治張愛玲的情節。但小說裏多處描寫何干在張愛

〔註 420〕參見張子靜：《我的姐姐》，季季、關鴻，《永遠的張愛玲——弟弟、丈夫、親友筆下的傳奇》，學林出版社，1996 年版，第 28 頁。

〔註 421〕張子靜：《我的姐姐》，季季、關鴻，《永遠的張愛玲——弟弟、丈夫、親友筆下的傳奇》，學林出版社，1996 年版，第 26 頁。

〔註 422〕張愛玲：《私語》，《流言》，北京十月文藝出版社，2012 年版，第 122 頁。

〔註 423〕參見張子靜：《我的姐姐》，季季、關鴻，《永遠的張愛玲——弟弟、丈夫、親友筆下的傳奇》，學林出版社，1996 年版，第 29～30 頁。

〔註 424〕張子靜：《我的姐姐》，季季、關鴻，《永遠的張愛玲——弟弟、丈夫、親友筆下的傳奇》，學林出版社，1996 年版，第 27 頁。

〔註 425〕張子靜：《我的姐姐》，季季、關鴻，《永遠的張愛玲——弟弟、丈夫、親友筆下的傳奇》，學林出版社，1996 年版，第 30 頁。

〔註 426〕張愛玲著：趙丕慧譯，《雷峰塔》，北京十月文藝出版社，2011 年版，第 2 頁。

玲童年和青少年時期悉心照顧她，並提及何干需要賺錢資助貧困的鄉下親人以及她對於將來出路的擔憂。琵琶「可以察覺到何干背後那塊遼闊的土地，總等著要錢，她精疲力竭的兒子女兒，他們的信像蝗蟲一樣飛來……她怕死了被辭歇回家，竟然想到留在城裏乞討，繼續寄錢回去」〔註427〕。兒子富臣因不想照顧年老的祖母而活埋她的傳言透露出鄉村的貧困，而貧戶惡待老者的結局也正等著何干。琵琶內疚自己沒有能實現幼年時說過要為何干買皮襖的承諾，臨別時也沒能給她一些錢。還因為自己的逃離，連累何干失去唯一謀生的工作。張愛玲對此是內疚的，所以在三部自傳體小說中都有關於何干的情節，在《小團圓》中何干變成韓媽。高全之認為，這部小說對於何干（韓媽）的描寫不僅只涵蓋保姆和孩子之間的關係，而是觸及了家傭的議題。對於這些老年傭人，張愛玲在文中說，「論理他們是該得到遠比工錢多的養老金，可是現實上還得寄希望於年青的一代」〔註428〕。家傭退休福利是經常被忽視的老人問題之一，張可能是第一個直接涉及這個社會問題的華人作家〔註429〕。說明張愛玲是真心關心這個老傭人，並希望她能安享晚年。

另外，張愛玲還不斷重複地表達自己對祖父母的喜愛。在張愛玲的《對照記》和《小團圓》中都有大量篇幅講述他們的故事，羨慕他們住在自己蓋的大花園裏，「一直過著伊甸園的生活」〔註430〕。兩本書都有同一段話，「她愛他們。他們不干涉她，只靜靜的躺在她血液裏，在她死的時候再死一次。」〔註431〕，《對照記》則改為第一人稱，「他們只靜靜地躺在我的血液裏，等我死的時候再死一次」〔註432〕。張愛玲之所以不斷重複地書寫自己的家庭往事，寫自己的母親，是因為經過了世事滄桑，開始體諒母親未能提供給她穩定生活的無奈，「就像無所愧疚於自己晚清遺民家世那樣，張愛玲表達了不向外人致歉的瞭解與孺慕」〔註433〕。

〔註427〕張愛玲著：趙丕慧譯，《雷峰塔》，北京十月文藝出版社，2011年版，第208頁。
〔註428〕張愛玲著：趙丕慧譯，《雷峰塔》，北京十月文藝出版社，2011年版，第39頁。
〔註429〕高全之：《音容宛在：張愛玲〈雷峰塔〉如何追思何干》，《張愛玲續篇》，麥田出版城邦文化事業股份有限公司，2014年版，頁140。
〔註430〕張愛玲：《小團圓》，北京十月文藝出版社，2012年版，第106頁。
〔註431〕張愛玲：《小團圓》，北京十月文藝出版社，2012年版，第106～107頁。
〔註432〕張愛玲：《對照記》，《重訪邊城》，2012年版，第216頁。
〔註433〕高全之：《懺悔與虛實》，《張愛玲學續篇》，臺北市：麥田，城邦文化出版，2014年版，第193頁。

　　除此之外，《小團圓》和《少帥》在講述男女之情時也有很多重複的情節。在《少帥》中，「他不放開她的手腕，牽起來細看，『怎麼這麼瘦？你從前不是這樣的』她立即羞愧自己始終沒長到別人期望的那麼美，只好咕噥一句：『只不過是最近。』『不舒服嗎？』『不，只是沒胃口。』『為什麼？』她不答。『為什麼？』她愈是低著頭，愈是覺得沉重得無法抬起頭來。『不是因為我吧？』」〔註434〕而在《小團圓》中也有類似的描述，「她⋯⋯手腕十分瘦削，見他也在看，不禁自衛地說：『其實我平常不是這麼瘦。』他略怔了怔，方道：『是為了我嗎？』」〔註435〕。這兩段描述都非常相似。

　　「她不喜歡與他並躺在沙發上，但是這樣可以久久凝視彼此的臉。只恨每人多生了一條胳臂。幾次三番藏掖不了，他說：『砍掉它。』」〔註436〕（《少帥》），《小團圓》也有類似的情節。〔註437〕還有在《小團圓》中之雍半夜離開九莉家，九莉怕吵到三姑讓之雍不要穿鞋，但之雍為了面子不肯聽，「在過道裏走，皮鞋聲音很響，她在床上聽著，走一步心裏一緊，」〔註438〕，《少帥》中也有類似情節，少帥在周四小姐處過夜，半夜離開，周四讓他不要穿鞋子出去，愛面子的少帥當然不肯，於是「她聽見他走在過道石板地的腳步聲，一路清晰刺耳」〔註439〕。這樣的重複情節還有很多，如前面提到過的性愛描寫在兩部小說中都出現過，內容也頗為近似。這種重複性說明張愛玲在創作《小團圓》時，不由自主地將《少帥》中的情節帶入進去，這可能是張愛玲的真實經歷和感受，所以在創作時情不自禁地用了一次又一次。

　　除了上述的自傳體小說，還有後期根據《金鎖記》改寫的《怨女》。《怨女》的篇幅顯然長過《金鎖記》，內容也有較大的改動。《怨女》是一九六六年由皇冠出版社出版，此時的張愛玲已經四十六歲，經歷了兩次婚姻、經歷了政權交替、經過了在香港和美國文壇闖蕩多年的生活，人生的跌宕起伏使她對人生也有了不同的看法。在《怨女》這部小說中，透露了張愛玲對舊家族生活的留戀以及在美國生活的一些感悟。

〔註434〕張愛玲：《少帥》，皇冠出版社（香港有限公司），2014年版，第33～44頁。
〔註435〕張愛玲：《小團圓》，北京十月文藝出版社，2012年版，第149頁。
〔註436〕張愛玲：《少帥》，皇冠出版社（香港有限公司），2014年版，第46頁。
〔註437〕參見張愛玲：《小團圓》，北京十月文藝出版社，2012年版，第221頁。
〔註438〕張愛玲：《小團圓》，北京十月文藝出版社，2012年版，第215頁。
〔註439〕張愛玲：《少帥》，皇冠出版社（香港有限公司），2014年版，第65頁。

　　《怨女》中的柴銀娣顯然比《金鎖記》中的曹七巧要忠厚許多，《怨女》中去掉了長安這個角色，讓銀娣不像七巧那麼狠毒令人憎恨。小說的結尾，《金鎖記》中七巧骨瘦如柴地躺在床上，流著淚瀕臨死亡；在《怨女》中，銀娣突然想起年輕時曾經拿著油燈燒一個男人的手臂，「忽然從前的事都回來了，蓬蓬蓬的打門聲……她引以為自慰的一切突然都沒有了……她這輩子還沒經過什麼事……」〔註 440〕，夢想著又回到了從前的青春歲月。在《怨女》中，當銀娣向哥嫂問起以前拉過她手的那個木匠，嫂子就說起木匠老婆為了他打野雞沒有寄錢回家而打架，銀娣聽到這話覺得很刺耳，她根本不容許他除了那晚還有別的生活經歷〔註 441〕。這似乎也是張愛玲的心聲，她一直沉浸在對往事的回憶中，除了難忘的上海，她簡直不允許自己有其他的記憶，所以在她的後期小說創作中一直是在重複書寫上海時期的陳年往事。

　　但是，小說中還是透露了她在美國生活的一些感悟。雖然《怨女》和《金鎖記》的故事大致相仿，但在《怨女》中，張愛玲強調了地域和風俗的不同。銀娣是上海人，小說開頭就是「上海那時候睡得早，尤其是城裏」〔註 442〕。回門的時候，銀娣嫌婆家聘禮太少，但「據她哥哥說是北邊規矩」〔註 443〕。而按照北邊的規矩「他們家比外面的女人胭脂搽得多，……在上海人看來覺得鄉氣」〔註 444〕。老太太也對別的媳婦說，「二奶奶新來，不知道，她是南邊人，跟我們北邊規矩兩樣」〔註 445〕。銀娣為自己是上海人而感到驕傲，這似乎也是張愛玲的心聲。而銀娣也慢慢開始適應北邊的生活，認為「還是北邊傭人好」〔註 446〕，因為沒有親戚找上門來。到了過年的時候，「許多人家都養著雞預備吃年夜飯，不像姚家北邊規矩，年菜沒有這一項」〔註 447〕。在《怨女》中張愛玲強調南北方的規矩、風俗、地域的不同，可能就是「作者身處異域，打入美國主流社會的挫折與暗澹的一種表徵」〔註 448〕。高全之認為，「重

〔註 440〕張愛玲：《怨女》，《怨女》，北京十月文藝出版社，2012 年版，第 238 頁。
〔註 441〕參見張愛玲：《怨女》，《怨女》，北京十月文藝出版社，2012 年版，第 175 頁。
〔註 442〕張愛玲：《怨女》，《怨女》，北京十月文藝出版社，2012 年版，第 99 頁。
〔註 443〕張愛玲：《怨女》，《怨女》，北京十月文藝出版社，2012 年版，第 118 頁。
〔註 444〕張愛玲：《怨女》，《怨女》，北京十月文藝出版社，2012 年版，第 122 頁。
〔註 445〕張愛玲：《怨女》，《怨女》，北京十月文藝出版社，2012 年版，第 123 頁。
〔註 446〕張愛玲：《怨女》，《怨女》，北京十月文藝出版社，2012 年版，第 177 頁。
〔註 447〕張愛玲：《怨女》，《怨女》，北京十月文藝出版社，2012 年版，第 189 頁。
〔註 448〕高全之：《〈怨女〉的藝術距離及其調適》，《張愛玲學》，臺北市：麥田，城邦文化出版，2011 年版，第 325 頁。

複敘述，證明作者對原始素材興趣濃厚，並有重新詮釋的強烈需要」〔註449〕，的確在《怨女》中，張愛玲肯定女性情慾，對銀娣也持同情的態度，不像《金鎖記》中的七巧那麼極端和令人恐懼，對遺民的具體生活狀況也有詳細的描述。王德威認爲，這個重寫過程說明了張愛玲小說寫實並非純粹摹擬與反映故事時空現實，而且不爲外在意識教條服務。〔註450〕

在第一章我們已經知道，《怨女》的中文版在皇冠出版之前，連同一九五七年的英文稿《粉淚》（Pink Tears）都曾遭到退稿。英文稿的《北地胭脂》則於一九六七年由倫敦 Cassel 書局出版。張愛玲移民美國，用中英文對上海舊事的不斷書寫和重寫，也是美國多元文化的一種體現。當下怨女不怨，以女主角跨地域越族群尚能維持的「土著」自豪，暗喻作者在多元文化寫作活動裏，抗拒全盤遺棄（母文化）與全面投降（新文化）。〔註451〕

另一個重要的重複書寫，體現在張愛玲後期多部小說都取材於她未能在生前發表的《異鄉記》。說到《異鄉記》的出版，不得不歸功於宋以朗。宋以朗是宋淇夫婦的兒子，他在 2003 年由美國回到香港，在整理張愛玲的遺物時發現了一個筆記簿，有一篇叫做《異鄉記》的約 80 頁的文章，以第一人稱講述一位沈太太從上海去溫州路上的所見所聞。〔註452〕《小團圓》中的第九章和張愛玲的散文《華麗緣》（1947 年）極爲相似。《華麗緣》中的社戲在《異鄉記》中也曾提及。宋以朗認爲，這兩部小說都有《異鄉記》中關於社戲的描述，說明這篇文章實際就是 1946 年張愛玲去溫州探望胡蘭成的途中寫的日記〔註453〕。張愛玲曾在五十年代給鄺文美的信裏說，只有少數的作品是她自己覺得非寫不可的，例如《異鄉記》），其他的多是沒辦法才寫的。她又說「《異鄉記》──大驚小怪，冷門，只有你完全懂」。〔註454〕

而我們在張愛玲的後期小說中發現很多和《異鄉記》重複的片段，或者

〔註449〕高全之：《〈怨女〉的藝術距離及其調適》，《張愛玲學》，臺北市：麥田，城邦文化出版，2011 年版，第 323 頁。

〔註450〕高全之：《〈怨女〉的藝術距離及其調適》，《張愛玲學》，臺北市：麥田，城邦文化出版，2011 年版，第 323 頁。

〔註451〕高全之：《〈怨女〉的藝術距離及其調適》，《張愛玲學》，臺北市：麥田，城邦文化出版，2011 年版，第 328 頁。

〔註452〕參見張愛玲：《異鄉記》，北京十月文藝出版社，2010 年版，第 1 頁。

〔註453〕參見張愛玲：《異鄉記》，北京十月文藝出版社，2010 年版，第 2 頁。

〔註454〕張愛玲：《異鄉記》，北京十月文藝出版社，2010 年版，第 6 頁。

說很多情節都取自於《異鄉記》。例如，《異鄉記》第十二章，「黃包車又把我們拉到縣黨部。這是個石庫門房子。一跨進客堂門，迎面就設著一個櫃檯，櫃檯上物資堆積如山，木耳，粉絲，筍乾，年糕，各自成為一個小丘。這小城，沉浸在那黃色的陽光裏，孜孜地『居家過日子』，連政府到了這地方都只夠忙著致力於『過日子』了，彷彿第一要緊是支撐這一份門戶。一個小販挑著一擔豆腐走進門來，大概是每天送來的。便有一個黨部職員迎上前去，揭開抹布，露出那精巧的鑲荷葉邊的豆腐，和小販爭多論少，雙眉緊鎖拿出一隻小秤來秤。」〔註455〕而《小團圓》的第十章有兩段和這段極為相似，「乘了一截子航船，路過一個城，在縣黨部借宿。……裏面出來了一個年青的職員……手裏拿著個小秤，掀開豆腐上蓋的布，秤起豆腐來，一副當家過日子的樣子。」〔註456〕顯然《小團圓》裏這一段是從《異鄉記》中節選並修改過的。還有第十章的一段，九莉去探望邵之雍的路上，「積雪的山坡後的藍天藍得那樣，彷彿探手到那斜坡背後一掏一定掏得出一塊」〔註457〕，這一段取自《異鄉記》第十章「一個小山崗子背後也露出一塊藍天，藍得那麼肯定，如果探手在那土崗子背後一掏，一定可以掏出一些什麼東西」〔註458〕。

　　張愛玲在《異鄉記》中描寫當地的環境，「這一帶差不多每一個店裏都有一個強盜婆似的老闆娘坐鎮著，……殺氣騰騰」〔註459〕。我們在《秧歌》中發現了這一段，「差不多每一片店裏都有一個殺氣騰騰的老闆娘坐鎮著」〔註460〕，類似的情況在《秧歌》中出現過很多次，譚家人送金根的妹妹金花出嫁，在去婆家的路上經過一家飯館，「房頂上到處有各種食料累累的掛下來，一棵棵白菜，灰撲撲的火腿，長條的鮮肉，乳白的脆薄的豆腐皮……」〔註461〕，這一段生動描寫飯館場景的畫面是從《異鄉記》（第五章）裏截取的，幾乎分毫不差。還有《秧歌》一開頭就提到茅廁，「一到這小鎮上，第一先看見長長的一排茅廁。……」〔註462〕，這段取自《異鄉記》（第五章）。

〔註455〕張愛玲：《異鄉記》，北京十月文藝出版社，2010 年版，第 92 頁。
〔註456〕張愛玲：《小團圓》，北京十月文藝出版社，2012 年版，第 233 頁。
〔註457〕張愛玲：《小團圓》，北京十月文藝出版社，2012 年版，第 232 頁。
〔註458〕張愛玲：《異鄉記》，北京十月文藝出版社，2010 年版，第 74 頁。
〔註459〕張愛玲：《異鄉記》，北京十月文藝出版社，2010 年版，第 41 頁。
〔註460〕張愛玲：《秧歌》，臺北：皇冠文化出版有限公司。2010.8，第 5～6 頁。
〔註461〕張愛玲：《秧歌》，臺北：皇冠文化出版有限公司，2010 年版，第 13 頁。
〔註462〕張愛玲：《秧歌》，臺北：皇冠文化出版有限公司，2010 年版，第 5 頁。

譚大娘和賣芝麻糖的小販之間的故事（第一章）也是從《異鄉記》（第五章）
中截取的。另外在《秧歌》十二章中農民為了給軍屬送年禮而殺豬的一幕，
「……它被掀翻在一個木架子上。它低低的咕嚕了一聲，彷彿表示這班人是
無可理喻的。從此就沉默了……去了毛的豬臉在人前出現，竟是笑嘻嘻
的……他們給那豬嘴裏啣著它自己的蜷曲的小尾巴，就像一個快樂的小貓咬
著自己的尾巴一樣」〔註463〕，這一段取自《異鄉記》第六章閔先生家裏殺
豬的情景。農民們沒有糧食，但「仍舊一天做三次飯。在潮濕的空氣裏，藍
色的炊煙低低的在地面上飄著，久久不散，煙裏含著一種微帶辛辣的清香。
一到了中午，漫山遍野的黑瓦白房子統統冒煙了，從牆壁上挖的一個方洞
裏，徐徐吐出一股白煙，就像『生魂出竅』一樣，彷彿在一種宗教的狂熱裏，
靈魂離開了軀殼，悠悠上升，漸漸『魂飛雲外，魄散九霄』」〔註464〕，《秧
歌》第七章的這一段來自《異鄉記》的第七章，「大家從早到晚只忙得一個
吃。每天，那白房子噴出白色的炊煙的時候……那微帶辛辣的清香，真是太
迷人」〔註465〕。《秧歌》中金花的婚禮場面（第二章）也選自《異鄉記》第
八章閔先生的太太帶「我」（沈太太）去看新娘子的結婚場面。還有第六章
王霖在和沙明失去聯繫後，到當年留下沙明的村莊方家去打聽她的下落，找
到方家的親戚趙八哥，傾談中趙八哥講述了一次和日本兵接觸的經歷，這段
經歷節選自《異鄉記》第九章，「他們家有個朋友開借宿，都叫他孫八哥……
有一次日本兵從潼縣下來……」〔註466〕。月香被迫拿出積蓄用來置辦給軍
屬的年禮，和金根磨米粉做年糕，「金根兩隻手搏弄著一隻火燙的大白球，
有一隻西瓜大……」〔註467〕，這一段取自《異鄉記》第四章，「一個長工，
兩手撥弄著一個西瓜大的熾熱的大白球……」〔註468〕。《異鄉記》第七章甚
至出現了月香的名字，「曬著太陽，女人月香覺得腰裏癢起來，掀起棉襖看
看，露出一大片黃白色的肉……她疑心是男人的衣服上有蝨子……女人端三
碗菜出來……男人吃了便把骨頭吐在地上，女人只有趁他去盛飯的時候迅速

〔註463〕張愛玲：《秧歌》，臺北：皇冠文化出版有限公司，2010年版，第143～145頁。
〔註464〕張愛玲：《秧歌》，臺北：皇冠文化出版有限公司，2010年版，第95頁。
〔註465〕張愛玲：《異鄉記》，北京十月文藝出版社，2010年版，第55頁。
〔註466〕張愛玲：《異鄉記》，北京十月文藝出版社，2010年版，第69頁。
〔註467〕張愛玲：《秧歌》，臺北：皇冠文化出版有限公司，2010年版，第140頁。
〔註468〕張愛玲：《異鄉記》，北京十月文藝出版社，2010年版，第36～37頁。

地連揀了幾筷子……一個嫂嫂模樣的人走過來，特地探過頭來看明白了他們吃的是什麼菜……」〔註469〕。這一段出現在《秧歌》的第四章，「太陽曬在身上暖烘烘的，月香覺得腰裏癢起來，掀起棉襖來看看，露出一大片黃白的肉……」，「……月香幾乎碰都沒碰那鹹菜。……譚大娘在旁邊走過，特地探過頭來看明白了他們吃些什麼……」〔註470〕。除此之外，《秧歌》中還有多處關於農村生活的畫面和細節描寫均取自於《異鄉記》，這裡不再一一列舉。

　　《赤地之戀》第一章中也有一段描寫，「大卡車，開得太慢，……那助手向司機說：『讓他們也吃點灰』……助手……又漲紅了臉大喝一聲，『他媽的！也讓你們吃點灰！』」〔註471〕。這段節選自《異鄉記》的十一章，「有一次是前面的一部大卡車開得太慢，把路堵住……那助手便向司機道：『我們也開得慢些，給他們吃灰』……忽然之間紅著臉大喝一聲道：『觸那！也給你們吃點灰』」〔註472〕。

　　《五四遺事》中有一段羅文濤和密斯范在湖上泛舟，「小船駛入一片荷葉，灑黃點子的大綠碟子磨著船舷嗤嗤響著。隨即寂靜了下來。船夫與他的小女兒倚在槳上一動不動，由著船自己漂流。偶而聽見那湖水咽的一響，彷彿嘴裏含著一塊糖」〔註473〕。也取自於《異鄉記》，「自己身邊卻有那酥柔的水聲，偶而『咽』地一響，彷彿它有塊糖含在嘴裏，隔半天咽上一口溶液」〔註474〕

　　《怨女》中有一段情節，銀娣的外公外婆來到銀娣的哥嫂家，「她一看見他們就覺得難過，老夫妻倆笑嘻嘻，腮頰紅紅的，一身褪色的淡藍布衫袴，打著補丁。她也不問他們吃過飯沒有，……下廚房熱飯菜……她替他們裝飯，用飯勺子拍打著，堆成一個小丘，圓溜溜地突出碗外……老夫婦在店堂裏對坐著吃飯……沉默中只偶然聽見一聲碗筷叮噹響……每碗結實得像一隻拳頭打在肚子上。」〔註475〕這一段也節選自《異鄉記》〔註476〕。還有閔先生找來算命的瞎子，這瞎子給老太太算命的情節都在《怨女》中出現過。

〔註469〕張愛玲：《異鄉記》，北京十月文藝出版社，2010年版，第56～57頁。
〔註470〕張愛玲：《秧歌》，臺北：皇冠文化出版有限公司，2010年版，第65～67頁。
〔註471〕張愛玲：《赤地之戀》，臺北：皇冠文化出版有限公司，2010年版，第4頁。
〔註472〕張愛玲：《異鄉記》，北京十月文藝出版社，2010年版，第82～83頁。
〔註473〕張愛玲：《五四遺事》，《怨女》，北京十月文藝出版社，2012年版，第89頁。
〔註474〕張愛玲：《異鄉記》，北京十月文藝出版社，2010年版，第28頁。
〔註475〕張愛玲：《怨女》，《怨女》，北京十月文藝出版社，2012年版，第107頁。
〔註476〕參見張愛玲：《異鄉記》，北京十月文藝出版社，2010年版，第23頁。

另外《異鄉記》第一章的一段，從火車車窗望出去，「一路的景致永遠是一個樣子──墳堆，水車；停棺材的黑瓦小白房子，低低的伏在田隴裏，像狗屋」〔註477〕。這一段重複出現在《半生緣》中，顯得淒迷詭異，「那一天從郊外回到廠裏去，雨一直下得不停，到下午放工的時候，才五點鐘，天色已經昏黑了。也不知道是怎麼樣一種朦朧的心境，竟使他冒著雨重又向郊外走去。泥濘的田隴上非常難走，一步一滑。還有那種停棺材的小瓦屋，像狗屋似的，低低地伏在田隴裏，白天來的時候就沒有注意到，在這昏黃的雨夜裏看到了，卻有一種異樣的感想」〔註478〕。而在《秧歌》中也又一次重複出現了這段情境描寫，此時金根辦完金花的喜事，回家的途中「路邊時而有停棺材的小屋，低低地蹲伏在田野裏。……」〔註479〕。

綜上所述，已足證《異鄉記》是張愛玲下半生創作過程中一個重要的靈感來源了〔註480〕。她後期創作的小說中很多情節題材都取自於《異鄉記》，尤其是《秧歌》。《異鄉記》裏面多數農村生活的場景描述及內容情節也大量複製到日後的作品中，成為《秧歌》重要的創作題材來源。可以說《異鄉記》就是張愛玲創作《秧歌》的藍本。不停地重複書寫童年和青少年時期的家庭往事以及大量節選和重複《異鄉記》裏的內容，以及同樣的題材所出現的衍生情節是張愛玲後期小說創作的一個重要特點。就如王德威曾經指出張愛玲的特色就是「重複、迴旋、衍生」的創作美學，透過對個別主題的不斷反芻、改寫與探索，成為一種獨特的傷痕文學，通過寫作記憶逐漸轉化成一種技藝：借著對往事的回憶，以往的那些靈光片羽就有了重新組合的可能性，並且浮現出許多耐人回味的形式。書寫和重寫顯然是一種非常具有探索性的藝術表達方式。作者追憶似水年華的往事，其實並不單純是一種宣洩和沉溺，因為一種嶄新的、富有創造性的欣喜和痛楚也隨之而誕生了。〔註481〕童年和青少年的往事以及溫州之行，不但在張愛玲身心留下痛苦和難以癒合的創傷烙印，更是她後半生不斷沉淪回味的痛

〔註477〕張愛玲：《異鄉記》，北京十月文藝出版社，2010年版，第16頁。

〔註478〕張愛玲：《半生緣》，北京十月文藝出版社，2012年版，第9頁。

〔註479〕張愛玲：《秧歌》，臺北：皇冠文化出版有限公司，2010年版，第25頁。

〔註480〕張愛玲：《異鄉記》，北京十月文藝出版社，2010年版，第5頁。

〔註481〕參見王德威：《張愛玲再生緣──重複、迴旋與衍生的敘事學》，《文學世紀》第9期，2000年12月，第53～58頁，林小菁，佛光大學碩士論文《張愛玲〈秧歌〉研究》，2014年，臺灣博碩士網，第20頁。

苦深淵。張愛玲的後期小說創作除了不斷重複自己青少年時期的往事，其作品中的許多細節和環境描寫均取材於《異鄉記》。尤其是《秧歌》，其中大量生活細節以及環境描寫均來自於《異鄉記》，故有論者認爲《秧歌》並非授權之作。

二、衍生情節

前面已經討論過張愛玲的後期小說創作帶有很大的自傳性和重複性，所以具備很強的眞實性，但小說畢竟是文學創作，並不能完全等同於作者本人的親身經歷。在張愛玲後期的自傳性作品中就有很多衍生情節，和張愛玲的自傳性散文有一定的出入，有些據推測甚至可能是杜撰的。

比如張愛玲在《小團圓》中提到母親蕊秋和舅舅雲志的關係，說雲志是從外面偷偷買回來的孩子。但據張子靜的說法，「我母親和我舅舅生於一八九六年，不但是遺腹子，而且是雙胞胎。」〔註482〕一九五七年黃逸梵在英國去世，同一年黃定柱在上海去世，「同地同生，異地同死，這種雙胞胎的傳奇，隱含著生命的神秘」〔註483〕。關於這件事據張子靜講是這樣的，張愛玲母親和舅舅的父親黃宗炎出任廣西鹽法道道臺的第一年就因瘴氣而亡，年僅三十歲。他的姨太太在南京臨盆。沒有生育的大外祖母擔心生個女的斷了黃家的香火，所以張愛玲的母親黃逸梵落地後，大外祖母絕望得立時昏倒在地。這時卻聽到產婆在屋裏說，「不要慌，裏頭還有一個！」這一個就是張愛玲的舅舅黃定柱。〔註484〕

這和張愛玲在《小團圓》中所描述的完全不同，因爲當時生下來的是個女孩，「是凌嫂子拎著個籃子出去……買了個男孩子，裝在籃子裏帶進來，算是雙胞胎。……」〔註485〕說完蕊秋還特意對九莉說，「你可不要去跟你舅舅打官司，爭家產」〔註486〕。這個狸貓換太子的故事究竟是眞還是假呢？目前尙無證據顯示這件事是眞的，應該是張愛玲虛構出來的。也許是爲了增加故事

〔註482〕張子靜：《我的姐姐》，季季、關鴻，《永遠的張愛玲——弟弟、丈夫、親友筆下的傳奇》，學林出版社，1996年版，第52頁。

〔註483〕張子靜：《我的姐姐》，季季、關鴻，《永遠的張愛玲——弟弟、丈夫、親友筆下的傳奇》，學林出版社，1996年版，第53頁。

〔註484〕參見張子靜：《我的姐姐》，季季、關鴻，《永遠的張愛玲——弟弟、丈夫、親友筆下的傳奇》，學林出版社，1996年版，第53頁。

〔註485〕張愛玲：《小團圓》，北京十月文藝出版社，2012年版，第33頁。

〔註486〕張愛玲：《小團圓》，北京十月文藝出版社，2012年版，第34頁。

的傳奇性，也可能是張愛玲因為寫《花凋》以舅舅一家為原型而惹惱了他，在此添加一個衍生情節表達對舅舅的愧疚和懷念吧。

《小團圓》還多次出現九莉發現之雍的侄女秀男愛著她叔叔的情節：九莉看到秀男的丈夫聞先生，覺得他配不上秀男，認為她是為叔叔犧牲了自己，「『她愛她叔叔，』九莉心裏想。」〔註487〕有次之雍對九莉說，秀男說他們像在天上，「『因為她愛他』九莉心裏想，有點淒然」〔註481〕。這些是否事實，目前還沒有證據，張愛玲之所以這樣寫，可能是出於一種嫉妒的心理，也可能是為了突出男主角之雍的魅力。

另外《小團圓》中還有一個情節，說九莉的弟弟九林愛戀繼母，她看到九林靠在煙鋪旁，依偎著翠華，「臉上有一種心安理得的神氣，彷彿終於找到了一個安身立命的角落。……煙鋪上的三個人構成　幅家庭行樂圖」〔註489〕。還有九林和九莉談到父親把抵押到了期的信放到抽屜裏忘了，導致物業被沒收，令翠華很生氣。九莉說翠華可能是氣惱父親沒把東西交給她管理，九林急忙幫繼母分辯澄清，九莉認為，他顯然是愛翠華的。張愛玲對此也有解釋，「只要有人與人的關係，就有曲解的餘地」〔註490〕。為了證明九林確實愛翠華，作者又繼續說明，當九莉問九林喜愛哪個明星，他說喜歡一個年紀較大的女明星，九莉立刻覺得這個女明星和翠華的容貌很相似〔註491〕。這一情節也沒有證據證明是真實的。

在《小團圓》中，蕊秋對楚娣說起關於九林的身世，「乃德倒是有這一點好，九林這樣像外國人，倒不疑心。其實那時候有那教唱歌的意大利人……」〔註492〕，乃德是九莉和九林的父親。這段話似乎在暗示九林是蕊秋和意大利人生的孩子。

看起來似乎張愛玲對弟弟有諸多嫌棄之意？但其中有一個情節透露了張愛玲的真實想法，母親給了九莉和弟弟一人一份珠寶首飾，九莉選的是一副翠玉耳環。可是後來把它賣了，不是因為等錢用，而是「那副耳環總使她想起她母親她弟弟，覺得難受。」〔註493〕九莉心裏是愛弟弟的，只是不忍心看

〔註487〕張愛玲：《小團圓》，北京十月文藝出版社，2012年版，第151頁。
〔註488〕張愛玲：《小團圓》，北京十月文藝出版社，2012年版，第162頁。
〔註489〕張愛玲：《小團圓》，北京十月文藝出版社，2012年版，第97～98頁。
〔註490〕張愛玲：《小團圓》，北京十月文藝出版社，2012年版，第258頁。
〔註491〕參見張愛玲：《小團圓》，北京十月文藝出版社，2012年版，第258～259頁。
〔註492〕張愛玲：《小團圓》，北京十月文藝出版社，2012年版，第73頁。
〔註493〕張愛玲：《小團圓》，北京十月文藝出版社，2012年版，第260頁。

到他受苦，所以寧願對他視而不見了，這是一種逃避的心態。還有一個情節，當弟弟來看母親，九莉注意到到弟弟氣色很不好，母親要他去照 X 光驗肺。弟弟走後，九莉哭著對母親說「我要……送他去騎馬」〔註 494〕。說明九莉內心對弟弟的一片憐惜之情。所以《小團圓》中關於弟弟的這些衍生情節，可能也是張愛玲對她一直疏於音問的弟弟在內心深處表現出來的一種愧疚和惦念之情。

另外在《雷峰塔》中，弟弟陵因被後母傳染而得了肺結核死去這一情節顯然也是屬於衍生情節。因為現實生活中張愛玲的弟弟張子靜是在張愛玲去世後不久離世的，享年七十五歲。張愛玲為什麼要杜撰這一情節呢？在小說的最後張愛玲透露了玄機，「榆溪倒也像露與珊瑚一樣反抗傳統。他捨得分權給家裏人，好讓他自管自吃他的大煙、玩他的女人、享受不多幾樣的安逸……我們都突破了，琵琶心裏想，各人以各人的做法。陵是抱著傳統的唯一的一個人，因為他沒有別的選擇，而他遇害了」。〔註 495〕而在《雷峰塔》剛開始的時候，琵琶才六七歲，傭人們講起「白蛇變成美麗的女人，嫁給年青書生的故事」〔註 496〕。白蛇因為嫁給人而違反天條，被法海鎮壓在雷峰塔下，「人家說只要寶塔倒了，她就能出來，到那時就天下大亂了」，「雷峰塔不是倒了嗎？」「難怪現在天下大亂了」〔註 497〕。這裡的「雷峰塔」代表的是傳統，而「雷峰塔倒了」代表傳統的坍塌。弟弟陵的死亡代表了被摒棄的舊傳統，所以他「遇害了」。「雷峰塔倒了」和陵的「遇害」都喻示著中國的舊傳統已走向窮途末路！

還有關於燕山和九莉的戀情。燕山的原型顯然就是桑弧，但前面已經提過當時文藝界熟悉兩人的魏紹昌說張愛玲和桑弧之間並無戀情。那麼張愛玲為什麼要寫燕山和九莉的戀情呢？這個衍生出來的情節究竟有什麼用意呢？在小說中，燕山是一個明星兼導演，他「夠引人注目的，瘦長條子，甜靜的方圓臉，濃眉大眼長睫毛，頭髮有個小花尖」〔註 498〕，而在現實生活中，桑

〔註 494〕張愛玲：《小團圓》，北京十月文藝出版社，2012 年版，第 108 頁。

〔註 495〕張愛玲著：趙丕慧譯，《雷峰塔》，北京十月文藝出版社，2011 年版，第 323 頁。

〔註 496〕張愛玲著：趙丕慧譯，《雷峰塔》，北京十月文藝出版社，2011 年版，第 18 頁。

〔註 497〕張愛玲著：趙丕慧譯，《雷峰塔》，北京十月文藝出版社，2011 年版，第 18 頁。

〔註 498〕張愛玲：《小團圓》，北京十月文藝出版社，2012 年版，第 247 頁。

弧的相貌卻是極爲普通平常的。而九莉認識他的時候還是在「吃西柚汁度日的時候」〔註 499〕，剛剛和邵之雍分手的那段最痛苦的時間，這似乎暗示兩人之間確實曾有過一段戀情。

　　和燕山在一起，九莉「覺得她是找補了初戀，從前錯過了的一個男孩子。他比她略大幾歲，但是看上去比她年輕」〔註 500〕，兩人是相愛的，但愛情是無法把握的，「他把頭枕在她腿上，她撫摸著他的臉，不知道怎麼悲從中來，覺得『掬水月在手，』已經在指縫間流掉了」〔註 501〕。在小說中三姑楚娣很生氣地問九莉，爲什麼要和燕山鬼鬼祟祟，「燕山又不是有婦之夫，但是因爲他們自己瞞人，只好說沒有」〔註 502〕。隨後九莉說明了理由，是「因爲她的罵名出去了，連罵了幾年了，正愁沒新資料，一傳出去勢必又沸沸揚揚起來，帶累了他。」〔註 503〕這裡似乎暗示張愛玲的確和桑弧是有過戀情的，只是因爲當時張愛玲背負著漢奸的罵名，爲了不連累桑弧而不得不掩飾他們之間的戀情。在小說中張愛玲對桑弧這個人物原型也進行了藝術加工，桑弧外表普通，且並不是明星，張愛玲卻在此將其美化成一個美男子。

　　還有在《小團圓》中出現的表大媽、表大爺、三姨奶奶分別對應於《小艾》中的五太太、景藩和憶妃，緒哥哥也是三姨奶奶的丫頭生的，而孩子生下來之後，三姨奶奶就把她賣到外埠去了，故事情節也極爲相似。但在《小艾》中沒有的情節是：《小團圓》中三姑楚娣爲了營救表大爺而幫表大爺的兒子緒哥哥籌錢的情節，並挪用蕊秋存放在她那裡的錢，後來賣掉了三條衖堂才把錢還給蕊秋，以及楚娣和緒哥哥的戀情。而且作者對三姑和緒哥哥那不爲世俗所容的戀情並無反感，反而是同情。九莉經常在傍晚和三姑緒哥哥坐在一起，聽他們聊天，「她喜歡這樣坐在黑暗中聽他們說話」〔註 504〕，「輕言悄語，像走長道的人剛上路」〔註 505〕，九莉很羨慕三姑和緒哥哥這種「柏拉圖式的戀愛」。在《易經》中也有提到三姑珊瑚和明表哥的戀情，在這裡則詳細地交代了兩人的肉體關係「兩人似乎漫長一生在別人庭院裏像孤兒那樣沒

〔註 499〕張愛玲：《小團圓》，北京十月文藝出版社，2012 年版，第 247 頁。
〔註 500〕張愛玲：《小團圓》，北京十月文藝出版社，2012 年版，第 263 頁。
〔註 501〕張愛玲：《小團圓》，北京十月文藝出版社，2012 年版，第 273 頁。
〔註 502〕張愛玲：《小團圓》，北京十月文藝出版社，2012 年版，第 275 頁。
〔註 503〕張愛玲：《小團圓》，北京十月文藝出版社，2012 年版，第 275 頁。
〔註 504〕張愛玲：《小團圓》，北京十月文藝出版社，2012 年版，第 3 頁。
〔註 505〕張愛玲：《小團圓》，北京十月文藝出版社，2012 年版，第 93 頁。

人理睬，終於發現彼此，用自身肉體滋養對方；並且相互助長了對方的自由，自然，和自私」〔註506〕。這個情節並沒有在張愛玲的書信或其他資料中被證實是真實的，這顯然是一個衍生情節。張愛玲為什麼要在兩部小說中重複杜撰三姑和表哥的故事呢？高全之認為「它突出了姑姑在張愛玲生命裏的特殊性」〔註507〕。這段戀情是否存在並不重要，作家有進行創作加工的權利，正如海明威所說「最優秀的作家都是騙子」〔註508〕。「張愛玲藉這個違逆道德倫常的說詞去表明深切同情姑姑獨身的寂寞：姑姑有愛的需要，也有愛的能力。」〔註509〕張愛玲又一次地在《小團圓》中書寫《小艾》中的故事情節，說明這的確是她家族的真實事件。小說中出現三姑和表哥戀情的衍生情節，可能是為了凸顯姑姑在張愛玲心目中的重要性，姑姑曾替代母職悉心照顧過她，在《私語》中張愛玲說姑姑的家是「我所知道的最好的一切，不論是精神上還是物質上的，都在這裡了。」〔註510〕或許這個衍生的故事情節是張愛玲「藉由三姑的情愛筆墨，宣洩並完成了作者對三姑的思念」〔註511〕。

另外，在小說中母親有多個中外情人：教唱歌的意大利人、為之離婚的簡煒、畢大使、淺水灣酒店的年輕人、死在新加坡海灘的勞以德、誠大侄侄、德國醫生范斯坦等等，除了勞以德，目前還沒有資料顯示這些情人是真有其人的。而且張愛玲還透過三姑之口知道母親打過胎，「二嬸不知道打過多少胎」〔註512〕。據張子靜回憶，他表哥曾透露，「我母親那次回上海，帶了一個美國男朋友同行。他是個生意人，四十多歲，長得英俊漂亮」〔註513〕，這個美國男朋友應該就是勞以德。對此張愛玲曾在《私語》中提到，看得出母親為了

〔註506〕張愛玲著：趙丕慧譯，《易經》，北京十月文藝出版社，2012 年版，第 58 頁。

〔註507〕高全之：《世故‧寂寞‧天真》，《張愛玲學續篇》，臺北市：麥田，城邦文化出版，2014 年版，第 123 頁。

〔註508〕Reynolds，Michael，Hemingway：The Paris Years, Cambridge：Basil Blackwell Ltd, 1989, p.18，摘自高全之，《世故‧寂寞‧天真》，《張愛玲學續篇》，臺北市：麥田，城邦文化出版，2014 年版，第 123 頁。

〔註509〕高全之：《世故‧寂寞‧天真》，《張愛玲學續篇》，臺北市：麥田，城邦文化出版，2014 年版 4，第 123 頁。

〔註510〕張愛玲：《私語》，《流言》，北京十月文藝出版社，2012 年版，第 120 頁。

〔註511〕高全之：《懺悔與虛實》，《張愛玲學續篇》，臺北市：麥田，城邦文化出版，2014 年版，第 199 頁。

〔註512〕張愛玲：《小團圓》，北京十月文藝出版社，2012 年版，第 168 頁。

〔註513〕張子靜：《我的姐姐》，季季、關鴻，《永遠的張愛玲——弟弟、丈夫、親友筆下的傳奇》，學林出版社，1996 年版，第 30 頁。

她犧牲良多，並且一直在懷疑是否值得這樣去犧牲自己。張愛玲不相信母親對自己的愛，也爲自己拖累母親而感到內疚，這些在《小團圓》中有非常多的細節描寫。一九四三年新加坡淪陷，黃逸梵的男友死於炮火，給了她很大的打擊，她於一九四六年回到上海，母親「帶著墨鏡，很瘦，形容憔悴」〔註514〕，張愛玲聽到姑姑說「哎唷，好慘！瘦得唷…」〔註515〕即刻「眼眶紅了」〔註516〕。說明張愛玲內心對母親是充滿同情和憐惜的。據張子靜說，黃逸梵一九三六年回上海也是爲了爭取張愛玲到英國讀書，並且可以趁這個機會將女兒帶在身邊。母親對女兒的愛可見一斑。張愛玲之所以杜撰出這麼多中外情人和衍生的戀情，也許是想以此來證明母親的魅力，並通過這些衍生情節的書寫來寄託自己對母親的思念，在張愛玲生命最後一年出版的《對照記》中，有多幅母親年輕美貌的照片，其中對母親的孺慕和思念之情已經說明了一切。

〔註514〕張子靜：《我的姐姐》，季季、關鴻，《永遠的張愛玲——弟弟、丈夫、親友筆下的傳奇》，學林出版社，1996 年版，第 31 頁。

〔註515〕張子靜：《我的姐姐》，季季、關鴻，《永遠的張愛玲——弟弟、丈夫、親友筆下的傳奇》，學林出版社，1996 年版，第 31 頁。

〔註516〕張子靜：《我的姐姐》，季季、關鴻，《永遠的張愛玲——弟弟、丈夫、親友筆下的傳奇》，學林出版社，1996 年版，第 31 頁。

第四章　張愛玲後期小說創作與中外文學傳統

第一節　中國古典小說對張愛玲後期小說創作的影響

一、《紅樓夢》的影響：由直接模仿到藝術變異

　　張愛玲自幼就迷戀《紅樓夢》，每隔幾年就會重讀《紅樓夢》一次，是個「徹頭徹尾的『紅樓夢迷』」。張愛玲曾說過，《金瓶梅》、《紅樓夢》對她來說是一切的源泉，特別是《紅樓夢》。鄺文美曾這樣說，張愛玲甚至爲了不能與曹雪芹生在同一時代——因此一睹他的風采或一聽他的高論——而出過「悵望千秋一灑淚，蕭條異代不同時」的感慨。〔註 1〕據張子靜回憶，張愛玲少年時期常與父親討論《紅樓夢》的細節，兩人還特別討論關於高鶚所續的後四十回，張愛玲認爲高的續作中主要人物的描寫和原作相差太多，並且人物的歸宿也沒有按照曹雪芹的構想去寫，對此父親也頗爲贊同。父親對高鶚的出身和熱衷功名利祿這一點頗爲重視。父親是姊姊研究《紅樓夢》的啓蒙師〔註 2〕。張愛玲十四歲撰寫了五回《摩登紅樓夢》，由父親代擬回目。之後因後母進門引發矛盾而致最後逃出家門，張愛玲在《大美晚報》上寫了一篇關於她被軟禁的文章來報復父親。張愛玲成功地透過文字展開復仇

〔註 1〕 參見張愛玲、宋淇、鄺文美著：宋以朗主編，《張愛玲私語錄》，皇冠出版社（香港）有限公司，2010 年版，第 16 頁。
〔註 2〕 張子靜：《我的姊姊張愛玲》，臺北：時報出版公司，1996 年版，第 113 頁。

計劃〔註 3〕。並在之後的幾十年中不斷書寫父女的恩怨情仇。張愛玲步入中年後，花費了十年的時間研究考據《紅樓夢》，並將這部書取名為《紅樓夢魘》。這部書的來源線索還是要回到她對父親那似乎滿腹經綸，卻毫無用處的哀矜勿喜，以及少女張愛玲在煙霧繚繞的鴉片房中，所得到的最初的文學啓蒙的生命歷程中去尋覓蹤跡。〔註 4〕

　　被夏志清譽為「中國從古以來最偉大的中篇小說」和傅雷稱為「我們文壇最美的收穫」的《金鎖記》就有著濃鬱的紅樓風味，據王德威所說，「張愛玲用兩種語言至少寫了六遍《金鎖記》」，張愛玲這樣評價這部小說，「《金鎖記》halfway between《紅樓夢》與現代〔介乎《紅樓夢》與現代之間〕」〔註 5〕。

　　著名的紅學家呂啓祥也撰寫過一篇《〈金鎖記〉與〈紅樓夢〉》，他認為《金鎖記》顯然受到西方文學的影響，但同時也繼承了《紅樓夢》的寫作特色。熟讀《紅樓夢》的人們都會對張愛玲的小說有種非常親切的感覺……張愛玲小說同《紅樓夢》的血緣關係十分引人注目。〔註 6〕

　　呂啓祥這樣描述《金鎖記》和《紅樓夢》的關係，當你翻開張愛玲的《金鎖記》等小說，會有一種很強烈的感覺，文中隨處可見的是大家都熟悉的《紅樓夢》中的語言。那不是一種刻意的模仿，而是由她的筆下極其自然地流露出來的，伴隨著小說人物的身份、口吻、神態、心理描寫等共同表現出的一種鮮活生動的語言，這些語言是張愛玲自己的，但又的確是從紅樓夢裏化出來的。〔註 7〕例如，范柳原對白流蘇說，「你別枉擔了這個虛名」〔註 8〕，這是《紅樓夢》中的丫環晴雯說的話。《五四遺事》中，羅文濤的妻子突然穿金戴銀地推開門進來，「彷彿寶蟾送酒給他送了點心來」〔註 9〕。《沉香屑 第

〔註 3〕 呂文翠：《五詳〈紅樓夢〉，三棄〈海上花〉？》，林幸謙，《張愛玲——傳奇·性別·譜系》，聯經出版事業股份有限公司，2012 年版，第 116 頁。

〔註 4〕 參見呂文翠：《五詳〈紅樓夢〉，三棄〈海上花〉？》，林幸謙，《張愛玲——傳奇·性別·譜系》，聯經出版事業股份有限公司，2012 年版，第 116 頁。

〔註 5〕 參張愛玲、宋淇、鄺文美著：宋以朗主編，《張愛玲私語錄》，皇冠出版社（香港）有限公司，2010 年版，第 49 頁。

〔註 6〕 參見陶小紅：中國藝術研究院，博士論文《張愛玲小說與〈紅樓夢〉》，2010 年 3 月，中國期刊網，第 19 頁。

〔註 7〕 參見陶小紅：中國藝術研究院，博士論文《張愛玲小說與〈紅樓夢〉》，2010 年 3 月，中國期刊網，第 92 頁。

〔註 8〕 張愛玲：《傾城之戀》，《傾城之戀》，北京十月文藝出版社，2012 年版，第 247 ～248 頁。

〔註 9〕 張愛玲：《五四遺事》，《怨女》，北京十月文藝出版社，2012 年版，第 91 頁。

一爐香》中葛薇龍對姑媽梁太太說「姑媽是水晶心肝玻璃人兒」〔註10〕，這是李紈對王熙鳳說的話。寶玉去瀟湘館看望黛玉「只見鳳尾森森，龍吟細細」，《連環套》也有相似的描述，「一路上鳳尾森森，香塵細細」〔註11〕。《紅》中五十三回裏「雅雀無聞，只聽見鏗鏘叮噹金鈴玉，微微搖曳之聲」，再看看《金鎖記》，整個房間都很安靜，「只聽見銀筷子頭上的細銀鏈條窸窣顫動」〔註12〕。還有在《傳奇》中多部小說都出現過「打量我不知道呢」、「豬油蒙了心」等紅樓夢中常見語言和句式。

不僅在語言上，對人物的描繪也頗有紅樓的筆觸，如曹七巧和《紅樓夢》中王熙鳳的描寫非常相似，王熙鳳出場時，先聲奪人，「……『我來遲了，不曾迎接遠客！』……一黛雙丹鳳三角眼，兩彎柳葉弔梢眉，……粉面含春威不露，丹唇未起笑先開」〔註13〕，曹七巧的出場和鳳姐頗為相似，「榴喜打起簾子，報導；『二奶奶來了』。……那曹七巧且不坐下，一隻手撐了腰，……身上穿著銀紅衫子，……瘦骨臉兒，朱口細牙，……四下裏一看，笑道：『人都齊了。今兒想必我又晚了』」〔註14〕。兩個人物的出場非常相似，七巧的外在形象和潑辣性格都頗有王熙鳳的風采。呂啓祥認為曹七巧不僅和王熙鳳神似，還和夏金桂也有某種程度的神似，他還認為，《第一爐香》中的丫環睨睨頗有晴雯的味道，睨兒就同時具有平兒的忠實與小紅的乖巧〔註15〕。

張愛玲除了人物的描寫有紅樓筆觸，對於服飾的描寫也和曹雪芹一樣非常細緻，「通過服飾來表現人物的身份、個性、心理並烘托整體氛圍」〔註16〕。

〔註10〕 張愛玲：《第一爐香》，《傾城之戀》，北京十月文藝出版社，2012 年版，第 10 頁。

〔註11〕 張愛玲：《連環套》，《傾城之戀》，北京十月文藝出版社，2012 年版，第 278 頁。

〔註12〕 張愛玲：《金鎖記》，《傾城之戀》，北京十月文藝出版社，2012 年版，第 222 頁。

〔註13〕 曹雪芹：周汝昌校訂批點石頭記〔M〕，廣西：灕江出版社，2010 年版，摘自張薇，東北師範大學碩士學位論文，《論張愛玲小說中的「紅樓筆法」》，2013 年 5 月，中國期刊網，第 5 頁。

〔註14〕 張愛玲：《金鎖記》，《傾城之戀》，北京十月文藝出版社，2012 年版，第 220 頁。

〔註15〕 參見呂啓祥：《〈金鎖記〉與〈紅樓夢〉》，載《中國現代文學研究叢刊》1987 年第 1 期，摘自陶小紅，中國藝術研究院，博士論文《張愛玲小說與〈紅樓夢〉》，2010 年 3 月，中國期刊網，第 92 頁。

〔註16〕 陶小紅：中國藝術研究院，博士論文《張愛玲小說與〈紅樓夢〉》，2010 年 3 月，中國期刊網，第 92 頁。

看看寶玉在《紅樓夢》中的打扮，「頭上戴著束髮嵌寶紫金冠，齊眉勒這二龍搶珠金抹額……」〔註17〕。把一個貴族世家公子的穿著裝扮描繪得極為華麗炫目。再來看看張愛玲在《紅玫瑰與白玫瑰》中對性感火辣的紅玫瑰嬌蕊的描述，「一件紋布浴衣，……從那淡墨條子上可以約略猜出身體的輪廓，一條一條，一寸一寸都是活的。」〔註18〕這身充滿肉欲的打扮強烈地吸引了振保，接下來嬌蕊的衣著更加讓他沉迷，「她穿著一件曳地的長袍，是最鮮辣的潮濕的綠色，……兩邊迸開一寸半的裂縫，……露出裏面深粉紅色的襯裙」〔註19〕，這嬌豔的打扮透露出嬌蕊性感的肉體、旺盛的情慾和對振保不可遏止的性吸引力。

夏志清在他的《現代小說史》中也說明了《紅樓夢》對張愛玲小說創作的影響，他認為張愛玲小說中所描繪的社會從清末到中日抗戰，她所描繪的房子、家什擺設、服飾妝扮等等都是極其細緻入微的。她的感覺想像甚至可以達到像濟慈那種極其華麗動人的程度。連小說中女主人公所穿戴的服飾都經過她非常細緻地描摹。夏志清認為，除了《紅樓夢》以外，還沒有哪一個作家對閨閣家庭方面的描寫下過如此大的工夫，《紅樓夢》寫的是靜止的社會面貌，所有的道德標準傳統禮儀，女人的裝飾打扮和房間的布局從頭到尾都沒有什麼變化。而張愛玲筆下是個動盪的世界，人們的生活思想行為都在不斷地改變著，沒有變的只剩下人的自私貪婪和懦弱，以及偶而表現出來的一點點同情心。〔註20〕

如夏志清所說，張愛玲關於服飾的描寫確實是如《紅樓夢》般的華麗。而對於故事裏的房屋、家具和外界的環境也如曹雪芹般進行了詳盡細微地描述。《紅樓夢》中第三回黛玉眼中王夫人的房間，「臨窗大炕上鋪著猩紅洋罽，……左邊几上文王鼎匙箸香盒；右邊几上汝窯美人觚一觚內插著時鮮花卉，並茗碗痰盒等物。地下面西一溜四張椅子上，都搭著銀紅撒花椅搭……。」〔註21〕再

〔註17〕 陶小紅：中國藝術研究院，博士論文《張愛玲小說與〈紅樓夢〉》，2010 年 3 月，中國期刊網，第 93 頁。

〔註18〕 張愛玲：《紅玫瑰與白玫瑰》，《紅玫瑰與白玫瑰》，北京十月文藝出版社，2012 年版，頁 58。

〔註19〕 張愛玲：《紅玫瑰與白玫瑰》，《紅玫瑰與白玫瑰》，北京十月文藝出版社，2012 年版，頁 63。

〔註20〕 參見夏志清著：劉紹銘等譯，《中國現代小說史》，香港：中文大學出版社，2015 年版，頁 298。

〔註21〕 陶小紅：中國藝術研究院，博士論文《張愛玲小說與〈紅樓夢〉》，2010 年 3 月，中國期刊網，第 94 頁。

來看看張愛玲《金鎖記》中芝壽的房間，「玫瑰紫繡花椅披桌布，大紅平金五鳳齊飛的圍屏，……梳粧檯上紅綠絲網絡著銀粉紅、銀漱盂、花瓶，裏面滿滿盛著喜果。帳簷上垂下五彩攢金繞絨花球，花盆、如意……」〔註22〕，這段描述和上述《紅樓夢》中的描寫頗爲相似，很有紅樓味道。

除了語言、服飾、環境描寫之外，張愛玲借助於意象的營造而產生的荒涼感覺也讓人聯想到《紅樓夢》的蒼涼意境。本文第三章關於意象一節已經做過較爲詳細的描述。在這裡張愛玲用舊宅、陽臺、鏡子、月亮、太陽、胡琴聲、鑼鼓聲……創造了一個非凡的意象世界〔註23〕。特別是她的關於月亮和鏡子的意象表現得尤爲突出（詳見本書第三章第四節）。而《紅樓夢》中也有關於鏡子和月亮的意象，「風月寶鑒」的啓示，林黛玉、史湘雲兩個聰慧美麗的女子在一個淒美的月夜作詩，「寒潭渡鶴影，冷月葬花魂」，這種淒美的意境和張愛玲關於月亮的意象所透出的蒼涼感覺如出一轍。

如此看來，張愛玲前期小說確是飽含著濃厚的紅樓氣息，在語言和風格上都顯然有種刻意模仿《紅樓夢》的感覺。如于青所說，張愛玲對《紅樓夢》的熟悉程度已經到了出神入化的境界，她善於用紅樓夢的筆法來描寫現代的愛情故事，不由得讓讀者產生一種幻覺，更驚歎道，難道這不是發生在紅樓夢中的故事嗎？〔註24〕。可以說，讀張愛玲的《傳奇》，常常帶給人與《紅樓夢》極爲相似的感覺，這是因爲張愛玲在這個時期的小說創作是對《紅樓夢》的一種直接模仿，當然這種模仿不是生硬不自然的，而是一種熟極而流、下意識的滑下筆端。正如呂啓祥所說，《紅樓夢》已經深深地滲透到張愛玲的小說創作裏，甚至到了自己也不會察覺，非常自然流暢的地步。

而到了美國之後，張愛玲則孜孜於改寫《金鎖記》爲《怨女》，在改寫的過程中同時開始著手研究《紅樓夢》。其原由從她給夏志清的信中可得知，「我本來不過是寫《怨女》序提到《紅樓夢》，因爲興趣關係，越寫越長，喧賓奪主，結果只好光寫，完全是個奢侈品，浪費無數的時間，叫苦不迭」〔註25〕。

〔註22〕 張愛玲：《金鎖記》，《傾城之戀》，北京十月文藝出版社，2012 年版，第 247～248 頁。

〔註23〕 劉鋒傑、薛雯、黃玉蓉：《張愛玲的意象世界》，寧夏人民出版社，2006 年版，內容簡介。

〔註24〕 參見于青：《張愛玲傳》，臺北世界書局，1999 年版，第 148～149 頁。

〔註25〕 周芬伶：《豔異——張愛玲與中國文學》，臺北：元尊文化，1999 年版，第 381 頁。

在同一時間，她也在創作自傳體小説《雷峰塔》、《易經》。六十年代的張愛玲通過自傳書寫，頻繁地回憶青少年時代那些充滿著禁錮和暴力意象的舊家族的羅曼史，這種書寫正和她考證翻譯的《紅樓夢》、《海上花》兩部古典名著交錯地進行著，在此期間兩者的互相滲透和影響顯然是不言而喻的。〔註 26〕她沉浸在紅樓舊事中，由「叫苦不迭」到「偶遇拂逆，事無大小，只要詳一會《紅樓夢》就好了」〔註 27〕的沉溺其中不可自拔。張愛玲的研究考證和傳統的紅學家完全不同，她靠得是熟讀，「稍微眼生點的字自會蹦出來」〔註 28〕。最讓她覺得遺憾的是《紅樓夢》沒有寫完，「有人説過『三大恨事』是『一恨鰣魚多刺，二恨海棠無香』，第三件記不得了，也許因為我下意識的覺得應當是『三恨《紅樓夢》未完』」〔註 29〕。張愛玲説，她小時候看《紅樓夢》，到了後八十回所有人物的語言都變得乏味起來，人物形象也令人厭惡，她不禁抱怨為什麼後面都變得不好看了〔註 30〕，而在一九五四年看到一部研究後 80回的專著，才醒悟「在我實在是情感上的經驗，石破天驚，驚喜交集，這些熟人多年不知下落，早已死了心了，又有了消息。」〔註 31〕

　　張愛玲研究《紅樓夢》，是在於研究其未完的原由，她認為《紅樓夢》的一個特點是改寫時間之長，直到去世為止，大概占作者成年時間的全部。曹雪芹的不斷修改，產生了《紅樓夢》不同時期的不同版本，這讓人不由得想起張愛玲的自傳體小説《小團圓》從一九七五年開始寫作，之後一直不斷地修改，直到她一九九五去世也未能面世。還有她的《色戒》、《浮花浪蕊》、《相見歡》都是一九五〇年間寫的，此後屢經徹底改寫，《相見歡》與《色戒》發表後又添改多處。《浮花浪蕊》在最後的修改中才採用社會小説的寫作方法作為一個實驗，這部小説的素材顯然比現代小説更加散漫。張愛玲曾經説過，這三個故事曾經使她感覺非常震動，想起當初獲得這些素材時的驚喜，心甘情願就這樣改寫了三十多年。〔註 32〕這可以説是張愛玲對寫作的一種執著的

〔註 26〕 參見呂文翠：《五詳〈紅樓夢〉，三棄〈海上花〉？》，林幸謙，《張愛玲——傳奇・性別・譜系》，聯經出版事業股份有限公司，2012 年版，第 116 頁。
〔註 27〕 張愛玲：《紅樓夢魘》，北京十月文藝出版社，2012 年版，第 5 頁。
〔註 28〕 張愛玲：《紅樓夢魘》，北京十月文藝出版社，2012 年版，第 1 頁。
〔註 29〕 張愛玲：《紅樓夢魘》，北京十月文藝出版社，2012 年版，第 6 頁。
〔註 30〕 張愛玲：《紅樓夢魘》，北京十月文藝出版社，2012 年版，第 6 頁。
〔註 31〕 張愛玲：《紅樓夢魘》，北京十月文藝出版社，2012 年版，第 6 頁。
〔註 32〕 張愛玲：《惘然記》，《重訪邊城》，北京十月文藝出版社，2009 年版，第 121頁。

愛吧，可謂「此情可待成追憶，只是當時已惘然了。」〔註 33〕《紅樓夢魘》寫出了張愛玲幾次的解夢過程，更將其生命歷程和自傳體小說的描寫，構成一個及其複雜和扭曲的超級版本，青少年時期不可磨滅的傷痛感覺與閱讀《紅樓夢》等古典小說時的歡樂記憶，好像血肉相連一般密不可分〔註 34〕。她的《傳奇》可以說是熟讀《紅樓夢》而寫下的極具紅樓風味的小說。然而經過了數十年的人生滄桑，張愛玲對《紅樓夢》也有了更多的感悟，可以說，《紅樓夢》的文本，除了是張愛玲小說創作的文學血緣之外，還同她的生命文本之間相互交錯、血脈相連，更是她終其一生的文學創作於此吸取靈感的源泉所在。〔註 35〕張愛玲這樣評價《紅樓夢》，它的顯著特點是改寫的時間很長，曹雪芹一直不斷改寫到去世為止，大概佔了他成年時期的全部時間。所以張愛玲認為他的天才並不像女神雅典娜那樣是從她父王天神修斯的眉間跳出來，完全不需要後天的努力。〔註 36〕這些話顯然用在張愛玲自己的後期小說創作上也是再合適不過的，她在美四十年反覆改寫和翻譯《金鎖記》以及她的幾部自傳體小說的漫長過程也和曹雪芹改寫紅樓夢頗為相似。

　　通過仔細考據，張愛玲得出《紅樓夢》幾個人物的演變過程，如金釧是從晴雯脫化出來的；麝月是以曹雪芹的妾侍為原型創作的；林黛玉則是根據早年的戀人脫胎而出的，經過不斷改寫「視為他理想的女性兩極化的一端」〔註 37〕，黛玉葬花和寶黛定情焚詩等情節應該是晚近的時候才形成的；寶玉雖有作者個性的成分，但應該還是一個虛構的人物；襲人另嫁蔣玉菡也有跡可尋。張愛玲認為書中的戲肉都是虛構的——前面指出的聞曲、葬花，包括一切較重要的寶黛文字，以及晴雯的下場、金釧兒之死、祭釧。凡此等等，張愛玲得出「《紅樓夢》是創作，不是自傳性小說」〔註 38〕的結論。另外，張愛玲發現前八十回完全沒有講到黛玉的衣飾打扮，只在兩個地方提到，「寶玉見她外面罩著大紅羽緞對襟褂子」〔註 39〕，以及和眾人觀賞雪景的時候，黛玉披鶴

〔註 33〕 張愛玲：《惘然記》，《重訪邊城》，北京十月文藝出版社，2009 年版，第 121 頁。
〔註 34〕 參見呂文翠：《五詳〈紅樓夢〉，三棄〈海上花〉？》，林幸謙，《張愛玲——傳奇‧性別‧譜系》，聯經出版事業股份有限公司，2012 年版，第 116 頁。
〔註 35〕 參見呂文翠：《五詳〈紅樓夢〉，三棄〈海上花〉？》，林幸謙，《張愛玲——傳奇‧性別‧譜系》，聯經出版事業股份有限公司，2012 年版，第 118 頁。
〔註 36〕 參見張愛玲：《紅樓夢魘》，北京十月文藝出版社，2012 年版，第 2 頁。
〔註 37〕 張愛玲：《紅樓夢魘》，北京十月文藝出版社，2012 年版，第 168 頁。
〔註 38〕 張愛玲：《紅樓夢魘》，北京十月文藝出版社，2012 年版，第 190 頁。
〔註 39〕 張愛玲：《紅樓夢魘》，北京十月文藝出版社，2012 年版，第 11 頁。

氅，束腰帶，穿靴，這種裝束不僅古裝連現代也很普遍。對黛玉的衣著並無詳盡的描述，甚至連她的面貌描寫也只是神情而已，「唯一具體的就是『薄面含嗔』二字。通身沒有一點細節，只是一種姿態，一個聲音」〔註40〕。曹雪芹要寫的只是黛玉的一種飄渺如仙的感覺，可以是任何時代的〔註41〕。

　　而《紅樓夢》中另一重要角色晴雯，「天天打扮得像個西施的樣子」，但也只是寫她的褻衣睡鞋。被抄家時，她「並沒十分妝飾……釵嚲鬢鬆，衫垂帶褪，有春睡捧心之遺風……」〔註42〕。臨死前和寶玉交換的也是一件「貼身穿的舊紅綾襖」。所有的描寫都是大而化之，含糊不清的。晴雯的妝扮和黛玉一樣可以是任何時代的〔註43〕。晴雯的性格潑辣大膽，樣貌美麗，不願受環境的束縛，在張愛玲的眼中她只是一個很典型的女孩子，也可以是屬於任何一個時代的〔註44〕。張愛玲處處強調前八十回黛玉和晴雯的衣飾外貌無時間性，這種模糊的寫作手法應該是曹雪芹借鑒中國畫的留白的美學特點，張愛玲對此有自己的看法，襲人「除了『柔媚嬌俏』……我們始終不知道她面長面短。……作者原意，大概是將襲人晴雯一例看待，沒有形象的描寫，盡量留著空白，使每一個讀者想到自己生命裏的女性」〔註45〕。

　　早在一九四四年，張愛玲在她的《中國人的宗教》中就提到關於留白，「不論在藝術裏還是人生裏，最難得的就是知道什麼時候應當歇手。中國人最引以自傲的就是這種約束的美。」〔註46〕這種模糊人物形象的藝術「留白」在張愛玲後期小說創作中多有體現。而據高全之的考證，《十八春》和《半生緣》都受到《紅樓夢》的影響。他從慕瑾改名、人際關係、個人意願，以及曼楨形象四個方面來說明。筆者認為其中的人際關係和曼楨形象有較為強的說服力。世鈞、曼楨、翠芝的三角關係對應了寶玉、黛玉和寶釵的三角戀情。世鈞和曼楨真心相愛卻沒有肉體關係，也無法結為夫婦，和寶玉黛玉一樣。而世鈞娶翠芝，兩人志趣不合，現實與權宜大於純淨精神的合鳴〔註47〕，彷彿同寶玉和寶釵勉強

〔註40〕張愛玲：《紅樓夢魘》，北京十月文藝出版社，2012 年版，第 12 頁。

〔註41〕參見張愛玲：《紅樓夢魘》，北京十月文藝出版社，2012 年版，第 11 頁。

〔註42〕張愛玲：《紅樓夢魘》，北京十月文藝出版社，2012 年版，第 11 頁。

〔註43〕參見張愛玲：《紅樓夢魘》，北京十月文藝出版社，2012 年版，第 11 頁。

〔註44〕參見張愛玲：《紅樓夢魘》，北京十月文藝出版社，2012 年版，第 11 頁。

〔註45〕張愛玲：《紅樓夢魘》，北京十月文藝出版社，2012 年版，第 58 頁。

〔註46〕張愛玲：《中國人的宗教》，《流言》，北京十月文藝出版社，2012 年版，第 138 頁。

〔註47〕高全之：《本是同根生》，《張愛玲學》臺北市：麥田，城邦文化出版，2011 年版，第 289 頁。

結合如出一轍。世鈞父母因為曼楨出身低下而阻礙世鈞的婚事，曼楨母親也在傳統觀念的影響下力勸已失身的曼楨下嫁鴻才。同賈母、王熙鳳、薛姨媽考慮世俗因素積極安排寶玉和寶釵的婚事極為相似。另外一個最重要的是曼楨的形象，和黛玉一樣，曼楨的長相也並無詳細的描寫，「她是圓圓的臉，圓中見方——也不是方，只是有輪廓就是了。蓬鬆的頭髮，很隨便地披在肩上」，而世鈞對她的印象「只是籠統地覺得她很好」〔註 48〕。後來曼楨去南京看望世鈞，在世鈞眼中，她「用一條湖綠羊毛圍巾包著頭……顯得下巴尖了許多，是否好看倒也說不出來」〔註 49〕。到了最後曼楨和世鈞重逢，「她憔悴多了，幸而她那種微方的臉型，再瘦些也不會怎樣走樣」〔註 50〕，由始至終，都沒有對曼楨形象的具體描寫，和黛玉一樣，曼楨展示出來的也只是「一種姿態」和「一個聲音」。

　　《少帥》中的周四小姐也同樣面目模糊，沒有時間性〔註 51〕。小說剛剛開始周四小姐的形象是這樣的，「她四處逛著，辮子上打著大的紅蝴蝶結，身上的長袍是個硬邦邦的梯形，闊袖管是兩個扁平而突兀的三角形，下面晃著兩隻手腕，看著傻相。」〔註 52〕沒有面目特徵的具體描寫，只有個「傻相」的大致描述。周四為了見心上人少帥用火鉗電頭髮來打扮自己，「前劉海用火鉗燙作捲髮，堆砌成雲籠霧罩的一大蓬。辮子沒動，只拿粉色絲帶緊緊繞了兩寸長短。毛糙的巨型波浪烘托出臉龐與兩根烏油油的辮子」，為了保持髮型她一夜都伏著桌子睡覺，「頭髮微微燒焦的氣味使她興奮」〔註 53〕。雖然沒有具體描述周四小姐的外貌特徵和性格特點，但我們從這些敘述中感覺到一個情竇初開的憨憨的少女形象撲面而來。第四章寫少帥派人接她，汽車夫打開車門，周四「略一躊躇，便用頭巾掩面，像乘坐黃包車的女人要擋住塵沙。她帶著這張輕紗般的鴨綠色的臉走進去」〔註 54〕。第六章，寫周四和少帥出

〔註 48〕　張愛玲：《半生緣》，北京十月文藝出版社，2012 年版，第 3 頁。
〔註 49〕　張愛玲：《半生緣》，北京十月文藝出版社，2012 年版，第 159 頁。
〔註 50〕　張愛玲：《半生緣》，北京十月文藝出版社，2012 年版，第 339 頁。
〔註 51〕　張愛玲著：鄭遠濤譯，《少帥》，皇冠出版社（香港）有限公司，2014 年版，第 245 頁。
〔註 52〕　張愛玲著：鄭遠濤譯，《少帥》，皇冠出版社（香港）有限公司，2014 年版，第 12 頁。
〔註 53〕　張愛玲著：鄭遠濤譯，《少帥》，皇冠出版社（香港）有限公司，2014 年版，第 29 頁。
〔註 54〕　張愛玲著：鄭遠濤譯，《少帥》，皇冠出版社（香港）有限公司，2014 年版，第 39 頁。

去時，「把頭髮盤起，以顯得好像剪短了，身上的新旗袍與高跟鞋平時存放在他們幽會的房子裏」〔註55〕，少女背著家人和心上人約會，並將自己打扮得成熟些以和心上人相襯。和少帥去西山約會時，周四「戴著墨鏡，蒙著一層面紗」〔註56〕，少女周四小姐固然是要掩人耳目，因為她愛上的是一個已婚年長她十年的少帥。馮晞乾認為是藉此暗示女主角在男性世界喪失了主體性，因而面目模糊起來〔註57〕。這種寫法顯然是借鑒曹雪芹描寫黛玉和晴雯的外貌、衣裙、服飾都含糊籠統，是想借此描摹一個典型的女孩子，沒有時間性，可以是任何時代的。張愛玲筆下的周四小姐也是如此，在第二章我們已經談過，這部小說影射了很多歷史名人，張愛玲以紀實手法穿插他們的軼事，幾乎無一字無來歷，唯獨周四小姐則處處偏離史實，又面目不清〔註58〕。其中的原因是張愛玲將自己的經歷融入了周四的角色，這一點將在下一章詳細討論。周四小姐十分年輕，只有十三歲，這也似乎是受《紅樓夢》中寶黛釵等紅樓人物的影響，如張愛玲所說，散場是時間的悲劇，少年時代一過，就被逐出伊甸園〔註59〕。

另外，關於人物的模仿和借鑒，我們不由得想起《秧歌》中的月香。她潑辣的性格同王熙鳳、晴雯都有類似之處，尤其是晴雯。晴雯和月香都是容貌出眾的女子。王熙鳳說，「若論這些丫頭們，共總比起來，都沒有晴雯長得好」（第七十四回）。而月香則像一個小廟裏的娘娘，「粉白脂紅，低著頭坐在那灰黯的破成一條條的杏黃神幔裏」〔註60〕，在村民的眼中，這樣美麗的妻子，金根怎麼捨得讓她離開自己去城裏那麼多年。在性格上，兩人也有非常相似的地方。前面說過，晴雯自詡美貌並甚得寶玉的寵愛，處處託大不守女奴的本分，性格潑辣不羈。而月香雖然是一個村婦，可是潑辣的性格也不在晴雯之下。月香因為阿招偷看顧岡吃東西而打罵她，「你

〔註55〕 張愛玲著：鄭遠濤譯，《少帥》，皇冠出版社（香港）有限公司，2014年版，第69頁。

〔註56〕 張愛玲著：鄭遠濤譯，《少帥》，皇冠出版社（香港）有限公司，2014年版，第81頁。

〔註57〕 張愛玲著：鄭遠濤譯，《少帥》，皇冠出版社（香港）有限公司，2014年版，第245頁。

〔註58〕 參見張愛玲著：鄭遠濤譯，《少帥》，皇冠出版社（香港）有限公司，2014年版，第245頁。

〔註59〕 張愛玲：《紅樓夢魘》，北京十月文藝出版社，2012年版，第173頁。

〔註60〕 張愛玲：《秧歌》，臺北市：皇冠文化出版有限公司，2010年版，第37頁。

怎麼不死呀，瘋三？你怎麼不死呀？」〔註 61〕咒自己的女兒死，我們不禁驚訝於這種毒辣的話怎麼可以從一個母親口裏說出來呢？後來月香和譚大娘吵架，「怎麼不死呵，死老太婆！」〔註62〕由此可見這不過是月香發脾氣時罵人的口頭禪而已，並非真的咒人死，這從一個側面描述了農婦月香潑辣的性格。兩人的相似之處還有最後互換衣物的情節。金根在受傷後和月香一起逃亡，月香在寒冷的冬夜裏脫下自己的棉襖給金根穿，而金根為了不連累月香最後把棉襖留給她，自己悄悄離去把生的希望也留給了她。這不禁讓我們想到晴雯被趕出大觀園後病重垂危之時，寶玉去探望她，兩人將貼身的衣物脫下互換以表明彼此的真情不移。晴雯和月香，如高全之所說：大觀園與晴雯，上海與月香，似有那遙遠對應的關係。《秧歌》時期的張愛玲已離開再也回不去的上海。上海是她創作的原鄉。上海不但是月香的，也是張愛玲的大觀園。〔註 63〕顯然，張愛玲在塑造月香這個角色時借鑒了晴雯的相關描寫。

　　張愛玲後期小說創作秉承了《紅樓夢》「細密真切的生活質地」〔註64〕，用非常樸實自然的寫作手法和平淡無奇的故事情節來體現她對《紅樓夢》的繼承和藝術變異。關於《紅樓夢》並非自傳的說法，對於張愛玲來說，主要是強調創作的主體即使敘述的是同一個故事，但是每次都用不同的腔調和口吻，來調整和改變敘事的視角，與此同時補充和斟酌不同人物的命運與最終的結局，這樣便可以一次又一次的，不斷地重新賦予文本一種類似輪迴重生般的賡續力度，於是文本的生命就在時間的不同的流轉中，雖然經歷過了死亡，卻仍然能夠復活而得到重生。〔註 65〕這不由得讓我們想起《雷鋒塔》、《易經》、《小團圓》，甚至《少帥》都是張愛玲在不同時期、以不同的角度和觀點，在書寫和創作自己的故事，前後經過了幾十年的時間，甚至還包括早期的散文《私語》、《童言無忌》、《燼餘錄》。如呂文翠所

〔註61〕　張愛玲：《秧歌》，臺北市：皇冠文化出版有限公司，2010 年版，第 117 頁。
〔註62〕　張愛玲：《秧歌》，臺北市：皇冠文化出版有限公司，2010 年版，第 122 頁。
〔註63〕　高全之：《盡在不言中──〈秧歌〉的神格與生機》，《張愛玲學》，臺北市：麥田，城邦文化出版，2011 年版，第 176 頁。
〔註64〕　張愛玲：《國語本『海上花』譯後記》，《續集》，臺北：皇冠出版社，1988 年版，第 79 頁。
〔註65〕　參見呂文翠：《五詳〈紅樓夢〉，三棄〈海上花〉？》，林幸謙，《張愛玲──傳奇‧性別‧譜系》，聯經出版事業股份有限公司，2012 年版，第 130 頁。

說，晚期的張愛玲跟隨著偶像曹雪芹的足印，一邊繼續著她一直喜愛的中英文間的相互翻譯和修改，以及不斷增加和刪改前期小說相關內容的寫作模式，一邊創作關於自己家族史的自傳體小說，她的文學創作可以說是對《金瓶梅》、《紅樓夢》、與《海上花》三部古典文學名著，一脈相承的情色文學以及它們之間的言情譜系的一種精關的揭示和闡發，對於張愛玲來說，無論是考證《紅樓夢》的不同版本或是將《海上花》由吳語翻譯成普通話和英文，其實她關注它們的心血又何止十年呢？〔註66〕張愛玲說，曹雪芹在這苦悶的環境裏就靠自己家裏的二三知己給他打氣，而孤身在海外的張愛玲又何嘗不是這樣？張愛玲在《紅樓夢魘》中慨歎曹雪芹「批閱十載，增刪五次，纂成目錄，分出章回」的同時，也不禁暗自感歎自己去國之後，幾十年間不斷地書寫修改自己和家族的故事，不斷地修改、翻譯和重寫幾部小說，這個過程「亦不啻為透過詮釋解讀與自我省思，進行雙向往逆的創造及審顧」〔註67〕。她耗費十年工夫寫就的《紅樓夢魘》其實不能當作研究論文來讀，和她創作的小說一樣只是她個人動盪生活經歷的一種書寫方式，也可以說是文本的一種流動性以及閱讀的一種時間性〔註68〕。這本書實際上是一部自傳性的作品，描寫的是作者艱難的寫作過程，不僅僅是文學創作，也可以說是作者個人的一部成長史。如黃心村所言，《紅樓夢魘》可以說是一個曾經經歷過繁華和離亂，如今已踏入了慘淡中年，並常年寄居於國外，遠離了喧囂人世的過來人的一段滄桑的心路歷程〔註69〕。

　　另外，張愛玲帶有濃厚自傳色彩的小說《雷峰塔》、《易經》、《小團圓》，甚至於《少帥》，其中關於母親的複雜情愛經歷、姑姑和緒哥哥的姑侄戀、母親和九莉（琵琶）之間的矛盾、荀樺調戲九莉、九莉和燕山的戀情、舅舅是抱養的、弟弟是母親和意大利人所生、之雍的侄女秀男暗戀他、并大肆書寫九莉的性愛經歷等等情節，筆者在自傳性與真實性一節以及重複性和衍生情節一節中都已經詳述過。這些情節究竟是真還是假？沒有人知道。這讓我們不由得想起《紅

〔註66〕參見呂文翠：《五詳〈紅樓夢〉，三棄〈海上花〉？》，林幸謙，《張愛玲——傳奇·性別·譜系》，聯經出版事業股份有限公司，2012年版，第130頁。

〔註67〕呂文翠：《五詳〈紅樓夢〉，三棄〈海上花〉？》，林幸謙，《張愛玲——傳奇·性別·譜系》，聯經出版事業股份有限公司，2012年版，第130頁。

〔註68〕參見黃心村：《夢在紅樓，寫在隔世》，沈雙，《零度看張》，香港：中文大學出版社，2010年版，第117頁。

〔註69〕黃心村：《夢在紅樓 寫在隔世》，沈雙，《零度看張》，香港：中文大學出版社，2012年版，第117頁。

樓夢》的人生觀念，「假作眞時眞亦假，無爲有處有還無」〔註70〕。顯然張愛玲繼承了曹雪芹的這種虛實難辨的創作觀念。曹雪芹就是賈寶玉嗎？九莉（琵琶）就是張愛玲嗎？虛實之間，好事者爭先恐後對號入座，只見個個座位上貼著「看官不可當眞」的告示〔註71〕。對於《小團圓》，我們還從中發現有幾場關於九莉夢境的描寫，這似乎也來自《紅樓夢》的太虛幻境和人生如夢的描寫。但張愛玲沒有像曹雪芹那樣看破一切，像《紅樓夢》那樣大徹大悟就必須拋棄愛情並道別親情〔註72〕。高全之認爲，張愛玲寫《小團圓》的重點心情乃眷念亡母，總不能讓九莉去看破人生。她正捨不得作別母親。所以這部小說有意涉足於《紅樓夢》虛實交錯的思辨，卻知所進退，事事招認，不談空幻。〔註73〕事實上，這種虛實交錯的思辨貫穿了張愛玲整個後期小說的創作歷程。

正如脂硯齋在《庚辰本》第21回引「有客題紅樓夢一律」，後四句云：是幻是眞空歷遍，閒風閒月枉吟喔。情機轉得情天破，情不情兮奈我何。〔註74〕這似乎反應了張愛玲創作的一生。這幾句暗示了寶玉的結局。也暗合了張愛玲晚年最後的作品《對照記》，似眞似假，似夢非夢，似有情非有情，好像一部描述張愛玲一生的作品。她在其中自演自導，自說自話，這部「影視」作品可謂對張愛玲傳奇一生的描述和總結，也算是現當代文學創作的一個奇蹟吧！《對照記》的字裏行間彷彿可以聽到張愛玲在那裡幽幽地歎息，如《紅樓夢》第75回，「開夜宴異兆發悲音，賞中秋新詞得佳讖」〔註75〕。資深紅迷張愛玲深知天下無不散之筵席，她在晚年爲自己的一生寫下「脂評」，滿足了張迷們「看張」的欲望，可以說是張愛玲對其家族及其自己傳奇的一生做得最好也是最後的注解。

〔註70〕高全之：《懺悔與虛實》，《張愛玲學續篇》，臺北市：麥田，城邦文化出版，2014年版，第199頁。

〔註71〕高全之：《懺悔與虛實》，《張愛玲學續篇》，臺北市：麥田，城邦文化出版，2014年版，第199頁。

〔註72〕高全之：《懺悔與虛實》，《張愛玲學續篇》，臺北市：麥田，城邦文化出版，2014年版，第200頁。

〔註73〕高全之：《懺悔與虛實》，《張愛玲學續篇》，臺北市：麥田，城邦文化出版，2014年版，第200頁。

〔註74〕陳輝揚：《曲終人不見》，摘自陳子善編，《作別張愛玲》，文匯出版社，1996年版，第196頁。

〔註75〕陳輝揚：《對照記》，摘自陳子善編，《作別張愛玲》，文匯出版社，1996年版，第222頁。

二、《海上花》的影響：由繁複絢麗到平淡自然

　　張愛玲曾說過，《紅樓夢》、《金瓶梅》在我是一切的源泉，尤其是《紅樓夢》。十年無怨無悔的考證《紅樓夢》，正所謂「十年一覺迷考據，贏得紅樓夢魘名」〔註76〕。她認爲「原著八十回中沒有一件大事，除了晴雯之死。寶玉就快要搬出園去，……原著可以說沒有輪廓，即有也是隱隱的……前八十回只提供了細密眞實的生活質地」〔註77〕，而《海上花》也是繼承了《紅樓夢》前八十回的風格，平淡無奇的情節和寫作風格，整部小說給人的感覺是具有「細密眞切的生活質地」和「最有日常生活的況味」。張愛玲感歎道，《海上花》雖然和《紅樓夢》有「三分神似」，卻「兩次都見棄與讀者」〔註78〕。她認爲《紅樓夢》對中國現代小說的影響非常大，但在《海上花》出版時大眾喜愛傳奇故事和寫實細節的閱讀品味則早就已經成型了。張愛玲說在她很小的時候看電影，所關心的就是，出現的人物是好人還是壞人。〔註79〕顯然，長期以來平淡無奇的《海上花》自然令讀者感到乏味無趣。而一九四五年抗戰勝利之後，張愛玲卻對她前期創作中傳奇化的情節和寫實的細節感到厭倦，她開始追求《海上花》那種反傳奇的路線和平淡自然的寫作風格。

　　張愛玲和《海上花》的淵源可以追溯到她的童年時期。據她的弟弟張子靜回憶，在童年時期，父親曾經爲他們請了一位六十多歲的朱老師教他們念古書。張愛玲不知從哪里弄到一部《海上花列傳》，因爲裏面都是蘇州話（吳語），有些她看不懂，便纏著朱老師用蘇州口白朗讀書中妓女說話的對白。張愛玲對《海上花列傳》的癡迷和愛好，大概就是從那個時候開始的。

　　而說起《海上花列傳》就不由得要先說說魯迅。魯迅在一九二○年中期在他的《中國小說史略》〈清之狹邪小說〉這篇文章中，把《海上花列傳》這部小說定位成清代晚期的「狹邪小說」一脈。他肯定了韓慶邦「記載如實，絕少誇張」的寫實能力，並且給了這部小說「平淡而近自然」的評價。〔註80〕

〔註76〕　張愛玲：《紅樓夢魘》，北京十月文藝出版社，2012 年版，第 5 頁。
〔註77〕　張愛玲：《國語本『海上花』譯後記》，《續集》，臺北：皇冠出版社，1988 年版，第 79 頁。
〔註78〕　張愛玲：《紅樓夢魘》，北京十月文藝出版社，2012 年版，第 3 頁。
〔註79〕　參見張愛玲：《國語本『海上花』譯後記》，《續集》，臺北：皇冠出版社，1988 年版，第 80 頁。
〔註80〕　參見呂文翠：《五詳〈紅樓夢〉，三棄〈海上花〉？》，林幸謙，《張愛玲——傳奇‧性別‧譜系》，聯經出版事業股份有限公司，2012 年版，第 133～134 頁。

同時代的胡適與劉復則對這部小說推崇備至，稱它爲「吳語文學的第一部傑作」。胡適對於其中「穿插藏閃」的結構是這樣看的，他認爲那些看慣了單一格調的西方作品的讀者，或者會感覺這種折疊式的結構比較勉強和不夠自然順暢。〔註81〕而張愛玲對此卻極爲欣賞，「認眞愛好文藝的人拿它跟西方名著一比，南轅北轍，《海上花》把傳統發揮到極端，比任何古典小說都更不像西方長篇小說——更散漫，更簡略，只有個姓名的人物更多」〔註82〕。

　　按照張愛玲的說法，海上花其實是承接了紅樓夢那種通過描寫平實和自然的生活質地，用深入細膩的筆法刻畫了人生和人性的幽微之處，用此種言情文體的核心價值來詮釋其空白，乃是張愛玲可以施展才華的大舞臺〔註83〕。對於張愛玲來說，《海上花》的價值是在於它提供了對人生、對人性的深入細微的研究，她把此書看作是繼《紅樓夢》之後的又一部描寫愛情的巨著。張愛玲認爲《紅樓夢》之所以取得空前絕後的成功，因爲它是中國歷史上首部以愛情爲主題的文學作品，而中國歷來被稱爲是愛情荒的國家。她認爲大觀園就是國人心目中最理想的伊甸園，要想永遠停留在那理想的園地，唯一的辦法就是早熟。〔註84〕。《海上花》講的是清朝末年關於妓女和嫖客的故事，張愛玲說這部小說的「主題其實是禁果的果園，填寫了百年前人生的一個重要的空白」〔註85〕。這種看法頗爲奇特，爲何描寫妓院的小說會被視爲描摹人性與愛情的小說呢？張愛玲這樣看，「盲婚的夫妻雖然也有結婚後才產生愛情的，但是顯然是先有性關係再產生愛情的，這樣就會缺乏一種非常緊張懸疑，和憧憬神秘的感覺，這種關係顯然不能說是戀愛，即使這也許是最寶貴的情感。戀愛只能發生在早熟的表兄妹之間，一旦他們長大了，就唯有青樓妓院這些髒亂的地方也許還有一點機會。要不然就只有《聊齋》中狐仙鬼怪的故事了。」〔註86〕「早熟的表兄妹」當然是指《紅樓夢》中寶玉和黛玉的戀情，《少帥》中周四小姐和少帥陳叔覃的戀情也類似這種，周四初遇少帥

〔註81〕　參見呂文翠：《五詳〈紅樓夢〉，三棄〈海上花〉？》，林幸謙，《張愛玲——傳奇‧性別‧譜系》，聯經出版事業股份有限公司，2012年版，第135頁。

〔註82〕　張愛玲：《譯後記》，見（清）韓子雲著，張愛玲注譯，國語本《海上花》，臺北：皇冠出版社，1983年版，第608頁。

〔註83〕　參見呂文翠：《五詳〈紅樓夢〉，三棄〈海上花〉？》，林幸謙，《張愛玲——傳奇‧性別‧譜系》，聯經出版事業股份有限公司，2012年版，第93頁。

〔註84〕　參見張愛玲：《紅樓夢魘》，北京十月文藝出版社，2012年版，第155頁。

〔註85〕　張愛玲：《續集》，臺北市：皇冠出版社，1988年版，第66～67頁。

〔註86〕　參見張愛玲：《續集》，臺北市：皇冠出版社，1988年版，第66頁。

時只有十三歲。而實際據張學良晚年時口述，「我跟太太（趙一荻）認識的時候，她才十六歲」〔註 87〕。張愛玲將周四的年齡改小是否有應和黛玉年齡之意呢？兩人相戀後的一個下午，「房間裏開始暗下來了。她的微笑隨暮色轉深，可怕的景象令他迷萋著眼。他把臉埋進她披拂的、因結辮而蜷曲的頭髮裏。」〔註 88〕這時兩人有一段對話，「不知為什麼，你剛才像一個鬼」，「哪一種鬼？」「尋常的那種。有男人迷了路，來到一幢大宅前，給請進去跟漂亮的女主人吃晚飯。共度一宵後，他走出宅外回頭一看，房子沒有了，原先的地方只有一座墳山」〔註 89〕。在這裡周四小姐看上去好像聊齋中的女鬼，而兩人的戀愛模式因為周四的年幼又好像早熟的表兄妹。兩家有世交，而且女方確實早熟。唯因早熟，家裏人才會放鬆警惕讓兩人私下往來。〔註 90〕而在《紅樓夢魘》中張愛玲也特別考證了寶黛的年齡，認為曹雪芹在改寫歷程中將寶黛的年齡一次次減低，而讓故事更具真實性，因為「中國人的伊甸園是兒童樂園」〔註 91〕。所以周陳的戀情似乎有寶黛的影子，這也許是張愛玲受《紅樓夢》影響所致吧。由《紅樓夢》再到《海上花》，由天真可愛的兒童樂園走向嘗禁果的伊甸園，少男少女的情竇初開終於要面對世故殘酷的現實世界，於是幾對青年男女之間的愛恨情仇就在這部小說中充分地展現出來了。〔註 92〕

　　在《海上花》中，韓邦慶徹底顛覆了中國傳統小說中具有浪漫情調的才子佳人的老一套的敘述模式，青樓女子的生活也和普通人的日常生活一樣，她們和嫖客像普通戀愛中的男女一樣會發生爭吵、猜忌、思念、打架、分手，也會和老鴇發生爭執，為了搶男人而和其他妓女爭風吃醋大打出手，並沒有什麼驚天動地或是很戲劇化的事情發生，只是在素樸的描寫中感覺

〔註 87〕張愛玲著：鄭遠濤譯，《少帥》，皇冠出版社（香港）有限公司，2014 年版，第 276 頁。

〔註 88〕張愛玲著：鄭遠濤譯，《少帥》，皇冠出版社（香港）有限公司，2014 年版，第 46 頁。

〔註 89〕張愛玲著：鄭遠濤譯，《少帥》，皇冠出版社（香港）有限公司，2014 年版，第 46～47 頁。

〔註 90〕張愛玲著：鄭遠濤譯，《少帥》，皇冠出版社（香港）有限公司，2014 年版，第 278 頁。

〔註 91〕張愛玲：《紅樓夢魘》，北京十月文藝出版社，2012 年版，第 155 頁。

〔註 92〕參見張愛玲：《國語本〈海上花〉譯後記》，第 596 頁，呂文翠，《五詳〈紅樓夢〉，三棄〈海上花〉？》，林幸謙，《張愛玲──傳奇‧性別‧譜系》，聯經出版事業股份有限公司，2012 年版，第 137 頁。

到一種平淡的氣息，透露出唯有日常生活才具有的那種休閒的、頗有情趣的味道。〔註93〕雖然這部小說描寫的是逢場作戲的青樓之地，妓女們與她們的恩客之間除了肉體交易之外，還是有真正的愛情存在的，如張愛玲所說，這部書裏最動人的愛情故事不是陶玉甫和李漱芳那不食人間煙火的生死戀，而是王蓮生和沈小紅那頗有世俗氣的故事。〔註94〕張愛玲認為這些嫖客對感情專一的原因並不是因為習慣，也不是因為他們不想追求感官刺激，而是他們更需要愛情的慰藉〔註95〕。她認為好像陶玉甫和李漱芳之間那種強烈的情感顯然是非常理想化的，不是一般人所具有的，只能算是一個很特殊的例子，李漱芳體弱多病和多愁善感的特質與性格應該來自林黛玉。小說中最有特色而且具有普遍性的應該是，王蓮生和沈小紅以及張惠貞和小柳兒的多角情愛糾葛。張愛玲極為欣賞王沈之戀，並認為「在愛情故事上是個重大的突破」〔註96〕。張愛玲顯然注意到王蓮生對沈小紅雖然已徹底幻滅卻仍然餘情未了，用張愛玲的話來說就是「他們的事已經到了花錢買罪受的階段」〔註97〕。張愛玲特別欣賞這一段，「阿珠只裝得兩口煙，蓮生便不吸了，忽然盤膝坐起，意思要吸水煙。巧囝送上水煙筒，蓮生接在手中，自吸一口，無端弔下兩點眼淚」〔註98〕，她認為這段描寫使得韓邦慶「書寫人物形象與心理層面的細膩複雜已經升到了『淒清境界』，逕與中國『舊詩的意境』相仿」〔註99〕。這種意境我們在張愛玲《半生緣》的結尾——世鈞和曼楨見面的情景中可以深深體會到。王蓮生和沈小紅的故事表面上看來，不過是青樓之地每天都上演的日常劇目，但男女之間假情假意的忠誠

〔註93〕　參見李愛紅，《〈海上花列傳〉對傳統的繼承與創新》，山東大學碩士論文，中國期刊網，2005年4月，第35頁。

〔註94〕　參見張愛玲，《國語本『海上花』譯後記》，《續集》，臺北：皇冠出版社，1988年版，第67頁。

〔註95〕　參見張愛玲，《國語本『海上花』譯後記》，《續集》，臺北：皇冠出版社，1988年版，第66頁。

〔註96〕　張愛玲，《國語本『海上花』譯後記》，《續集》，臺北：皇冠出版社，1988年版，第68頁。

〔註97〕　張愛玲，《國語本『海上花』譯後記》，《續集》，臺北：皇冠出版社，1988年版，第68頁。

〔註98〕　張愛玲：《國語本『海上花』譯後記》，《續集》，臺北：皇冠出版社，1988年版，第68頁。

〔註99〕　呂文翠：《五詳〈紅樓夢〉，三棄〈海上花〉？》，林幸謙，《張愛玲——傳奇‧性別‧譜系》，聯經出版事業股份有限公司，2012年版，第143頁。

與情感的背叛之間，還會牽涉到極其複雜的主題建構等問題，在《海上花》裏韓邦慶透過「穿插藏閃」這別具一格的寫作手法，細緻入微地描繪出了人性的隱晦幽微之處。〔註100〕

　　韓邦慶這樣解釋他的穿插藏閃之法：是從《儒林外史》中脫化出來的，則爲從來說部所未有，可謂是一波未平而一波又起，或者連續十幾波接踵而來，然後就忽東忽西忽南忽北，隨手敘來但卻無一事訴述完畢，全部並且沒有一絲掛漏；閱讀之後感覺其背面沒有文字之處似乎有許多文字，雖然謂明明已經敘出，而可以領會其背後的含義。這就是穿插之法了。文字劈空而來，使得讀者會茫然不解是何原因，所以急忙想觀看下文，但下文又捨而敘述其他事了；等到其他事敘述完畢，再敘述明白其中的緣故，但其緣故仍然未能盡明，直至全體都暴露出來，才知道前面的文字所敘述的並沒有半個閒字。這就是藏閃之法了。〔註101〕

　　張愛玲非常欣賞韓邦慶所獨創的穿插藏閃的寫作手法，並且在她的後期小說創作中得以運用和體現。讓我們來看看張愛玲靈活運用穿插藏閃的例子：在《小團圓》剛開頭，九莉在準備大考複習，回到自己的房間，看到檯燈還開著，「乳黃色球形玻璃罩還亮著，映在清晨灰藍色的海面上，不知怎麼有一種妖異的感覺。她像給針扎了一下，立刻去撚滅了燈」〔註102〕。這個檯燈是母親買給她的，但爲什麼看到檯燈會有「妖異的」、「針扎」的感覺呢？這就是張愛玲運用的藏閃之法，這「妖異的」、「針扎」的感覺正是劈空而來，使讀者茫然不解何故，急欲觀後文，張愛玲並沒有馬上解釋原因，只是簡單說明母親買燈的過程。接著就是大考前，同學們人心惶惶複習考試的場景以及學校裏的瑣碎之事。等到我們慢慢讀下去，出現了這個情節：九莉把得到的獎學金（九莉將其視爲「生存許可證」〔註103〕）急不可待地拿給母親，結果發現母親賭輸了這筆錢，並且懷疑這筆錢是九莉獻身教授所得。以及後面母親和九莉之間的許多矛盾和不快，我們這才明白「針扎」的感覺從何而來。這正是運用了藏閃之法，在百般追尋之下，最後才慢慢發現真相，知道前文

〔註100〕 參見呂文翠：《五詳〈紅樓夢〉，三棄〈海上花〉？》，林幸謙，《張愛玲——傳奇・性別・譜系》，聯經出版事業股份有限公司，2012 年版，第 98 頁。
〔註101〕 參見李愛紅：《〈海上花列傳〉對傳統的繼承與創新》，山東大學碩士論文，中國期刊網，2005 年版，第 8～9 頁。
〔註102〕 張愛玲：《小團圓》，北京十月文藝出版社，2012 年版，第 16 頁。
〔註103〕 張愛玲：《小團圓》，北京十月文藝出版社，2012 年版，第 26 頁。

所敘並無半個閒字，原來九莉和母親之間有那麼多的恩怨，所以才會感覺母親買的檯燈是「妖異的」，才會有「針扎」的刺痛感覺。

另外一個例子是在《小團圓》中反覆出現的站在門框上的「木雕的鳥」，用的也是穿插藏閃之法。九莉和邵之雍在熱戀中，兩人擁抱著，「門框上站著一隻木雕的鳥。……怎麼有空地可以站一隻尺來高的鳥……雕刻得非常原始，也沒加油漆，是元祖祀奉的偶像？」〔註104〕看到這裡讀者會很奇怪，哪裏來的木雕鳥呢？有什麼含義呢？緊接著就到了十幾年後紐約的一個下午，九莉請了個人幫她打胎，詳述了打胎的經過，以及第一次提及九莉的丈夫汝狄（賴雅的原型）。經過了百般的痛苦折磨，九莉打下了一個男胎，「抽水馬桶裏的男胎，……足有十寸長，……肌肉上抹上一層淡淡的血水，……凹處凝聚的鮮血勾劃出它的輪廓來，……一雙環眼大得不合比例，雙睛突出，捵著翅膀，是從前站在門上的木雕的鳥」〔註105〕，這段描寫讓人毛骨悚然，「木雕鳥」又出現了！而這時又轉到前面之雍和九莉在一起的情節裏，「『我們這真是睜著眼睛走進去的，從來沒有瘋狂，』之雍說。也許他也覺得門頭上有個什麼東西在監視他們」〔註106〕，是「木雕鳥」在監視他們！之雍正和九莉談論著他第一個妻子是因為想念他，被一個狐狸精迷上了，自以為天天夢見他，所以得了癆病死了。九莉想著，「他真相信有狐狸精！九莉突然覺得整個的中原隔在他們之間，……木雕鳥仍舊站在門頭上」〔註107〕。木雕鳥一共出現了四次！真是一波未平又起一波，木雕鳥出現在上海九莉家中、接著是美國家中、九莉和之雍在一起的時候、之雍談到被狐狸精迷住的妻子。木雕鳥的位置和形態也有不同：雕刻得很原始、沒有油漆、是元祖祀奉的偶像的木雕鳥站在門框上；九莉打下的男胎雙睛突出，捵著翅膀，是從前站在門上的木雕的鳥；九莉和之雍在一起時感覺木雕鳥在門頭上監視他們；聽到之雍的妻子被狐狸精迷住，木雕鳥仍舊在門頭上。真是忽東忽西，忽南忽北，隨手敘來並無一事完，全部並無一絲掛漏；我們感覺到這木雕鳥背後隱藏著許多未盡之言，張愛玲沒有明白說出來，但讀者顯然可以意會得之，這「木雕鳥」象徵九莉愛情命運的悲劇性，也象徵著古往今來女人的愛情悲劇命運。九莉為了愛情不顧一切和已婚且是漢奸的之雍在一起，但在一開始預示她命運的木雕鳥就出現了；接著她去了美國又義務反顧地嫁給大她二十多

〔註104〕張愛玲：《小團圓》，北京十月文藝出版社，2012年版，第154頁。
〔註105〕張愛玲：《小團圓》，北京十月文藝出版社，2012年版，第157頁。
〔註106〕張愛玲：《小團圓》，北京十月文藝出版社，2012年版，第157頁。
〔註107〕張愛玲：《小團圓》，北京十月文藝出版社，2012年版，第164頁。

歲的過氣作家——年老多病又窮困潦倒的汝狄，懷有身孕卻不得不把胎兒打掉，胎兒變成了那木雕鳥，預示著張愛玲的又一次愛情悲劇；接著是九莉和之雍在一起的時候，木雕鳥又出現了，這次連之雍也感覺到兩人的情感危機；最後是之雍的妻子因為想念他而得癆病死亡，這時木雕鳥的出現喻示了所有女人的愛情悲劇命運，為了愛而獻身不顧一切的女人最後的結局就好像飛蛾撲火一般，不是粉身碎骨也是半死不活痛不欲生。這其中的意義作者雖未明示，但讀者卻可以意會而得之，這就是張愛玲妙用穿插藏閃的一個好例子。

另外，在《少帥》中也出現過「木雕鳥」的意象，周四小姐和少帥在一起，「仍舊是有太陽的下午天，四面圍著些空院子，一片死寂。她正因為不慣有這種不受干涉的自由，反覺得家裏人在監視。不是她儼然不可犯的父親，在這種環境根本不能想像；是其他人，那些總是想方設法在背後胡亂議論人的女人們，和照顧她生活的洪姨娘同女傭們。她們化作樸拙的、未上漆的木雕鳥，在椽子與門框上歇著。她沒有抬頭，但是也大約知道是圓目勾喙的雌雉，一尺來高，有的大些，有的小些。她自己也在上面，透過雙圈的木眼睛俯視」〔註108〕，這裡的「木雕鳥」代表世俗的觀念，周四知道自己和少帥的愛情不能為世人所接受，他們在虎視眈眈地監視著這對不相襯的戀人，連周四自己也感覺化身為「木雕鳥」，深陷甜蜜卻危機四伏的愛情之中不可自拔。

還有第一章，九莉回宿舍，對海的探照燈照到她身上，「她站在那神龕裏，從頭到腳浴在藍色的光霧中，別過了一張驚笑的臉，向著九龍對岸凍結住了。……他們以為看見了什麼？」〔註109〕到了第五章，之雍說跟其他人談起她，突然又來了這一句，「她也只微笑。對海的探海燈搜索到她，藍色的光把她塑在臨時的神龕裏」〔註110〕。似乎是跟前面相呼應，暗示九莉想像自己的與眾不同；以及最初相戀時，在之雍心目中如同神一樣的有光彩。在張愛玲後期小說中大量出現的，像這些灰蛇草線的穿插閃藏、首尾呼應，以曲筆暗示、閒筆敷衍、化寫實為象喻的寫法，不是公用性的交代生平事蹟，而是刻畫心理、建立象徵，發展小說角色豐富含義。〔註111〕

〔註108〕張愛玲著：鄭遠濤譯，《少帥》，皇冠出版社（香港）有限公司，2014年版，第43頁。

〔註109〕張愛玲：《小團圓》，北京十月文藝出版社，2012年版，第37頁。

〔註110〕張愛玲：《小團圓》，北京十月文藝出版社，2012年版，第148頁。

〔註111〕也斯：《張愛玲的刻苦寫作與高危寫作》，沈雙，《零度看張》，香港：中文大學出版社，2010年版，第97頁。

　　除了運用穿插閃藏的手法，《小團圓》還借鑒了《海上花列傳》的小說結構，尤其是胡蘭成出場前的那部分。王德威認為，《小團圓》的開場部分那一百來頁很囉嗦，尤其是在胡蘭成出現前的那些敘述文字，所以一定要讀了《海上花》才會明白張愛玲真正的用意所在。〔註112〕他還認為，《小團圓》前一百頁是張愛玲一邊翻譯《海上花列傳》一邊寫的，實際上張愛玲是在跟韓邦慶想像的讀者對話。除此之外，張愛玲更多的是繼承了《海上花》那平淡而近自然的境界、頗有日常生活況味的寫作風格。她的小說就如吳福輝所說，任何人都可以在這日常的生活狀態裏反窺到自身的點滴，……這個故事似乎是偏重於生活的外部情形……但是它並沒有討論任何人類進化的方案，也未表達對於生命最終極的一種關懷，但是，當作家張愛玲把日常生活中那些最瑣屑、最卑微的材料，編織成美麗動人的文學彩衣飾後，又時時會觸動人們內心深處的那根情感的神經。〔註113〕而最先得到「平淡而近自然」這個評價的，是胡適對《秧歌》的讚美之詞。

　　一九五四年秋，張愛玲在香港寄了本《秧歌》給胡適，胡適回信中說《秧歌》是「很有文學價值的作品」。胡適認為這部小說，「從頭到尾，寫的都是『飢餓』……寫得真好，真有『平淡而近自然』的細緻工夫。」〔註114〕胡適認為，「平淡而近自然的境界」是很難得到一般讀者的賞識的。「《海上花》就是一個久被埋沒的好例子。」〔註115〕張愛玲曾去信給他「很久以前我讀你寫的《醒世姻緣》與《海上花》的考證，印象非常深，後來找了這兩部小說來看，這些年來，前後不知看了多少遍，自己以為得到不少益處。」〔註116〕胡適在回信中說「如果我提倡這兩部小說的效果單止產生了你這一本《秧歌》，

〔註112〕　參見 http://big5.chinataiwan.org/wh/dswh/wtxx/201006/t20100611_1410172.html：摘自呂文翠，《五詳〈紅樓夢〉，三棄〈海上花〉？》，注釋 6，林幸謙，《張愛玲——傳奇・性別・譜系》，聯經出版事業股份有限公司，2012 年版，第110 頁。

〔註113〕　參見吳福輝：《都市旋流中的海派小說》，湖南教育出版社，1997 年 11 月，頁 228，摘自李愛江，《〈海上花列傳〉對傳統的繼承與創新》，山東大學碩士論文，中國期刊網，第 35～36 頁。

〔註114〕　張愛玲：《憶胡適之》，季季、關鴻，《永遠的張愛玲——弟弟、丈夫、親友筆下的傳奇》，學林出版社，1996 年版，第 227 頁。

〔註115〕　參見張愛玲：《憶胡適之》，季季、關鴻，《永遠的張愛玲——弟弟、丈夫、親友筆下的傳奇》，學林出版社，1996 年版，第 228 頁。

〔註116〕　參見張愛玲：《憶胡適之》，季季、關鴻，《永遠的張愛玲——弟弟、丈夫、親友筆下的傳奇》，學林出版社，1996 年版，第 228 頁。

我也應該十分滿意了。」〔註 117〕胡適的贊許給了張愛玲極大的鼓勵，她對胡適說自己一直有個心願，就是希望能夠將《海上花》和《醒世姻緣》兩部小說翻譯成英文。她認爲，雖然書裏人物對白的語氣很難翻譯，但是可以嘗試一下。她對胡適說，「如果有一天我眞打算實行的話，一定會先譯半寄了來，讓您看行不行。」〔註 118〕應該說，胡適對《秧歌》的讚譽和對《海上花》的欣賞，給了張愛玲很大的鼓舞和啓發，使她後來致力於《海上花》的英譯以及後來的國語翻譯。「跟胡適先生談，我確是如對神明」〔註 119〕，可以想見胡適在張愛玲心目中的崇高地位。

　　張愛玲說，「《海上花》其實是舊小說發展到極端，最典型的一部。……特點是極度經濟，讀著像劇本，只有對白與少量動作。暗寫、白描，又都輕描淡寫不落痕跡，組成一般人的生活的質地，粗疏、灰撲撲的……」〔註 120〕。這部小說的題材雖然是八十年前的上海妓家，並無豔異之感，張愛玲認爲是她看過的書裏最有日常生活的況味。〔註 121〕毫無疑問，受《紅樓夢》前八十回和《海上花》的影響，張愛玲的後期小說創作中逐步轉向了「平淡而近自然」的風格。如脂硯齋評《石頭記》中一段，「（黛玉）說道：『你只怨人行動嗔怪了你，你再不知道你自己慪人難受。就拿今日天氣比，分明今兒冷的這樣，你怎麼倒反把個青披風脫了呢？』」，他評道：「眞眞奇絕妙文，眞如羚羊掛角，無跡可求。此等奇妙非口中筆下形容出者」〔註 122〕。這種白描的寫法在《紅樓夢》、《海上花》中都被運用的爐火純青。用金聖歎的話來說，白描即是用及其簡省的筆墨描繪出人物的性格特徵和豐富的內心狀態。而人情小說演變至最高境界就是「自然」、「逼眞」、「傳神」，在這當中小說的「眞實性」是先於「傳奇性」的，張愛玲後期小說講究「眞實性」，往往達到「自然」、「逼

〔註 117〕 參見張愛玲：《憶胡適之》，季季、關鴻，《永遠的張愛玲——弟弟、丈夫、親友筆下的傳奇》，學林出版社，1996 年版，第 228 頁。

〔註 118〕 參見張愛玲：《憶胡適之》，季季、關鴻，《永遠的張愛玲——弟弟、丈夫、親友筆下的傳奇》，學林出版社，1996 年版，第 230 頁。

〔註 119〕 張愛玲：《憶胡適之》，季季、關鴻，《永遠的張愛玲——弟弟、丈夫、親友筆下的傳奇》，學林出版社，1996 年版，第 25 頁。

〔註 120〕 張愛玲：《憶胡適之》，《重訪邊城》，北京十月文藝出版社，2012 年版，第 25頁。

〔註 121〕 參見張愛玲：《憶胡適之》，《重訪邊城》，北京十月文藝出版社，2012 年版，第 25 頁。

〔註 122〕 周芬伶：《豔異——張愛玲與中國文學》，北京：中國華僑出版社，2003 年版，第 311～312 頁。

眞」、「傳神」的境界〔註123〕。她喜歡眞實的寫作材料，張愛玲在《談看書》中引用西方的一句俗話「一切好的文藝都是傳記性的」，說自己對寫作要求非常高，尤其是喜歡原汁原味的素材，因爲喜愛它獨有的一種人生味。〔註124〕在《秧歌》和《赤地之戀》兩部小說的序中，張愛玲都特別強調小說材料的眞實性，因爲現實生活中的故事比小說更奇怪。她認爲，「無窮盡的因果網，一團亂絲，但是牽一髮而動全身，可以隱隱聽見許多弦外之音齊鳴，覺得裏面有深度闊度，覺得實在，我想這就是……『事實的金石聲』」，張愛玲說自己喜愛看那些記錄體小說，因爲裏面有些眞人和眞事，以及那些記錄了眞實生活細節的歷史小說，令她感覺到可以觸摸那個時代的質地，例如，古代西方的僕人在門上抓撓著來代替敲門，好像貓狗要進來那樣。〔註125〕

顯然，寫實和白描都是張愛玲非常喜愛和擅長的手法，她在《表姨細姨及其他》一文中這樣說，「我是實在嚮往傳統的白描手法——全靠一個人的對白動作與意見來表達個性與意向。但是嚮往歸嚮往，是否能做到一兩分又是一回事了」〔註126〕。她的英文小說《少帥》就具備這樣的特點，「讀著像劇本，只有對白與少量動作」〔註127〕，而且爲了體現平淡而近自然的風格，張愛玲刻意讓人物的對白散漫突兀。實際上張愛玲這一時期的創作，特別強調中國傳統小說深入淺出的特點，她的故事裏沒有過多的心理描寫，只見到很多人物，他們只有外在的語言和行動，這樣可以讓讀者閱讀的時候，「自己體會出來的書中情事格外生動，沒有古今中外的間隔」。〔註128〕在被胡適讚譽爲頗有平淡近自然味道的《秧歌》中，金根和金花的兄妹之情無疑是這部小說中最動人的章節，雖然生活貧苦兄妹倆卻互相照顧互相關心，兩人兒時的生活片段張愛玲寫來格外有一種雖平淡卻樸實動人的感覺，這在前面的章節已經詳述過。雖然《秧歌》

〔註123〕周芬伶：《豔異——張愛玲與中國文學》，北京：中國華僑出版社，2003年版，第312頁。

〔註124〕參見張愛玲：《談看書》，《重訪邊城》，北京十月文藝出版社，2012年版，第60頁。

〔註125〕參見張愛玲：《談看書》，《重訪邊城》，北京十月文藝出版社，2012年版，第61頁。

〔註126〕張愛玲：《表姨細姨及其他》，《重訪邊城》，北京十月文藝出版社，2012年版，第128頁。

〔註127〕張愛玲：《憶胡適之》，《重訪邊城》，北京十月文藝出版社，2012年版，第25頁。

〔註128〕參見張愛玲：《談看書》，《重訪邊城》，北京十月文藝出版社，2012年版，第67頁。

被一些學者認爲是「反共」和明顯右傾的作品，但其實張愛玲對政治的興趣還是極其有限的。她最爲關注的還是人性，是人情世故，是人與人之間的關係〔註129〕。除了兄妹之情，張愛玲還詳細描述了夫妻關係，鄰里之間的矛盾，城裏人與鄉下人的隔閡等等。《秧歌》的大部分筆墨皆用於此，而刻畫此中人物心理的微妙，捕捉到其中潛藏的戲劇性，最是張愛玲遊刃有餘的所在〔註130〕。

其中顧岡對月香的感覺十分有喜劇感。顧岡在這窮鄉僻壤的生活十分無聊和寂寞，於是就將月香作爲了性幻想的對象，以打發寂寞的時間。月香時不時找他搭訕，令他十分欣喜並想入非非，可是有一天兩人正談得熱乎的時候，他突然發覺實際上月香接近他不過是探探他的口風，看是否能讓他幫她和丈夫金根在上海找份工作。這一發現讓他十分失望，這個美麗的村婦原來是如此庸俗和實際，和他的想像差距甚遠，而且她也並非有意於他。後來顧岡因爲飢餓難忍偷偷買了食物吃而被月香發現，搞得大家都十分尷尬，其中的細節描寫也十分動人，前面的章節已詳述過。正如余斌所說，《秧歌》中描繪的農村生活和農民形象相當眞實可信。這裡面有大量的關於農村生活的細節，鄉間景物，地方色彩，勞作情形，日常起居，乃至日用器物，都有細緻生動的描繪。她筆下的人物形象也都非常鮮活：老實倔強的金根，潑辣能幹的月香，懷念兒時兄妹情卻在關鍵時刻對哥哥見死不救的金花，老於世故圓滑的譚大娘，嫉妒又愛搬弄是非的金有嫂，掛念妻子又愚忠的王同志。對於月香這個人物，張愛玲的描寫也十分到位富有質感，雖然她只是一個已婚村婦，卻也有著女人本能的想挑逗男人的欲望，「事實是，她並不討厭這個城裏人，甚至於他要是和她打牙嗑嘴的，略微調調情，也並非絕對不可能的事——雖然她決不會承認她有這樣的心」〔註131〕。《秧歌》的大部分篇章中，情節就靠這樣平淡的細節，平淡的描繪編織著，推進著，造成一種舒緩而從容不迫的節奏和淡遠的調子〔註132〕。顯然，張愛玲的細節描寫常常是爲凸顯另外的隱藏事物，也就是相對於人生宏大而整體性脫落下來的人性碎片。〔註133〕

〔註129〕余斌：《張愛玲傳》，海南出版社出版，1993 年版，第 261 頁。

〔註130〕余斌：《張愛玲傳》，海南出版社出版，1993 年版，第 261 頁。

〔註131〕張愛玲：《秧歌》，臺北市：皇冠文化出版有限公司，2010 年版，第 114～115 頁。

〔註132〕余斌：《張愛玲傳》，海南出版社出版，1993 年版，第 263 頁。

〔註133〕周芬伶：《豔異：張愛玲與中國文學》，北京：中國華僑出版社，2003 年版，第 271 頁。

　　而《赤地之戀》雖然一直爲人們所詬病，認爲其失眞及帶有濃鬱右傾味道。張愛玲自己也曾說過對這部小說很不滿意，是授權之作。但細讀之後，我們還是發現張愛玲所描寫的時代背景是一如既往的通過民情風俗和日常生活來細緻地體現的。這部小說雖然見到「土改」、「三反」、「抗美援朝」等重大歷史事件，並有一定的政治傾向性。但我們仍可從中感受到張愛玲運用平淡而近自然的手法描繪一些日常生活的細節，可以觸摸和感覺到當時的一種時代氣息。二妞和劉荃之間的微妙感情描寫得非常細膩傳神，這在前面章節已經論述過。在這部小說的自序中，張愛玲說，「我的目的並不是包羅萬象，而是盡可能地複製當時的氣氛。這裡沒有概括性的報導。」〔註134〕她希望讀者們可以從這部小說裏，感受到一些眞實的生活氣息。如五一節五十萬人大遊行，眞人扮的杜魯門和反革命戴著巨大的彩色面具跳跳縱縱，人群此起彼伏呼著口號，賣吃食的小販在遊行隊伍裏穿來穿去吆喝著賣油條、麻花之類，遊行者時而彼此打趣、逗樂的一種嚴肅之中又有幾分滑稽有趣的情形；周玉寶、賴秀金隨丈夫進了城，當了幹部，但爲了爭奪鋼琴、電話等物品，卻不脫農村婦女潑辣粗魯的本色；還有趙楚和周玉寶在家裏練習握手和俄羅斯式的擁抱；甚至於周玉寶房中冰箱的門鈕上用麻繩牽著掛滿了衣服，鋼琴上則擱著藍色鴨舌帽，這些細節的描述，都讓讀者體會到那個時代的一種濃鬱味道。在小說開頭劉荃和他的同學們坐在卡車上，齊聲高唱「我們的中國這樣遼闊廣大」，但內心卻想著，他是偏愛「天蒼蒼，野茫茫」這樣一種蒼涼、帶有小資情調的歌曲，這顯然也是當時的知識青年中極爲普遍的一種喜好。還有劉荃在回上海的火車上，聽到的女聲的高音喇叭可以傳達出五十年代人們面對新時代的一種亢奮的精神狀態。劉荃和黃娟之間的戀情也帶有張愛玲一貫的蒼涼味道，並用樸實無華的語言娓娓道來。

　　由《金鎖記》改編成的《怨女》更可見到張愛玲後期崇尚平淡而近自然的寫作風格。《怨女》在原來的故事框架上增加了大量的細節描寫，如對遺老家庭的日常生活的描述。而女主人公銀娣則從未嫁時說起，描寫她嫁到大家庭裏的生活細節和處境：她與兄嫂、與丈夫、與小叔子、與兒子、與媳婦的關係，甚至在婚前和藥店小劉的一段純潔的初戀，尤其是她的內心活動，都有更爲細膩的描寫。文中關於人物的心理和性格描寫也更爲細緻入微。在《金鎖記》中關於姜季澤的描寫不多，他只不過是個「生得天圓地方，鮮紅的腮

〔註134〕張愛玲：《赤地之戀》，臺北市：皇冠文化出版有限公司，2010 年版，第 3 頁。

煩，往下墜著一點，清濕眉毛，水汪汪的黑眼睛裏永遠有三分不耐煩」〔註135〕的紈綺子弟。而在《怨女》中的三爺，則有許多細節描寫，如「圓光」，和銀娣的「三次調情」，以及去銀娣處借錢，還有他最後要靠兩個老年妓女供養的淒慘晚景。從這裡可以透露出遺老遺少們的沒落頹廢，沒有了強烈的戲劇衝突，反而平添了一種世事滄桑的感傷情調。如唐文標所說，「在揭露歷史和溝通外界，人物安排上，《怨女》比《金鎖記》更合理，更像人世，而且更能刻畫當時租界的大家庭生活」，所以他認為「『怨女』比較『金鎖記』有價值多了」〔註136〕。和七巧比起來，銀娣「已經由一個心理變態的瘋子──一個悲劇英雄──變成了一個人情之常可以解釋的小奸小壞的庸常之輩。」〔註137〕兩部小說對比，女主人公的情慾的壓抑、緊張、失態，都被弱化了、淡化了〔註138〕，在《怨女》中，銀娣不過是個在現實生活中事事不如意的怨女，她在和三爺斷絕來往後，也只是想將兒子留在身邊和對兒媳有一份妒忌之心，她沒有了七巧的那份刻骨的怨恨和「瘋子的審慎和機智」。銀娣因為三爺為借錢而假意說愛戀她而憤恨不已，但後來聽到三爺和一個老醜的妓女好上了而感到安慰，因為「她相信他對這女人多少有些真心。彷彿替她證明了一件什麼事，自己心裏倒好受了些」〔註139〕，認為或許三爺也曾經對她有過一份真心。文中還有一個情節令人非常難忘，銀娣剛和三爺調完情，見到殘疾丈夫心中感到委屈和怨憤不已，知道他在找最喜歡的胡桃念珠，於是「她走到五斗櫥跟前，拿出一隻夾核桃的鉗子，在桌子旁邊坐下來，把念珠一隻一隻夾破了。『幹什麼？』他不安地問。『你吃不吃核桃？』他不作聲。『沒有椒鹽你不愛吃，』她說。淡黃褐色薄薄的殼上鑽滿了洞眼，一夾就破，發出輕微的爆炸聲。『叫個老媽子上來，』他說『她們下去了半天了。』『飯總要讓人吃的。天雷不打吃飯人。』他不說話了。然後他突然叫起來，喉嚨緊張而扁平，老鄭！老鄭！老夏！」〔註140〕這一段只是簡單的對話和白描，並無華麗繁複的意象，《金鎖記》中令人讚歎不已的月亮意象在此已完全消失，也無刻意的渲染氣氛。但正因為銀娣的冷靜和不動聲色，更讓人感覺不寒而慄，「是

〔註135〕張愛玲：《金鎖記》，北京十月文藝出版社，2012 年版，第 224 頁。
〔註136〕唐文標：《張愛玲研究》，臺北市：聯經出版事業公司，1983，第 59 頁。
〔註137〕余斌：《張愛玲傳》，海南出版社出版，1993 年版，第 290 頁。
〔註138〕余斌：《張愛玲傳》，海南出版社出版，1993 年版，第 290 頁。
〔註139〕張愛玲：《怨女》，《怨女》，北京十月文藝出版社，2012 年版，第 205 頁。
〔註140〕張愛玲：《怨女》，《怨女》，北京十月文藝出版社，2012 年版，第 136 頁。

一種張愛玲式的恐怖」〔註 141〕，更顯示出她對自身悲慘命運的無可奈何、無盡的怨恨和悲哀。如余斌所說，《金鎖記》中我們看到的是一部一幕接一幕的高潮戲，熾烈刺激，一觸即發；《怨女》的情節則是採取一種平隱緩慢的推進，見棱見角之處大多被有意識地磨平了。筆者在前面意象一節已經談過，《怨女》中意象的出現已經沒有她前期小說那樣頻密和絢麗繁複，更多的是通過動作、對話來顯示人物的性格和心態。用唐文標的話來說，「後期張愛玲重作『怨女』，是有她的深意的，『怨女』故事結構和『金鎖記』全同，『金鎖記』再好，也只有一個故事，或一個現代鬼話；而重要的是『怨女』卻帶有歷史味道。『怨女』裏，張愛玲加入了歷史和地理的襯托，建立一個新的張愛玲世界，使小說不僅更帶有普遍性，還連珠了其他小說，具備剛要的作用」〔註 142〕。他認為張愛玲在創作《怨女》時已是離開了上海二十年，她以前在上海時不能寫的歷史情形，現在都放入了書中了，這本小說更像是舊家庭的歷史。可以說從《金鎖記》到《怨女》是人生更高層次的表演，少了誇張的戲劇性，多了人生如夢的戲劇感，作者的敘事方式乃至於主角的應世態度，皆以抽離的態度俯瞰塵世，更近於張愛玲推崇的文學聖經——《紅樓夢》的境界。〔註 143〕

　　比起《怨女》，《相見歡》的故事和語言就更平淡了。通篇都是伍太太和荀太太兩個中年女人絮絮叨叨的家長里短，其中穿插了一些對過往生活的回憶。所運用的寫作手法是張愛玲所向往的白描手法。兩人的家庭生活都不幸福，伍太太暗戀著荀太太，甘願聽她一遍又一遍地述說自己的事，「散漫的家常如同一連串睡意朦朧的哈欠，——因為生命已經過去了」〔註 144〕。還有《浮花浪蕊》，也是一篇沒有什麼情節的小說，裏面帶有很多張愛玲自傳性的元素，是她真實生活和情緒的一種述說。其題材也相當散漫，照張愛玲的說法是採用社會小說的做法，如同儒林外史的「雖云長篇，頗同短製」。這部小說裏，有的人物僅是一個面影，一個狀態，聚在一處，形同一幀「浮世繪」〔註 145〕。洛貞、艾軍、范妮、咖喱先生、李察遜夫婦……每個人都被各自的環

〔註 141〕余斌：《張愛玲傳》，海南出版社出版，1993 年版，第 292 頁。
〔註 142〕唐文標：《張愛玲研究》，臺北市：聯經出版事業公司，1983 年版，第 36～37頁。
〔註 143〕參見莊宜文：《百年傳奇的現代演繹——〈金鎖記〉小說改寫與影劇改編的跨文本性》，林幸謙，《張愛玲：文學・電影・舞臺》，Oxford Univesity Press，2007 年版，第 103 頁。
〔註 144〕余斌：《張愛玲傳》，海南出版社出版，1993 年版，第 297 頁。
〔註 145〕余斌：《張愛玲傳》，海南出版社出版，1993 年版，第 299 頁。

境或是時勢捉弄著，被拋到一個陌生的世界，去面對不可知的命運。在這裡，她沒有用繁複的意象和華麗的文字來仔細描寫每個人的心理狀態，也沒有令人驚歎的傳奇式情節，只是用平淡無奇的語氣緩緩地述說著每個人的故事，而且這部小說沒有採用張愛玲一貫的用舊小說的全知觀點屬用在場人物觀點，而是從頭至尾全部在洛貞的意識中，無一詞一句溢出到她的意識之外〔註146〕。而《小團圓》也是「比較白描的，……甚至是一種苦刑的寫法」，正如梁文道在和沈雙對談時所說的，「我印象中張愛玲就像一個隱修的、苦修的這麼一個人。」〔註147〕

　　《海上花》繼承《紅樓夢》透過描繪平實自然的生活質地，深入而細緻地刻畫人生與人性之幽微，此言情文類核心價值之詮釋「空白」，乃是張愛玲得以施展拳腳的舞臺。〔註148〕顯然張愛玲的後期小說，包括她的自傳體小說都是不見華麗蒼涼，只見平淡素樸。她繼承了《紅樓夢》前八十回、《海上花》「平淡而近自然」的風格，拋棄了早期創作要依靠意象和故事的傳奇性來加強故事的吸引力。張愛玲曾經在對水晶的訪談中提過，前期創作因為她時常感到故事的份量不夠，因此要用很多意象來加強故事的力量，當然也是因為她「初出茅廬時為了趁早出名而堆砌的警句、比喻或意象」〔註149〕。她要通過繁複的意象來描繪人物內心的變化和營造某種氣氛，以一種特別炫麗和引人矚目的方式來詮釋她的意思。前面筆者已經論述過其實她早在一九四五年之後的創作風格已經開始發生變化，她欣賞那種「不用多加解釋的人物，他們的悲歡離合」〔註150〕。受《海上花》含蓄寫作傳統的影響，在後期小說創作中，她的含蓄，輕描淡寫，讀者初看不解，再看還是渾渾噩噩，但猛然醒悟到什麼時，就會非常震動〔註151〕。在後期創作中，張愛玲盡可能讓故事本身說話，讓小說具有「意在言外」，「一說便俗」的平淡而近自然的效果。也

〔註146〕 參見余斌：《張愛玲傳》，海南出版社出版，1993年版，第300頁。

〔註147〕 梁文道、沈雙：《用小說的名義寫的很實的東西》（對談），沈雙，《零度看張》，香港：中文大學出版社，2010年版，第97頁。

〔註148〕 呂文翠：《五詳〈紅樓夢〉，三棄〈海上花〉？》，林幸謙，《張愛玲——傳奇‧性別‧譜系》，聯經出版事業股份有限公司，2012年版，第93頁。

〔註149〕 張愛玲著：鄭遠濤譯，《少帥》，皇冠出版社（香港）有限公司，2014年版，第232頁。

〔註150〕 張愛玲：《多少恨》，《紅玫瑰與白玫瑰》，北京十月文藝出版社，2012年版，第238頁。

〔註151〕 參見張愛玲著：鄭遠濤譯，《少帥》，皇冠出版社（香港）有限公司，2014年版，第232～233頁。

斯認為張愛玲的後期創作在寫法上放棄了早期那些濃密豔麗的句子，而以貌不驚人、平淡自然的文字，含蓄穿插，去實驗另一種寫作方法。〔註152〕

　　張愛玲在晚年孜孜不倦地研究《海上花》，並將它翻譯成英文和國語，其實這個過程也體現了張愛玲對舊時生活和家族的留戀之情，正「如《海上花》所描繪的，即使在向下的墮落中，也感到一種曖昧、幽微的快感和美感。」〔註153〕譯者和作家張愛玲不僅僅可以重新到訪，那個曾經讓她展盡其風華絕代、享盡如影壇巨星一般風采的上海大舞臺，並且可以和自己的往昔，與那曾帶給她無盡傷痛的、早已被凍結凝固的父親的形象及記憶，達成一種久違了的和解。〔註154〕，其實張愛玲正是通過書寫《紅樓夢魘》和翻譯《海上花》「進行異常活躍的反移情活動與自我解夢，張愛玲其人其文同時是夢魘連連的病患，也扮演釋夢的精神分析師，在如同自我治療的過程中重新得到『誤讀』經典與『導讀注解』寂寞名著的快感，精神苦悶獲得紓解的同時，她的寫作生命亦從早期『兀自燃燒的句子』之傳奇體，歸於技巧平淡的『小團圓』」〔註155〕。

第二節　五四新文學傳統對張愛玲後期小說創作的影響

一、張愛玲對五四新文學傳統不同時期的三種思考

　　說起五四新文化運動，不得不從胡適說起。1917 年 1 月，胡適在《新青年》雜誌上發表了一篇名為《文學改良芻議》的文章，來提倡白話和改良文學的構想。他自己可能也沒料到這篇文章會掀起一場史無前例的文學運動，把整個中國文學史的路向改變過來。〔註156〕最初的五四運動所宣揚的是愛

〔註152〕也斯：《張愛玲的刻苦寫作與高危寫作》，沈雙，《零度看張》，香港：中文大學出版社，2010 年版，第 97 頁。
〔註153〕楊澤：《世故的少女》，《閱讀張愛玲》，麥田出版股份有限公司，1999 年版，第 25 頁。
〔註154〕參見楊澤：《世故的少女》，《閱讀張愛玲》，麥田出版股份有限公司，1999 年版，第 26 頁。
〔註155〕呂文翠：《五詳〈紅樓夢〉，三棄〈海上花〉？》，林幸謙，《張愛玲——傳奇·性別·譜系》，聯經出版事業股份有限公司，2012 年版，第 144 頁。
〔註156〕參見夏志清：《中國現代小說史》，香港：中文大學出版社，2015 年版，第 4 頁。

國、批判傳統、「主觀主義」〔註 157〕和「抒情主義」〔註 158〕，郁達夫曾經
說過，「五四運動最大的成就首先在於個性的發現」〔註 159〕。在 20 年代初
期，正如陳獨秀所說，青年作家們的作品「為陳腐的中國文化的屍體帶來
了新鮮活潑的細胞」〔註 160〕。而典型的五四文人具有以下幾個特徵：浪漫
主義的氣質、現實主義的文學信仰和人道主義的世界觀。〔註 161〕但是從陳
獨秀開始，「現實主義」的概念就和這種對社會—政治的關懷難分難解地糾
纏在一起。五四文學最顯著的特徵是作家們並不是轉向自我創作和藝術領
域，而是突出自己的個性化並向民眾施加影響。而在現代中國文學中，自
我從外界現實退縮並「仔細審視自我內部的動力」的最好例子就是張愛玲
的小說。但因為魯迅的走向左翼，典型地說明了 20 年代末開始的文學政治
化潮流。這一「向外」的趨勢，最終導致了主觀主義和個人主義的結束。〔註
162〕中國作家們為不斷惡化的社會現實而痛苦著，他們唯有把希望寄託在
光明的未來〔註 163〕。一九三七年之後，抗日戰爭的爆發使他們追求文學藝
術的崇高理想在政治鬥爭的宏大潮流下慢慢地破滅了。文學更成為了政治
和鬥爭的附屬品。〔註 164〕

　　正如許子東所說，很顯然胡適是通過推行白話文等方面的改革等來達成
文字革命的目的，而陳獨秀則是以文學革命為工具來推動思想文化方面的革
新。陳獨秀編《新青年》、魯迅寫《吶喊》到茅盾、巴金、夏衍、沙汀、艾青、
丁玲等當時的主流作家們對「五四」文學傳統的基本詮釋，就是相信文學應

〔註 157〕 費正清：《劍橋中華民國史》，1912～1949，上卷，中國社會科學出版社，1994
　　　　　年版，第 563 頁。
〔註 158〕 費正清：《劍橋中華民國史》，1912～1949，上卷，中國社會科學出版社，1994
　　　　　年版，第 563 頁。
〔註 159〕 費正清：《劍橋中華民國史》，1912～1949，上卷，中國社會科學出版社，1994
　　　　　年版，第 532 頁。
〔註 160〕 費正清：《劍橋中華民國史》，1912～1949，上卷，中國社會科學出版社，1994
　　　　　年版，第 532 頁。
〔註 161〕 費正清：《劍橋中華民國史》，1912～1949，上卷，中國社會科學出版社，1994
　　　　　年版，第 553 頁。
〔註 162〕 費正清：《劍橋中華民國史》，1912～1949，上卷，中國社會科學出版社，1994
　　　　　年版，第 565 頁。
〔註 163〕 參見費正清：《劍橋中華民國史》，1912～1949，上卷，中國社會科學出版社，
　　　　　1994 年版，第 566 頁。
〔註 164〕 參見費正清：《劍橋中華民國史》，1912～1949，上卷，中國社會科學出版社，
　　　　　1994 年版，第 566 頁。

該喚醒民眾、療救社會。〔註165〕對此新文學作家柯靈則有更加詳盡的描述和說明，「中國新文學運動從來就和政治浪潮配合在一起，……五四時代的文學革命——反帝反封建，三〇年代的革命文學——階級鬥爭，抗戰時期——同仇敵愾、抗日救國，理所當然是主流。除此以外，就都看作是離譜，旁門左道，……這是一種不無缺陷的好傳統，好處是與國家命運息息相關，……短處是無形中大大減削了文學領地。」〔註166〕但是除了啓蒙救世的主流文學之外，在當時還有一批作家如周作人、沈從文、林語堂、傅雷等，他們堅持文學作品應該首先具有藝術靈性，並且堅守作為一個藝術家的職業道德底線，正是由於他們的執著和堅持保護了文學作品的神聖性和純潔性。當然除了啓蒙救世的主流文學和純文學之外，還有鴛鴦蝴蝶派小說如張恨水等作家在當時也擁有眾多讀者而大行其道。張愛玲的獨特之處在於她集合了這些作家的特點，將文人所持的立場、藝術所具有的尊嚴、大眾所喜愛的品味和小市民的興趣愛好，結合在一起，開闢了一條新的獨具風格的寫作道路。〔註167〕

　　張愛玲對於五四新文學傳統，在不同的時期也有不同的思考。早在一九四四年，張愛玲發表的《談音樂》首次談到五四運動，「大規模的交響樂自然又不同，那是浩浩蕩蕩五四運動一般地衝了來，把每一個人的聲音都變了它的聲音，前後左右呼嘯喊嚓的都是自己的聲音，人一開口就震驚於自己的聲音的深宏遠大；又像在初睡醒的時候聽見人向你說話，不大知道是自己說的還是人家說的，感到模糊的恐怖」。〔註168〕五四運動是從一九一七年至一九二一年，此後是大幅度政治化。〔註169〕她在《憶胡適之》中提到，「自從一九三幾年起看書，就感到左派的壓力，雖然本能的起反感，而且像一切潮流一樣，

〔註165〕參見許子東：《張愛玲的文學史意義》，中華書局（香港）有限公司，2011年版，第165～166頁。

〔註166〕柯靈：《偌大的文壇，哪個階段都安放不下她》，季季、關鴻，《永遠的張愛玲——弟弟、丈夫、親友筆下的傳奇》，學林出版社，1996年版，第199頁。

〔註167〕參見許子東：《張愛玲的文學史意義》，中華書局（香港）有限公司，2011年版，第172頁。

〔註168〕張愛玲：《談音樂》，《流言》，北京：北京十月文藝出版社，2012年版，第168頁。

〔註169〕參見 Chow Tse-tsung, *The May Fourth Movement：Intellectual Revolution in Modern China*, Harvard University Press, 1960, p.6. 摘自高全之，《那人正在燈火闌珊處》，《張愛玲學》，臺北市：麥田，城邦文化出版，2011年版，第343頁。

我永遠是在外面的，但是我知道它的影響不至於像西方的左派只限一九三〇年代」〔註170〕。早在一九三六年，張愛玲只有十六歲，當時她就讀於上海聖瑪利亞女校，就提及過關於左翼文學的觀點，她說這裡沒有曲折動人的情節和傳奇性的英雄美人的故事，更沒有「以階級鬥爭為經，兒女之情為緯」這樣政治化的語言和情節。〔註171〕而在她成名後的四〇年代，她在《寫什麼》中提到，有人問她是否能寫關於無產階級題材的小說，她回答說不會，要寫就只能寫家裏女傭的故事，但據說她們也並不是無產階級，所以她很肯定地說自己絕不會改變寫作風格創作左翼小說。〔註172〕在這個階段她對五四是持一種反感和抗拒的姿態。新中國建立以後，嚴峻的政治形勢迫使張愛玲不得不改變自己的態度來迎合新政權，創作了包含左傾話語和情節的小說《十八春》和《小艾》。但在一九五二年離開大陸去香港之後，她又創作了《秧歌》和《赤地之戀》兩部傳遞了右傾信息的小說。這個轉變傳達了張愛玲這一時期，對五四新文學傳統由抗拒到迎合的一個轉變過程。

張愛玲對五四新文學傳統的第二種思考，我們可以參考她的一段英文自白。「中國比東南亞、印度及非洲更早領略到家庭制度為政府腐敗的根源。現時的趨勢是西方採取寬容，甚至尊敬的態度，不予深究這制度內的痛苦。然而那卻是中國新文學不遺餘力探索的領域，不竭攻擊所謂『吃人禮教』，已達鞭撻死馬的程度。西方常見的翻案裁決，即視惡毒淫婦為反抗惡勢力、奮不顧身的叛徒，並以弗洛依德心理學與中式家居擺設相提並論。中國文學的寫實傳統持續著，因國恥而生的自鄙使寫實傳統更趨鋒利。相較而下，西方的反英雄仍嫌感情用事。我自己因受中國舊小說的影響較深，直至作品在國外受到與語言隔閡同樣嚴重的跨國理解障礙，受迫去理論化與解釋自己，才發覺中國新文學深植於我的心理背景。」〔註173〕這段話說明這個階段張愛玲對五四新文學傳統有了新的認識，五四新文學傳統的寫實其實來自於中國文學

〔註170〕張愛玲：《憶胡適之》，《流言》，北京：北京十月文藝出版社，2012年版，第21頁。

〔註171〕參見陳子善：《埋沒五十載的張愛玲「少作」》，收入陳子善《說不盡的張愛玲》，臺北遠景，2001年版，第17頁，摘自高全之，《那人正在燈火闌珊處》，《張愛玲學》，臺北市：麥田，城邦文化出版，2011年版，第343頁。

〔註172〕參見張愛玲：《寫什麼》，《流言》，北京：北京十月文藝出版社，2012年版，第130頁。

〔註173〕張愛玲著：高全之譯，《那人正在燈火闌珊處》，《張愛玲學》，臺北市：麥田，城邦文化出版，2011年版，第343頁。

傳統，不過因爲國恥而強化了暴露社會病態，爲民請命等等傾向。〔註 174〕
這段話刊登在《世界作家簡介·一九五〇～一九七〇，二十世紀作家簡介補
冊》（1975 年紐約威爾遜公司出版）。這說明張愛玲在美國的文學創作遭到冷
遇後的一種自我思考和反省，她一直認爲自己受《紅樓夢》、《金瓶梅》等舊
小說的影響較深，但在美國受挫後才發現其實自己深受五四新文學傳統的影
響。張愛玲的前期作品一直爲人們所詬病，被認爲脫離現實，格調不高，更
有人稱她爲鴛鴦蝴蝶派的殿軍大師〔註 175〕，認爲她的作品非主流非正統。
在這段自白裏，張愛玲暗示自己的作品實際上與五四新文學息息相關。〔註
176〕她前期某些作品還是受到五四新文學傳統的一些影響，這在下一節將會
詳細討論。

　　張愛玲對五四新文學傳統的第三種思考，來源於《憶胡適之》，「我屢次發
現外國人不瞭解現代中國的時候，往往是因爲不知道五四運動的影響。因爲五
四運動是對內的，對外只限於輸入。我覺得不但我們這一代與上一代，就連大
陸上的下一代，儘管反胡適的時候許多青年已經不知道在反些什麼，我想只要
有心理學家榮（Jung）所謂民族回憶這樣東西，像五四這樣的經驗是忘不了的，
無論湮沒多久也還是在思想背景裏。」〔註 177〕在張愛玲看來，五四的經驗是屬
於民族回憶的，是要薪火相傳的。五四的愛國主義、批判傳統等其實從古已有，
五四運動用思想和文學去幫助民眾解決社會和國家存在的嚴重問題，其實正是
繼承了中國古代的儒家思想〔註 178〕。五四當然還有新的擴充，比如反帝反封建
等。據高全之的考證，在《十八春》和《半生緣》中有一個情節，曼楨給世鈞
的舊情書從一本書裏掉出來，這本書的名字就是《新文學大系》，這本書是很重
要的，因爲它是作者重視的書，呵護著生命最純淨的回憶與愛情。〔註 179〕高全

〔註 174〕參見高全之：《那人正在燈火闌珊處》，《張愛玲學》，臺北市：麥田，城邦文
　　　　化出版，2011 年版，第 346 頁。
〔註 175〕楊照：《在惘惘的威脅中》，蔡鳳儀，《華麗與蒼涼：張愛玲紀念文集》，臺北
　　　　市：皇冠文學出版有限公司，1996 年版，第 261 頁。
〔註 176〕參見高全之：《那人正在燈火闌珊處》，《張愛玲學》，臺北市：麥田，城邦文
　　　　化出版，2011 年版，第 346 頁。
〔註 177〕張愛玲：《憶胡適之》，《流言》，北京：北京十月文藝出版社，2012 年版，第
　　　　21 頁。
〔註 178〕參見許子東：《張愛玲的文學史意義》，中華書局（香港）有限公司，2011 年
　　　　版，第 168 頁。
〔註 179〕參見高全之：《那人正在燈火闌珊處》，《張愛玲學》，臺北市：麥田，城邦文
　　　　化出版，2011 年版，第 348 頁。

之認為這個情節說明張愛玲肯定五四文學對其的影響。

　　而寫過《霸王別姬》這篇頗有女性主義意識小說的張愛玲，在中學時代已經頗具五四婦女思想解放意識，她筆下的虞姬成為了出走的娜拉。但之後的作品則對這種自我覺醒的意識持否定的態度。她小說中的人物出走後並沒有走向所謂的「光明」，而是走向墮落或是急切地尋找婚姻出路，又或是無奈痛苦地陷入絕望的婚姻而度過庸碌的一生。如許子東所說，張愛玲筆下的女人打破了「五四」作家們所創造的等待被啓蒙被拯救的娜拉出走的模式。〔註 180〕而這著名且具有象徵意義的娜拉的故事是來自胡適在1918 年翻譯的《玩偶之家》，他將易卜生主義介紹到中國，故事的主人公娜拉成為五四時期婦女解放的象徵，數以萬計的女青年掙脫家庭的鎖鏈和幼年時代的環境，都是以娜拉這個榜樣為自己的行動辯護。〔註 181〕她們極為讚賞娜拉的那句話：「我只對我自己負有神聖的責任」。〔註 182〕但是娜拉出走以後怎麼辦？正如梅儀慈所說，「當自我肯定的權利終於得到了的時候，卻證明它是靠不住的東西，而依靠愛情和感受來維持生活的女人，就更加容易受到其他苦難的傷害。」〔註 183〕丁玲的《莎菲女士日記》就描述了一個「新女性」，她不滿足於那個柔弱傷感的青年，而受一位富有的花花公子所迷惑。莎菲女士的故事可被看做是一個被肉體情慾與精神戀愛之間的衝突弄得暈頭轉向的現代女子的經歷。魯迅對娜拉出走以後會怎樣的答案是：娜拉或者「墮落」，或者「回家」。〔註 184〕他的意思是，只要經濟不能獨立，社會上的地位不平等，那麼她們的所謂解放也不過是一個美麗的幻夢罷了。從這一點來看，張愛玲前期小說作品似乎和魯迅的看法有一些相似之處。

〔註180〕　參見許子東：《張愛玲的文學史意義》，中華書局（香港）有限公司，2011 年版，第 101 頁。

〔註181〕　參見費正清：《劍橋中華民國史》，1912～1949，上卷，中國社會科學出版社，1994 年版，第 534 頁。

〔註182〕　費正清：《劍橋中華民國史》，1912～1949，上卷，中國社會科學出版社，1994 年版，第 534 頁。

〔註183〕　梅儀慈：《20 年代和 30 年代的女作家》，見馬里·沃爾夫和羅克珊·威特克編：中國社會中的婦女》，第 161～162 頁，費正清，《劍橋中華民國史》，1912～1949，上卷，中國社會科學出版社，1994 年版，第 535 頁。

〔註184〕　魯迅：《娜拉出走以後怎樣》，見《墳》，第 141～150 頁，費正清，《劍橋中華民國史》，1912～1949，上卷，中國社會科學出版社，1994 年版，第 537 頁。

二、對五四新文化傳統的認識由抗拒、迎合、嘲諷、拆穿到肯定

　　張愛玲從小就喜愛鴛鴦蝴蝶派小說家張恨水等人的作品，喜歡看京戲、評劇、蹦蹦戲等傳統曲藝，也很喜歡看小報，相對於五四新文學作家，這種喜好是非常奇特的。她在少時認為父親和母親代表著黑暗和光明的兩邊，但是在內心深處她還是對舊式家庭生活方式和文化充滿了留戀之情。她不斷地提起自己的貴族血統，在最後一部作品《對照記》中，表現出對祖父祖母美滿婚姻的羨慕之情，對家族成員和舊時生活的留戀躍然紙上。從另一個角度來看，可能是童年缺少母愛以及青少年時期和母親同住的經歷給張愛玲帶來巨大的心靈傷痛，從香港回到上海之後，她表現出對五四新文學傳統的厭惡之情。因為母親是具有五四精神的，為了反抗舊家庭的束縛和追求自我價值的實現，不惜拋棄年幼的兒女出國留學，後來更與抽鴉片的丈夫離婚，後半生都在國外漂泊，成為真正出走的「娜拉」。所以，張愛玲在散文集《流言》中談京戲、談舊式的服飾、談女人如何嫁個好丈夫、談自己如何喜愛金錢、談自己如何樂於做小市民……她對於女性、家庭、婚姻的看法似乎是相當保守的。諸如「女人要崇拜才快樂，男人要被崇拜才快樂」，「有些女人，沒有什麼長處，……而且也並不美，不過年輕的時候也有她的一種新鮮可愛，那樣的女人還是較早嫁了的好……」〔註 185〕這似乎是要和勇於追求自由和幸福、以及對金錢持清高態度的母親劃清界限。

　　而對於母愛這個偉大的議題，張愛玲也有自己不同的理解，「普通一般提倡母愛的都是做兒子而不做母親的男人，而女人，如果也標榜母愛的話，那是她明白她本身是不足重的，男人只尊敬她這一點……」〔註 186〕。對於已經神聖化了的女性形象，她也不以為然，洛神不過是個著古裝的美女，觀音不過是個赤了腳的古裝美女，聖母不過是個俏奶媽。〔註 187〕她對偉大的母愛持懷疑的態度，也不屑於觀音、聖母等的神聖性。她甚至說「有美的身體，以身體悅人；有美的思想，以思想悅人，其實也沒有多大分別」〔註 188〕。

　　所以張愛玲前期小說創作大都是以女性的婚姻戀愛為題材，小說中的人

〔註 185〕張愛玲：《蘇青與張愛玲對談錄》，《張愛玲與蘇青》，安徽文藝出版社，1994
　　　　　年版，第 66 頁，摘自周芬伶，《哀與傷——張愛玲評傳》，上海遠東出版社，
　　　　　2007 年版，第 65 頁。
〔註 186〕張愛玲：《談女人》，《流言》，北京十月文藝出版社，2012 年版，第 184 頁。
〔註 187〕參見張愛玲：《談女人》，《流言》，北京十月文藝出版社，2012 年版，第 69 頁。
〔註 188〕張愛玲：《談女人》，《流言》，北京十月文藝出版社，2012 年版，第 69 頁。

物葛薇龍、白流蘇、玉清、川嫦、翠遠、敦鳳等無不把人生的希望寄託在婚姻上面。在那個時代，五四精神啟蒙了當時的女性，要求自立自主、戀愛自由、婚姻自主的時代精神對張愛玲似乎並沒有影響，她並不讚賞出走的娜拉，更不贊同她母親的行為。張愛玲在《借銀燈》裏談到對婦德的看法，就是怎樣在一個多妻的社會現實面前愉悅地遵守一夫一妻的主義〔註189〕，而現實生活中女人的命運更讓她覺得只是蒼涼，女人一輩子心心念念的就是男人。〔註190〕作家李渝曾惋惜地說，女性以愛情婚姻為事業，一生都寄託在男人身上的看法，「由這樣聰慧優秀的作家說出，都使人禁不住感到可惜和失望。」〔註191〕她認為張愛玲這些看法，「使人不能明確的視她為女性文學的發聲者。」〔註192〕實際上張愛玲自己的婚姻觀也是頗為傳統的，張愛玲曾在和蘇青對談時，提及對標準丈夫的要求，就是年長她十歲以上，她認為男人應該成熟一些，而女人則應該天真一些。〔註193〕

　　雖然張愛玲對愛情婚姻的看法頗為傳統，仍有論者認為「張愛玲雖與五四有段距離，且常被人歸在鴛蝶派通俗文學的陣營，但她對舊社會的刻畫分析，在一定程度上其實是延續魯迅的透視、批判而來」〔註194〕，雖如此，張愛玲卻沒有像魯迅那樣去吶喊和控訴，反而沉迷於舊文化舊傳統中不可自拔。張愛玲對傳統的器物可能流露著無可抗拒的眷戀，從小說中對屋內設備桌椅床櫥以至門戶窗欞的描寫，便可發現她的細緻情感，不過，這種眷戀並不表示她同時也接受了這些器物上的腐敗文化氛圍。〔註195〕張愛玲之所以有這樣獨樹一幟的寫作風格，除了上述因母親在童年和青少年時期給她帶來的巨大傷害所致的影響之外，更多的應該是，她在保留有濃厚舊家族氣息的父親和具有強烈五四反叛精神的母親身上形成了這兩種既矛盾又相互融合的特

〔註189〕參見張愛玲：《借銀燈》，《流言》，北京十月文藝出版社，2012年版，第40頁。
〔註190〕參見張愛玲：《有女同車》，《流言》，北京十月文藝出版社，2012年版，第86頁。
〔註191〕李渝：《跋扈的自戀》，陳子善編，《作別張愛玲》，文匯出版社，1996年版，第82頁。
〔註192〕李渝：《跋扈的自戀》，陳子善編，《作別張愛玲》，文匯出版社，1996年版，第82頁。
〔註193〕參見張愛玲：《蘇青與張愛玲對談錄》，《張愛玲與蘇青》，安徽文藝出版社，1994年版，第66頁，摘自周芬伶，《哀與傷—張愛玲評傳》，上海遠東出版社，2007年版，第65頁。
〔註194〕楊澤：《世故的少女》，《閱讀張愛玲》，麥田出版股份有限公司，1999年版，第25頁。
〔註195〕參見陳芳明：《毀滅與永恆——張愛玲的文學精神》，蔡鳳儀，《華麗與蒼涼：張愛玲紀念文集》，臺北市：皇冠文學出版有限公司，1996年版，第231頁。

殊氣質。既要控訴封建舊社會的腐朽又對身上殘留著的「貴族的血液和姿態」留戀不已。而在她的青少年時期，也是五四新文化傳統發展最輝煌燦爛的時期，張愛玲也在無形中受到影響，表現在她的文學作品中，則是她能夠深刻地描繪人性的悲劇本質，對動盪戰爭時代的小市民們的悲歡離合所持的一種溫情的諷刺態度。〔註196〕

　　除了喜歡張恨水等鴛鴦蝴蝶派的小說及小報之外，張愛玲還很喜歡看母親所喜愛的五四作家的作品，如曹禺的《日出》、丁玲的《莎菲女士日記》。據她的弟弟張子靜說，張愛玲除了愛看《紅樓夢》、《水滸》、《金瓶梅》；還喜歡近代的如張恨水的《啼笑因緣》、李涵秋的《廣陵潮》；還有巴金的《家》、老舍的《二馬》、曹禺的《日出》；還有丁玲等的小說也特別喜愛。〔註197〕特別是丁玲，張愛玲在美國期間甚至還準備著手寫研究丁玲的論文。這裡有為生計所迫的原因，但張愛玲確實對丁玲的成名作《莎菲女士日記》非常欣賞，因為這篇小說觸及到女性的身體情慾，說明了所謂的女性解放並沒有真正解決困擾女性的現實問題。〔註198〕據張子靜所言，張愛玲小說的創作手法吸收了一些古典名著《紅樓夢》和英國作家毛姆的寫作特色，當然也受到前面所說的新文學作家們的影響。〔註199〕陳思和認為《沉香屑——第一爐香》中葛薇龍的遭遇可以聯想到陳白露的遭遇，同時葛薇龍被喬琪喬所激起的情慾也可以聯想到莎菲的悲劇，他還認為結尾葛薇龍歎息自己的處境是一個敗筆，卻是新文學作家常犯的社會性批評的主題。但相比較於其他的新文學作家，顯然張愛玲的批判是較為微弱的，如夏志清所說，「張愛玲在五四的憤怒浪潮（憤怒於傳統與腐敗）中算是程度較弱的作家」〔註200〕。而《沉香屑——第二爐香》中羅傑的隱私被不斷地傳播和扭曲造成他最後開煤氣自殺的結局，類似於魯迅小說對社會輿論的控訴。陳芳明認為，「這兩位作家對中國人性的幽暗面都有入骨的分析和洞見，對中國文

〔註196〕參見陳思和：《張愛玲現象與現代都市文學》，陳子善編，《作別張愛玲》，文匯出版社，1996年版，第204頁。

〔註197〕參見張子靜：《懷念我的姊姊張愛玲》，陳子善編，《作別張愛玲》，文匯出版社，1996年版，第239頁。

〔註198〕參見劉再復：《張愛玲的小說與夏志清的〈中國現代小說史〉》，劉紹銘、梁秉鈞、許子東，《再讀張愛玲》，Oxford U 參見 niversity Press（China）Ltd，2002年版，第40頁。

〔註199〕參見張子靜：《懷念我的姊姊張愛玲》，摘自陳子善編，《作別張愛玲》，文匯出版社，1996年版，第239頁。

〔註200〕嚴紀華：《看張‧張看——參差對照張愛玲》，秀威信息科技有限公司，2007年版，第91頁。

化的封閉、腐化也都帶有強烈的批判性格。他們與當權者保持鮮明的疏離，甚至表現了蔑視政府的態度。」〔註201〕從這些方面可以看出張愛玲前期小説無形中受到五四新文學傳統的一些影響，在當時她可能自己也沒有意識到這一點。

　　雖然張愛玲在創作上確實受到五四新文學傳統的一些影響，這在前面所述的她的英文自白中提到了這一點。但在她的前期小説創作上，主要還是對五四話語的消解，是一種抗拒或是一種挑戰的姿態。這一點從她中學時代的作品《霸王別姬》已經初見端倪，虞姫就像是一個受到婦女解放思想影響而和自己心愛的男人出走的娜拉，這部作品顯然是站在女性的立場懷疑和決絕男性中心的民族敘事〔註202〕。和魯迅的從男性爲視角所寫的《傷逝》相比較，張的《霸王別姬》應該說是以女性的視角顛覆和重構了《傷逝》的故事〔註203〕。從虞姫的自省中，我們聽到了那些被強勢的男性中心敘述所忽視的娜拉們的聲音。所以從表面上看是虞姫自殺，其實在象徵意義上被殺死的是項羽，即項羽所代表的男性世界。〔註204〕虞姫的自殺，意味著張愛玲的小説創作中出現的是同娜拉截然不同的女性，自此她作品中所創造的人物，都是些只能躲到樓上去逃避現實的人們。

　　葛薇龍離開家鄉上海到了香港，並沒有使她成爲一個獨立女性，反而墮落成半娼妓；聶傳慶想脫離衰敗的舊家庭，最後的結局是殺人未遂；經歷了戰爭洗禮的白流蘇沒有成爲一個革命女性，只是和范柳原結婚了事；得到了時代巨輪爲婦女力爭的社會權利，特別是教育，但翠遠仍然爲自己「待字閨中」而自卑、煩悶〔註205〕，當宗楨跟翠遠抱怨自己的太太小學都沒畢業，翠遠這樣回答「你彷彿非常看重那一紙文憑！其實，女子教育也不過是那麼一回事！她不知爲什麼說出這句話來，傷了她自己的心」〔註206〕。從這裡可以看出，封建家族

〔註201〕陳芳明：《毀滅與永恆——張愛玲的文學精神》，蔡鳳儀，《華麗與蒼涼：張愛玲紀念文集》，臺北市：皇冠文學出版有限公司，1996年版，第227頁。
〔註202〕任祐卿：《一個娜拉的自殺》，林幸謙，《張愛玲：文學‧電影‧舞臺》，Oxford Unieversity Press，2007年版，第335頁。
〔註203〕參見任祐卿：《一個娜拉的自殺》，林幸謙，《張愛玲：文學‧電影‧舞臺》，Oxford Unieversity Press，2007年版，第339頁。
〔註204〕參見任祐卿：《一個娜拉的自殺》，林幸謙，《張愛玲：文學‧電影‧舞臺》，Oxford Unieversity Press，2007年版，第342頁。
〔註205〕周蕾：《技巧、美學時空、女性作家——從張愛玲的〈封鎖〉談起》，楊澤編，《閱讀張愛玲》，麥田出版股份有限公司，1999年版，第169頁。
〔註206〕張愛玲：《封鎖》，《傾城之戀》，北京十月文藝出版社，2012年版，第155～156頁。

制度中的婦女因爲盲婚啞嫁得不到愛情，現代社會給予女性的教育和職業，同樣不能保證婦女心底深處的需要得到滿足〔註207〕。張愛玲想說的是，整箇舊的家族體系即使崩壞了以後，也沒有什麼新的奇蹟發生，這個世界卻依然是一天一天地變得更壞，年青一代，無論是否具有叛逆性，都是無路可走的。〔註208〕同時代巴金的《家》以及曹禺的《雷雨》都具有典型的五四話語特徵，他們要說的是青年一代的知識分子們，必定會在無數的困難和挫折中，成就爲大時代的英雄人物。〔註209〕張愛玲鼎盛時期的小說顯然是反五四話語的。前面說過她的作品無形中受到五四新文學傳統的一些影響，但同時她也在無形中消解了五四話語，對五四是持一種抗拒的姿態。從張愛玲的《傳奇》看出，她只是沉浸於小人物們的日常生活細節和碎片中，其作品所透露出的蒼涼和頹廢的感覺，顯然和五四新文學所推崇的宏大敘述無緣。〔註210〕

　　而張愛玲所寫的愛情故事和五四作家筆下的愛情故事也有很大分別。在五四作家們的作品中，男主角都是知識分子，既窮困又思想進步，他們對於女性的那種性進攻姿態，同時也需要借助民族國家的語言外殼，以及啓蒙救國的宏大主題，才能眞正的理直氣壯起來。〔註211〕他們「一定要拯救、感化、啓蒙、教育和『創造』自己所愛的女人」〔註212〕。如《傷逝》中的子君，《日出》中的陳白露，《雷雨》中的四鳳等等，都是等待被啓蒙被感化的女子。《第一爐香》中的葛薇龍爲了繼續學業投奔姑媽，但卻被物質和情慾所迷惑而陷入到萬劫不復的地步。葛薇龍的墮落並不能追溯到社會制度的黑暗和醜惡，

〔註207〕李婉薇：《娜拉在尋找什麼》，林幸謙，《張愛玲——傳奇・性別・譜系》，聯經出版事業股份有限公司，2012 年版，第 102 頁。

〔註208〕參見陳思和：《民間和現代都市文化——兼論張愛玲現象》，楊澤編，《閱讀張愛玲》，麥田出版股份有限公司，1999 年版，第 341 頁。

〔註209〕陳思和：《民間和現代都市文化——兼論張愛玲現象》，楊澤編，《閱讀張愛玲》，麥田出版股份有限公司，1999 年版，第 341 頁。

〔註210〕參見 Rey Chow, *Woman and Chinese Modernity*：*The Politics of Reading between West and East*（Minnesota：University of Minnesota Press, 1991）, pp. 112～120. Ban Wang, *The Sublime Figure of History*：*Aesthetics and Politics in Twentieth-Century China*（Stanford：Standford University Press, 1997）, pp.90～95. 摘自陳建華，《質疑理性、反諷自我》，林幸謙，《張愛玲：文學・電影・舞臺》，Oxford Unieversity Press，2007 年版，第 234 頁。

〔註211〕參見許子東：《張愛玲的文學史意義》，中華書局（香港）有限公司，2011 年版，第 104 頁。

〔註212〕許子東：《張愛玲的文學史意義》，中華書局（香港）有限公司，2011 年版，第 95 頁。

也不能說是她的一失足成，而是她自身普遍的人性弱點，也許是一個女人的虛榮，所以葛薇龍或者陳白露都一樣，她們墮落的故事和社會制度無關，無論在哪個社會、哪個時代，她們的故事都可能會發生。張愛玲作品中的女性總是爲著社會壓力所迫而渴望愛情來臨，但又同時知道愛情的虛浮性，理解男性的不可靠〔註213〕。翠遠對於呂宗楨的調情一方面覺得歡喜，另一方面她也瞭解男人的實質，他們「戀愛著了……戀愛著的男子向來是喜歡說，戀愛著的女人破例地不大愛說話，因爲下意識地她知道，男人徹底地懂得了一個女人之後，是不會愛她的」〔註214〕。像翠遠這樣一個新時代的女性典範——好女兒、好學生、受過高等教育的大學老師、打破了女子職業記錄的新女性，相比於薇龍，她是幸運的，但是「翠遠不快樂」〔註215〕，她爲自己仍未能在在婚姻市場上成功「出售」而煩惱著。張愛玲筆下的女性或困於情慾或困於待字閨中的煩惱，正如許子東所言，新文學作家們具有五四精神的愛情小說中的女性形象，不是成爲被啓蒙的對象，就是協助男主角去平衡他們精神危機的一種媒介，這些女性自身的心理和身體的欲望，就很少受到新文學作家的重視，從這個意義上來說，作家張愛玲對女性墮落故事模式的改寫，應該說是對於四十年代，那種已經成爲文壇主流的作家們所具有的五四意識形態的一種挑戰。〔註216〕張愛玲小說中的男性如范柳原、童世舫等都是具有五四風釆的書生，但和新文學作家筆下清貧的五四青年不同，他們很富有。他們與那些容貌美麗的世俗女子有時會無法溝通和相互理解、但有時又會表現出相處得十分融洽且情意綿綿，而這正是張愛玲所擅長描寫的。但是，顯然書生們不窮就無法將他們的情慾苦悶和反叛社會以及憂國憂民等五四情節聯繫起來。所以，在許子東看來，張愛玲和五四新文學之間的關係實際是出於一種緊張的對話中，這種挑戰多餘承襲的緊張的對話關係，也正是張氏作品的文學史價值所在。〔註217〕

〔註213〕周蕾：《技巧、美學時空、女性作家——從張愛玲的〈封鎖〉談起》，楊澤編，《閱讀張愛玲》，麥田出版股份有限公司，1999年版，第169頁。

〔註214〕張愛玲：《封鎖》，《傾城之戀》，北京十月文藝出版社，2012年版，第156～157頁。

〔註215〕張愛玲：《封鎖》，《傾城之戀》，北京十月文藝出版社，2012年版，第151頁。

〔註216〕參見許子東：《張愛玲的文學史意義》，中華書局（香港）有限公司，2011年版，第97頁。

〔註217〕參見許子東：《張愛玲的文學史意義》，中華書局（香港）有限公司，2011年版，第101頁。

　　雖然張愛玲對五四所持的是一種挑戰和抗拒的姿態，她還是吸收了五四新文學傳統的一些因素，正如陳思和所說，張愛玲把她筆下那虛構的上海都市民間的場景，包括頹敗的舊式家族、沒落過時的貴族小姐、奸詐狡猾沒出息的小市民的日常生活細節，和新文學作家們對人性的非常深切的那種關注，以及對動盪時局中市民道德精神的精準把握，完美地結合起來，再現了真切感人的都市民間的文化精神。〔註218〕張愛玲並沒有直接描寫都市男女的生活，而是刻畫動盪不安的時局給他們帶來的惶惑焦慮的心情。張愛玲寫的是亂世，亂世男女所經歷的故事。這些亂世之情，亂世故事打動了真正處於亂世之中的人們。張愛玲的世紀末恐懼感使她緊緊抓住眼前的一點物質享受，喋喋不休地談論服飾、音樂、繪畫、美食、女人，這種世紀末的情緒和她所描述的顯赫家族沒落後，其背後所隱含的傳統道德觀的淪喪，是她前期小說所主要要描述的內容。張愛玲的小說，和老舍、張恨水所描寫的那種似乎靜止的舊式社會的眾生相相比較，更具有動盪的時代氣息與現代城市的顯著特點。〔註219〕

　　張愛玲小說對五四新文學傳統的另一挑戰是，她表現了現代化的都市文化所帶來的歪曲的人生價值觀：人類對金錢不可遏制的欲望和追求。張愛玲自我標榜為小市民，絲毫不掩飾自己對金錢的喜愛，與具有強烈五四精神並表示不愛金錢的清高的母親劃清界限。在《傳奇》中隨處可見的，是那些對金錢和物質陷入了深深迷戀之中的男男女女們。《金鎖記》中的曹七巧，為了金錢苦苦壓抑自己的性欲，以致心理嚴重扭曲變態，最後竟以破壞兒女的戀愛和婚姻幸福來滿足自己變態的心理，用這黃金的枷鎖害死了多少人。葛薇龍「為了適應環境，她新生的肌肉深深地嵌入了生活的柵欄裏，拔也拔不出來」〔註220〕，她深陷在奢靡的物欲享受中，並因為浪子喬琪喬引起了「她那不可理喻的蠻暴的熱情」〔註221〕，使她沉迷在情慾之中難以自拔，最後淪為等同高級娼妓的命運。還有白流蘇，為了尋找經濟上的安全和保障，把殘餘

〔註218〕參見陳思和：《民間和現代都市文化——兼論張愛玲現象》，楊澤編，《閱讀張愛玲》，麥田出版股份有限公司，1999年版，第336頁。

〔註219〕參見陳思和：《張愛玲現象與現代都市文學》，摘自陳子善編，《作別張愛玲》，文匯出版社，1996年版，第207頁。

〔註220〕張愛玲：《第一爐香》，《傾城之戀》，北京十月文藝出版社，2012年版，第47～48頁。

〔註221〕張愛玲：《第一爐香》，《傾城之戀》，北京十月文藝出版社，2012年版，第4頁。

的青春壓上，和同樣精明會算計的范柳原鬥智鬥勇，最後兩人在整個城市因戰爭趨於傾覆之下達成協議，結爲夫婦。這些女子的傳奇故事，使她們成爲五四新文學傳統下的另類人物，她們面對金錢和情慾的誘惑，束手無策，明知結局悲慘卻仍然義無反顧地投身進去。

中國解放後，張愛玲創作的兩部作品《十八春》和《小艾》表現出對五四新文學傳統某種程度的迎合。在《十八春》中，世鈞和曼楨，叔惠和翠芝，還有慕瑾幾個青年男女經歷了人生苦難和世事滄桑，最後在大時代的召喚下，都走向了革命的道路。叔惠經過新社會的改造，變成了一個衣著樸素、不講究外表的典型的工農兵形象，還娶了解放區的女工程師做太太。在叔惠的勸說之下，世鈞也「終於有了前進的決心」〔註222〕。命運悲慘的曼楨在解放後受了進步的兒子榮寶的影響，覺得「在現在這個時代裏，是眞得好好地振作起來做人了」〔註223〕。連一直對叔惠念念不忘的翠芝，也在他的開導下，決定和世鈞一起到東北參加革命建設。還有慕瑾，被國民黨冤枉成漢奸，妻子因酷刑致死，心灰意冷的他「一直到解放了，我覺得實在沒有理由不振作起來了」，他參加了報考到東北的醫務人員。這些「同是在舊社會糊裏糊塗做了半輩子的人，攢不下的包袱不知有多少，這回到東北去要是去得成，對於他正是一個嚴重的考驗」，〔註224〕世鈞們把去東北參加革命建設當成了人生的大熔爐，他們將接受這個「嚴重的考驗」，並最終被冶煉成社會主義的新人類——大時代中的英雄人物。正如陳思和所言，五四話語意味著「年輕一代知識分子勢必在無數的磨難中成就爲時代的英雄」〔註225〕，而這部小說正體現了這一點。

如上所述《十八春》講的是年輕一代的知識分子雖經歷了生活的磨難，最終還是投身於新中國大時代熔爐進行改造的故事。《小艾》則講述的是無產階級的一份子小艾在解放前受盡舊官僚的壓迫和凌虐。解放後，在丈夫金槐不斷的思想教育下，小艾通過學習改造，改變了希望靠發財來揚眉吐氣的小資產階級思想，並對新社會充滿了希望和期待。丈夫金槐則是一個徹頭徹尾的無產階級楷模，解放前就冒險替愛國團體運送慰勞品到前線；娶了曾被姦污並身染疾病的小艾爲妻；控訴國民黨投機囤積的惡行；解放後還熱心政治

〔註222〕張愛玲：《十八春》，江蘇文藝出版社，1986年版，第353頁。
〔註223〕張愛玲：《十八春》，江蘇文藝出版社，1986年版，第345頁。
〔註224〕張愛玲：《十八春》，江蘇文藝出版社，1986年版，第354頁。
〔註225〕陳思和：《民間和現代都市文化——兼論張愛玲現象》，楊澤編，《閱讀張愛玲》，麥田出版股份有限公司，1999年版，第341頁。

學習並幫助小艾進行思想改造，金槐符合左翼文學作品所塑造的高大全的人物形象。這兩個人都是告別舊社會、擺脫舊傳統思想，而走上社會主義康莊大道的新時代人物。張愛玲在《十八春》的結尾加上一個光明的尾巴，在《小艾》中也塑造了完美的無產階級人物金槐，以及增加了經過思想改造後的小艾開始歌頌新社會的情節，和魯迅爲了遵從五四前驅的將令，在《藥》的結尾用曲筆在革命者的墳上加上了「花環」似乎有異曲同工之妙吧，他們都是爲了「啓蒙救世不惜局部犧牲（藝術）文本的完整」，充滿了「在文人職業道德與文人政治理想之間的彷徨猶豫」〔註226〕。張愛玲可能更多的是出於爲生活所迫以及嚴酷緊逼的政治壓力。但無論是否出於自願書寫，《十八春》和《小艾》都反映了張愛玲這一階段的小說創作（1951～1952年），對五四新文學傳統出現了某種程度的刻意迎合。

如果說留在新中國的文學創作有著某種對新政權的不太情願地曲意迎合，那麼張愛玲在到達她所向往的民主自由的美國之後，是如何反思五四新文化運動的深層次意義呢？張愛玲因爲自幼受到母親和姑姑的影響，接觸了西洋文化，也受過新式教育。父親所代表的傳統文化和母親身上所具備的五四精神，都對張愛玲有著深遠影響。她認識到五四的反傳統思想是極爲表面和膚淺的，她認爲「那是一個各趨極端的時代。政治與家庭制度的缺點突然被揭穿。年輕的知識分子仇視著傳統的一切……神經質的論爭無日不進行著……」〔註227〕。但她深切體會到傳統對於人來說不是可以選擇或打倒的東西。她曾在《對照記》中提到自己的祖父祖母，「他們只靜靜地躺在我的血液裏，等我死的時候，再死一次。」因爲現在的一切都來自於過去。所以在張愛玲的前期作品中，我們看不到她對傳統的譴責和批判，只看到「人的掙扎」〔註228〕。她和同時代的作家沈從文錢鍾書他們一樣，懷疑五四新文學作家身上那種激烈地反傳統的思想，和他們所承擔的過於急迫的救世責任感。〔註229〕她深深地知道，傳統和現實是無法割裂的，所以張愛玲在她的《五四遺事》（1952）中把五四反傳統思想好好地嘲弄了一番。

〔註226〕許子東：《張愛玲的文學史意義》，中華書局（香港）有限公司，2011年版，第167頁。

〔註227〕張愛玲：《更衣記》，《流言》，北京十月文藝出版社，2012年版，第17頁。

〔註228〕參見羅久蓉：《張愛玲與她的成名時代》，楊澤編，《閱讀張愛玲》，麥田出版股份有限公司，1999年版，第12頁。

〔註229〕參見許子東：《張愛玲的文學史意義》，中華書局（香港）有限公司，2011年版，第172頁。

　　正如夏濟安所說，「『五四』運動釋放出的最大的破壞力也許就在於它撕毀了無數椿由父母包辦的婚約。即使那個年代的男男女女沒有其他更好的戰鬥的理由，至少可以爲自身的『自由』和『幸福』而戰。一椿包辦婚姻會被他們總結爲中國舊社會諸種糟粕的聚合：父母的權威、自由被剝奪，以及對人性的漠視。這樣的抗爭對女子一方往往是苦澀的，有時是悲劇性的，偶而甚至是喜劇性的。」〔註 230〕深受五四精神影響的青年羅文濤爲了反抗家庭包辦的舊式婚姻，追求和密斯范的戀愛婚姻自由，不惜花大力氣和結髮妻子離婚，之後又因誤會賭氣而娶了第二任妻子王小姐，最後終於傾家蕩產同王小姐離婚，和女校高材生時髦的密斯范結爲夫妻。但在等待羅離婚期間，密斯范孤軍奮鬥著，她在和歲月的侵蝕鬥爭著，和男人喜新厭舊的天性鬥爭著，爲此她仍舊保持著秀麗的面貌。〔註 231〕「她的髮式與服裝都經過縝密的研究……她迎合他的每一種心境……他送給她的書，她無不從頭到尾閱讀。」〔註 232〕密斯范是新女性，可是在她骨子裏還是和傳統女性一樣，把婚姻作爲自己最大的事業在經營著。當她終於和羅文濤結爲夫婦，婚後「她抱怨他們住得太遠。出去打牌回來晚了，叫不到黃包車……沒有牌局的時候，她在家裏成天躺在床上嗑瓜子，衣服也懶得換，污舊的長衫，袍又撕裂了也不補……面容黃瘦」〔註 233〕。密斯范像在婚姻市場的嚴陣中，終於銷售了自己以後的怠陣與放鬆。〔註 234〕羅文濤覺得「她簡直變了個人」，兩人開始三天兩頭地吵架，最後在眾人勸說之下，羅又將王小姐和第一個太太接了回來。但他的日子並不好過，兩位離了婚的夫人都比他有錢，因爲拿了他大筆贍養費，他的經濟非常拮据，但她們卻從來不肯幫他，他要養活三個女人與她們的傭僕，還有她們的孩子和奶媽〔註 235〕。小說的結尾是喜劇——三美團圓，但公子本

〔註 230〕夏濟安著：陳琦譯，《蔣光慈現象》，夏濟安，《黑暗的閘門：中國左翼文學運動研究》，中文大學出版社，2016 年版，第 79 頁。

〔註 231〕參見張愛玲：《五四遺事》，《怨女》，北京十月文藝出版社，2012 年版，第 95 頁。

〔註 232〕張愛玲：《五四遺事》，《怨女》，北京十月文藝出版社，2012 年版，第 95 頁。

〔註 233〕張愛玲：《五四遺事》，《怨女》，北京十月文藝出版社，2012 年版，第 96 頁。

〔註 234〕楊佳嫻：《才子佳人變形記：從〈五四遺事〉到〈小團圓〉》，林幸謙，《張愛玲：傳奇‧性別‧系譜》，臺北市：聯經出版事業股份有限公司，2012 年版，第 327 頁。

〔註 235〕參見張愛玲：《五四遺事》，《怨女》，北京十月文藝出版社，2012 年版，第 97 頁。

人卻在這團圓喜劇中以「落難」告終〔註236〕。

　　羅文濤一心追求戀愛婚姻自由，結果還是走上了傳統的老路，娶了三位妻子，所謂的三美團圓。羅文濤並沒有在反抗傳統中得到什麼益處，反而是深受其害。因爲自由戀愛的婚姻沒有將密斯范變成賢惠淑德的女人，更無法保證婚後生活的完美幸福。〔註237〕所謂的舊傳統並不像人們想像的那樣可以打倒或者消滅，它一直在日常生活中發揮著作用，並影響著人們的生活，同時它也要在點點滴滴的生活中才能得到更新。就如張愛玲所言，「只有在中國，歷史仍於日常生活中維持活躍的演出，這是中國人得以永久青春的秘密。」〔註238〕就好像張愛玲在故事開頭所說，「西湖在過去一千來，一直是名士美人流連之所，重重疊疊的回憶太多了。遊湖的女人即使穿的是最新式的服裝，映在那湖光山色上，也有一種時空不協調的突兀之感，彷彿是屬於另一個時代的。」〔註239〕這個西湖上發生的現代故事卻和現代時空有種不協調的突兀之感。的確如此，羅文濤的現代故事和古代的並沒有什麼不同。他自詡爲詩人，突破舊社會、追求愛情的五四式夢幻使他反而墜入了瑣碎世務的深處，光整的、團圓的宇宙徒具形式〔註240〕。張愛玲在這個故事中嘲諷男主角「擁著三位嬌妻在湖上偕遊」，將自由戀愛的浪漫拆得破破爛爛〔註241〕，這是對五四精神一種極大的嘲諷。正如小說結尾羅文濤的朋友們打趣他，「至少你們不用另外找搭子。關起門來就是一桌麻將」。由追求理想到接受現實，這裡面包含的人生諷刺不言自明〔註242〕。

　　在前面反諷一節已經詳細敘述過，在《五四遺事》中，張愛玲對所謂的

〔註236〕楊佳嫻：《才子佳人變形記：從〈五四遺事〉到〈小團圓〉》，林幸謙，《張愛玲：傳奇・性別・系譜》，臺北市：聯經出版事業股份有限公司，2012 年版，第 327 頁。

〔註237〕參見羅久蓉：《張愛玲與她的成名時代》，楊澤編，《閱讀張愛玲》，麥田出版股份有限公司，1999 年版，第 128 頁。

〔註238〕張愛玲：《洋人看京戲及其他》，《流言》，北京十月文藝出版社，2012 年版，第 8 頁。

〔註239〕張愛玲：《五四遺事》，《怨女》，北京十月文藝出版社，2012 年版，第 88 頁。

〔註240〕楊佳嫻：《才子佳人變形記：從〈五四遺事〉到〈小團圓〉》，林幸謙，《張愛玲：傳奇・性別・系譜》，臺北市：聯經出版事業股份有限公司，2012 年版，第 327 頁。

〔註241〕王羽：《從塵埃里開出花來：辨析張愛玲的虛無與感念》，林幸謙，《張愛玲——傳奇・性別・系譜》，聯經出版事業股份有限公司，2012 年版，第 837 頁。

〔註242〕余斌：《張愛玲傳》，海南出版社出版，1993 年版，第 302 頁。

「三美團圓」表達了嘲諷之意。在《小團圓》也提到「三美團圓」：「等他有一天能出頭露面了，等他回來三美團圓？」〔註243〕，「接她會去嗎？不大能想像。團圓的時候還沒到，這是接她去過地下的生活」，「按照三美團圓的公式，這是必須的，作爲信物，不然再海誓山盟也沒有用」〔註244〕。還有九莉在去溫州探望邵之雍的路上看的一場戲，九莉「十分惋惜沒看到私定終身，考中一併迎娶，二美三美團圓」〔註245〕。但最後連小團圓也沒有，九莉走了，小康嫁了人。《小團圓》因爲有很強的自傳性，張愛玲就無法像寫作《五四遺事》那樣，用嘲諷戲謔的口吻來講述這個故事。這兩部小說相隔了幾十年，《五四遺事》可以說是《小團圓》的前身，先以反諷的、喜劇的方式寫一則現代才子佳人、三美團圓的故事，胡蘭成寫《今生今世》、朱西寧意欲替張作傳的刺激只是一個引爆點，將這埋藏多時、而其實早現端倪的才子失佳人、三美難團圓的噩夢，和盤托出〔註246〕。

正因如此，在《小團圓》和《少帥》中張愛玲所要表現出的是一種要徹底拆穿「五四」後所謂進步的姿態。張愛玲在給宋淇夫婦的信中說，「我在《小團圓》中裏講到自己也很不客氣，這種地方總是自己來揭發的好」〔註247〕（1975年7月18日）。在《少帥》中周四小姐由一首詩：娉娉嫋嫋十三餘，豆蔻梢頭二月初。春風十里揚州路，捲上珠簾總不知。〔註248〕想到「從前揚州的一個妓女……與她竟然同齡……她覺得自己隔著一千年的時間的深淵，遙望著彼端另一個十三歲的人」〔註249〕。民國的周四小姐居然和一千年前的揚州妓女同樣的命運，這說明無論時代怎樣變遷，女人的命運還是一樣，從未得到改變。那麼五四的所謂反傳統和時代進步的意義何在？正如張愛玲在《小團圓》中所說「太陽之下無新事」。這是張愛玲在質疑歷史沿革、社會變遷的意

〔註243〕張愛玲：《小團圓》，北京十月文藝出版社，2012年版，第239頁。

〔註244〕張愛玲：《小團圓》，北京十月文藝出版社，2012年版，第241～242頁。

〔註245〕張愛玲：《小團圓》，北京十月文藝出版社，2012年版，第230頁。

〔註246〕楊佳嫻：《才子佳人變形記：從〈五四遺事〉到〈小團圓〉》，林幸謙，《張愛玲：傳奇・性別・系譜》，臺北市：聯經出版事業股份有限公司，2012年版，第333頁。

〔註247〕張愛玲：《小團圓》，北京十月文藝出版社，2012年版，第2頁。

〔註248〕張愛玲著：鄭遠濤譯，《少帥》，皇冠出版社（香港）有限公司，2014年版，第28頁。

〔註249〕張愛玲著：鄭遠濤譯，《少帥》，皇冠出版社（香港）有限公司，2014年版，第28～29頁。

義，拆穿「五四」後的所謂進步。〔註 250〕在《少帥》中有這樣一段，「他拉著她的手往沙發走去。彷彿是長程，……她發現自己走在一列裏著頭的女性隊伍裏。他妻子以及別的人？但是她們對於她沒有身份。她加入那行列裏，好像她們就是人類。」〔註 251〕在《小團圓》中也有類似的情節，裏面寫道邵之雍，「他……微笑著拉著她一雙手往床前走去，……她突然看見有五六個女人連頭裏在回教或是古希臘服裝裏，只是個昏黑的剪影，一個跟著一個……。她知道是他從前的女人，但是恐怖中也有點什麼地方使她比較安心，彷彿加入了人群的行列。」〔註 252〕這兩部小說中類似的描寫彷彿是張愛玲在講述著所有女人的宿命。無論什麼時代的女人只要加入那個從遠古以來不停地爲繁衍後代而前赴後繼的隊伍，就會有種很安穩的感覺，可是要得到這種安穩的感覺卻要付出完全犧牲個人的思想和靈魂的代價，加入到一個沒有任何身份的集體位格中。〔註 253〕

　　尤其是在《少帥》中，爲了特別突出這一點，張愛玲用了大量的篇幅和筆墨描寫少帥和周四小姐的性愛，所以這部小說很難說是一部貨眞價實的歷史小說。五四以來的愛情故事，如《傷逝》、《家》等都沒有關於性的描寫，只是從精神層面寫男女情愛和戀愛心理，連丁玲《莎菲女士日記》中莎菲的熱烈愛情也只限於親吻。而郁達夫的性描寫也不過是「隆重做作」〔註 254〕和「畸形入木」〔註 255〕。而在《小團圓》中，大量直白的性愛描寫卻好像日常生活的瑣事那樣徐徐道來。無論是周四小姐還是三千年和她同齡的妓女，無論是九莉還是古今中外的女人，她們都承受著女人共同的命運，所謂「太陽之下無新事」，無論時代怎樣改變，五四精神怎樣反傳統求進步，一切都沒有改變，似乎「去掉了一切浮文，剩下的彷彿只有飲食男女這兩項」。就如少帥和周四聊天時談到「連襟政制」，就連中國最高的權利機構也被戲稱爲「連襟政治」，在張愛玲看來沒有

〔註 250〕參見張愛玲著：鄭遠濤譯，《少帥》，皇冠出版社（香港）有限公司，2014 年版，第 248 頁。
〔註 251〕張愛玲著：鄭遠濤譯，《少帥》，皇冠出版社（香港）有限公司，2014 年版，第 51 頁。
〔註 252〕張愛玲：《小團圓》，北京十月文藝出版社，2012 年版，第 222～223 頁。
〔註 253〕參見張愛玲著：鄭遠濤譯，《少帥》，皇冠出版社（香港）有限公司，2014 年版，第 247 頁。
〔註 254〕許子東：《張愛玲的文學史意義》，中華書局（香港）有限公司，2011 年版，第 25 頁。
〔註 255〕許子東：《張愛玲的文學史意義》，中華書局（香港）有限公司，2011 年版，第 25 頁。

什麼不能用「男女大欲」來解釋的。〔註256〕這和孔子所言「食色，性也」似有異曲同工之妙。時髦、反叛、西化、玩世不恭的少帥，在軍閥時代已經完結的二十世紀，卻帶著兩位太太出現在世人面前。正如羅納所說，娶了兩位妻子的男士，雖然外表現代時髦，但還是應該算是保守派。〔註257〕這裡不乏一種嘲諷，這正是張愛玲想要拆穿的：新的大時代到來了，但舊的風氣和習俗仍未改變，少帥還有兩個太太，一切照舊，什麼也未曾改變。

在最後，我們不得不討論一下張愛玲作品對五四新文化傳統的繼承和肯定。前面我們已經討論過張愛玲對五四一直是持一種否定的態度，其作品也透露出她對五四從抗拒、迎合、嘲諷、到拆穿的態度，但在她一些作品中很多學者都發現了她在某種程度上受到五四新文學的影響，如前面陳思和所述。胡蘭成也曾經這樣評價張愛玲，「她是個個人主義的」，是「人的發現與物的發現者」，並「以其撫愛使宇宙重新柔和」的女神。〔註258〕張愛玲的這種個人主義恰恰是承接了五四新文學傳統中的崇尚個人主義的部分，她鮮明的個人創造特色並沒有爲所謂的主義所影響，而且她始終推崇和保持著個人獨立生活的自由性〔註259〕。前面已經說過，郁達夫曾說過五四運動的最大成就在於個性的發展。但隨著中日戰爭的爆發而使藝術的獨立性被政治的迫切性所壓倒，而使新文學作品帶有強烈的政治和階級鬥爭的色彩。而張愛玲雖然一直自稱自己是在潮流之外的，並且將五四運動的影響形容爲可怕的排山倒海般的交響樂，但在她去美國生活多年後，在英文世界的創作屢屢受挫後才發現，新文學傳統已經深植於她的心理背景，這一點我們在第一節已經談過。張愛玲在一九七一年接受水晶採訪時曾經這樣評價新文學運動的領軍人物魯迅，「他很能暴露中國人性格中的陰暗面和劣根性。……後來的中國作家，在提高民族自信心的旗幟下，走的都是『文過飾非』的路子……」〔註260〕。顯

〔註256〕參見張愛玲著：鄭遠濤譯，《少帥》，皇冠出版社（香港）有限公司，2014年版，第285頁。

〔註257〕張愛玲著：鄭遠濤譯《少帥》，皇冠出版社（香港）有限公司，2014年版，第97頁。

〔註258〕胡蘭成：《論張愛玲》，《中國文學史論》，上海社會科學院出版社，2004年版，第184頁。

〔註259〕參見劉鋒傑：《論張愛玲的現代性極其生成方式》，《文學評論》，2004年第6期。

〔註260〕水晶：《蟬——夜訪張愛玲》，水晶，《替張愛玲補妝》，濟南：山東畫報出版社，2004年版，第21頁。

然張愛玲對魯迅的暴露人性陰暗面、劣根性的寫作手法是極爲讚賞的，卻對於後期新文學傳統政治化的轉變感到不滿。

張愛玲小說在鴛鴦蝴蝶派和新文學作家中的尷尬地位，早在一九四七年東方蝃蝀就曾有過非常生動的比喻，他這樣談到張愛玲的小說集《傳奇》：她的《傳奇》在書店的擺設顯然有點困難，放在張恨水《似水流年》旁邊似乎不大妥當，但放到《家》、《春》、《秋》那邊似乎更不合適。就好像喧鬧的宴會中突然有個客人不請自來，主人家將他安排到這群客人中顯然是話不投機，安排到那群客人也是格格不入，但是好好觀察了一下，他和那兩群人都好像很熟撚但又顯得很陌生。〔註261〕無獨有偶，童開在一九四四年十二月上海大眾劇藝公司《傾城之戀》演出特刊上刊登了一篇文章《〈傾城之戀〉與〈北京人〉》，他這樣評價曹禺的《北京人》和張愛玲的《傾城之戀》，「讀了曹禺先生的《北京人》，我覺得作者是嘔著血、流著淚在訴說他對人類的愛，在惋惜著這些人類的不肖子孫。最近讀了張愛玲女士的《傾城之戀》，使我有同樣的感覺。雖然《傾城之戀》的作者含著笑，輕鬆地、幽默地在敘述一個平淡的故事；但她對人類熱愛的程度是相同的，甚至這兩位作者對人類的愛與憎的看法，都有著相同的出發點。」〔註262〕所以，很早就有有識之士看出張愛玲作品和新文學作家的不同及相似的地方。而近幾十年來，臺灣、大陸、香港及海外研究張愛玲的熱潮中，不斷爭論張愛玲是鴛蝴派還是五四新文學派？有人說她是「鴛鴦蝴蝶派殿軍大師」〔註263〕；有人認爲張愛玲不像一般的鴛蝴作家沉迷在傳統套路而缺乏革新的創作，她將傳統文化作爲寫作的背景，而呈現在前面的是炫目的現代主義潮流展示，所以她根本不屬於鴛蝴派；更有論者甚至說「張愛玲實際上正是一個地道的『五四』意義上的新文學作家」〔註264〕。陳建華的說法應該比較合理，張愛玲的人文關懷既臻至形而上的境地，雖然與五四

〔註261〕參見東方蝃蝀：《張愛玲的風氣》，陳子善編，《張愛玲的風氣》，濟南：山東畫報出版社，2004年版，第53頁。

〔註262〕童開：《〈傾城之戀〉與〈北京人〉》，陳子善編，《張愛玲的風氣》，濟南：山東畫報出版社，2004年版，第108頁。

〔註263〕楊照：《在惘惘的威脅中——張愛玲與上海殖民都會》，蔡鳳儀，《華麗與蒼涼：張愛玲紀念文集》，臺北市：皇冠文學出版有限公司，1996年版，第261頁。

〔註264〕范智紅：《世變緣常——四十年代小說論》（北京：人民文學，2002），第54頁，摘自陳建華，《質疑理想、反諷自我：張愛玲〈傳奇〉與奇幻小說現代性》，林幸謙，《張愛玲：文學·電影·舞臺》，Oxford Unieversity Press，2007年版，第65頁。

的某些部分重合，但是如果說，在一般意義上五四和革命、進化、階級、鬥爭等大眾話語難分難解的話，那麼張愛玲不但與他們絕緣，而且從根本上來說，她對於人類的理性乃至文明的質疑而言，更加不是那些五四新文學作家們所可以望其項背的了。〔註265〕

張愛玲在 1975 年紐約威爾遜公司出版的《世界作家簡介・一九五〇～一九七〇，二十世紀作家簡介補冊》中發表了她的英文《自白》，裏面提到關於個人主義，「更非在內向生長的近代儒學主義最後的崩潰之中，有些中國人在盛行的物質虛無主義裏尋求出路，相信了共產主義。就許多其他人而言，共產黨統治也比回轉到舊秩序要好得多，不過是以較大的血親——國家來取代家庭，編納了我們這個時代無可爭議的宗教：國家主義。我最關切兩者之間那幾十年：荒廢、最終的狂鬧、混亂，以及焦灼不安的個人主義的那些年。在過去幾千年與未來或許幾百年之間，那幾十年短得可憐。然而中國未來任何變化，都可能萌芽於那淺嘗即止的自由」〔註 266〕。而在這個人主義的幾十年正是張愛玲作品所關注的焦點。她發現中國新文學正是繼承了中國古代文學中的寫實的特點，並且因為國家民族屢遭侵略和凌辱使得這種寫實的特點更為突出。雖然張愛玲受中國舊小說的影響很深，但在美國的創作屢屢受挫，讓她去思考自己的創作之路，去理論化和解釋自己，才意識到中國新文學已經深深植入她的心理背景，並一直影響著她的創作。顯然她的作品是繼承了五四運動所提倡的個人主義的傳統，並「間雜傳統的『鴛蝴文學』與現代『新文學』的特徵」〔註267〕，所以深得市民階層的青睞。高全之認為，張愛玲最關切的那幾十年，是指一九一一前後的改朝換代和一九四九年之後中國共產黨逐漸鞏固政權之間的幾十年。兩端緊密而中間鬆散，中間出現五四新文化運動和五四運動的猛烈衝擊，她見到了某種程度的自由。張愛玲珍惜的自由，想必與她文學裏的個人、平權、選擇、開明，以及免於飢餓等等觀念有關。〔註 268〕在美國艱苦探索了

〔註265〕 參見陳建華：《質疑理想、反諷自我：張愛玲〈傳奇〉與奇幻小說現代性》，林幸謙，《張愛玲：文學・電影・舞臺》，Oxford Unieversity Press，2007 年版，第 265 頁。

〔註266〕 高全之：《張愛玲的英文自白》，《張愛玲學》，臺北市：麥田，城邦文化出版，2011 年版，第 409～410 頁。

〔註267〕 馬春花：《發明張愛玲、重寫文學史與後革命中國》，林幸謙，《張愛玲——傳奇・性別・譜系》，聯經出版事業股份有限公司，2012 年版，第 153 頁。

〔註268〕 高全之：《張愛玲的英文自白》，《張愛玲學》，臺北市：麥田，城邦文化出版，2011 年版，第 409～414 頁。

二十多年，張愛玲終於發現了自己如何長期渴飲著中國新文學傳統的長流細水〔註269〕。如陳子善所說，張愛玲的文學創作正是結合了中國古典小說的優良傳統以及五四新文學傳統的優點，並要將之發揚光大，他認為研究張愛玲的學者們應該特別留意她這種特別的文學姿態。

在一九七五年間，美國的文評界對張愛玲的評價是這樣的：張愛玲的文學創作，無疑被那些將它作為冷戰助燃劑的人們過於推崇；但同時它們也被那些將當代中國文學，視為只能為革命為鬥爭做政治服務工具的人過於貶低；張愛玲筆下所描寫的革命鬥爭前的舊中國，在她創作的高峰期寫得最好的作品，應該說達到了一種超越時間和空間的普遍性。〔註270〕我認為，這樣的評價是比較客觀持平的吧！

第三節　西方作家對張愛玲後期小說創作的影響

一、前期的影響式或借鑒性寫作

說起西方作家對張愛玲的影響，不得不從她的童年時期說起。在第一節我們已經詳述過張愛玲自幼受父親影響熱愛《紅樓夢》、《金瓶梅》、《海上花》等古典小說，並對她的文學創作產生巨大的影響。但同時她也受到較為西化的母親影響，而接觸了較多的西方教育和文化。張愛玲在《必也正名乎》中提到她十歲的時候，母親堅持送她到正規學校讀書，可是父親卻大吵大鬧不同意，最後母親唯有拐賣人口似的，將她送進了學校。〔註271〕母親堅持讓她受西式教育，並且在父親外面娶了姨奶奶後和姑姑一起出洋了，讓張愛玲對西方文化分外的好奇。母親回來後，全家搬到一所花園洋房裏，家裏有母親的陪伴，許多朋友來來往往，還有小狗跑來跑去，美麗的鮮花，還有母親買的童話故事，張愛玲覺得開心極了〔註272〕。張愛玲認為家裏的一切都是美的頂顛。連家裏的藍椅套配著舊的玫瑰紅地毯這不甚協調的顏色也讓她感到喜愛，並因此而喜愛英格蘭，這個名稱使她聯想到藍天下那可愛的小房子，而

〔註269〕參見高全之：《張愛玲的英文自白》，《張愛玲學》，臺北市：麥田，城邦文化出版，2011 年版，第 414 頁。

〔註270〕參見高全之：《張愛玲的英文自白》，《張愛玲學》，臺北市：麥田，城邦文化出版，2011 年版，第 409～408 頁。

〔註271〕參見張愛玲：《流言》，北京十月文藝出版社，2012 年版，第 39 頁。

〔註272〕參見張愛玲：《流言》，北京十月文藝出版社，2012 年版，第 118 頁。

法蘭西則是一種微雨的青澀〔註273〕，這是童年時期張愛玲眼中的西方世界。在這個階段，張愛玲學畫畫，學鋼琴還有英文，在母親的影響下年幼的張愛玲開始接觸及接受西方式的教育。她甚至夢想著到英國上大學，還要畫動畫片，將傳統的中國畫傳到西方去，她說，「我要比林語堂還出風頭，我要穿最別致的衣服，周遊世界，在上海自己有房子，過一種乾脆俐落的生活」〔註274〕。

在西方文學方面，張愛玲曾在《雙聲》中說「我們都是在英美的思想空氣裏面長大的」〔註275〕。除了母親的影響，父親對文學方面的涉獵廣泛也對張愛玲有所觸動，她曾在《私語》中提到父親買的一本書——蕭伯納的戲《心碎的屋》，空白處有他的英文名，提摩太·C·張」〔註276〕。甚至在她被父親毒打禁閉後，女傭何干提醒她千萬不能逃走！此時的張愛玲卻聯想到《三劍客》、《基督山恩仇記》中主人公的逃亡〔註277〕，晚上看著天上的月亮，想起Beverley Nichols 的詩「在你的心中睡著月亮光」〔註278〕。由此可見西方文學對張愛玲的影響是潛移默化的。她所涉獵的西方文學作品在《流言》和《張看》中提到的有莫泊桑、契訶夫、奧亨利，赫克斯萊（赫胥黎）、桑茂忒芒（毛姆），以及勞倫斯的作品。還有易卜生的《娜拉》和蕭伯納的《長生》、大仲馬的《三劍客》《基督山恩仇記》、托爾斯泰《戰爭與和平》。另外還有前面已詳述過的她在香港和美國翻譯過的海明威、華盛頓·歐文等作家的作品。這些都對張愛玲英文寫作水平的提高大有裨益，並且對她的文學創作產生了一定的影響。

張愛玲受西方作家的影響，首先是其創作在精神上是與同時代的西方文學有嚴格意義上的同步關係。她所傾心的作家，毛姆、赫胥黎、威爾斯等，都是一次大戰後出現的著名作家，他們普遍感覺到深刻的精神危機。正如奧尼爾所說，因為當時的人們覺得上帝已死，而現代的科學不能提供新的精神依靠來讓人們感覺到生存的眞實意義，也不能讓他們在面對死亡時不會感到恐懼。〔註279〕對現代科技文明的極度疑慮，以及彌漫在整個社會中的一種

〔註273〕參見張愛玲：《流言》，北京十月文藝出版社，2012年版，第119頁。
〔註274〕張愛玲：《流言》，北京十月文藝出版社，2012年版，第121頁。
〔註275〕張愛玲：《流言》，北京十月文藝出版社，2012年版，第222頁。
〔註276〕參見張愛玲：《流言》，北京十月文藝出版社，2012年版，第114頁。
〔註277〕張愛玲：《流言》，北京十月文藝出版社，2012年版，第123頁。
〔註278〕張愛玲：《流言》，北京十月文藝出版社，2012年版，第123頁。
〔註279〕參見余斌：《張愛玲傳》，海南出版社，1993年版，第333頁。

茫然幻滅的感覺，以不同的面目出現於上述作家創作背景的一部分，與懷疑人的理性相應，他們都不同程度地強調了人所具有的非理性的特性〔註280〕。從張愛玲的作品中可以明顯感覺到她所受到的影響，在香港戰時的經歷更讓她產生了到對人類文明悲觀失望的情緒。令她永遠難以忘記的「圍城的十八天裏……什麼都是模糊，瑟縮，靠不住……房子可以毀掉，錢轉眼可以成廢紙，人可以死，自己更是朝不保夕」〔註281〕。這種親身的戰爭體驗讓她覺得「思想背景裏惘惘的威脅」，預感到「威爾斯的預言，以前以爲都還遠著呢，現在似乎並不是很遠了」，更強烈感覺到「時代已經在破壞中，還有更大的破壞要來」，人生是沒有希望的，是無謂的浪費，因爲去掉了所有的浮文，剩下的就只有飲食和男女兩樣。還有對研究歷史很有獨到見地的歷史教授佛朗士無辜被自己人打死，更讓張愛玲感受到人生的不可捉摸和無法把握。對於戰爭、對於現實人生，她感到茫然無措：「時代的車轟轟地往前開。……我們只看見自己的臉，蒼白，渺小：我們的自私與空虛……我們每個人都是孤獨的。」〔註282〕並且和西方作家一樣，張愛玲也受到了弗洛伊德、榮格等心理學家的影響，發現了人被情慾和非理性的思維所控制，以此來解釋人生不可避免的悲劇。顯然張愛玲接受了西方作家對人類文明的幻滅感和精神危機，並融入到自己的思想意識及寫作中，使她的作品也充滿了著一種對人生的非個人的大悲情懷。

　　除了精神層面的影響，在張愛玲的前期小說創作中我們還可以明顯感覺到西方作家對她的影響式和借鑒性的影響。水晶在他的《「爐香」嬝嬝「仕女圖」》中詳盡地分析了《沉香屑第一爐香》和亨利·詹姆斯的《仕女圖》兩部小說的相似之處，認爲兩部小說的女主人公葛薇龍和伊莎白的經歷很類似，被金錢捉弄和殘忍的命運對人的擺佈是她們的共同之處。但張愛玲在水晶的訪談中卻說，「至於西洋作家，她謙虛地說看得不多。只看過蕭伯納，而且不是劇本，是前面的序。還有赫胥黎（Aldous Huxley）、威爾斯（H.G.Wells）。至於亨利·詹姆斯、奧斯汀、馬克·吐溫則從來沒有看過」〔註283〕。所以這可能只是水晶的個人感覺。另外張愛玲說過她的《十八春》和《半生緣》的

〔註280〕參見余：《張愛玲傳》，海南出版社，1993年版，第332頁。
〔註281〕張愛玲：《爐餘錄》《流言》，北京十月文藝出版社，2012年版，第52～53頁。
〔註282〕張愛玲：《流言》，北京十月文藝出版社，2012年版，第59頁。
〔註283〕水晶：《蟬——夜訪張愛玲》，水晶，《替張愛玲補妝》，濟南：山東畫報出版社，2004年版，第21頁。

故事結構是採用美國小說家約翰・馬德寬的長篇小說《朴廉紳士》，宋淇在《私語張愛玲》中有詳細敘述，他認爲《十八春》應該就是《半生緣》的前身。〔註 284〕高全之認爲兩部小說的雷同之處非但不限於「兩對夫婦的婚姻不如意」的題材，也超過了「故事的結構」約定俗成的意義範疇。他認爲張愛玲的兩部小說在敘事時序、人物關係、情節片段、關鍵語句等方面都有許多借鑒《朴廉紳士》的地方〔註 285〕。

張愛玲前期小說受到毛姆的影響就更是顯而易見的。周瘦鵑在初讀張愛玲的《第一爐香》就曾說過她的小說很有《紅樓夢》和毛姆小說的感覺，張愛玲自己也承認。而張愛玲的《傳奇》在情節的發展上一如毛姆小說中的畸情性，其氛圍亦出現怪異的美感以及令人窒息的荒涼〔註 286〕。畸形的父女戀，怪異的母子關係，叔嫂之間、姐妹之間的奇特關係，以及其扭曲並具毀滅性的性的破壞力，爲肺病所纏而無謂死亡的妙齡少女，因人言可畏而自殺的教授，逃脫不了性和金錢誘惑而墮落的清純女學生，顯然張愛玲的手法比毛姆更冷峻和深入。毛姆的《不可征服》中被強暴的女子親手掐死了自己的私生子，令人想到《金鎖記》中的曹七巧親手扼殺了女兒長安可以在學校正常成長的機會，還有她那生命中唯一的愛情。還有毛姆的《母親》卡拉奇將自己對兒子的愛異化成了瘋狂的佔有，這和七巧對兒子那曖昧的舉動似乎極其相似。對人性的深入細微的描寫也是毛姆的顯著特點，他曾說過「人歸根到底是充滿矛盾和不可解的」〔註 287〕，他的小說是以情慾、非理性解釋悲劇、人性與行爲動機，而且他不像道德家取決表面的價值來判斷人性的本質，是正視人性醜陋一面的寫法〔註 288〕。張愛玲顯然是受到毛姆的影響，《傳奇》中的人物無不被情慾和非理性所支配，曹七巧、葛薇龍、許小寒、霓喜、佟振保，「她一點一滴寫出他們的渴望、掙扎、覺醒與荒涼，她是將人性逼到

〔註 284〕 參見林以亮：《私語張愛玲》，香港《明報月刊》第一二三期，1976 年 3 月，第 19 頁。

〔註 285〕 參見高全之：《本事同根生》，《張愛玲學》，臺北市：麥田，城邦文化出版，2011 年版，第 280～286 頁。

〔註 286〕 嚴紀華：《看張・張看——參差對照張愛玲》，臺北市：秀威信息科技，2007 年版，第 221 頁。

〔註 287〕 嚴紀華：《看張・張看——參差對照張愛玲》，臺北市：秀威信息科技，2007 年版，第 222 頁。

〔註 288〕 嚴紀華：《看張・張看——參差對照張愛玲》，臺北市：秀威信息科技，2007 年版，第 222 頁。

一個死角來進行揭露的，無處可逃，所以觸目驚心」〔註 289〕。毛姆認爲創作（喜劇或小說）的目的並不僅是忠實的表現生活，寫出一種悲劇事物；而是嘲諷的、有趣地批評生活。〔註 290〕他的小說《午飯》、《減肥》等都表現了他善於諷刺的寫作風格。毛姆善用諷刺的寫作手法可能也對張愛玲有所啓發。而張愛玲喜用反高潮的寫作手法、善用反諷的特點在前面反諷一節我們已經詳述過。如毛姆說過「婚姻對男人來說是賭他的自由，對女人而言則是賭她的幸福」〔註 291〕，對此張愛玲則是更勝一籌語出驚人，「婚姻就是長期的賣淫」〔註 292〕。

另外毛姆的小說頗有異國情調和殖民地風格，描寫異鄉人身處異地的困境和內心的掙扎〔註 293〕。例如：他的《不屈服的女人》講的是德國士兵漢斯和法國姑娘安妮特之間的故事；《赴宴之前》是講述官員哈羅德和妻子米莉欣在哈羅德駐紮的婆羅洲所發生的事情；《露水姻緣》講述的是外交官傑克・阿爾蒙德因爲和一位有夫之婦的愛情故事最後走向墮落而死亡。張愛玲在這方面顯然是受到毛姆的影響。如在《第一爐香》中，葛薇龍眼中姑媽梁太太的家，各種擺設頗有東方情調，顯然是爲外國朋友準備的，要他們看看他們心目中的中國。〔註 294〕連葛薇龍自己也是穿著翠藍竹布衫，還是滿清末年的款式，她也是殖民地所特有的東方色彩的一部分。而薇龍所接觸的上流社會的圈子裏很多都是外國人，也有雜種人，和她有情感糾葛的喬琪喬就是雜種人。而《第二爐香》是講香港大學的教授英國人羅傑在香港發生的故事，幾乎所有的人物都是英國人。另外，范柳原是英國長大的華僑；佟振保是出洋得了學位的，他的初戀情人玫瑰是英國商人的女兒，他深愛的紅玫瑰王嬌蕊是被家人送到英國讀書的華僑；哥兒達是一個有著非常慧點灰色眼睛、體態風流的美男子洋人；而《連環套》中和霓喜姘居的男人也大多都是洋人；《年青的

〔註 289〕嚴紀華：《看張・張看——參差對照張愛玲》，臺北市：秀威信息科技，2007年版，第 224 頁。

〔註 290〕嚴紀華：《看張・張看——參差對照張愛玲》，臺北市：秀威信息科技，2007年版，第 224 頁。

〔註 291〕嚴紀華：《看張・張看——參差對照張愛玲》，臺北市：秀威信息科技，2007年版，第 225 頁。

〔註 292〕張愛玲：《傾城之戀》，北京十月文藝出版社，2012 年版，第 187 頁。

〔註 293〕嚴紀華：《看張・張看——參差對照張愛玲》，臺北市：秀威信息科技，2007年版，第 232 頁。

〔註 294〕參見張愛玲：《第一爐香》，《傾城之戀》，北京十月文藝出版社，2012 年版，第 2 頁。

時候》中潘汝良和俄國人沁西亞之間有情感糾葛；在《第一爐香》中喬琪喬
的妹妹周吉婕和葛薇龍談到香港，「這兒殖民地的空氣太濃厚了；換個地方，
種族的界限該不會這麼嚴罷？」〔註295〕。張愛玲前期小說的異國情調和殖民
地風格，一方面是與她在香港大學三年的生活經歷有關，另一方面也可能是
受到毛姆小說的影響。

　　除此之外，毛姆小說強調故事性的特點在張愛玲前期小說創作中也有體
現。毛姆認為，一部好的小說首先應該是其故事情節能夠吸引人，而小說應
該是為了娛樂讀者。無獨有偶張愛玲也在《自己的文章》中說，創作小說就
應當是寫個故事，讓故事自己去說明一切，這樣往往比事先擬定好了主題，
再去編造一個故事要好得多。〔註296〕張愛玲更採取了以直接講故事的方式來
開始一篇小說，這可能是借鑒了毛姆的寫法。比如，毛姆的《外表與事實》
的開頭是這樣的，「英國某大學一位教法國文學的教授告訴了我這個故事，不
過對於故事的眞實性，我不敢擔保。這位教授品格高尚，我認為，如果不是
眞的他不會告訴我。……教授不是輕浮的人，在他看來，我下面要講的故事
很清楚地反映了法國的三個主要特徵，具有深刻的教育價值」〔註297〕。再來
看看張愛玲在《第二爐香》的開頭，「克荔門婷興奮地告訴我這一段故事的時
候，我正在圖書館閱讀馬卡德耐士出使中國謁見乾隆的記載。……說到淫褻
的故事，克荔門婷似乎正有一個要告訴我，但是我知道那一定不是淫褻的，
而是一個悲哀的故事。……在這裡聽克荔門婷的故事，我有一種不應當的感
覺，彷彿雲端裏看廝殺似的，有些殘酷。但是無論如何，請你點上你的香，
少少的撮上一些沉香屑；因為克荔門婷的故事是比較短的」〔註298〕。顯然這
兩段都是以講故事的方式為開場白的。但這類小說只見於張愛玲早期小說，
《第一爐香》、《第二爐香》、《茉莉香片》、《澱寶灩送花樓會》四篇。在《澱
寶灩送花樓會》一篇中，還出現了張愛玲自己的名字，澱寶灩說「愛玲，
像你這樣可是好呀，我看到你所寫的，我一直就是這樣說：我要去看看愛

〔註295〕張愛玲：《第一爐香》，《傾城之戀》，北京十月文藝出版社，2012年版，第29
　　　　頁。
〔註296〕參見張愛玲：《自己的文章》，《流言》，北京十月文藝出版社，2012年版，第
　　　　95頁。
〔註297〕William Somerset Maugham. *The Complete Short Stories*. London：William
　　　　Heinemanmm Ltd. 1951, 170.摘自陳娟，湖南師範大學博士論文《張愛玲與英
　　　　國文學》，2011年12月，中國期刊網，第167頁。
〔註298〕張愛玲：《第二爐香》，《傾城之戀》，北京十月文藝出版社，2012年版，第54頁。

玲！」〔註299〕整篇故事也是以第一人稱「我」來敘述整個故事，給人感覺這是張愛玲自己親身經歷的故事。實際上據有關資料顯示，羅潛之的原型是傅雷，而澱寶灩的原型是劉海粟太太成家和的妹妹成家榴。1939 年，傅雷結識成家榴後，據傅雷之子傅敏回憶，「只要她（成家榴）不在身邊，父親就幾乎沒法工作。每到這時，母親就打電話跟她說，你快來吧，老傅不行了，沒有你他沒法工作」〔註300〕。張愛玲根據成家榴口中聽來的緋聞，寫出了《澱寶灩送花樓會》，除了主要人物化名之外，故事完全照搬，還把自己寫進去，名爲愛玲，這顯然是在暗示：文中一切屬實。張愛玲在 1982 年 12 月 4 日給宋淇的信中，提到這篇小說，「《澱寶灩送花樓會》寫得實在太壞，這篇是寫傅雷。他的女朋友當眞聽了我的話到大陸去，嫁了個空軍，很快就離婚，我聽了非常懊悔」〔註301〕。這種模仿毛姆小說的故事敘述體的小說僅限於上述四篇，在張愛玲的其他小說創作中未再見到。

　　除了毛姆，張愛玲還受到威爾斯的一些影響。她在《傳奇再版的話》中說，「所以我覺得非常傷心了。常常想到這些，也許是因爲威爾斯的許多預言。」〔註302〕威爾斯的《時間機器》、《星際戰爭》以及《世界史綱》都是享譽世界的。「不去研究威爾斯，沒有哪個人能夠瞭解二十世紀初期及其希望與幻滅」〔註303〕。那麼威爾斯的預言是什麼呢？他在他的科幻小說中描繪了世界戰爭的到來，以及想像中的世界末日的殘酷景象，如外星人入侵、地球毀滅、核武器對人類致命的打擊等等。這種世界末日論對張愛玲的影響是怎樣的呢？如前面所述，港戰對她是有著直接切身且劇烈的影響，但顯然威爾斯悲觀的思想和預言讓張愛玲對於人生的結局抱著一種無奈和幻滅的態度。可能當她想像整個人類文明徹底毀滅了的「蠻荒世界」，威爾斯的末日語言對她而言可能是一種下意識的參照和模仿，她會感覺威爾斯的預言已經不遠了。所以我

〔註299〕張愛玲：《澱寶灩送花樓會》，《紅玫瑰與白玫瑰》，北京十月文藝出版社，2012年版，第 99 頁。

〔註300〕http://hk.aboluowang.com/2016/0407/719886.html，本文摘自 2016 年 1 月 22日《北京晚報》，作者唐山，原題爲《張愛玲爲何要寫小說影射傅雷》。

〔註301〕http://hk.aboluowang.com/2016/0407/719886.html，本文摘自 2016 年 1 月 22日《北京晚報》，作者唐山，原題爲《張愛玲爲何要寫小說影射傅雷》。

〔註302〕張愛玲：《傳奇再版的話》，《流言》，北京十月文藝出版社，2012年版，第165頁。

〔註303〕〔英〕艾弗·埃文斯著：蔡文顯譯，《英國文學簡史》，北京：人民文學出版社，1984 年版，第 305 頁，摘自陳娟，湖南師範大學博士論文《張愛玲與英國文學》，2011 年 12 月，中國期刊網，第 191 頁。

們在討論張愛玲的末日情結時，除了她的港戰經驗之外，也不得不考慮威爾斯的末世預言對她無形之中的影響。《傾城之戀》中，流蘇和柳原在劫後的香港，產生了世界末日的感覺：「在那死的城市裏，沒有燈，沒有人聲，只有那莽莽的寒風……無窮無盡叫喚著……眞空的橋樑，通入黑暗，通入虛空的虛空。」〔註304〕。如劉志榮和馬強所說，就如同《星際戰爭》中，火星人離開了地球，這時的地球因爲被戰爭蹂躪到成爲了一個沉默的世界。火星人和人類之間爆發戰爭，屍首橫陳、哀嚎遍野、被摧毀的殘破建築，令人驚恐不安。《燼餘錄》並未直接描寫戰爭，卻從側面和細節處描寫了香港大學學生在面臨突如其來的戰爭時的惶恐不安。張愛玲在《燼餘錄》中曾爲人所詬病的對待傷員的惡劣態度，不理會尻骨生了奇臭蝕爛症的病人，還大言不慚地說自己恨那個病人，因爲他正在忍受病痛的折磨〔註305〕，甚至爲他的死而歡呼鼓舞。她淡然地說「能夠不理會的，我們一概不理會。出生入死，沉浮與最富色彩的經驗中，我們還是我們，一塵不染，維持著素日的生活典型。」〔註306〕而在《星際戰爭》中的主人公爲了生存殺死了副牧師，他認爲很多人可能會譴責他的殘忍行爲，他這樣辯解道，唯有那些受到過死亡威脅和被生存的本能所驅使的人們，才能用一種悲憫的心態理解他的殘酷行爲〔註307〕。這段話用來解釋張愛玲和她的同學們對待病人的冷酷行爲應該是極爲合適的，或許張愛玲也對這段話有著切身的體會，她在這裡撕掉了人們臉上虛僞的面紗，直入人性的最深處。顯然威爾斯對未來世界的悲觀幻想與預言是張愛玲有意無意的參照，以及威爾斯對未來世界的毀滅故事，更加重了張愛玲與生俱來的荒涼感，使她對人生持一種極度悲觀的態度，所以張愛玲更多的將這種虛無感落實到對人類毀滅之景象下個體生命的渺茫感受上〔註308〕。她從中得到了教訓，「想做什麼，立刻去做，都許來不及了！」「快，快，遲了來不及了，來不及了！」一切都不能等待，因爲時代是倉促的，已經在破壞中了，還有更

〔註304〕張愛玲，《傾城之戀》，《傾城之戀》，北京十月文藝出版社，2012年版，第198～199頁。

〔註305〕參見張愛玲：《燼餘錄》，《流言》，北京十月文藝出版社，2012年版，第56頁。

〔註306〕張愛玲：《燼餘錄》，《流言》，北京十月文藝出版社，2012年版，第50頁。

〔註307〕參見 Herbert George Wells. *The War of the World.* New York：Airmont Pulishing Company, 1964, 118，摘自陳娟，湖南師範大學博士論文《張愛玲與英國文學》，2011年12月，中國期刊網，第198頁。

〔註308〕參見陳娟：湖南師範大學博士論文《張愛玲與英國文學》，2011年12月，中國期刊網，第199～200頁。

大的破壞將要來到。〔註309〕張愛玲在《談音樂》中說人的一生是不會長久的，她意識到個體生命的有限性，並且關注人類不可抗拒的悲劇性的命運結果。這種思維貫穿在她整個前期小說的創作之中，在《等》中，「生命自顧自走過去了」〔註310〕，《心經》中，「人活在世上，不過短短的幾年」〔註311〕，《留情》中，「長的是磨難，短的是人生」〔註312〕，《鴻禧鸞》中，「繁榮，氣惱，為難，這是生命」〔註313〕，《傾城之戀》中白流蘇不由得感歎，在這動盪的大時代下什麼金錢，房產，天長地久之類都是靠不住的。顯然威爾斯關於世界末日的預言和悲觀的人生觀更加深了張愛玲在香港陷落時的具體感受，使她對於個體生命有限性的感受更深刻，更加珍惜現實人生的每一刻，「我對於眼前所有格外知道愛惜，使這世界顯得更豐富」〔註314〕。

　　而說到英國作家勞倫斯對張愛玲的影響，據胡蘭成說，張愛玲曾經給他講過勞倫斯的《查泰萊夫人》等小說，胡聽後覺得文辭優美且富有深刻的哲學道理。〔註315〕勞倫斯被認為是英國心理分析小說的主要代表人物，他善於運用象徵手法，而且想像力非常豐富。很多專家學者認為張愛玲從中借鑒了勞倫斯象徵語言及意象的描寫，以及將故事人物的心理發展過程和象徵性的意象結合起來，使小說更加富有藝術渲染力。比如月亮的意象，張愛玲運用得最靈活巧妙，而勞倫斯也是極其善於運用月亮意象的，在他的《白孔雀》、《兒子與情人》中都有關於月亮的意象，他的月亮意象代表了女性的一種頑強不屈的力量〔註316〕。而張愛玲筆下的月亮卻不盡然，我們在前面「意象的營造」一節已經詳述過。顯然張愛玲筆下的月亮，既有中國傳統文學的寧靜朦

〔註309〕張愛玲：《傳奇再版的話》，《流言》，北京十月文藝出版社，2012年版，第163頁。

〔註310〕張愛玲：《等》，《紅玫瑰與白玫瑰》，北京十月文藝出版社，2012年版，第149頁。

〔註311〕張愛玲：《心經》，《傾城之戀》，北京十月文藝出版社，2012年版，第145頁。

〔註312〕張愛玲：《公寓生活趣記》，《流言》，北京十月文藝出版社，2012年版，第28頁。

〔註313〕張愛玲：《鴻鸞禧》，《紅玫瑰與白玫瑰》，北京十月文藝出版社，2012年版，第45頁。

〔註314〕張愛玲：《我看蘇青》，《流言》，北京十月文藝出版社，2012年版，第244頁。

〔註315〕參見胡蘭成：《今生今世》，北京：中國長安出版社，2013年版，第255頁。

〔註316〕參見侯維瑞，晚唐鐘聲：《中國文學的原型批評》，北京：北京大學出版社，2007，第40頁，摘自陳娟，湖南師範大學博士論文《張愛玲與英國文學》，2011年12月，中國期刊網，第223頁。

朧，寄託著相思和孤獨的情感，如「窗前明月光，疑是地上霜，舉頭望明月，低頭思故鄉」,「明月幾時有，把酒問青天」,「月上樹梢頭，人約黃昏後」等等。也具有西方文學描寫月亮的代表情慾和女性力量以及渲染恐怖氣氛的特性，如前面已經詳述過的薇龍在和喬琪喬經過性愛之後，此時的月亮已慢慢地落了下去，但是「她的人已經在月光裏浸了個透，淹的遍體通明」,此刻的月光代表讓薇龍迷醉不已並深陷其中的情慾。還有前面舉例說明過的《金鎖記》中的月亮意象，也是兼具中西方的特性，尤其是開頭和結尾的月亮意象十分優美和富有象徵意義。還有其他小説如《傾城之戀》中的月亮等就不再一一重複列舉說明了。不僅勞倫斯，西方許多其他作家和學者還對月亮的其他方面，如不潔等寓意進行了描述。例如法國女性主義學者西蒙娜・德・波伏娃就在她的《第二性》中這樣說，月亮因為和女性月經運行的時間一樣而被看作是一種不吉祥的象徵〔註317〕。前面提到，張愛玲還在《私語》提到 Beverley Nichols 關於月光的詩句。在張愛玲的小説中，月亮已經不再是傳統意義上代表美妙、愛情、思念等的美好感覺，相反卻成了人們心中情慾、仇恨、失去理智的象徵〔註318〕。顯然張愛玲吸收了勞倫斯等眾多西方作家和學者們關於月亮意象的審美觀點，創造了屬於自己的具有荒涼味道的月亮意象。如劉鋒傑所說，張愛玲小説世界裏的月亮雖然具有極其豐富的象徵意義，但就其根本它是荒涼和失敗的象徵，意味著一切的人生美夢都是虛幻不可能實現的。〔註319〕

　　另外，張愛玲說勞倫斯的小説「哲學也深」,可能是出自於勞倫斯對生命的看法，他認為「人生的基點就是苦難。然而，這一基點奠定以後，一個人就可以開始建立生活。在這一基點奠定之前，是什麼樣的生活也談不到的。我已開始贊成這一觀點。我以為，人們必須接受『人生即是苦難』這一事實。總之，人生即是苦難，這是一個基點。認識到這一基點之後，人仍便可以微笑著生活下去」〔註320〕。而勞倫斯之所以有這樣的看法是和他的身

〔註317〕參見〔法〕西蒙娜・德・波伏娃：陶鐵柱譯，《第二性》,北京：中國書籍出版社，2004 年版，第 143 頁。

〔註318〕參見劉鋒傑、薛雯、黃玉蓉著：《張愛玲的意象世界》,銀川：寧夏人民出版社，2006 年版，第 104 頁。

〔註319〕劉鋒傑、薛雯、黃玉蓉著：《張愛玲的意象世界》,銀川：寧夏人民出版社，2006 年版，第 130 頁。

〔註320〕〔英〕勞倫斯著：劉憲之主編，勞倫斯書信選，哈爾濱：北方文藝出版社，1988 年版，第 451～452 頁，摘自陳娟，湖南師範大學博士論文《張愛玲與英國文學》,2011 年 12 月，中國期刊網，第 233 頁。

體狀況有關，他一直患有肺病，隨時都面臨死亡的威脅，正因如此讓他更多的思考生命的本質和可貴之處。他這樣評價生命，「除了生命之外沒有什麼東西是重要的。在我個人看來，除了在活物之中，我是絕對在任何地方也看不見生命的，大寫的生命唯獨活人才擁有」〔註321〕。在生命的最後一年，他這樣說「對人來說，最大的奇蹟是活著」〔註322〕。正因為如此，勞倫斯的作品如《查泰萊夫人的情人》、《兒子與情人》等作品有大量直白的性愛描寫，在其中寄予了他對於人類生命力的珍視，他的作品透露出強烈的生命力和生命意識。對此，勞倫斯這樣解釋，「其實性感染力不過是生命之火的不太好聽的代名詞罷了」〔註323〕。所以，張愛玲可能從勞倫斯的作品中感受到強烈的生命氣息，這就是她所體會到的勞倫斯的「哲學也深」，加上她自己的戰時經驗，使她深刻體驗到生命的殘酷性，「生在現在，要繼續活下去而且活得稱心，真是難，就像『雙手擘開生死路』那樣的艱難巨大的事」〔註324〕。在這亂世中，在將來的荒原下、斷壁殘垣中，只有蹦蹦戲花旦那樣的女人可以夷然活下去，像嬌蕊、薇龍、流蘇、霓喜、七巧、敦鳳、阿小一樣，都是有著旺盛生命力的女人，她們或生活貧困、或在現實生活遭遇不幸，但都憑著頑強的生命力在絕望中掙扎生存，正如紅玫瑰嬌蕊所說，「我不過是往前闖，碰到什麼就是什麼」〔註325〕。香港的陷落成全了奮力掙扎的白流蘇，此時流蘇也意識到在這動盪的世界裏，靠得住只有她腔子裏的這口氣，還有睡在身邊的這個人。他們不過是一對自私的男女，在這動盪的大時代下，他們並沒有什麼宏圖大志，只想做一對世俗夫妻過平淡

〔註321〕勞倫斯著：陳慶勳譯，《勞倫斯讀書隨筆》，上海：上海三聯書店，1999，第23頁，摘自陳娟，湖南師範大學博士論文《張愛玲與英國文學》，2011年12月，中國期刊網頁，第233頁。

〔註322〕〔英〕理查德・奧爾丁頓著：冰賓，束輝譯，《勞倫斯傳：一個天才的畫像，但是……》，天津：天津人民出版社，1989年版，頁451，摘自陳娟，湖南師範大學博士論文《張愛玲與英國文學》，2011年12月，中國期刊網，第233頁。

〔註323〕〔英〕勞倫斯：於遠紅譯，《性與美──勞倫斯散文選》，北京：知識出版社，1989年版，第7頁，摘自陳娟，湖南師範大學博士論文《張愛玲與英國文學》，2011年12月，中國期刊網，第229頁。

〔註324〕張愛玲，《我看蘇青》，《流言》，北京十月文藝出版社，2012年版，第240～241頁。

〔註325〕張愛玲，《紅玫瑰與白玫瑰》，《紅玫瑰與白玫瑰》，北京十月文藝出版社，2012年版，第85頁。

的生活〔註326〕。還有具有旺盛生命力的霓喜，令人感動的是她對於物質生活
的單純的愛，她拼命想要男人的愛情，也想要安全感，可是最後是竹籃打水
一場空，爲了生活她「像是貪婪地嚼著大量的炸過油的豆餅」〔註327〕，人吃
畜生的飼料雖然是悲愴的，但我們也不由得爲她頑強的生命力所感動。

　　對張愛玲的前期小說創作產生影響的除了上面列舉的幾位，還有蕭伯
納。胡蘭成曾經談過張愛玲對蕭伯納的看法，她不喜歡西方古典文學，對所
謂的浪漫故事也沒有興趣，她最欣賞的是蕭伯納那些具有理性平明和諷刺特
點的小說〔註328〕。張愛玲作品中可能也借鑒了一些蕭伯納的理性平明的風格
和諷刺的特點。而另外一位作家奧爾德斯‧赫胥黎也是張愛玲在文章中多次
提到的一位作家，張愛玲曾在《談女人》中提到赫胥黎的《針鋒相對》。很多
研究張愛玲的學者都認爲張愛玲受到赫胥黎和毛姆等作家的影響，劉川鄂認
爲張愛玲欣賞赫胥黎的懷疑主義；范伯群和季進認爲張愛玲善於表現人性醜
惡和非理性的性格特徵可能是受毛姆等的影響；萬燕也認爲張愛玲受兩位作
家的影響，對人類所謂的進步持懷疑的看法，而且都善於挖掘人性的醜惡之
處，並善用諷刺和編寫故事。〔註329〕張愛玲在《雙聲》中說到自己對赫胥黎
的看法，「初看是那麼的狹而深，其實還是比較頭腦簡單的」〔註330〕。

　　很顯然在張愛玲前期的小說創作中受到西方作家的影響，她借鑒了西方
作家的寫作方式和技巧，但更重要的是她能夠將西方作家技巧性的東西適應
於中國傳統文化的背景，並且在其中融入自己個人的情感和生活體驗，將西
方文學創作的技巧與中國傳統的審美情調結合起來，進行富有個人特色和風
格的創作。她採用了毛姆的深刻刻畫人性、反諷以及強調故事性和異國情調
等寫作技巧；還借鑒了勞倫斯關於意象的描寫以及具有強烈生命意識和珍視
生命的哲學深度；威爾斯的世界末日的悲觀意識激發和深化了張愛玲自身對

〔註326〕 參見張愛玲：《傾城之戀》，《傾城之戀》，北京十月文藝出版社，2012 年版，
　　　　　第 199 頁。

〔註327〕 張愛玲：《自己的文章》，《流言》，北京十月文藝出版社，2012 年版，第 96
　　　　　～97 頁。

〔註328〕 參見胡蘭成：《中國文學史話》，上海：社會科學院出版社，2004 年版，第 140
　　　　　頁，摘自陳娟，湖南師範大學博士論文《張愛玲與英國文學》，2011 年 12 月，
　　　　　中國期刊網，第 233 頁。

〔註329〕 參見陳娟：湖南師範大學博士論文《張愛玲與英國文學》，2011 年 12 月，中
　　　　　國期刊網，第 149 頁。

〔註330〕 張愛玲：《雙聲》，《流言》，北京十月文藝出版社，2012 年版，第 222 頁。

於戰爭殘酷的體驗和認知，使她更加能夠體會到戰爭或人類毀滅的末日之下，個體生命的茫然無知和渺茫的感受，對世事變化、時光流逝、對於生命的短暫和殘酷流露出一種蒼涼無奈的感覺。張愛玲雖然從西方文學作家那裡吸收到了一些外在的表現方法和局部的技巧方面的處理，但更重要的應該是屬於思想背景那方面的。就如余斌所說，張愛玲將西方作家的幻滅感恰如其分地融入自己的文學創作中，並將人性本質和人存在的終極意義在她的創作中順暢地表現出來，在中國現代文學創作上是很罕見的。〔註331〕

中國二十世紀的新文學，其實是屬於寫實主義的，和西方文學的風格還是大為迥異的。但張愛玲的前期作品顯然受到西方作家的一些影響，雖然她曾表明，紅樓夢和金瓶梅是她創作的一切源泉，在前期小說創作中，她的風格頗有中國古典小說的傳統味道，但西方作家對她作品的影響式和借鑒式的影響也同樣是不可忽視的。

二、後期的對話式或互文性寫作

到了後期小說創作，張愛玲受西方作家的影響，由前期直接和借鑒式影響的特點，轉變為和西方作家對話式和互文式的寫作特點，是一種和西方作家平等地進行交流對話的話語姿態。下面我們先談談張愛玲和西方作家對話式的寫作姿態。

我想先談談主體間性的理論，主體間性是研究或規範一個主體怎樣與完整的作為主題運作的另一個主體相互作用的。而對話理論實際上從對人的存在方式的研究上也可以說是主體間性的理論研究。巴赫金的對話理論是這樣的，人實際上是存在於我與他人的形式之中的，我自己應該首先是人，然而人只是存在於我和他人的一種形式之中。〔註332〕我顯然不能離開他人，如果離開了他人，那麼我就不能成其為我，也就是說我首先應該先在自己的身上尋找到他人，然後再在他人的身上去發現自己的存在。〔註333〕也就是說人和人之間應該是「相互反映，相互接受」的，巴赫金進一步解釋說，「證明不可

〔註331〕參見余斌：《張愛玲傳》，海南出版社，1993年版，第333頁。
〔註332〕參見〔蘇〕巴赫金：《詩學與訪談》，石家莊：河北教育出版社，1998年版，第387頁，摘自李兵《接受美學與巴赫金對話理論的關聯及互動》，貴州社會科學總206期第2期，2007年第2期，第54頁。
〔註333〕參見〔蘇〕巴赫金：《詩學與訪談》，石家莊：河北教育出版社，1998年版，第144頁，摘自李兵《接受美學與巴赫金對話理論的關聯及互動》，貴州社會科學總206期第2期，2007年第2期，第54頁。

能是自我證明，承認不可能是自我承認」〔註334〕顯然這種主體間通過對話交流互相確認對方的思想體現在小說創作中，就是巴赫金的對話理論的實現和小說的雙聲複調的體現。在張愛玲後期小說創作中體現了這種主體間性或者說對話性，張愛玲與西方作家之間呈現出一種平等的對話關係。在《浮花浪蕊》中七次提到毛姆。洛貞搭貨輪去日本的途中，看著「南中國海阿航的貨輪，古怪的貨船乘客，一九二〇、三〇的氣氛，以至於那恭順的老西崽——這是毛姆的國度」〔註335〕。洛貞此時是和毛姆對話，在自己周邊的環境發現了毛姆小說中的氛圍，有種恍然如夢的感覺，離開了中國大陸，「怎麼走進毛姆的領域？」她有種怪異之感，好像正走過一個通道「腳下滑滑的不好走，走著有些腳軟」〔註336〕。上一節我們已經提到「毛姆一生廣泛旅遊，足跡所至遍及印度、緬甸、馬來亞、中國以及南太平洋的英屬與法屬島嶼，他還到過南北美洲」〔註337〕，他的作品頗有異國情調，這一點在張愛玲早期小說中也有所體現。而在這裡，我們看到的是作者張愛玲處於和毛姆的對話中，洛貞走進了毛姆的領域，沒有具體描述是怎樣的一種情境，但讀過毛姆小說的人都知道那種感覺。張愛玲在毛姆小說中找到自己的感覺，通過小說主要人物洛貞的眼睛看到的是毛姆的世界，這實際是一種相互反映，相互接受。洛貞在船上遇到一對男女，男的「黑得嚇人一跳，不是黑種人的紫褐色或巧克力色，或是黑得發亮，而是碳灰色，一個蒼黑的鬼影子，使人想起『新鬼大，故鬼小。』倒是一張西式小長臉，戴眼鏡」，而女的則是「胖胖的中等身材……只是個華僑模樣的東方婦女，腦後梳了個小髻，胖黃栗子臉——剝了殼」〔註338〕。洛貞進餐時和這對男女並無互通姓名，腦海中卻開始和毛姆對話了，她認為他們之間一定有一段故事，而且是「毛姆全集裏漏掉的一篇」。洛貞在李察遜夫婦身上發現了毛姆故事的影子，又在毛姆的小說中找到類似他們的故事，這種主體之間通過話語來相互確定證明的思想意識，體現在小說的文本中，就

〔註334〕〔蘇〕巴赫金：《詩學與訪談》，石家莊：河北教育出版社，1998年版，第144頁，摘自李兵《接受美學與巴赫金對話理論的關聯及互動》，貴州社會科學總206期第2期，2007年第2期，第54頁。

〔註335〕張愛玲：《浮花浪蕊》，《怨女》，北京十月文藝出版社，2012年版，第289頁。

〔註336〕張愛玲：《浮花浪蕊》，《怨女》，北京十月文藝出版社，2012年版，第289頁。

〔註337〕侯維瑞：《現代英國小說史》，上海：上海外語教育出版社，1985年版，頁118，摘自陳娟，湖南師範大學博士論文《張愛玲與英國文學》，2011年12月，中國期刊網，第184頁。

〔註338〕張愛玲：《浮花浪蕊》，《怨女》，北京十月文藝出版社，2012年版，第293頁。

被稱作是小說的雙聲複調〔註 339〕。和這位女士李察遜太太有過一番交流之後，洛貞發現這位口口聲聲稱自己丈夫爲李察遜先生的女人像狄更斯《塊肉餘生記》裏的米考伯太太，她也是「口口聲聲稱丈夫爲『米考伯先生』」〔註 340〕。在這裡洛貞（張愛玲）又開始了和狄更斯進行對話。

　　這位李察遜太太是日本人，和她的先生顯然屬於異族通婚。此時洛貞又開始了和毛姆的對話，在毛姆小說中有了新的發現，「毛姆筆下異族通婚都是甘心觸犯禁條而沉淪的，至少總有一方是狂戀」〔註 341〕，而李察遜夫婦就屬於此類。此時是張愛玲和毛姆，以及小說中的主人公洛貞和毛姆都處於對話之中。洛貞此時想起她的上司咖喱先生和他的女秘書潘小姐，咖喱先生在珍珠港事變之後被關進集中營，潘小姐忠心耿耿地按期給他送糧包，而咖喱先生也在出獄後和感情不合的太太離婚，跟潘小姐結了婚。這時作者張愛玲又開始和毛姆對話，她發現這個故事和毛姆的故事似乎頗爲不同，說明「對話中也有相互衝突與鬥爭，但這也恰恰孕育著創作的機緣」〔註 342〕，於是她振振有詞地做出評判，「這故事彷彿含有一個教訓，不像毛姆的手筆，時代背景也不同了。大英帝國已經在解體，從集中營出來的人，一看境況全非。他總是找到了個小母親，有了個歸宿」〔註 343〕。

　　在船上的十天洛貞並不嫌長，她喜歡這一段真空管的生活。吃飯的時候洛貞又開始了和毛姆的對話，她「終於嘗到毛姆所說的馬來英國菜：像是沒見過鞋子，只聽見說過，做出來的皮鞋——湯，炸魚，牛排，甜品，都味同嚼蠟。」〔註 344〕船上的菜很難吃，和毛姆小說中的馬來英國菜一樣，但洛貞此刻心情很好，似乎在和毛姆說，雖然如你所說船上的菜和鞋子一樣難吃，但「海上空氣好，胃口也好」，頗有種幽默詼諧的味道。在李察遜太太和洛貞搭訕後，洛貞沒有回拜他們，李察遜夫婦覺得輕慢了他們，所以對她表現冷淡。而洛貞並不在意，只是微笑打個招呼就算了。李察遜太太沒有和洛貞再交談過，和丈夫小聲說話也是一副心虛膽怯的神情，想來是他背後發過話怪

〔註 339〕參見李兵：《接受美學與巴赫金對話理論的關聯及互動》，貴州社會科學總 206 期第 2 期，2007 年第 2 期，第 53 頁。
〔註 340〕張愛玲：《浮花浪蕊》，《怨女》，北京十月文藝出版社，2012 年版，第 305 頁。
〔註 341〕張愛玲：《浮花浪蕊》，《怨女》，北京十月文藝出版社，2012 年版，第 305 頁。
〔註 342〕李兵：《巴赫金對話理論對文學閱讀的啓迪》，文學評論，2015 年 9 月，第 22 頁。
〔註 343〕張愛玲：《浮花浪蕊》，《怨女》，北京十月文藝出版社，2012 年版，第 306 頁。
〔註 344〕張愛玲：《浮花浪蕊》，《怨女》，北京十月文藝出版社，2012 年版，第 312 頁。

她自取其辱。這時作者張愛玲以洛貞的口吻和毛姆的對話又開始了，「是毛姆說的，雜種人因爲自卑心理，都是一棵棵多心菜」〔註345〕。李察遜先生和毛姆筆下的雜種人一樣因爲自卑而多心，總是認爲別人看不起他們。此時作者張愛玲和小說主人公洛貞以及作家毛姆及其他的故事、人物展開的是一種相對自由平等的互相對話的關係，他們顯然是站在自己的立場上，來分別進行自己的敘述，從自我獨白變成了一種互相對話的關係，「包括作品人物自我的『內心對白』，作品人物之間一對一或者一對多的對白等」，〔註346〕此刻全知全能的聲音被眾聲喧嘩所替代。

在《浮花浪蕊》中，作家張愛玲通過主人公洛貞的所思所想和作家毛姆展開了對話，通過這些對話，張愛玲生動地描述了頗有異國情調的小說人物李察遜夫婦和他們可能隱含的故事，以及在去日本的旅途中所發生的事情，和作家毛姆處於一種平等的對話之中。同樣的，張愛玲在《雷峰塔》中也提到過毛姆，琵琶的母親露爲了幫助琵琶考大學而請了英國大學的聯合代表麥卡勒先生爲她補課。母親講述了他的故事：麥卡勒先生娶了出了名的交際花，生了兒子，但他太太卻住在倫敦，麥卡勒先生在香港做牛做馬把攢的每一分錢都往他太太那兒送。這時琵琶的反應是，「『這要寫下來，準是一篇感人的故事。』琵琶道，沒讀過毛姆」〔註347〕。顯然這個故事又是住在東方的西方人的故事，和毛姆的頗有異國情調的故事極爲近似。

張愛玲在毛姆的小說中找到自己的感覺或是相類似的小說人物，又在自己身上或小說人物的身上發現毛姆小說的影子。這是一種相互反映和相互接受的過程，在這裡作者和主人公以及作家毛姆之間，通過對話交流互相證明的意識說明了巴赫金小說的雙聲複調性。

除了作家、主人公和西方作家之間的平等對話的關係，我們還在張愛玲的後期小說創作中發現，她的作品同西方作家在創作上構成了一種互文性。互文性的概念來在法國的克里斯特瓦（Julia Kristeva），她是在巴赫金的對話理論的基礎上提出了互文性的概念。在她的《符號學——符號分析研究》一書中我們看到她對於互文性的概念說明，互文性，就是來自其他文本的一種

〔註345〕張愛玲：《浮花浪蕊》，《怨女》，北京十月文藝出版社，2012年版，第313頁。
〔註346〕參見簡聖宇：《對「主體間性」理論的思索》，哈爾濱學院學報，第30卷，第7期，2009年7月，第15頁。
〔註347〕張愛玲著：趙丕慧譯，《雷峰塔》，北京十月文藝出版社，2011年版，第313頁。

話語的交匯融合；互文性把以前的時代，或者是同一時代的話語，都轉換到交流的話語中去；從而形成了一個多聲部的文本。〔註348〕克里斯特瓦發展和修正了巴赫金的對話理論，提出了她的互文性理論。互文性的特徵就是它的引文性，也就是說一個文本中包含著另一個文本。文本是多種文本之間的互相置換，也就是一種互文性：取自於其他多個文本的各種語句，在同一個文本的空間裏面，相互交匯相互中和；任何一個文本，其實都像是一種引文的拼湊和連結，可以說任何一個文本，都是對另外一個文本的吸收與轉換。〔註349〕在《小團圓》中，九莉說起和母親蕊秋的矛盾，比比說那是她母親更年期的原因，而九莉卻認為母親還未到那個年齡。《上流美婦人》讓她和母親聯繫起來，「雖然那女主角已經六七十歲了，並不是駐顏有術，儘管她也非常保養，是臉上骨架子生得好，就經老。她兒子是個胖胖的中年人，沒結婚，去見母親的時候總很僵。」〔註350〕這讓九莉聯想到她也是不得母親歡心，「她這醜小鴨已經不小了，而且醜小鴨沒這麼高的，醜小鷺鷥就光是醜了」。〔註351〕在這裡張愛玲的小說顯然和勞倫斯的《上流美婦人》形成了互文性，張愛玲在美婦人的兒子身上看到了自己或者說九莉的影子，九莉和母親的關係就如同美婦人和兒子的關係。在九莉的眼中母親是美麗的，但比比卻不覺得她漂亮，「像你母親這典型的在香港很多」〔註352〕。當母親在暑假期間來香港看她，「九莉非常惋惜一個人都沒有，沒看見她母親」〔註353〕。蕊秋告訴大學的修女亨利嬤嬤，她住在香港最貴的旅館淺水灣飯店，九莉覺得奇窘，因為「她倒會裝窮，占修道院的便宜，白住一夏天」〔註354〕。除此之外，九莉因為成績優異得到安竹斯教授的一筆私人獎學金八百塊，對九莉來說，這是「一張生存許可證」，她迫不及待地要拿去給母親看。但是第二天九莉知道母親打麻將輸掉了這八百塊，她對母親很失望，「不是她自己做的決定，不過知道完了，一條

〔註348〕參見 Kristeva, *Sèméiôtikè. Recherches pour une sémanalyse, Paris, Seuil,* 1969, p. 378，摘自秦海鷹，《克里斯特瓦的互文性概念的基本含義及其具體應用》，中國期刊網，第 16 頁。

〔註349〕參見 Kristeva，《Le mot, le dialogue et le roman》, op.cit., p.146，摘自秦海鷹，《克里斯特瓦德互文性概念的基本含義及其具體應用》，中國期刊網，第 17 頁。

〔註350〕張愛玲：《小團圓》，北京十月文藝出版社，2012 年版，第 29 頁。

〔註351〕張愛玲：《小團圓》，北京十月文藝出版社，2012 年版，第 29 頁。

〔註352〕張愛玲：《小團圓》，北京十月文藝出版社，2012 年版，第 23 頁。

〔註353〕張愛玲：《小團圓》，北京十月文藝出版社，2012 年版，第 24 頁。

〔註354〕張愛玲：《小團圓》，北京十月文藝出版社，2012 年版，第 25 頁。

很長的路走到了盡頭。」〔註355〕。在這裡張愛玲通過和《上流美婦人》的互文性，說明九莉和母親蕊秋關係緊張，甚至認為自己比那兒子還不如，是個醜小鷺鷥，比醜小鴨還糟糕。顯然這種互文性更加劇了母女關係的緊張性和悲劇性，使小說人物和故事情節更加形象生動。接著九莉對比比說，「諾峨‧考瓦德得劇本《漩渦》裏的母親莆洛潤絲與小赫胥黎有篇小說裏的母親瑪麗‧安柏蕾都像。」〔註356〕這裡又構成了一種互文性，九莉的母親和小說中的母親形象相似，都是有很多情人的。於是比比便好奇地問道，「她真跟人發生關係？」此時九莉卻護衛起自己的母親，「不，她不過是要人喜歡她」〔註357〕。這裡的互文性表現了九莉對母親的不滿，但血肉親情又容不得別人批評，表現了九莉對母親既不滿又愛惜和極力維護的矛盾心理。

在《小團圓》中，張愛玲描寫了一眾在香港維多利亞大學（香港大學）的英國教授們，他們多有幽默諷刺的傳統。醫學系教授雷克就被比比說壞，他「看上去不過二三十歲，蒼白的臉，冷酷的淺色眼珠在陽光中透明……」喝得醉醺醺的，九莉很驚奇，怎麼一大早就已經喝成這樣？接著九莉說，「當然他們都喝酒。聽說英文系主任夫婦倆都是酒鬼。」〔註358〕。這時九莉（張愛玲）分析起了原因，「按照毛姆的小說上，是因為在東方太寂寞，小城生活苦悶」〔註359〕。相似的情節在《易經》中也有，琵琶的英語導師謝克佛教授夫婦，兩人都酗酒，令琵琶感到震驚，並有熟悉的感覺，「她讀毛姆小說會聯想到謝克佛夫婦。他們會把喝酒歸咎於香港的氣候，誰叫它太近完美了。也不定是苦悶……教授是系主任，在香港已經升得碰了頂了，再高也升不上去了。……可是如今夫婦倆都關進了集中營，脫出了毛姆的小說與他的視野」〔註360〕。顯然這是作者張愛玲和作家毛姆之間的一種對話，也可以說是一種互文性，因為「毛姆的小說多以異國為背景，描寫異鄉人身處異地的困境和內心的掙扎」〔註361〕。他作品中的主人公多是來自西方的白人，如《大班》中在中國生活了三十年的洋行大班，事業頗為成功，卻因

〔註355〕張愛玲：《小團圓》，北京十月文藝出版社，2012年版，第28頁。
〔註356〕張愛玲：《小團圓》，北京十月文藝出版社，2012年版，第30頁。
〔註357〕張愛玲：《小團圓》，北京十月文藝出版社，2012年版，第30頁。
〔註358〕張愛玲：《小團圓》，北京十月文藝出版社，2012年版，第43頁。
〔註359〕張愛玲：《小團圓》，北京十月文藝出版社，2012年版，第43頁。
〔註360〕張愛玲著：趙丕慧譯，《易經》，北京十月文藝出版社，2012年版，第246頁。
〔註361〕嚴紀華：《看張‧張看——參差對照張愛玲》，臺北：秀威信息科技股份有限公司，2007年版，第92頁。

為有一天看到兩個中國苦力在挖掘墓地的幻象後，陷入了極度的恐懼之中，不能忍受自己死後要和這些長著斜眼睛的黃種人埋在一起，極度憂慮之下最終喪命；《信》中的哈蒙德因為愛上了一個華人婦女而被他的情婦萊斯利殺死，因為她覺得那華人婦女又老又胖，尤其因為是華人令萊斯利覺得受到極大的侮辱，採取了極為瘋狂的殺人舉動；《迫於環境》中的蓋伊在馬來群島與一位土著女子相戀並生了三個孩子，但他還是離棄了他們，娶了一位白人姑娘多麗絲。毛姆小說生動地刻畫了這些人物心底存在的優越感和傲慢後面所暗藏著的極度的恐懼不安〔註362〕。毛姆小說的異域特色以及在東方生活的西方人的故事顯然同張愛玲的小說構成了一種對話性和互文性，使讀者由張愛玲筆下這些西方白人在香港生活的境況聯想到毛姆小說中的人物遭遇，雷克和英文系主任夫婦同毛姆小說中那些生活在中國或其他國家的白人有著相近似的生活經歷和心理感受。這時我們聽到女主角九莉的聲音，「在九莉看來是豪華的大都市，覺得又何至於此，總有點疑心是做作，不然太舒服了不好意思算是『白種人的負擔』。她不知道他們小圈子裏的窒息」〔註363〕。連九莉最喜歡的歷史系教授安竹斯也酷愛酒精，「他那磚紅的臉總帶著幾分酒意，有點不可測，所以都怕他」〔註364〕，他在課堂上提問中國學生選擇什麼樣的家徽之後問「什麼樣的獅子？睡獅還是張牙舞爪的獅子？」〔註365〕，對喜歡他的《紐約客》雜誌的九莉說「你要不要借去看？隨時可以來拿，我不在這兒也可以」〔註366〕。在這裡，我們發現有很多聲音：作者張愛玲的、九莉的、安竹斯的、毛姆的、毛姆小說主人公的……如同巴赫金複調小說的「眾聲喧嘩」。這個故事裏也有許多交錯的故事情節，有兩位作家的描述，還有故事主人公的自述，相似的故事情節和遭遇令人浮想聯翩，更加強了故事的生動性和悲劇性。在這裡張愛玲和毛姆小說顯然構成了一種對話關係，並顯示出一種互文性。

　　蕊秋到新加坡去找她的情人勞以德，但是勞以德卻被打死在新加坡的海灘上，此時「在九莉心目中，勞以德是《浮華世界》裏單戀阿米麗亞的道彬

〔註362〕張豔花：《毛姆與中國》，復旦大學博士論文，2010 年 10 月，中國期刊網，第 47 頁。
〔註363〕張愛玲：《小團圓》，北京十月文藝出版社，2012 年版，第 43 頁。
〔註364〕張愛玲：《小團圓》，北京十月文藝出版社，2012 年版，第 43 頁。
〔註365〕張愛玲：《小團圓》，北京十月文藝出版社，2012 年版，第 43 頁。
〔註366〕張愛玲：《小團圓》，北京十月文藝出版社，2012 年版，第 43 頁。

一型的人物，等了一個女人許多年，一定要跟她結婚的。」〔註367〕顯然這部小說的情節和《小團圓》構成了互文性。通過對這個故事的簡述，九莉顯然認爲勞以德是個對感情專一的男子。但九莉對母親和勞以德的事卻有自己的想法，因爲上次母親賭輸她的獎學金後，令她心灰意冷，不再關心爲什麼母親去了新加坡幾年也沒有和他結婚〔註368〕。接著九莉的姑姑又告訴她，「二嬸那時候倒是爲了簡煒離的婚」〔註369〕，可惜最終簡煒爲了前途另娶了他人，九莉沒想到原來母親還有這麼一段悲情的戀愛史。通過這段互文我們知道九莉（張愛玲）對母親有勞以德這麼專一的情人感到欣慰，轉念間想到母親對自己的絕情又故作不在乎這些，但得知母親和簡煒之間的悲情戀史又於心不忍地表現出對母親的同情。從這裡我們看出，作者張愛玲通過女主人公九莉表現出對母親既恨又憐的極其矛盾的心理感受。九莉知道母親和姑姑最忌諱好奇心，並記得母親曾說過「你二叔拆別人的信」，九莉明白母親的意思，就是只有那些自己的生活極度貧乏的人，才會喜歡打聽別人的隱私。〔註370〕所以在百般好奇和不可追問細節的情況之下，九莉想到《浮華世界》的小說情節，以解自己的疑惑之情。

除了小說，張愛玲的《小團圓》和《聖經》也產生了互文性，九莉記得《新約》耶穌對猶大說：「你在雞鳴前就要有三次不認我。」〔註371〕看到這裡她馬上回想起小時候的一件事。父親的姨太太愛老三有一次叫裁縫來做衣服，給九莉也做了一套一式一樣的雪青絲絨衣裙。愛老三問九莉，喜歡媽媽還是喜歡她？九莉說喜歡愛老三，當時她只是說的客氣話，可是卻突然感覺到天上有人聽到了她說的話〔註372〕。如克里斯特瓦所說，互文性必不可少的特徵是引文性，即一個文本中含有另一個文本，這個文本可以確定是指一部文學作品，但是它首先只是一切社會的歷史實踐；各種社會歷史的文本，並不一定就歸屬於自然語言，但是它們都是像語言那樣來構成的，所以說，任何一種符號系統或者是文化現象，甚至是社會實踐，都可以被看作是一種文本。〔註373〕所以顯然聖經的

〔註367〕張愛玲：《小團圓》，北京十月文藝出版社，2012年版，第68頁。
〔註368〕張愛玲：《小團圓》，北京十月文藝出版社，2012年版，第68頁。
〔註369〕參見張愛玲：《小團圓》，北京十月文藝出版社，2012年版，第68頁。
〔註370〕參見張愛玲：《小團圓》，北京十月文藝出版社，2012年版，第68頁。
〔註371〕張愛玲：《小團圓》，北京十月文藝出版社，2012年版，第180頁。
〔註372〕參見張愛玲：《小團圓》，北京十月文藝出版社，2012年版，第181頁。
〔註373〕參見秦海鷹：《克里斯特瓦德互文性概念的基本含義及其具體應用》，中國期刊網頁，第17頁。

故事和九莉的這段經歷構成了互文性，這種互文性帶有一種象徵意味，說明母親在九莉心目中的神聖地位，無論發生什麼事她都能知道，好像上帝之子耶穌基督一樣。年幼的九莉出於禮貌說了喜歡父親姨太太的話，可是覺得像在天上神明一樣的母親似乎聽到了，令九莉感覺不安。

抗戰勝利後，邵之雍躲藏到虹口一個日本人家裏，九莉希望跟隨之雍一起逃亡，但她只感覺到「他突如其來的一陣恐懼」〔註374〕。在日本人家裏，主人請他們過去招待吃茶並誦經祈禱大家平安，此刻的情景張愛玲是這樣描繪的，「破舊的淡綠漆窗櫺，一排窗戶，西曬，非常熱。夕陽中朗聲唱念個不完，一句也不懂，有種熱帶的異國情調」〔註375〕。緊接著，張愛玲又描繪了另外一個場景，是一個印度青年創作的小說，「裏面寫他中學放假回家，洋鐵皮屋頂的小木屋……烤箱一樣熱。他母親在簷下做他們的名菜綠鸚哥，備下一堆堆紅的黃的咖喱香料，焚琴煮鶴忙了一整天」〔註376〕。「在一個文本中含有另一個文本」，這兩段顯然構成了互文性，並且「相互交匯，相互中和」。張愛玲由日本人誦經感覺到一種異國情調，又用另一個故事裏相類似的場景來加深這種異國情調的濃鬱味道，更令讀者沉迷在那種令人迷惑和恍惚的感覺中：日本人戰敗前的憂傷恐懼之中，又蘊含著濃鬱咖喱味道的小屋中母親對兒子的愛惜之情。這種互文性帶給讀者的感覺是九莉（張愛玲）對即將逃亡的愛人之雍不捨的傷痛迷離之情。

在邵之雍準備逃亡之前來找九莉，兩人睡了一個長長的午覺。恩愛過後，邵之雍在九莉面前寫下了婚書。到了晚上，酷熱的天氣、擁擠的床鋪讓兩人覺得熱得都像煙嗆了喉嚨。九莉擔心地問起之雍路上是否有人跟蹤，之雍說他每日都來探望她，那些特務肯定知道他的行蹤了。九莉默不吭聲，但看得出她很擔心他的安危，「他知道她非常虛榮心，又一度擔心她會像《戰爭與和平》裏的娜塔霞，忽然又愛上了別人」〔註377〕。娜塔霞是《戰爭與和平》中的人物，出身於貴族羅斯托夫家族的亭亭玉立的少女，許多男士愛慕她。她拒絕了軍團連長傑尼索夫的求婚，接著和先朝的退職老總司令保爾康斯基的長子安德烈公爵相愛，因為安德烈的父親極力反對，他們只好私定終身，兩人暫時分開等待時機。可是年輕美貌的娜塔霞孤寂難耐，在皮埃爾的妻舅阿

〔註374〕張愛玲：《小團圓》，北京十月文藝出版社，2012年版，第180頁。
〔註375〕張愛玲：《小團圓》，北京十月文藝出版社，2012年版，第217頁。
〔註376〕張愛玲：《小團圓》，北京十月文藝出版社，2012年版，第217頁。
〔註377〕張愛玲：《小團圓》，北京十月文藝出版社，2012年版，第221頁。

納托里的引誘下和他私奔，可是沒有走成，她和安德烈的婚約最後也以失敗
告終。故事的結局是娜塔霞和皮埃爾互生情愫最後結爲夫婦。《小團圓》裏之
雍擔心九莉像娜塔霞一樣愛上別人，在這裡娜塔霞的故事和《小團圓》構成
了一種互文性，即是在一部文本的空間或時間裏，取自其他文本的敘述文和
這部文本之間，發生的相互交匯與相互中和的關係。〔註378〕在這裡張愛玲把
《戰爭與和平》的故事情節帶到了九莉和之雍身邊，這種互文性就是把先前
時代的，或是同時代的話語，都轉換到同一個交流話語系統中，從而形成了
一個多聲部的文本〔註379〕。這種互文性不僅是故事情節相似，九莉好像娜塔
霞一樣移情別戀，還有文本的社會歷史性。正如克里斯特瓦所說，具有互文
性的兩個文本之間的另一個文本，它可以是先前的一部文學作品，但是它首
先應該是指整個社會的歷史，而先前的文學作品，也只能說是社會歷史的一
個組成部分。〔註380〕在這裡她告訴我們互文性所具備的另一個重要特徵就是
文本的社會歷史性。〔註381〕所以，移情別戀的故事情節相似，另外更重要的
是這兩個故事情節的時代背景都是戰爭時期，《小團圓》的時代背景是抗日戰
爭時期以及抗戰勝利後的幾年，而《戰爭與和平》講述的是歐洲拿破崙時期
俄羅斯所發生的事，以俄國衛國戰爭爲中心，通過描寫娜塔霞等幾對青年男
女在當時的社會環境下所發生的故事，來讓讀者從一個側面瞭解俄羅斯的社
會現實。兩者顯然具有互文性的社會歷史性的特徵，都是描寫戰爭年代的愛
情故事，這裡的互文性所具有的含義可以說是提示了一種文本閱讀歷史和嵌
入歷史的獨特方式〔註382〕。九莉和娜塔霞，這兩個在戰爭年代情竇初開的妙
齡女子，因爲戰爭的緣故他們都不得不離開自己的愛人，娜塔霞經不起誘惑

〔註378〕 參見 Julia Kristeva, T*he Bounded Text*，*Desire In Language：A semiotic Approach to Literature and Art,* Leon S. Roudiezed.（Columbia University Press 1980），p. 36，摘自羅婷，《論克里斯多娃的互文性理論》，國外文學（季刊），2001 年第 4 期（總第 84 期），中國期刊網，第 10 頁。

〔註379〕 參見 Kristeva, Sèméiôtikè. Recherches pour une sémanalyse, Paris, Seuil, 1969, p. 378, 秦海鷹，《克里斯特瓦德互文性概念的基本含義及其具體應用》，中國期刊網，頁 16。

〔註380〕 參見秦海鷹：《克里斯特瓦德互文性概念的基本含義及其具體應用》，中國期刊網，第 18 頁。

〔註381〕 參見秦海鷹：《克里斯特瓦德互文性概念的基本含義及其具體應用》，中國期刊網，第 18 頁。

〔註382〕 參見 Kristeva, 《Problèmes de la structuration du texte》, *op. cit.*, p. 311，秦海鷹，《克里斯特瓦的互文性概念的基本含義及其具體應用》，中國期刊網，第 19 頁。

背棄了自己的愛人企圖和情人私奔；而因爲抗戰勝利漢奸邵之雍要逃亡的前夜，也懷疑九莉可能像娜塔霞一樣愛上別人而背棄他。這兩個情節構成了互文性，不僅是一個文本中含有另一個文本，兩者相互交匯和中和，而且更體現了這種互文性的社會歷史性，不僅反映人物的相似遭遇，更體現了時代背景和社會現實對人物的影響，讓文本更具有立體感。〔註383〕使得整個文本顯得更生動和富有時代氣息，讀者除了可以感覺到當年的時代氣息還可以同時感受到俄國戰爭年代的一絲微微跳動的脈絡。

在觀察九莉沒有什麼異常後，才放心她不會移情別戀，但兩人又因爲小周的事情發生爭執。之雍仍然微笑著拉著她的手往床前走，兩人開始做愛。此時九莉想到「小赫胥黎與十八世紀名臣兼作家吉斯特菲爾伯爵都說性的姿勢滑稽。」〔註384〕於是她開始大笑，讓之雍沒有了興致，九莉覺得「越發荒唐可笑了，一隻黃泥罎子有節奏的撞擊」〔註385〕此時張愛玲和小赫胥黎處於一種對話中，如巴赫金所說，我不能離開他人，如果離開了他人，我就不能夠成其爲我，所以人和人之間應該是相互反映和相互接受的，並且證明也不可能是自己去證明，承認也不可能是一種自我承認。〔註386〕由小赫胥黎和吉斯特菲爾伯爵口中說出性的姿勢的確是滑稽的，印證了九莉的感覺。說明九莉和邵之雍的感情已經走到了盡頭，九莉進一步描述了這滑稽的性的姿態並頗帶恐懼意味，「泥罎子機械性的一下一下撞上來，沒完。綁在刑具上把她往兩邊拉，……想硬把一個人活活扯成兩半」〔註387〕，在這逃亡前夜，九莉對濫情的之雍心中只有恨，她甚至想拿把切西瓜的長刀「對準那狹窄的金色背脊一刀」〔註388〕。

而對於生命中另一個重要人物母親，九莉覺得自己對她的感情也用盡了。她把邵之雍給她的錢兌換成二兩金子要還給從國外回來的母親，母親以爲九莉是要和她決裂，流著淚說，「你也不必對我這樣，『虎毒不食兒』嗳！」

〔註383〕參見秦海鷹：《克里斯特瓦的互文性概念的基本含義及其具體應用》，中國期刊網，第 19 頁。
〔註384〕張愛玲：《小團圓》，北京十月文藝出版社，2012 年版，第 223 頁。
〔註385〕張愛玲：《小團圓》，北京十月文藝出版社，2012 年版，第 223 頁。
〔註386〕參見〔蘇〕巴赫金，《詩學與訪談》，石家莊：河北教育出版社，1998，第 53 頁，摘自李兵，《接受美學與巴赫金對話理論的關聯及互動》，貴州社會科學，總 206 期第 2 期，2007 年 2 月，第 53 頁。
〔註387〕張愛玲：《小團圓》，北京十月文藝出版社，2012 年版，第 223 頁。
〔註388〕張愛玲：《小團圓》，北京十月文藝出版社，2012 年版，第 223 頁。

〔註389〕還辯解道，「我那些事，都是他們逼我的——」忽然咽住了沒說下去，作者張愛玲這時猜測道「因為人數多了，這話有點滑稽？」〔註390〕這時九莉認為母親誤解了，她根本不會裁判母親，因為在她十幾歲時看過蕭伯納的書，受到他的影響思想上根本沒有聖牛這回事。〔註380〕在《易經》中也有類似情節，此時「琵琶覺得真像她讀過的書，蕭伯納和威爾斯，只不過她的貞節問題純粹是文學上的」〔註392〕。在這裡張愛玲和作家蕭伯納之間開始了對話，還蘊含著多個聲音：作者張愛玲；主人公九莉（琵琶）；九莉的母親蕊秋（露）；和蕭伯納的對話，當然蕭伯納的聲音是隱含的。胡蘭成在《今生今世》中說，「張愛玲對於西洋的古典文學都不喜……寧是喜愛蕭伯納的理性的、平明的、諷刺的作品」。在蕭伯納看來人並沒有絕對的善惡之分，他認為在文學創作裡也沒有壞人和好人之分，這才能使一切回到自然的狀態，將那些屬於技巧性的花樣完全地清除乾淨〔註393〕，這就是蕭伯納在《小團圓》中隱含著的聲音。所以雖然張愛玲並不完全認同蕭伯納，但至少認同他的理性平明的態度，認為思想上沒有聖牛這東西。在這裡，也體現了巴赫金「複調小說」的特性，具有「文學的狂歡節化」，很多不同的聲音構成了真正意義上的複調。狂歡式是「指一切狂歡節的慶賀、儀禮、形式的總和」〔註394〕，就像在此時，作者張愛玲的分析、主人公九莉（琵琶）對母親說的話、九莉（琵琶）的內心獨白，母親蕊秋（露）的哭訴，還有張愛玲和作家蕭伯納之間的隱性對話，消除了距離、顛覆了等級、平等對話、自由坦率、戲謔褻瀆諷刺，沒有了時代的界限、沒有了母女的尊卑等級。這樣的狂歡顯然是通過一種平等開放的對話方式回歸到人本身，從而掙脫了困擾人們的眾多控制和約束。〔註395〕

〔註389〕張愛玲：《小團圓》，北京十月文藝出版社，2012 年版，第 251 頁。
〔註390〕張愛玲：《小團圓》，北京十月文藝出版社，2012 年版，第 252 頁。
〔註391〕參見張愛玲：《小團圓》，北京十月文藝出版社，2012 年版，第 252 頁。
〔註392〕張愛玲著：趙丕慧譯，《易經》，北京十月文藝出版社，2011 年版，第 123 頁。
〔註393〕參見〔英〕蕭伯納：《易卜生戲劇的新技巧》，中國社會科學院外國文學研究所，外國文學研究資料叢刊編輯委員會編，潘家洵譯，《歐美古典作家論現實主義和浪漫主義》，北京：中國社會科學出版社，1980 年版，第 316 頁，摘自陳娟，《張愛玲與英國文學》，湖南師範大學博士論文，2011 年 12 月，中國期刊網，第 130 頁。
〔註394〕錢中文主編：《巴赫金全集》第五卷，河北教育出版社，1998 年版，第 160 頁。
〔註395〕參見李兵：《巴赫金對話理論對文學閱讀的啟迪》，文學評論，2015 年 9 月，第 26 頁。

接著母親有一次在飯桌上講起《米爾菊德·皮爾絲》這部電影，裏面瓊克勞馥演一個飯店女侍，為了子女奮鬥，自己開了飯店，結果女兒不孝，還搶她母親的情人，「『我看了哭得不得了。嗳喲，真是——！』感慨地說，嗓音有點沙啞。」〔註396〕接著寫九莉自己到了三十幾歲，「看了棒球員吉美·皮爾索的傳記片，也哭得呼哧呼哧的，幾乎嚎啕起來。安東尼柏金斯演吉美，從小他父親培養他打棒球，壓力太大，無論怎樣也討不了父親的歡心。成功後終於發了神經病，贏了一局之後，沿著看臺一路攀著鐵絲網亂嚷：『看見了沒有？我打中了，打中了！』」母親的故事是說女兒不孝，九莉所講的故事則是兒子得不到父親的欣賞，在這裡兩人都從自己的角度出發，表達了對對方的強烈不滿。這兩部電影的內容顯然構成了互文性，也產生了外位性。巴赫金的行為哲學認為，現實中的行為世界，其中的一種建構方式就是，它的基本要素是由我、他人、他人眼中之我三個部分組成的。〔註397〕「外位性」即「我用他人的眼睛看自己，以他人的視點評價自己」。〔註398〕在這裡張愛玲通過寫母親的看法，從母親的角度看，她覺得為女兒付出很多，女兒卻不孝傷她的心；又通過寫九莉的看法，從九莉的角度看，她為了討好母親歷經千辛萬苦，卻仍然得不到母親的歡心。母親的這段話實際是張愛玲的「我在自身之外看自己」〔註399〕。因為人如果在他開始注視著自身內部時，其實他是正在望著他人的眼睛，或者可以說他正在用他人的眼睛來觀察自身的內部世界。〔註400〕這實際是母女間的一次對話，從各自的角度表達了對對方的不滿和自己的滿腹委屈，其實雙方都渴望得到對方的愛和理解。在小說最後張愛玲寫道，母親臨終前在歐洲寫信說「現在就只想見你一面」〔註401〕，但九莉

〔註396〕張愛玲：《小團圓》，北京十月文藝出版社，2012 年版，第 254 頁。

〔註397〕參見楊星映：《巴赫金「主體間性」思想解讀》，重慶大學大學學報（哲學社會科學版），2011 年第 5 期，第 62 頁。

〔註398〕錢中文主編：《巴赫金全集》，第一卷，河北教育出版社，1998 年版，第 54 頁，摘自楊星映《巴赫金「主體間性」思想解讀》，重慶大學大學學報（哲學社會科學版），2011 年第 5 期，第 62 頁。

〔註399〕錢中文主編：《巴赫金全集》，第一卷，河北教育出版社，1998 年版，第 87 頁，摘自楊星映《巴赫金「主體間性」思想解讀》，重慶大學大學學報（哲學社會科學版），2011 年第 5 期，第 62 頁。

〔註400〕錢中文主編：《巴赫金全集》，第一卷，河北教育出版社，1998 年版，第 378 頁，摘自楊星映《巴赫金「主體間性」思想解讀》，重慶大學大學學報（哲學社會科學版），2011 年第 5 期，第 62 頁。

〔註401〕張愛玲：《小團圓》，北京十月文藝出版社，2012 年版，第 254 頁。

沒有去。母親把所有遺產都留給了她，說明母親對九莉一直是牽掛和關心的。而後來九莉跟燕山講起母親的事，自己也說「給人聽著眞覺得我這人太沒良心」，雖然燕山表示九莉是對的，九莉只覺得「心裏一陣灰暗」〔註402〕。顯然張愛玲這一段的描寫是把握了外位性，母親和九莉都是利用一個故事來觀察對方並表明自己的態度，這實際上也是一種對話，因爲存在其實就意味著爲他人而存在著，或者說，是通過他人而爲自己存在著。因此人的存在顯然是具有一種交互性和對話性的。就像巴赫金所說，人存在的本身，無論是外部的存在還是內部的存在，都可以說是一種最爲深刻的交際關係，人的存在顯然就意味著一種交際。〔註403〕如此說來，九莉和母親通過兩部電影的情節實際是進行了一次深刻的精神對話，在表達對對方不滿的同時，也表達了互相站在對方立場去體驗對方眞實的內心感受。她們之間的這種關係是一種絕對必須的關係，因爲一個人在審美上是絕對需要一個他人的，需要和這個他人之間的一種互相關照、勾起回憶、集中整合的功能性，〔註404〕此時，在這種互文性中，九莉與母親相互處於一種「外位」的對話關係。

　　九莉和邵之雍分手後非常痛苦，好在有燕山的陪伴，但是在她內心深處還是無法忘記他：「她從來不想起之雍，不過有時候無緣無故的那痛苦又來了。威爾斯有篇科學小說《摩若醫生的島》，寫一個外科醫生能把牛馬野獸改造成人，但是隔些時又會長回來，露出原形，要再浸在硫酸裏，牲畜們稱爲『痛苦之浴』，……有時候也正是在洗澡，也許是泡在熱水裏的聯想，……這時候也都不想起之雍的名字，只是認識那感覺，五中如沸，渾身火燒火辣燙傷了一樣……」〔註405〕在這裡九莉失戀的痛苦感覺猶如《摩若醫生的島》中牲畜們所受的「痛苦之浴」，這兩者構成了一種互文性。在一個文本裏含有另一個文本，張愛玲在描寫九莉和邵之雍分手後的痛苦感受的文本裏包含了《摩若醫生的島》中的故事，顯然取自於其他文本（《摩若醫生的島》）的多種語句在另一個文本（《小團圓》）的空間裏，兩者相互交匯，從而形成了一個具

〔註402〕張愛玲：《小團圓》，北京十月文藝出版社，2012 年版，第 257 頁。

〔註403〕參加錢中文主編：《巴赫金全集》，第一卷，河北教育出版社，1998 年版，第 378 頁，摘自楊星映《巴赫金「主體間性」思想解讀》，重慶大學大學學報（哲學社會科學版），2011 年第 5 期，第 62 頁。

〔註404〕錢中文主編：《巴赫金全集》，第一卷，河北教育出版社，1998 年版，第 133 頁，摘自楊星映《巴赫金「主體間性」思想解讀》，重慶大學大學學報（哲學社會科學版），2011 年第 5 期，第 63 頁。

〔註405〕張愛玲：《小團圓》，北京十月文藝出版社，2012 年版，第 282 頁。

有多個聲部的文本〔註406〕：作者張愛玲對於九莉情傷痛苦的描述；威爾斯對於動物所遭受的硫酸之浴的描述；九莉的感受；摩若島上動物們的感覺，各種聲音交匯在一起，令讀者更加可以深刻感受到九莉那劇烈的無法忍受的痛楚感覺。

很顯然，我們在張愛玲的後期小說創作中，發現了張愛玲從前期的和西方作家的影響式和借鑒式的不平等的話語關係，轉向後期同西方作家平等的對話式和互文式的話語關係。這是一個逐漸演變的過程。

〔註406〕Kristeva，*Le Texte du roman – approche sémiologique d'une structure discursive transformationnelle*，Mouton，1970，p.12，摘自秦海鷹，《克里斯特瓦的互文性概念的基本含義及具體應用》，中國期刊網，第 16 頁。

第五章　張愛玲的表演人格與其
後期小說創作的關係

第一節　張愛玲的表演人格與其前期小說創作

　　據張愛玲的弟弟所說，她很喜歡「特別」，比如穿衣服，總要想穿得和別人不一樣。1942 年，她從香港回上海，穿了件樣式很奇怪的旗袍，紅底上面綴著藍白色的花，還沒扣子，穿的時候要像穿汗衫一樣鑽進去……弟弟從沒有見過這種式樣，問她是否香港流行的款式，張愛玲這樣回答，這種旗袍的款式很普通呀，我還覺得不夠特別呢。〔註 1〕張愛玲甚至還穿著前清老樣子的繡花襖褲去參加一位朋友哥哥的喜宴，滿座賓客都為之驚歎不已。

　　為什麼要穿得特別呢？張愛玲說，「一個人假使沒有什麼特長，最好是做得特別，可以引人注意……不管他人是好是壞，但名氣總歸有了。」〔註 2〕柯靈曾在他的《遙寄張愛玲》中提到，他曾介紹大中劇團的主持人周劍雲給張愛玲認識，她那天的著裝特別引人注目，穿著「一襲擬古式齊膝的夾襖……用特別寬的黑緞鑲邊，右襟下有一朵舒捲的雲頭」這身行頭讓在交際場上見多識廣的明星影片公司三巨頭之一的周劍雲也「顯得有些拘謹」，柯靈說「張愛玲顯赫的文名和外表，大概給了他深刻的印象。」〔註 3〕可見青年時代正當

〔註 1〕　參見張子靜：《我的姐姐》，季季、關鴻，《永遠的張愛玲——弟弟、丈夫、親友筆下的傳奇》，學林出版社，1996 年版，第 36 頁。
〔註 2〕　張子靜：《我的姐姐》，季季、關鴻，《永遠的張愛玲——弟弟、丈夫、親友筆下的傳奇》，學林出版社，1996 年版，第 38 頁。
〔註 3〕　柯靈：《偌大的文壇，哪個階段都安放不下她》，季季、關鴻，《永遠的張愛玲——弟弟、丈夫、親友筆下的傳奇》，學林出版社，1996 年版，第 196 頁。

紅的女作家張愛玲，在現實生活中處處要表現自己的獨特和與眾不同，體現了一種強烈的表演欲望，一種表演人格。

但少女時期的張愛玲卻是一個並不引人注意的醜小鴨。張愛玲中學時的國文老師汪宏聲在他的《記張愛玲》中曾有這樣的描述，「唱到張愛玲，便見……站起一位瘦骨嶙峋的少女，不燙髮……衣飾也並不入時……走上講臺來的時候，表情頗為板滯……我竭力讚美她文章寫得好，……而愛玲則仍舊保持著她那副板滯的神情」，在老師和同學眼裏，張愛玲是一個「十分沉默的人，不說話、懶惰、不交朋友、不活動，精神長期的萎靡不振……是出名欠交功課卷的學生」，而且「她不知修飾，她的臥室是最零亂的一間」〔註 4〕。在清貧的同學凌勵眼中張愛玲「不修邊幅，表情總是怯生生的，說話總是低低的，有點躲躲閃閃的樣子」〔註 5〕，而她的同學們大都燙髮、描眉、抹口紅。雖然「張愛玲的文名在校內逐漸傳佈」，她的很多作文如《看雲》、《霸王別姬》等都得到老師和同學的高度讚賞，成績也非常優異，「她考試的時候是穩拿 A 或甲的」〔註 6〕。但她仍然無法擺脫心中的自卑和憂傷。

這是因為家庭發生變故的緣故。母親長期不在身邊，後來父母又離婚。繼母嫁到他們家之後，和張愛玲的關係也並不和睦，而且繼母和父親兩人都抽大煙又揮霍無度，慢慢地家道中落。張愛玲整個中學時代都是穿繼母的舊衣服上學，在闊氣的同學中怎麼能不自慚形穢？對此她有著無法忘懷的怨恨，「永遠不能忘記一件黯紅的薄棉袍，碎牛肉的顏色，穿不完地穿著，就像渾身都生了凍瘡；冬天已經過去了，還留著凍瘡的疤。」〔註 7〕在她的成長過程中，沒有母親的陪伴和愛護，父親又沉迷鴉片並揮霍無度，加之繼母的虐待，「那種非關清寒的家庭刺痛，其實比純粹的清寒更難堪，凍瘡般的自卑體驗對少女張愛玲來說是刻骨銘心的──如花一般的年齡，也開著花，而那是怎樣的花呢，是凍瘡潰爛的精神傷口，它甚至在張愛玲終生的人格塑造上留

〔註 4〕 汪宏聲：《中學時代軼事》，原題《記張愛玲》，季季、關鴻，《永遠的張愛玲
　　　　──弟弟、丈夫、親友筆下的傳奇》，學林出版社，1996 年版，第 127～128
　　　　頁。
〔註 5〕 萬燕：《生命有它的圖案：評張愛玲的漫畫》，林幸謙，《張愛玲──傳奇·性
　　　　別·譜系》，聯經出版事業股份有限公司，2012 年版，第 759 頁。
〔註 6〕 汪宏聲：《中學時代軼事》，原題《記張愛玲》，季季、關鴻，《永遠的張愛
　　　　玲──弟弟、丈夫、親友筆下的傳奇》，學林出版社，1996 年版，第 128
　　　　頁。
〔註 7〕 張愛玲：《童言無忌》，《流言》，北京十月文藝出版社，2012 年版，第 103 頁。

著深深的痛痕」〔註8〕。這段時間是張愛玲最痛苦的日子，但她仍然沒忘記自己的創作，在畢業時，在校刊《鳳藻》中，她做了一輯《算命者的語言》裏面是張愛玲以卡通形式與眞人相片相結合的漫畫插圖，她是拿著水晶球的預言大師，她把對所有人的祝福和美好未來都畫了出來。〔註9〕這是張愛玲第一次扮演一個預言者，她的表演人格初見端倪。

正是因爲青少年時代的痛苦經歷，導致了她後來對服飾和物質陷入一種不可自拔的瘋狂的迷戀。她在《對照記》中說自己在戰後的香港和炎櫻一起去買了很多廣州顏色鮮豔的土布，然後穿著它們好像博物館的名畫一樣，自我感覺非常良好。〔註10〕有一次她又穿著非常奇特的衣服去看望蘇青，結果引起極大的反響，滿街的小孩子都跟在她的身後大聲叫喊。楊翼在《奇女子張愛玲》中的描述更加誇張：有一天，她到印刷所去，她炫目奇特的服飾，讓所有的工人完全停止了工作。〔註11〕她著西裝，會把自己打著扮成一個十八世紀的少婦，她穿旗袍，會把自己打扮得像我們的祖母或太祖母，臉是年輕人的臉，服裝是老骨董的服裝……，有人問過她爲何如此？她這樣回答，自己並不美麗，也沒有其他獨特之處，唯有靠這些來吸引大家的眼球。〔註12〕當時的報刊報導張愛玲的消息，總要對她的服飾大寫特寫，就如余斌所說，往往明星們的穿著打扮才會引起人們的關注，可是四十年代張愛玲的炫目程度絕對不在他們之下，可以說張愛玲創造了一個文壇奇蹟，從未有過一位作家的服飾打扮會引起人們如此大的關注，簡直可以說是聳人聽聞，而且這種關注度一直延續了幾十年從未改變過。〔註13〕

對此，張愛玲這樣解釋：對於不會說話的人，衣服是一種言語，隨身帶著的一種袖珍戲劇。在張愛玲看來，衣服並不僅僅是衣服，是一種創作，是一種盡情的遊戲，所謂生活的藝術，藝術的生活。對於讀者來說，那是她的

〔註8〕 萬燕：《生命有它的圖案：評張愛玲的漫畫》，林幸謙，《張愛玲──傳奇‧性別‧譜系》，聯經出版事業股份有限公司，2012年版，第759頁。

〔註9〕 參見萬燕：《生命有它的圖案：評張愛玲的漫畫》，林幸謙，《張愛玲──傳奇‧性別‧譜系》，聯經出版事業股份有限公司，2012年版，第761頁。

〔註10〕 參見張愛玲：《對照記》，《重訪邊城》，2012年版，第224頁。

〔註11〕 潘柳黛：《記張愛玲》，于青、金宏達編，《張愛玲研究資料》，海峽文藝出版社，1994年版，第62頁。

〔註12〕 參見潘柳黛：《記張愛玲》，于青、金宏達編，《張愛玲研究資料》，海峽文藝出版社，1994年版，第66頁。

〔註13〕 參見余斌：《張愛玲傳》，海南出版社，1993年版，第165頁。

一種個性、氣質、心境的流露。寡言少語的張愛玲就是這樣生活在自製的戲劇氣氛中，「因為愛悅自己，她會穿上短衣長褲，古典的繡花的裝束……自個兒陶醉於傾倒於她曾在戲臺上看到或從小說裏讀到，而以想像使之美化的一位公主……」〔註14〕對衣服和飾品的嗜好，體現了張愛玲的一種表演人格，而身著華美服飾不僅可以說是一場盛大的身體景觀的即席演出，更加體現了作家張愛玲的一種獨特的創作手法，以及成為她人生哲學的重要寄寓。〔註15〕

　　顯然，張愛玲的這種表演人格對其前期小說創作產生了巨大的影響。可以說，張愛玲小說的「瑣碎政治」實際上也是衣服哲學的一種延伸和轉化。〔註16〕在她的《更衣記》中，詳細地描述了襖子的「三鑲三滾」，服飾的精美和繁複。張愛玲認為服飾的變化隱含著時代的變遷，當人們無力改變時代，無力改變命運，只有專注於創造自己「貼身」的環境，「各人住在各人的衣服裏」〔註17〕。張愛玲的戀衣情結也可以說是對時代對現實人生不可捉摸的一種恐懼感，沉浸在對華美服飾的愛戀之中，以減少面對殘酷現實生活的無助和惶恐。在她的前期作品中，所有的故事都專注於描寫男女之間的小事情，大家庭裏的算計與爭產，戀人之間的明爭暗鬥，為情慾所困的男女，夫妻間的爭執與妥協，父親和女兒的畸戀，自閉怪癖尋找父親的男孩，在生存邊緣苦苦掙扎的女傭，推拿室裏絮絮叨叨婚姻不美滿的女人……這種瑣碎繁複的寫作手法似乎也是張愛玲戀衣表演人格的一種具體體現。

　　和張愛玲一樣，她的主人公們也戀戀於眼前的物質享受。在《第一爐香》中，薇龍和喬琪喬逛香港灣仔市場，葛薇龍對自己的人生感到荒涼和絕望，唯有緊緊抓住眼前的「瑣碎的小東西」，讓物質的豐盛來填補她內心的空虛和無助。這種感覺就如同張愛玲在散文《談音樂》中所描述的：深夜一個女人在唱「薔薇薔薇處處開」，此時開過一輛正在尖聲銳叫著的車，「在這樣兇殘的……夜晚，給它到處開起薔薇花來，是不能夠想像的事，然而這女人卻還是細聲細氣很樂觀地說是開著的。即使不過是是綢絹的薔薇，……那幼小的

〔註14〕季季、關鴻：《永遠的張愛玲——弟弟、丈夫、親友筆下的傳奇》，學林出版社，1996年版，第111頁。

〔註15〕參見張小虹：《誰與更衣》，季季、關鴻，《永遠的張愛玲——弟弟、丈夫、親友筆下的傳奇》，學林出版社，1996年版，第276頁。

〔註16〕參見張小虹：《誰與更衣》，季季、關鴻，《永遠的張愛玲——弟弟、丈夫、親友筆下的傳奇》，學林出版社，1996年版，第277頁。

〔註17〕張愛玲：《更衣記》，《流言》，北京十月文藝出版社，2012年版，第19頁。

圓滿也有它的可愛可親。」〔註18〕這樣的描寫顯然給張愛玲的戀衣戀物情結做了一個最好的注釋，她認為，只有把對人生對未來的恐懼，寄託在衣服、飾品、和豐盛的物質上，才能暫時填補內心的空虛和無助。

　　除了故事情節的瑣碎描寫，連其中的意象描繪也是「以實寫虛」的，就是許子東所說的「物化蒼涼」。葛薇龍剛剛入住姑姑家，看著那白房子好像薄荷酒裏的冰塊一樣。這裡要描繪的白霧裏的房子是比較虛的，而「薄荷酒裏的冰塊」卻是實實在在的。張愛玲往往喜歡用實在的事物來形容比較虛幻的感覺或情境。又如《金鎖記》的開頭描寫三十年前的月亮像「一滴淚珠」。這都是「以實寫虛」的例子。而且在故事情節的關鍵時刻，或人物心理發生重大變化時，都會有一些風景方面的意象出現。姑媽的情人司徒協給薇龍戴上了一隻價值不菲的金剛石手鐲，這是對她的一種試探。此時的薇龍，內心感覺十分煎熬，而此時滿山的肥樹在大雨下像白繡球和綠繡球一樣滾來滾去。〔註19〕，這樣的風景意象，正象徵薇龍的內心在激烈地鬥爭，接受就意味著從此墮落為高級妓女，不接受就意味著要告別這令她迷戀的紙醉金迷的生活。百般掙扎之後，薇龍面臨最後的選擇，在和喬琪喬反覆較量之後，薇龍敗下陣來。當喬琪的車不再跟在她後面行駛，天黑了，所有的一切都變成了灰色的聖誕卡〔註20〕，此刻的薇龍認輸了，為了追求愛情而最終走向墮落的過程，就在這樣一個典型的、逆向營造的世界或者說聖誕卡片的奇特意象裏完成了〔註21〕。在這裡張愛玲通過以實寫虛的手法，「將主人公心理轉折中的微妙心情透露、投射為星月樹影風景」〔註22〕，並且在最重要的時刻，將周圍蒼涼的景色轉化為，自己身邊或是室內的那些可以隨手可及的實物的意象〔註23〕。這種創作手法體現了張愛玲對物質的一種無限愛悅，尤其是對衣服飾品、對物質深深的迷戀，更是張愛玲人格表演的真實體現。在《我看蘇青》一文中，我們也發現了這種創作手

〔註18〕張愛玲：《談音樂》，《流言》，北京十月文藝出版社，2012年版，第174頁。
〔註19〕參見張愛玲：《第一爐香》，《傾城之戀》，北京十月文藝出版社，2012年版，第32頁。
〔註20〕參見張愛玲：《第一爐香》，《傾城之戀》，北京十月文藝出版社，2012年版，第48頁。
〔註21〕許子東：《物化蒼涼─張愛玲意象技巧初探》，《張愛玲的文學史意義》，中華書局（香港）有限公司，2011年版，第126頁。
〔註22〕許子東：《物化蒼涼─張愛玲意象技巧初探》，《張愛玲的文學史意義》，中華書局（香港）有限公司，2011年版，第126頁。
〔註23〕參見許子東：《物化蒼涼─張愛玲意象技巧初探》，《張愛玲的文學史意義》，中華書局（香港）有限公司，2011年版，第126頁。

法的運用。她提到楊貴妃之所以受到唐明皇的寵愛，是因為「她的為人的親熱，熱鬧」，而對於楊貴妃的熱鬧，張愛玲說是「像一種陶瓷的湯壺，溫潤如玉的，在腳頭，裏面的水漸漸冷去的時候，令人感到溫柔的惆悵」；而蘇青卻是個「紅泥小火爐，有它自己獨立的火，看得見紅焰焰的光，聽得見劈里剝落的爆炸，可是畢竟難伺候，添煤添柴，煙氣嗆人」〔註24〕。楊貴妃像「陶瓷的湯壺」，蘇青是「紅泥小火爐」，把人比喻成物，並且將這種物的具體狀態用生動的語言描述出來，有形狀、有感覺、有溫度、有聲音、有味道，令人感覺形象鮮活、印象深刻難以忘懷。

如果說對物質衣飾的迷戀是張愛玲創作「瑣碎政治」的來源。那麼生活的戲劇化應該是張愛玲人格表演在其前期小說創作中的另一種體現。在《童言無忌》中張愛玲講過這樣一件事，有次在一個月夜，一個大她幾歲的同學問她，「我是同你很好的，可是不知道你怎麼樣」。因為美麗蒼涼的月亮，也暗自意識到自己是個天生的作家，她這樣回答：「我是……除了我的母親，就只有你了。」兩人當時都非常感動〔註25〕。這是張愛玲與生俱來的一種將生活戲劇化的表演能力，或可稱之為一種表演人格。張愛玲認為，生活的戲劇化是不健康的，像我們這樣生長在都市文化中的人，總是先看見海的圖畫，後看見海；先讀到愛情小說，後知道愛；我們對於生活的體驗往往是第二輪的，借助於人為的戲劇，因此在生活與生活的戲劇化之間很難劃界。〔註26〕所以，在張愛玲前期的創作中：風吹著的兩片落葉踏拉踏拉彷彿沒人穿的破鞋，自己走上一程子；白玫瑰和小裁縫的偷情，像兩扇緊閉的白門，兩邊陰陰點著燈，在曠野的夜晚，拼命地拍門，斷定了門背後發生了謀殺案，然而把門打開了走進去，沒有謀殺案，連房屋都沒有，只看見稀星下的一片荒煙蔓草；隔壁人家的電話鈴遠遠地在響，寂靜中，就像在耳邊：葛兒鈴……鈴……葛兒鈴，一遍又一遍，不知怎麼老是沒人接，就像有千言萬語要說說不出，表達了人物內心焦急、求肯、迫切的焦躁，這也是舞臺劇或戲曲常用的效果；薇龍沿著路往山下走，太陽已經偏了西，山背後大紅大紫，金絲交錯，熱鬧非凡，倒像雪茄煙盒上的商標畫；封鎖期間街上漸漸地也安靜下來，並不是

〔註24〕張愛玲：《我看蘇青》，《流言》，北京十月文藝出版社，2012年版，第250～251頁。

〔註25〕參見張愛玲：《童言無忌》，《流言》，北京十月文藝出版社，2012年版，第105頁。

〔註26〕張愛玲：《童言無忌》，《流言》，北京十月文藝出版社，2012年版，第105頁。

絕對的寂靜，但是人聲逐漸渺茫，像睡夢裏所聽到的蘆花枕頭的窸窣聲，城市在陽光下睡著了，口水慢慢地流下來，沉重地壓著每一個人……在這裡，落葉像破鞋子自己走上一程；白玫瑰和小裁縫偷情彷彿荒野的小屋發生了謀殺案，最後卻發現身在荒野，連房子都沒有了，好像一個陰森森的恐怖故事；連沒人接的電話鈴聲也像一齣焦急、求肯迫切的戲劇性透露出主人公無助的心情；薇龍眼中的世界變成了雪茄盒上的商標畫；封鎖期間太陽把頭擱在人們肩上盹著了，令人感覺到一種無形的壓力。在張愛玲的小說中，現實生活的一切都發生了戲劇化的變形。讓人分不清是戲劇還是現實人生。此類例子在張愛玲前期小說創作中多不勝數，生活中的具體事物在小說中被賦予了一種戲劇性，具有了強烈的情感表現力。張愛玲在創作中將現實生活情節進行了戲劇化的變形，成為了張愛玲前期小說創作表演人格的一種具體體現。

由張愛玲的表演人格所產生的生活戲劇化，使得她小說中的人物也經常對現實有種不真實的感受：葛薇龍來到半山姑媽的豪宅，到處都是給人一種令人眩暈的不真實的感覺，彷彿這是一個奇幻的世界；峰儀隔著玻璃按在小寒的胳膊上，象牙黃圓圓的手臂上，袍子上的孩子圖案令他產生了幻覺，彷彿很多孩子在那裡蠕動，這種幻覺令他很震動……這個場景顯然透露出峰儀對女兒肉體的渴望，希望觸摸她的身體，但那蠕動的孩子的幻覺令他感覺既迷幻又恐懼；七巧趕走了想騙錢的季澤，但心裏痛楚萬分，為了壓抑對他的愛，她使盡了全身氣力，想要和他一起，就要容忍他的缺點，揭穿他有什麼意義呢？歸根到底，什麼是真？什麼是假？張愛玲小說中的人物經常都有這種不真實的感覺，特別是在情感抉擇的關鍵時刻。她小說中的主人公們，都是在感情和人生選擇的重要關頭，把他們對現實生活和感情的幻覺進行一種哲理化，為自己真實的不合理行為尋找不真實的合理性〔註27〕。薇龍在這種迷幻的不真實的情境之下自甘墮落了，此時她需要一種「美麗的精神混亂」〔註28〕來說服自己嫁給浪子喬琪喬；峰儀在幻覺中感覺到自己對有著豐澤的、象牙黃肉體的女兒的強烈欲望，既渴望又恐懼迷惑；七巧也在反覆詢問「什麼是真的？什麼是假的？」〔註29〕中選擇了黃金的枷鎖，放棄了一生中唯

〔註27〕 參見許子東：《物化蒼涼─張愛玲的意象技巧初探》，《張愛玲的文學史意義》，中華書局（香港）有限公司，2011 年版，第 30 頁。

〔註28〕 許子東：《物化蒼涼─張愛玲的意象技巧初探》，《張愛玲的文學史意義》，中華書局（香港）有限公司，2011 年版，第 130 頁。

〔註29〕 張愛玲：《金鎖記》，《傾城之戀》，北京十月文藝出版社，2012 年版，第 239 頁。

——次可能擁有愛情的機會，還將自己因情慾不能滿足而產生的痛苦加害於子女身上。

離過婚的流蘇也似乎是戲中人，她對著鏡子彷彿是踏著古代音樂的拍子，飛了一個媚眼，又做了一個動作，然後不懷好意地微笑了〔註 30〕，流蘇就此開始正式登場了，應范柳原之邀去了香港，在船上她望著那些倒映在海裏的各種顏色的廣告牌，各種激烈的色彩在水裏上躥下跳，廝殺的格外激烈，這彷彿預告流蘇的愛情戰爭演出即將開始。她想著「在這誇張的城市裏，就是栽個跟頭，只怕也比別處痛些」〔註 31〕，但她還是義無反顧地來了。范柳原被白流蘇的演出迷住了，他說流蘇不像這個世界的人，因為她的舉止像在唱戲，有種非常浪漫的感覺。搞到最後兩人「都糊塗了」，分不清真假，分不清是做戲還是現實人生，兩人終於「跌到鏡子裏面，另一個昏昏的世界裏去了……野火花直燒上身來」〔註 32〕。香港的陷落成全了流蘇，到底什麼是因？什麼是果呢？為了成全她整個都市都傾覆了，但流蘇並不覺得她在歷史上的地位有什麼微妙之處，她就好像那些「傳奇裏的傾國傾城的人」〔註 33〕，在這一場愛情戰爭的演出中成就了自己的偉業——找到了一張長期飯票！從另一個角度來看，香港和上海的陷落也成全了張愛玲，1943～1945 兩年時間成就了張愛玲寫作生涯最為輝煌燦爛的時刻，這彷彿也是張愛玲戲劇化人生的一次高潮迭起的盛大演出。

除了蒼涼的演出，還有戲謔的表演。最具有喜劇效果的要算《琉璃瓦》了。喜劇難寫，除了令人發笑，還要具備高度的嘲諷和幽默的語言……喜劇人物道德比一般人低，動作語言比一般人誇張。〔註 34〕對於姚先生的三個女兒，張愛玲用了相當誇張的文字來描述，「社會上流行著古典型的美，姚太太生下的小姐便是鵝蛋臉。鵝蛋臉過了時，俏麗的瓜子臉取而代之，姚太太新添的孩子便是瓜子臉。西方人對於大眼睛、長睫毛的崇拜傳入中土，姚太太便用忠實流麗的譯筆照樣翻製了一下，毫不走樣。」〔註 35〕。

〔註 30〕 參見張愛玲：《傾城之戀》，《傾城之戀》，北京十月文藝出版社，2012 年版，第 167 頁。

〔註 31〕 張愛玲：《傾城之戀》，《傾城之戀》，北京十月文藝出版社，2012 年版，第 174 頁。

〔註 32〕 張愛玲：《傾城之戀》，《傾城之戀》，北京十月文藝出版社，2012 年版，第 191 頁。

〔註 33〕 張愛玲：《傾城之戀》，《傾城之戀》，北京十月文藝出版社，2012 年版，第 201 頁。

〔註 34〕 周芬伶：《豔異——張愛玲與中國文學》，北京：中國華僑出版社，2003 年版，第 225 頁。

〔註 35〕 張愛玲：《琉璃瓦》，《傾城之戀》，北京十月文藝出版社，2012 年版，第 202 頁。

可惜姚家希望女兒個個嫁入豪門的計劃落了空：長女靜靜按照父親的意願嫁給股東的兒子，她卻爲了避嫌而疏遠娘家；次女曲曲嫁了個輕佻的窮小子，讓姚家還要倒貼錢；三女心心相親卻相錯了人。張愛玲的喜劇天才在這部小說中發揮的淋漓盡致，從喜劇的角度來看，人物、對白和動作的描繪都極爲生動到位。

可以說，張愛玲的表演人格使得她前期創作的作品，像一齣齣極富有色彩、燈光、音響、故事性和戲劇性的舞臺表演。雖然張愛玲喜愛舊戲曲，這裡的表演卻不僅僅是古典的劇目，在其中她還賦予了新的形式和內容。就像李歐梵說的，張愛玲小說用一種具有間離效果且富有戲劇性的寫作手法，使她小說中的人物和他們所處的歷史大環境產生一種疏離的感覺，同時讓讀者與小說之間也產生了一定的距離感，他認爲這種距離的營造顯然就是張愛玲的一種獨特的敘事手法，是十分富有現代性的。〔註 36〕

第二節　張愛玲後期小說創作中的人格表演

張愛玲曾經說過，「在文字的溝通上，小說是兩點之間最短的距離。就連最親切的身邊散文，是對熟朋友的態度，也總還要保持一點距離。只有小說可以不尊重隱私權。但是並不是窺視別人，而是暫時或多或少的認同，像演員沉浸在一個角色裏，也成爲自身的一次經驗。」〔註 37〕她在創作時對人物的「認同」，以及「沉浸」在角色中的寫作方法，也可以說是她的「方法演技」，她在寫作時可能不由自主地將自己代入到小說的角色中，這在她後期小說創作中表現得尤爲突出，我們在小說中可以隱隱見到張愛玲的真身，這可以說是她在小說創作中的一種人格表演。

拍《色，戒》的大導演李安，是這樣評論這部電影的，「我想這部電影是關於人生當中表演和戲劇的。在香港經過試演（audition）做過彩排（rehearsal）的業餘演員到更大的舞臺上海去。王佳芝在極端的情況下試驗自己的表演。《色，戒》是有關表演的我的自傳性散文一樣的東西。誰敢說人的性行爲本身不是表演？得到對方的心，要表演快樂，也要表現高潮（orgasme）。王佳芝

〔註36〕　參見李歐梵：《漫談中國現代文學中的「頹廢」》，臺灣麥田，1996 年版，第219 頁。

〔註37〕　張愛玲：《惘然記》，《重訪邊城》，北京十月文藝出版社，2012 年版，第 146頁。

的混亂就是當初以爲表演而做的事情，漸漸覺悟到自己的實際情況以後受到的衝擊一樣」〔註 38〕。雖然說的是電影，但也似乎是在評說張愛玲的文學創作。因爲在張愛玲的後期小說創作中處處可見到她的人格表演。我們甚至可以「將九莉看做是王佳芝的日常版本，一個影子人物的日常體驗……」〔註 39〕九莉從上海到香港，再到上海的經歷，就像戰爭期間爲了掩飾自己的眞實身份而在各城市之間走動的人，我們彷彿可以看見「演員」張愛玲的日常生活點滴（九莉）和扮演女間諜的傳奇經歷（王佳芝）。

張愛玲從四十年代只寫「男女間的小事情」到五十年代初改變風格寫「國家建設」的故事，從對新中國持一種善意肯定的立場到《秧歌》和《赤地之戀》中右傾「反共」的立場。一九五五年張愛玲赴美，一九六六年又將《十八春》改爲《半生緣》，去掉了那個光明的尾巴。正如李小良所說，新中國的國家大歷史的敘述模式，和張愛玲的傾城之戀的愛情絮語互相交織纏繞，而編織成了整本《十八春》的文本敘述，然而國家民族的大論述背景化的逐漸消退，和張愛玲傾城之戀美學的前景化，顯然支配了整個《半生緣》的書寫和論述。〔註40〕這個改寫就彷彿從下面仰望「舞臺」（國民國家）的王佳芝（張愛玲）實際上登上了舞臺，終因消化不了戲中角色而被迫再走下舞臺（國民國家的外部）的一系列過程的演示。〔註 41〕實際上王佳芝不過是在做一件富有曖昧性和複雜性的類似偷渡的事情〔註 42〕。她喜歡參加學校裏的戲劇表演，想著借創造這個具有浪漫情懷的國家民族的傳奇故事，通過扮演各種角色來釋放自己的情慾，同時建立自我意識。〔註 43〕張愛玲在這部小說創作的過程中，也可以說是從事一種「偷渡」的行爲，張愛玲在《色，戒》中悄悄化身爲了王佳芝。在《色，戒》中，易先生陪佳芝買鑽戒，佳芝看著他的眼

〔註38〕 金良守：《作爲國族空間的『舞臺』：論《色戒》》，林幸謙，《張愛玲：傳奇·性別·系譜》，臺北市：聯經出版事業股份有限公司，2012 年版，第 283 頁。

〔註39〕 參見孫甘露：《〈小團圓〉中的『小對象』》，沈雙，《零度看張》，香港：中文大學出版社，2010 年版，第 172～173 頁。

〔註40〕 參見李小良：《歷史的消退：〈十八春〉與〈半生緣〉的小說和電影》，劉紹銘等編，《再讀張愛玲》，牛津大學出版社，2002 年版，第 74 頁。

〔註41〕 金良守：《作爲國族空間的『舞臺』：論《色戒》》，林幸謙，《張愛玲：傳奇·性別·系譜》，臺北市：聯經出版事業股份有限公司，2012 年版，第 285 頁。

〔註42〕 參見楊澤：《世故的少女》，楊澤編，《閱讀張愛玲》，麥田出版股份有限公司，1999 年版，第 22 頁。

〔註43〕 參見楊澤：《世故的少女》，楊澤編，《閱讀張愛玲》，麥田出版股份有限公司，1999 年版，第 25 頁。

睫毛，好像蛾翅一樣停落在瘦削的臉上，頓時那種溫柔憐惜的感覺讓她怦然心動，她不禁想到「這個人是真愛我的」〔註44〕。在《小團圓》中當邵之雍親吻九莉時，九莉也想到「這個人是真愛我的」〔註45〕。雖然王、易二人可能是以鄭茹蘋和丁默村為原型創作的人物，但卻處處隱隱透露出張愛玲和胡蘭成的身影，易先生已婚且比王佳芝年齡大許多，是個漢奸，佳芝在暗殺的最後一刻對易先生動情壞了報國大計。九莉也說過希望戰爭永遠打下去，之雍不快地說「死了這麼許多人，要它永遠打下去？」〔註46〕九莉輕聲笑道「我不過因為要跟你在一起」〔註47〕。和王佳芝一樣，九莉也是個戀愛大過天的女人。並且作為張愛玲替身的九莉，也被情慾所俘虜，在這場情愛追逐中心神耗盡，即使再重新戀愛，亦無法忘懷曾經的初戀所帶來的傷痛。而在這場《色，戒》中很顯然是張愛玲的又一次人格表演。在此處，她悄悄扮演了一次女間諜，這個女間諜在理智和情感的拉扯中，最終以生命為代價，實現了一次心靈的轉向：從革命者轉向了反革命，從圈套的設計者轉向情感的依戀者，從小心奕奕的獵人轉向束手就擒的獵物〔註48〕。從另一個角度來看，如果把王佳芝做女間諜的行為稱作是表演的話，那麼從國民國家的外部描寫小說女主人翁破滅命運的張愛玲的創作行為是不是另一種形式的「表演」〔註49〕呢？王佳芝適應不了國家民族的大義而身亡，好像也預示了「夢想去英國留學的文學少女成了人氣作家，與親日官僚結合又離異，適應不了『新中國』又去投靠美國的命運」〔註50〕。也正如嚴紀華所說，其中男女主角的對待起伏迴旋甚大，似乎是借屍還魂的道出了張愛玲過去與胡蘭成的情感試煉與創傷——亦即將王佳芝的情慾釋放與張氏本身的情慾釋放連結。〔註51〕

〔註44〕 張愛玲：《色，戒》，《怨女》，北京十月文藝出版社，2012年版，第257頁。
〔註45〕 張愛玲：《小團圓》，北京十月文藝出版社，2012年版，第145頁。
〔註46〕 張愛玲：《小團圓》，北京十月文藝出版社，2012年版，第209頁。
〔註47〕 張愛玲：《小團圓》，北京十月文藝出版社，2012年版，第209頁。
〔註48〕 參見彭雅玲：《性愛論述與權力關係：從張愛玲〈色，戒〉到李安〈色，戒〉》，林幸謙，《張愛玲——傳奇‧性別‧譜系》，聯經出版事業股份有限公司，2012年版，第268頁。
〔註49〕 金良守：《作為國族空間的『舞臺』：論《色戒》》，林幸謙，《張愛玲：傳奇‧性別‧系譜》，臺北市：聯經出版事業股份有限公司，2012年版，第287頁。
〔註50〕 金良守：《作為國族空間的『舞臺』：論《色戒》》，林幸謙，《張愛玲：傳奇‧性別‧系譜》，臺北市：聯經出版事業股份有限公司，2012年版，第287頁。
〔註51〕 嚴紀華：《看張‧張看——參差對照張愛玲》，秀威信息科技有限公司，2007年版，第121頁。

　　楊照說，《色，戒》不過是張愛玲面對自己年華老去的一種恐懼表白。「她恨老女人，更恨自己變成一個老女人，所以我相信張愛玲的隱居，是爲了保護自己，給人一個她所願意保持的形象。」〔註 52〕從這個角度來看，這個故事可以說是聚焦於王佳芝在肉體愛欲、意亂情迷、眞假情戲間的心理描寫，表現亂世中一種男女身體的根本色相，用「色」演繹人性中最原始的動物本能〔註 53〕。而王佳芝在刺殺的最後一刻放走易先生，由性愛而昇華爲眞愛並犧牲了自己寶貴的生命，可以道出張愛玲內心對眞愛的成全，雖然只是一瞬間產生的愛意，而且是那麼政治不正確，但是眞愛無價，這可能是已界老年的張愛玲通過這個故事想要告訴我們的。

　　我們都知道胡蘭成在他的《今生今世》中專闢一章《民國女子》來寫張愛玲和他之間的戀情，胡蘭成得意洋洋地宣稱「我已有妻室，她並不在意。再者我有許多女友，乃至挾妓遊玩，她亦不會吃醋。她倒願意世上的女子都喜歡我」〔註 54〕，兩人好像神仙伴侶般「我與她是同住同修，同緣同相，同見同知」，在胡蘭成筆下張愛玲是一個「陌上游春賞花，不落情緣的一個人」〔註 55〕，如同不食人間煙火的仙女。但在《小團圓》中，九莉也不過和普通女人一樣，被她的嫉妒心所煎熬得痛苦萬分，恨不得殺了邵之雍這個負心漢。「現在在他逃亡的前夜，他睡著了，正好背對著她。廚房裏有一把斬肉的板刀，太沉重了。還有把切西瓜的長刀，比較伏手。對準了那狹窄的金色背脊一刀。他現在是法外之人了，拖下樓梯往街上一丟，看秀男有什麼辦法」〔註 56〕。顯然《小團圓》是有和《今生今世》打對臺的意思，胡蘭成那種浪漫虛幻的描述，「似舞似鬥」的「男女相難」，在張愛玲卻是有死有傷的，千帛相見的情場即戰場〔註 57〕。透過重寫，她複雜化了那個「民國世界的臨水照花人」，同時也續寫了她自己的「傳奇」，以一種將之異化的方式繼續扮演

〔註 52〕　楊照：《永不消逝的華麗——告別張愛玲座談會》，摘自陳子善編，《作別張愛玲》，文匯出版社，1996 年版，第 170 頁。
〔註 53〕　彭雅玲：《性愛論述與權力關係：從張愛玲〈色，戒〉到李安〈色，戒〉》，林幸謙，《張愛玲——傳奇・性別・譜系》，聯經出版事業股份有限公司，2012 年版，第 264 頁。
〔註 54〕　胡蘭成：《今生今世》，北京：中國長安出版社，2012 年版，第 148 頁。
〔註 55〕　胡蘭成：《今生今世》，北京：中國長安出版社，2012 年版，第 145 頁。
〔註 56〕　張愛玲：《小團圓》，北京十月文藝出版社，2012 年版，第 223 頁。
〔註 57〕　陳麗芬：《童言流言，續作團圓》林幸謙，《張愛玲——傳奇・性別・譜系》，聯經出版事業股份有限公司，2012 年版，第 264 頁。

「張愛玲」〔註58〕。在這個扮演的過程中，這段戀情被張愛玲演繹得「電光石火，香豔刺激」〔註59〕，裏面的情慾描寫令人瞠目結舌。不僅嘲弄了風流才子的不食人間煙火，也釋放出那被高調「昇華」掉的，風花雪月下黏黏滯滯的，床笫之間的「風月」〔註60〕。在這部小說中，張愛玲是導演，九莉是戲中的女主角，「對海的探海燈搜索到她，藍色的光把她塑在臨時的神龕裏」，九莉好像正站在舞臺中央，被舞臺上的強光照射著，此時的她豔光四射，好像一尊神像。她在之雍面前表現得十分羞澀，自己覺得好像在演戲，當兩人擁吻時，之雍發現九莉表現得很有經驗，九莉說「電影上看來的」。張愛玲的「生活戲劇化」在這裡更體現得淋漓盡致，張愛玲扮演九莉，九莉又在小說中扮演一個熱戀的角色。不單是讀者們看著九莉表演，張愛玲也以一個旁觀者在靜靜地打量她的女主角，時而憐憫，時而揶揄，時而嘲諷〔註61〕。張愛玲在此處扮演了一個既是傾述者又是傾聽者，暴露者也是偷窺者的雙重身份〔註62〕。張愛玲的表演人格在這部小說中體現得最為深刻和具體，既是導演，又是演員，還是評論者。陳麗芬認為，張愛玲更像是在拍電影與寫劇本，一幕幕的電影場景、不同的鏡頭運用，既有緊湊的對白，又有幕後旁白。而比起《民國女子》，《小團圓》還有更令人詫異的另一男主角的出現，燕山，九莉的另一個情人！張愛玲扮演的九莉到底還要帶給我們多少驚喜和意外情節？《小團圓》，九莉？張愛玲？邵之雍？胡蘭成？燕山？桑弧？——這個劫後餘生「民國女子」的傳奇突然豐富多姿起來〔註63〕。

張愛玲化身為九莉幻想著，「她要無窮無盡一次次投胎，過各種各樣的生活，總也有時候是美貌闊氣的。但是無論怎麼樣想相信，總是不信，因為太

〔註58〕　陳麗芬：《童言流言，續作團圓》林幸謙，《張愛玲——傳奇‧性別‧譜系》，聯經出版事業股份有限公司，2012年版，第307頁。

〔註59〕　陳麗芬：《童言流言，續作團圓》林幸謙，《張愛玲——傳奇‧性別‧譜系》，聯經出版事業股份有限公司，2012年版，第307頁。

〔註60〕　陳麗芬：《童言流言，續作團圓》，林幸謙，《張愛玲——傳奇‧性別‧譜系》，聯經出版事業股份有限公司，2012年版，第307頁。

〔註61〕　陳麗芬：《童言流言，續作團圓》，林幸謙，《張愛玲——傳奇‧性別‧譜系》，聯經出版事業股份有限公司，2012年版，第309頁。

〔註62〕　陳麗芬：《童言流言，續作團圓》，林幸謙，《張愛玲——傳奇‧性別‧譜系》，聯經出版事業股份有限公司，2012年版，第309頁。

〔註63〕　陳麗芬：《童言流言，續作團圓》，林幸謙，《張愛玲——傳奇‧性別‧譜系》，聯經出版事業股份有限公司，2012年版，第309頁。

稱心了，正是人心裏想要的，所以像是造出來的話」〔註64〕。《雷峰塔》中童年的琵琶也希望能夠一次次的投胎，「變成另一個人！無窮無盡的一次次投胎……她並沒有特爲想當什麼樣的人——只想要過各種各樣的生活。美好的人生值得等待」〔註65〕。於是，在《少帥》中張愛玲又化身爲了一個軍閥時代的少女周四小姐，和她的戀人少帥陳叔覃一起譜寫了一首傾城傾國之戀歌。

在《少帥》中，周四小姐在看戲時，「忍不住走到臺前，努力要看眞切些，設法突出自己，任由震耳的鑼鈸劈頭劈腦打下來」，她羨慕那些可以坐在臺上的顯貴，因爲「羨慕這些人能夠上臺入戲」〔註66〕。而在和少帥的相處中，周四也會感覺到「舞臺上的鑼聲隱隱傳來」〔註67〕。《傳奇再版的話》中張愛玲提到有一次去看蹦蹦戲，一個穿藍布大褂的人敲著竹筒打拍子……把腦子裏的很多東西都慢慢地、一點點地給砸出來了〔註68〕。由此可知，周四看戲的感覺來自於張愛玲的親身經歷。周四小姐希望能融入舞臺上的戲，而張愛玲在寫作《少帥》時也不由自主地將自己代入到了周四這個角色中。在《少帥》和《小團圓》中有很多類似的情節，尤其是男女之間的感情和情慾描寫，這在前面的章節已經提到過。這裡再舉幾個例子。在《少帥》中，「他們默默坐著等待，他低著頭，臉上一絲微笑，像捧著一杯水，小心不潑出來」〔註69〕，《小團圓》「沉默下來的時候，用手去撚沙發椅扶手上的一根毛呢線頭，帶著一絲微笑，目光下視，像捧著一滿杯的水，小心不潑出來」〔註70〕。「他吃完飯，她便浸了浸毛巾，絞乾給他，才遞過一半已經轉身要走，覺得自己在服侍丈夫似的，不由得難爲情。她側身避開回頭微笑，倏然串成一個動作。他著迷地捉住她的手，但她抽回去了」〔註71〕（《少帥》），「但是第二天晚上他

〔註64〕 張愛玲：《小團圓》，北京十月文藝出版社，2012年版，第180頁。

〔註65〕 張愛玲：《雷峰塔》，北京十月文藝出版社，2011年版，第102～103頁。

〔註66〕 張愛玲著：鄭遠濤譯，《少帥》，皇冠出版社（香港）有限公司，2014年版，第10～11頁。

〔註67〕 張愛玲著：鄭遠濤譯，《少帥》，皇冠出版社（香港）有限公司，2014年版，第34頁。

〔註68〕 參見張愛玲：《傳奇再版的話》，《流言》，北京十月文藝出版社，2012年版，第164頁。

〔註69〕 張愛玲著：鄭遠濤譯，《少帥》，皇冠出版社（香港）有限公司，2014年版，第35頁。

〔註70〕 張愛玲：《小團圓》，北京十月文藝出版社，2012年版，第143頁。

〔註71〕 張愛玲著：鄭遠濤譯，《少帥》，皇冠出版社（香港）有限公司，2014年版，第44頁。

在她們家吃了便飯之後，她實在覺得不好意思，打了個手巾把子來，剛遞給他，已經一側身走了，半回過頭來一笑。他望著她有點神往」〔註72〕（《小團圓》），這個情節在胡蘭成的《今生今世》中也出現過。諸如此類的情節在兩部小說中還有很多。這說明基本上關於周四和少帥之間的情事都來源於《小團圓》中的九莉和邵之雍。而《小團圓》又是一部自傳性很強的小說，張愛玲在給宋淇的信中也提到《少帥》「這故事雖好，在我不過是找個 Acceptable framework 寫『小團圓』，能用上的也不多」〔註73〕。張愛玲還曾經表明，會在寫《雷峰塔》和《易經》時加入胡蘭成的故事，但我們現在知道這兩部小說並沒有關於胡蘭成的情節。而《雷峰塔》、《易經》與《少帥》的創作時間差不多在同一時期，而這個時期張愛玲也一直在構思《小團圓》，所以在創作《少帥》的時候，可能不由自主地就把胡蘭成和自己情事寫到了《少帥》裏。

　　當初創作的時候，張愛玲是被趙四和少帥張學良之間的愛情故事所打動，因為趙四曾對張學良說，「不是西安事變啊，咱倆也早完了，我早也不跟你在一塊堆玩了，你這個胡三仔，我也受不了」〔註74〕。很顯然，這個故事和張愛玲的《傾城之戀》有共通之處，就是香港的淪陷成全了流蘇，而趙四的愛情是關係整個中國的興亡，「是終身拘禁成全了趙四」（一九六六年十一月十一日張愛玲致宋淇書）。雖然張愛玲最初想寫的是一部歷史小說，裏面包含有一個動人的愛情故事，但張愛玲在寫作的時候，一邊構思《小團圓》，一邊寫《少帥》，結果愈寫下去便愈入戲，結果更不能自拔地要自己粉墨登場，躍身這充滿魔力的歷史舞臺上〔註75〕，「張愛玲就像王佳芝般臨陣變節，既出賣了趙四，也懲罰了主題」〔註76〕。所以最後《少帥》由一部歷史小說變成了一個動人的愛情故事，而作者張愛玲不自覺地搶了女主角的風頭，使得周四成為了張愛玲扮演的角色，整個故事的男女情事也變成了張愛玲自己的情

〔註72〕張愛玲：《小團圓》，北京十月文藝出版社，2012 年版，第 161 頁。

〔註73〕張愛玲著：鄭遠濤譯，《少帥》，皇冠出版社（香港）有限公司，2014 年版，第 213 頁。

〔註74〕唐德剛：《張學良口述歷史》第三章，臺北遠流，2009 年版，第 112 頁，張愛玲著，鄭遠濤譯，《少帥》，皇冠出版社（香港）有限公司，2014 年版，第 290 頁。

〔註75〕張愛玲著：鄭遠濤譯，《少帥》，皇冠出版社（香港）有限公司，2014 年版，第 258 頁。

〔註76〕張愛玲著：鄭遠濤譯，《少帥》，皇冠出版社（香港）有限公司，2014 年版，第 258 頁。

史再現，到後來張愛玲漸漸對張學良失去了興趣，放棄了這部小說的寫作。如果這部小說能完成，可能是另一部更爲輝煌的《傾城之戀》，對於戀愛大過天的張愛玲來說，這部小說仍然述說的是同一個主題：在這不可理喻的世界裏，誰知道什麼是因，什麼是果？整個世界的歷史都被改寫了，只是爲了成全這個女人守住自己風流的丈夫。張愛玲在《少帥》中化身爲軍閥時代的純情少女和大英雄少帥展開了一段浪漫而又傳奇的戀情。

再來看看頗有自傳味道的短篇小說《浮花浪蕊》，主人公洛貞離開上海來到香港。她坐在地上，周圍擺滿了各種日用品，吃飯睡覺都是在地板上……同住的房客鄙夷不屑的目光，絲毫不影響洛貞的興致。這似乎就是張愛玲當年在香港的眞實生活寫照。張愛玲在一九七八年給夏志清的信中說「裏面有好些自傳性材料，所以女主角脾氣很像我」〔註 77〕。裏面有對女主角外貌的描寫，「其實她並不是個典型的上海妹，不過比本地人高大些，膚色暗黃，長長的臉有點扁，也有三分男性的俊秀，還有個長長的酒渦，倒是看不出三十歲的人；圓圓的肩膀，胸部也還飽滿，穿件藍色密點碎白花布旗袍，衣領既矮，又沒襯硬裏子，一望而知是大陸出來的」〔註 78〕，這顯然和張愛玲的外貌特徵相符合。小說描寫洛貞老處女嫉妒范妮而把范軍不忠的事告訴她，造成范妮的死亡，周芬伶認爲這是那種恐怖的世界末日感令人神經也感覺錯亂起來，用這麼隱晦的方法寫自身的遭遇，可能是張愛玲最大膽的自剖〔註 79〕。

在小說中有這樣一個情節，洛貞要申請出境證，當派出所的兩個警察到家裏來瞭解情況，她便訴說自己失業已久，在姐姐家裏寄人籬下，更流下淚來。「不是心裏實在焦急，也沒這副急淚。當然她不會承認這也是女性戲劇化的本能，與一種依賴男性的本能」〔註 80〕，在這裡洛貞流下眼淚是女性戲劇化的本能，以此來扮演一副楚楚可憐的樣子來引起警察的同情從而達到自己的目的。這可能是張愛玲的親身經歷，也是她與生俱來的一種將生活戲劇化的能力。小說中還有很多人物的心理感受都似乎是張愛玲的自身感覺，「自從

〔註77〕 夏志清：《張愛玲給我的信件》（一九七八年八月二十日），聯合出版社股份有限公司，2013 年版，第 274～275 頁。

〔註78〕 張愛玲：《浮花浪蕊》，《怨女》，北京十月文藝出版社，2012 年版，第 291 頁。

〔註79〕 參見周芬伶：《豔異──張愛玲與中國文學》，北京：中國華僑出版社，2003 年版，第 232 頁。

〔註80〕 張愛玲：《浮花浪蕊》，《怨女》，北京十月文藝出版社，2012 年版，第 302 頁。

羅湖，她覺得是個陰陽界，走陰間回到陽間，有一種使命感」〔註81〕。還有洛貞要去日本投奔老同學，我們都知道張愛玲曾經去日本投奔好友炎櫻。張愛玲儼然在扮演洛貞這個角色時，將自己的親身經歷都代入其中了。

　　除了洛貞，在《同學少年都不賤》中的趙玨身上，我們也可以發現張愛玲的身影，中學時代的趙玨「矮小瘦弱蒼白，玳瑁眼鏡框正好遮住眼珠，使人對面看不見眼睛，有不可測之感」〔註82〕，除了不矮小之外，這個外貌特徵極似張愛玲，裏面還有對她的一種評論，「像她這樣如果戀愛的話，只能是純粹心靈的結合」〔註83〕，張愛玲也曾評論自己外貌並不出眾，所以要靠奇裝異服來吸引人們的注意。而且在小說中出現的愛情觀「有目的的愛都不是真愛」〔註84〕也和張愛玲本人的愛情觀相吻合，這在前面的章節已經討論過。再後來趙玨和高麗浪人崔相逸相戀，當恩娟問起崔是否結過婚時，她回答「在高麗結過婚……我覺得感情不應當有目的，也不一定要有結果」〔註85〕，這和張愛玲與胡蘭成的情況也非常類似，而恩娟可能是張愛玲中學時的同學張秀愛，前面章節也已討論過。當然張愛玲扮演的趙玨，和真實的張愛玲還是略有不同，而賴雅在此處化身為萱望，也是一個共產主義的信仰者，甚至準備回中國吃苦建國。趙玨和張愛玲一樣進了大學「也漸漸的會打扮了」〔註86〕。「手裏一個錢都沒有，沒有學位又無法找事」〔註87〕，這和張愛玲剛去美國時的處境一樣，好友張秀愛雖然嫁得好，但以張愛玲孤僻高傲的性格也決不會有求於她。還有一個情節，趙玨為了參加晚宴準備服飾，「她去買了幾尺碧紗，對折了一折，胡亂縫上一道直線……又買了點大紅尼龍小紡做襯裙……朱碧掩映，成為赭色，又似有

〔註81〕　張愛玲：《浮花浪蕊》，《怨女》，北京十月文藝出版社，2012年版，第303頁。
〔註82〕　張愛玲：《同學少年都不賤》，《怨女》，北京十月文藝出版社，2012年版，第316頁。
〔註83〕　張愛玲：《同學少年都不賤》，《怨女》，北京十月文藝出版社，2012年版，第316頁。
〔註84〕　張愛玲：《同學少年都不賤》，《怨女》，北京十月文藝出版社，2012年版，第322頁。
〔註85〕　張愛玲：《同學少年都不賤》，《怨女》，北京十月文藝出版社，2012年版，第329頁。
〔註86〕　張愛玲：《同學少年都不賤》，《怨女》，北京十月文藝出版社，2012年版，第326頁。
〔註87〕　張愛玲：《同學少年都不賤》，《怨女》，北京十月文藝出版社，2012年版，第331頁。

若無一層金色的霧，與她有點憔悴的臉與依然稚弱的身材也相配⋯⋯這身裝束在那相當隆重的場合不但看著順眼，還很引人注目」〔註88〕，這一段描述應該大致是張愛玲的親身經歷，在美期間，張愛玲和丈夫賴雅經常會出席一些晚宴，而張愛玲總是自己裁剪衣服盛裝出席，這在司馬新的《張愛玲的婚姻與晚年》中有詳細記載。

至於司徒華，我們在前面的章節也討論過，他的原型可能是請張愛玲寫廣播劇的高克毅，兩人的關係不好。所以張愛玲在此處寫道，有次司徒華請趙珏出去坐坐，雖然他是結了婚的人，卻想占趙珏的便宜，掂她的斤兩，看看她有沒有這個意思。而且司徒華的形象也很不佳，「他很像醜小鴨時代的她，不過胖些，有肚子——比蟑螂短些的甲蟲」〔註89〕。這是張愛玲一貫的寫作伎倆，她不喜歡的人到了她的筆下就被描繪得非常負面，好像《小團圓》中的荀樺（柯靈），湯孤鶩（周瘦鵑）〔註90〕，文姬（蘇青）等，就如謝其章所說「張愛玲但凡對某人沒好感，這個人的容貌便先遭殃，挖苦是免不了的，即使周瘦鵑前輩亦未能幸免」〔註91〕。張愛玲在她的小說中扮演各種角色，而曾經得罪了她的那些人在其筆下也都被矮化醜化了。張愛玲「扮演」的趙珏在洗碗，突然在無線電上聽到總統遇刺身亡，「甘迺迪死了。我還活著，即使不過在洗碗」〔註92〕，而張愛玲在給夏志清的信中也提到這件事，不過張愛玲當時是在午睡剛醒的時候聽到這個消息。

用艾小明的話來說，「誰說張愛玲是避世的呢？她難道不是一直藉作品對讀者推心置腹嗎？那麼，我們又怎麼能說斯人已逝？在生活中，在作品中，

〔註88〕 張愛玲：《同學少年都不賤》，《怨女》，北京十月文藝出版社，2012 年版，第339 頁。

〔註89〕 張愛玲：《同學少年都不賤》，《怨女》，北京十月文藝出版社，2012 年版，第340 頁。

〔註90〕 張愛玲在《小團圓》這樣描述湯孤鶩，「湯孤鶩大概還像他當年，瘦長，穿長袍，清瘦的臉，不過頭禿了，戴著個薄黑殼子假髮⋯⋯他又並不激賞她的文字」，謝其章說，當著禿子不說光，這起碼的人情，張愛玲亦不領，還不說周瘦鵑是最早稱讚她的編輯，這也許就是張愛玲只給了《紫羅蘭》雜誌一部稿子的緣故，張愛玲是敏感的，當然原因是周瘦鵑沒答應張愛玲一期登完她的小說《第二爐香》而得罪了她。

〔註91〕 蔡登山：《張愛玲『上海十年』（1943～1952）與其他作家交往初探》，林幸謙，《張愛玲：傳奇‧性別‧譜系》，臺北：聯經出版事業有限公司，2012 年版，第577 頁。

〔註92〕 張愛玲：《同學少年都不賤》，《怨女》，北京十月文藝出版社，2012 年版，第345 頁。

在文學史中，我們注定還會時時遇到她，談到她——張愛玲。」〔註93〕王佳芝，周四小姐，洛貞，趙珏，琵琶，九莉，我們一次又一次的遇見張愛玲所扮演的這些角色，她們是張愛玲嗎？是……似乎又不完全是……

第三節　張愛玲在現實生活中的人格表演

女作家天生就自帶著一種神秘感，蕭紅、丁玲、冰心、張愛玲……讀者們總喜歡去探索她們故事背後的故事。東方蝃蝀曾說過這樣一件事，早年在上海，某位太太對他說了一段故事，接著她就說，「說出來你不信，完全跟那個張愛玲寫出來的一模一樣，天底下竟然有這樣的事！」而他的妹妹有一天穿了一件黃段子印咖啡色渦漩花的旗袍，帶了副銀耳環子，誰見了都說，「你也張愛玲似的打扮起來了」〔註94〕。用東方蝃蝀的話來說，張愛玲雖不欲創造一種風氣，而風氣卻由她創造出來了〔註95〕。可見張愛玲在四十年代的上海有多麼大的影響力。而張愛玲在深深迷戀著她的眾多張迷心中，更是一個帶有神秘感和傳奇色彩的人物。她的貴族血統、奇裝異服、她早期華麗絢爛的作品、青春年華已經名滿上海文壇的傳奇經歷，還有她和漢奸胡蘭成的一段不同尋常的婚戀、和美國人賴雅的一段忘年戀，以及她晚年的孤僻避人遠離塵世都引起人們的極大興趣。更讓人不解的是她性格上的矛盾：她是一個善於將生活藝術化並很會享受人生的人，但同時她又是一個對人生充滿幻滅感的人；她出身高貴，幼年時也享受過榮華富貴，但卻不無自豪的自詡為小市民；她似乎是悲天憫人的，總是能夠洞見在芸芸眾生可笑後面隱藏著的可憐，但是她在現實生活中卻表現得很冷漠；她似乎很懂得人情世故，但她自己的言行，從穿著打扮到待人接物，都是我行我素，極其孤傲；她寫文章時總是喜歡很親熱地和讀者們拉拉家常，但實際卻永遠和他們保持著一定的距離，不想讓別人瞭解她真實的內心世界；張愛玲在 40 年代的上海文壇可謂才華四溢、獨領風騷、紅極一時，好像明星們般的出風頭，可是當去了美國，她卻始終深居簡出，四十多年來過著完全隔絕人世的生活，所以人們這樣評價

〔註93〕艾小明：《生命自顧自走過去了》，陳子善編，《作別張愛玲》，文匯出版社，1996 年版，第 124 頁。

〔註94〕東方蝃蝀：《張愛玲的風氣》，陳子善編，《張愛玲的風氣》，濟南：山東畫報出版社，2004 年版，第 54 頁。

〔註95〕東方蝃蝀：《張愛玲的風氣》，陳子善編，《張愛玲的風氣》，濟南：山東畫報出版社，2004 年版，第 54 頁。

張愛玲，「只有張愛玲才可以同時承受絢爛奪目的喧鬧及極度的孤寂。」〔註96〕
這些矛盾又奇特的性格特徵讓張愛玲成爲了一個充滿神秘色彩的迷，令她的傾慕
者們更加深陷其中，想知道關於她的一切：作品、人際交往、婚戀家庭、日常生
活點滴以致個人隱私。她的一切都令人們好奇著迷，而這些，張愛玲都知道。

　　正如她早年說過的，人天生就是愛管閒事的。大家都喜歡偷窺別人的隱
私，但那又有什麼關係呢？被看的並沒有什麼損失，看的人卻顯然能得到一
些快樂〔註97〕。張愛玲的一切，她的婚姻，她的寫作，她的交友，以致她住
哪裏，吃什麼，用什麼……只要是關於張愛玲的，張迷們都有著極其濃厚的
興趣，並翹首期待著她的新作，無論是小說還是散文或是隻言片語。因爲張
愛玲告訴我們，「凡事牽涉到快樂的授受上，就犯不著斤斤計較了。……長的
是磨難，短的是人生」〔註98〕。而張愛玲自己也是有著極高表演欲望的，從
奇裝異服到出位的言行甚至後期的隱居都體現了她在現實生活的一種表演人
格，更不用說她的作品。

　　「張愛玲的一生是一部大作品。許多年以後，這部作品也許比什麼都重
要」〔註99〕。張愛玲在中文世界裏經久不衰，無論她的作品還是關於她的貴
族家世、個人經歷、甚至奇聞逸事都被人們所津津樂道。雖說一個作家之所
以引起世人矚目，主要是因爲他的作品。但作品是人所創作出來的，作品可
能也會改變一個人，作家創作了文學，文學可能也會反過來創造一個人。張
愛玲在創作作品的同時，也以她獨特的風格自說自話，演繹屬於自己的戲劇
人生。正如葉兆言所說，「我猜想張愛玲把自己也變成了作品中的人物。這正
是她的高明之處：有意或者無意，她突然明白人的一生中，最重要的作品，
是自己。她結過兩次婚，不能說是什麼了不得的錯誤，但是顯然不理想。一
個是有才華但太輕薄的漢奸，一個是西方的左派作家。不能否定她和他們在
溝通上那種障礙，張愛玲選擇這兩個人，本身就是小說做法。小說做法有時
候也會成爲人的行爲準則。」〔註100〕也許很多事，張愛玲都是故意所爲。她

〔註96〕參見余斌：《張愛玲傳》，海南出版社，1993年版，第3頁。

〔註97〕參見張愛玲：《公寓生活記趣》，《流言》，北京十月文藝出版社，2012年版，
　　　　第28頁。

〔註98〕張愛玲：《公寓生活記趣》，《流言》，北京十月文藝出版社，2012年版，第28頁。

〔註99〕葉兆言：《她的人生就是一部大作品》，陳子善編，《作別張愛玲》，文匯出版
　　　　社，1996年版，第216頁。

〔註100〕葉兆言：《她的人生就是一部大作品》，陳子善編，《作別張愛玲》，文匯出版
　　　　社，1996年版，第216～217頁。

要張迷和喜愛她的讀者們，爲她在 1945 年之後無法繼續張氏風格的創作而感到遺憾，要他們痛快地回味和體驗她的人生經歷，喋喋不休地爭論她爲什麼後來放棄了小說的創作，只是不斷地改寫和翻譯，不斷地重複書寫自己的故事。張迷們不斷地爭論著，探索著，不斷地在張愛玲的作品中尋找她的夾縫文章，不斷地將她傳奇式的人生經歷作各種演繹和猜測。她存心要我們哭笑不得，要我們迷惑不解，要我們很快地忘記她，但實際上卻永遠也不可能把她遺忘。〔註101〕

　　《雷峰塔》、《易經》、《小團圓》是張愛玲的自傳三部曲，裏面的大致內容都可以在《私語》、《童年無忌》、《燼餘錄》中找到，她自己也說，「看過《流言》的人，一望而知裏面有《私語》、《燼餘錄》（港戰）的內容，但這新作會是像『《羅生門》』那樣的角度不同」〔註102〕。而《小團圓》中直白大膽的性描寫更讓她的讀者們感到震撼，其實七十年代的美國，那已走過「性革命」，正大跨步跨進「深喉」時期，性影像已百無禁忌，見怪不怪的七○年代，則實在是小巫見大巫〔註103〕。這一點在《同學少年都不賤》中有具體描述，趙玨有天傍晚迷路不小心跟著一群準備集體野合的大學生走到樹林裏，這是「現在學生的性的革命」；因爲「美國左派時髦」，女生們因爲「對中共抱著幻想」連帶著欽慕來自臺灣的中文老師萱望；以致萱望和女學生在車上性交後留下內褲而自辯「入鄉隨鄉，有便宜可撿，不撿白不撿」〔註104〕等情節；趙玨還對恩娟說，萱望是因爲在美生活過於糜爛，想回去吃苦「建國」，這是一種過飽之後產生的幻滅感，連帶地看不起美國。這些都從一些側面描寫了美國七十年代的性解放和左派時髦的社會潮流。雖然如此，張愛玲在張迷們心目中還是被當做神像一樣被瞻仰著，但女神卻不想當雕像被人膜拜。女神以素顏下了寶殿，赤裸地站在我們跟前〔註105〕。張迷能接受有著肉身的赤裸的女神嗎？宋淇曾經有過這樣的憂慮而勸張愛玲改寫或暫時擱置《小團圓》。但張迷

〔註101〕葉兆言：《她的人生就是一部大作品》，陳子善編，《作別張愛玲》，文匯出版社，1996 年版，第 216～217 頁。

〔註102〕張愛玲：《小團圓》，北京十月文藝出版社，2012 年版，第 4 頁。

〔註103〕陳麗芬：《童言流言，續作團圓》，林幸謙，《張愛玲——傳奇‧性別‧譜系》，聯經出版事業股份有限公司，2012 年版，第 300～301 頁。

〔註104〕張愛玲：《同學少年都不賤》，《怨女》，北京十月文藝出版社，2012 年版，第 334～337 頁。

〔註105〕陳麗芬：《童言流言，續作團圓》，林幸謙，《張愛玲——傳奇‧性別‧譜系》，聯經出版事業股份有限公司，2012 年版，第 301 頁。

們就好像欽慕赫素容的年輕時的趙珏一樣，赫如廁後空氣中也許有輕微的臭味，但那又怎樣？「如果有，也不過表示她的女神是人身」〔註106〕。這部小說可以說是她舊地重遊，或舊話重說，透過半自傳的形式，彷彿想要從她自己早年創造出來的人物取回她的發言權，以重構過去——完全屬於她一個人的過去；她才是『張愛玲故事』的唯一作者〔註107〕。只有她才可以扮演「張愛玲」，除此之外再沒有第二個人選。

見識了張愛玲肉身的張迷，也許會驚訝於她在美生活的清苦和清高的態度，因為上海時期年輕的風頭正勁的張愛玲不停地表述自己對金錢和物質的愛悅，喜歡炫示自己的華服，連她姑姑也說，「不知你從哪裏來的這一身俗骨」〔註108〕。但在去美國的四十多年裏，特別是賴雅去世後，張愛玲選擇了孤獨避世。除了酷愛寫作，她的日常生活是很簡單的，她只要求保有自己獨立的生活權利，選擇並享受著這種孤獨的生活方式。〔註109〕她曾經說，完成了一部作品就像是十月懷胎生下了一個孩子。對於金錢她更是看得很淡，據平鑫濤回憶，她對於版稅多少也不計較，平曾經想將她的作品改編成電視劇，和她談到版稅的問題，她說：「版稅你還要跟我說嗎？你自己決定吧。」兩人合作了三十年，從未見過面，卻能保持良好的合作關係，說明張愛玲雖然孤僻卻對自己信賴的人給予百分之百的信任。《人間》的編輯桑品載曾在《與張愛玲周旋》一文中，提到張愛玲當時正在寫一篇以軍閥為背景的小說，為了拿到這部小說，《人間》願意先寄 5000 美金給她，作為稿費的一部分。但張愛玲推辭了，也不願意接受預付的稿費。但最終還是將她的一篇文章《談看書》寄給《人間》，並且絕口不提稿費和版稅的事，可見張愛玲是一個非常有人情味並對金錢看得很淡的人。

1990 年 11 月 6 日，張愛玲給蘇偉貞信中說，蘇來信說準備刊登她的劇本《哀樂中年》，但是張愛玲對這部影片已經記不太清楚了，這個影片的題材是導演桑弧提供的，自己參與的並不多，只拿了一些劇本費，並且沒有署名，

〔註106〕張愛玲：《同學少年都不賤》，《怨女》，北京十月文藝出版社，2012 年版，第
322 頁。
〔註107〕陳麗芬：《童言流言，續作團圓》，林幸謙，《張愛玲——傳奇·性別·譜系》，
聯經出版事業股份有限公司，2012 年版，第 301 頁。
〔註108〕張愛玲：《我看蘇青》，《流言》，北京十月文藝出版社，2012 年版，第 245 頁。
〔註109〕參見平鑫濤：《選擇寫作選擇孤獨》，摘自陳子善編，《作別張愛玲》，文匯出
版社，1996 年版，第 13 頁。

所以她婉言謝絕了蘇偉貞給她的稿費。〔註110〕「財迷」的張愛玲居然不要已經寄給了她的稿費，因為她認為自己不應該拿。但是她在1993年8月6日給蘇偉貞的信中又說，一個多月前收到聯副轉載《被窩》……稿費200多美元，還沒來得及存入銀行就得了嚴重的感冒，好幾個星期才恢復健康。並且在自己患病休息的這段時間根本沒有出過門，也沒有任何人上門拜訪，應該是不可能丟失的，但無論如何都找不到，能不能再開一張支票給她。〔註111〕張愛玲因為遺失了稿費的支票而要求蘇偉貞再補寄，說明是她的她一定要拿到，而不屬於她的，她也絕對不會拿。張愛玲到底是「財迷」？還是不「財迷」呢？

　　這不禁令人想起她曾在《童言無忌》直言不諱地說「我是拜金主義者……我喜歡錢」〔註112〕，中學時代得到的第一次稿費沒有像母親說得那樣留作紀念，而是立刻買了一支小號丹琪唇膏。她甚至自詡為「小市民」，說每次看到小市民就立刻會想到自己，好像自己的胸前正佩戴著寫著這幾個字的紅色字條。她喜歡說自己俗，連俗氣的名字也令她自我感覺良好，「世上有用的人往往是俗人。我願意保留我的俗不可耐的名字，向我自己作為一種警告，設法除去一般知書識字的人咬文嚼字的積習，從柴米油鹽、肥皂、水與太陽之中去尋找實際的人生」〔註113〕。胡蘭成說，她認真地工作，從不占人便宜，人也休想占她的，要使她在稿費上頭吃虧，用怎樣高尚的話也打不動她。〔註114〕她的生活裏有一種世俗的清潔感。胡蘭成曾經提到張愛玲的一些經歷：在香港的時候，路上一個瘌三搶她的錢袋，奪來奪去好一會，還是沒給搶去；還有一次是在上海，瘌三搶她手裏的點心，連紙包一把抓去了一半，另一半還是給她攥得緊緊地拿了回來了。〔註115〕在早期的作品中張愛玲也喜歡標榜自

〔註110〕參見蘇偉貞：《自誇與自鄙》，林幸謙，《張愛玲：文學・電影・舞臺》，Oxford Univesity Press，2007年版，第35～36頁。
〔註111〕參見蘇偉貞：《自誇與自鄙》，林幸謙，《張愛玲：文學・電影・舞臺》，Oxford Univesity Press，2007年版，第36頁。
〔註112〕張愛玲：《童言無忌》，《流言》，北京十月文藝出版社，2012年版，第100頁。
〔註113〕張愛玲：《必也正名乎》，《流言》，北京十月文藝出版社，2012年版，第39頁。
〔註114〕胡蘭成：《張愛玲與左派》，陳子善編，《張愛玲的風氣》，濟南：山東畫報出版社，2004年版，第51頁。
〔註115〕參見胡蘭成：《張愛玲與左派》，陳子善編，《張愛玲的風氣》，濟南：山東畫報出版社，2004年版，第51～52頁。

己喜愛錢、喜愛物質，固然是因為經歷了家道中落，後來有一段時間同母親一起生活，在母親極度困窘的經濟環境下向她拿錢，為母親的脾氣而磨難著，也為自己的忘恩負義而備受煎熬，所以張愛玲認為愛也是可以用金錢來衡量的，「能夠愛一個人愛到問他拿零用錢的程度，那是嚴格的試驗」〔註116〕。這固然體現張愛玲對金錢的一種喜愛，但也可能是她的一種人格表演。因為中國的知識分子一向自命清高，視金錢如糞土，不會為五斗米折腰，連張愛玲的母親也是如此，她曾說過，我母親是個清高的人，從不看重金錢。但這種清高的態度卻令張愛玲很反感，反而讓她走到酷愛金錢和物質的那一面。張愛玲為了表現自己的與眾不同，除了奇裝異服的炫示，更有與世俗觀念完全相左的驚世駭俗的愛錢宣言，這彷彿成了張愛玲的一個招牌，更可能是張愛玲有意為之，凸顯自己的與眾不同，再加上「遺老遺少的舊事舊情，金瓶紅樓的舊腔舊調，鴛鴦蝴蝶的舊路舊網，旗袍鳳仙的舊服舊飾，這諸般的舊，組合在張愛玲身上，卻是一種炫而又炫的摩登，一種世紀末的華麗，一種現代性的頹廢。」〔註117〕

年輕時代嗜好華美服飾的張愛玲在 1962 年來臺灣時，據陳若曦所說，張愛玲的髮式是最不費神的清湯掛麵。有一天他們走在路上，陳若曦發現張愛玲居然穿了不同花樣的襪子，於是很緊張地告訴她，張愛玲居然笑笑，一點也不在乎。和前期的喜歡奇裝異服，連和朋友喝個茶也要盛裝打扮的張愛玲恍若兩人。張愛玲年輕時非常注意穿衣打扮，是個「極端意識到自己角色地位的舞臺性的人物」〔註118〕。但她在晚年卻回絕一切來訪，可能也是不想以衰老的容顏示人，想保留她在讀者心目中的美好形象。這是她在中年以後開始回歸自我，並且演繹自己的另一種表演風格。

如水晶所說，七巧、流蘇、阿小、薇龍、曼楨、月香、黃娟……張愛玲比較起她筆下的女主角，無論強者弱者，都要勁遒得多。〔註119〕胡蘭成說她也許會和她筆下的女主角做朋友，但不會同情她們。她在人生的幾個轉折點上的選擇都是極其明智的。特別是 1949 年新中國建立之後，她以梁京為筆名

〔註116〕張愛玲：《童言無忌》，《流言》，北京十月文藝出版社，2012 年版，第 102 頁。
〔註117〕李歐梵：《漫談中國現代文學中的「頹廢」》1993，摘自楊澤《閱讀張愛玲》，麥田出版股份有限公司，1999 年版，第 45 頁。
〔註118〕曉風：《淡出》，陳子善編，《作別張愛玲》，文匯出版社，1996 年版，第 51 頁。
〔註119〕水晶：《細思她的為人》，陳子善編，《作別張愛玲》，文匯出版社，1996 年版，第 33 頁。

在《亦報》發表《十八春》和《小艾》，並觀察當時政局發展的形勢。這兩部作品可能是張愛玲為了避開政治迫害和籌措去香港的旅費而作的，所以創作風格和形式都和從前大為迴異。而她和姑姑的訣別也是一個精彩決絕的故事吧！可能是預見到未來政局的動盪，張愛玲離開上海去香港前，和姑姑約定，從此斷絕一切來往，不通音信，「清清楚楚像死了一樣」〔註120〕。如果張愛玲當時不是那麼決絕，還有音信或來往，那麼留在上海的姑姑可能會在文革中遭到迫害和凌辱，甚至危及性命。正因為這樣的決絕，姑姑才可以安然度過十年浩劫。用水晶的話來說，「這樣青剛亮烈的女子，只有唐人傳奇才能讀得到」〔註121〕。

張愛玲是一個孤獨的人，她曾在殷允茹的訪問中說，她是一個習慣了孤獨的人，從前讀大學時，她的同學經常說他們根本不明白她說什麼，但張愛玲說她一點也不在乎，如果自己想講就會講出來，她認為自己和別人完全不同，也從不會要求自己跟別人相同。〔註122〕張愛玲享受著孤獨，連和一些摯友也保持著距離，當莊信正應她的要求，幫她找好洛杉磯的公寓，安頓停當後，她含蓄地對莊信正夫婦表示：雖然她住在洛杉磯，但還是將她看做是居住在老鼠洞比較好。這顯然是暗示他們不想有來往。她後來寫信告知了電話號碼，卻聲明不接電話。張愛玲似乎是個很孤僻的人。但在1974年6月底，當莊信正夫婦把準備搬到中西部印第安那州的消息寫信告訴張愛玲，張愛玲卻約他們帶上相簿去見她。她忙前忙後的準備咖啡和冰淇淋給他們，在看完莊帶來的相冊後，又拿出自己的相冊詳細地介紹給他們看。據莊信正的太太楊榮華所說，「在幾隻200燭光的燈泡的照耀下，張愛玲的房間亮如白晝。……她的客廳裏，除了和我們同牌子的小型電視機，沒有其他擺設，也不見書架。……」張愛玲的家裏總是喜歡一直開著電視，因此，無論什麼新聞或者國內外發生的事，甚至影視界和八卦新聞她都瞭如指掌。她還愛看脫口秀節目以及各類流行小說。〔註123〕直到深夜三點半莊信正夫婦才離開，賓主盡歡。

〔註120〕 水晶：《細思她的為人》，陳子善編，《作別張愛玲》，文匯出版社，1996年版，第34頁。

〔註121〕 水晶：《細思她的為人》，水晶，《替張愛玲補妝》，濟南：山東畫報出版社，2004年版，第311頁。

〔註122〕 參見殷允茹：《訪張愛玲女士》，季季，關鴻編《永遠的張愛玲》，上海：學林出版社，1996年版，第330頁。

〔註123〕 參見楊榮華：《在張愛玲沒有書櫃的客廳》，陳子善編，《作別張愛玲》，文匯出版社，1996年版，第111頁。

　　另外有一件事，也可以看出張愛玲頗具人情味。張愛玲連自己的生日也記不清楚，她在 1990 年 3 月 13 日給蘇偉貞的信中說道，記憶是有一定的選擇性的，如果印象不是很深刻就會很快忘記；而自己是出了名的沒有記性，只記得陽曆生日，因爲經常要填寫表格，而陰曆生日則早都不記得了。〔註 124〕可是在將近三十年後，得知王禎和於 1990 年 9 月 3 日去世，她寫信去要王家的通信地址，說自己知道王禎和臥病良久，但聽聞他的死訊還是感到震驚和難過。雖然想寫一篇文章紀念他，但一時三刻也寫不出來，所以她對蘇偉貞說「便中請把他令堂的姓名住址寫給我，至少可以弔唁……」〔註 125〕，張愛玲還記得她 1961 年 10 月到臺灣時，由王禎和陪同遊歷花蓮，並住在王家一晚，過了三十年她仍想著要安慰失去至親的王禎和的父母。但是她卻記不得自己的農曆生日，可見她的「記憶是有選擇性的」。她記得曾經熱情招待過她的王禎和一家人，一直心懷感激之情。

　　但張愛玲還是始終和人群保持著距離。1970 年的某一天，陳世襄在家中宴請張愛玲，還有陳的許多學生作陪，其中有陳世襄的學生李渝，在她眼裏「張愛玲第一眼就令人覺得不平凡。……穿著一件薄料子的旗袍，深灰色，不但沒有袖子，而且袖緣往裏裁剪得很深，從這邊的肩骨，通過敷蓋著前胸骨的上襟，可以看過去那邊的肩骨，我從來沒看見過這麼瘦削卻又把衣服穿得這麼瘦削的人。……她只和陳老師說話，一概不管其餘人。後者以一種老練的學者和長者的風度帶領著關係，而她，如同一位天眞的小女孩，始終以不虛飾的面容，活在自己的世界裏。」〔註 126〕就是這個瘦削的張愛玲，在加大中國研究中心工作時，「總是在大家下班以後，才像幽靈一樣的出現在空無一人的辦公室裏。」李渝覺得張愛玲是「一位生活與文本，氣質與風格一致的、眞正的、誠實的作家」〔註 127〕。在陳世襄和張愛玲解約後，張愛玲即開始了她完全避世的隱居生活。

　　說起張愛玲晚年的隱居生活，就不得不提起嘉寶。張愛玲曾在《餘韻》

〔註 124〕蘇偉貞：《自誇與自鄙》，林幸謙，《張愛玲：文學・電影・舞臺》，Oxford Univesity Press，2007 年版，第 35 頁。

〔註 125〕蘇偉貞：《自誇與自鄙》，林幸謙，《張愛玲：文學・電影・舞臺》，Oxford Univesity Press，2007 年版，第 37 頁。

〔註 126〕李渝：《跋扈的自戀》，陳子善編，《作別張愛玲》，文匯出版社，1996 年版，第 78～79 頁。

〔註 127〕李渝：《跋扈的自戀》，陳子善編，《作別張愛玲》，文匯出版社，1996 年版，第 79 頁。

中說她是嘉寶的信徒，嘉寶用高明的化妝術和高超的演出技巧，獨自在紐約生活了三十多年，幾乎沒有人能認出她，因為她始終信奉自己要獨立生活的原則。〔註128〕她還提到在一幅漫畫中，屋前的草地上有一塊告示牌「私家重地，請勿踐踏」！張愛玲也希望張迷們能像對待嘉寶那樣尊重她的隱私。張愛玲十分羨慕嘉寶在紐約的隱居生活，嘉寶應是張愛玲唯一公開表示欣賞的一個人。除了欣賞，可能還有些惺惺相惜的感覺。因為兩人的經歷頗為相似，在自己的領域裏都堪稱天才。而天才不屬於這個世界，走到哪去都是「異鄉」。〔註129〕嘉寶永遠懷念她的故鄉瑞典，卻終生隱居於紐約。張愛玲念念不忘上海，卻在1952年離開後，再沒有回去。和嘉寶一樣，張愛玲也是完美主義者、長期精神頹喪、不快活、苦悶、容易疲倦。張愛玲自己也說過，快樂的事情很快就會忘記，沮喪刺惱的事卻永遠記得。像她在十八歲時的一篇投稿沒有拿到頭獎，她耿耿於懷了五十幾年，甚至拿了時報文學獎頒給她的終生成就獎，仍對以前的這件小事念念不忘，寫了一篇得獎感言《憶西風》，講述了她當年的處女作《我的天才夢》得到首獎又失去的經歷，她自己說「五十多年後，當事人大概只有我還在，由得我一個人自說自話，片面之詞即使可信，也嫌小器」〔註130〕，這算是天才的怪癖嗎？這就是張愛玲的性格吧，不能受一點點委屈。她一語成讖，她的告別書，也遠兜遠轉，回轉到她當初起步文壇的那篇處女作上〔註131〕。

　　嘉寶因精神長期萎靡不振而需要定期看精神科醫生，而張愛玲也患過一場疑似精神病，她總覺得冰箱裏有跳蚤，反覆搬家和去看醫生仍無法根治，連醫生也懷疑這只是一場妄想症。而且兩人都極易患感冒，還很難痊癒。嘉寶在風華正茂的年齡（36歲）正當紅時退出影壇，可謂急流勇退。張愛玲也在她的青春年華寫出最璀璨的篇章，隨後從文壇消失。張愛玲離開上海後一直渴望再創輝煌，嘉寶也一直想復出，但最後都沒能達到預期的想法。明星嘉寶在美國紐約隱居了49年，作家張愛玲重新演繹了她心目中的偶像嘉寶的隱居生活，在美國生活了23年〔註132〕。兩人相似的性格特徵和生活經歷，正

〔註128〕參見張愛玲：《續集自序》，《重訪邊城》，北京十月文藝出版社，2012年版，第160頁。
〔註129〕水晶：《張愛玲未完》，大地出版社，1996年版，第21頁。
〔註130〕張愛玲：《憶西風》，《重訪邊城》，北京十月文藝出版社，2012年版，第260頁。
〔註131〕水晶：《細思她的為人》，《替張愛玲補妝》，濟南：山東畫報出版社，2004.5，第313頁。
〔註132〕參見萬燕：《生命有它的圖案：評張愛玲的漫畫》，林幸謙，《張愛玲——傳奇‧性別‧譜系》，聯經出版事業股份有限公司，2012年版，第773頁。

所謂天才模式都是如此的近似，這是否也可以説是張愛玲無形中對自己偶像的一種不經意的模仿呢？借助於明星嘉寶的傳達，張愛玲晚年的隱居方式很大程度不也有「生活戲劇化」的成分嗎〔註 133〕？或許這也體現了張愛玲在現實生活中的一種表演人格吧！

　　張愛玲在《紅樓夢魘》中説，看來百回《紅樓夢》的高潮是最後的散場。這樣的散場可以説是一場悲劇，隨著少年時代的結束，昔日的少男少女們都被趕出了美麗的伊甸園，家族所發生的巨變，使昔日風光的他們此時不得不掙扎在世俗和煩惱的成人世界中，那曾經燦爛輝煌永恆的家族基業竟如此脆弱不堪一擊，看透了世俗世界的寶玉最後終於拋開一切遁入空門，實踐了年幼時對黛玉的那些似乎不可靠的山盟海誓。〔註 134〕這似乎也是在説張愛玲自己一生的經歷，少年時期短暫的幸福和榮華富貴轉眼即逝，青春年華在文壇上璀璨閃耀的兩年也不過是過眼雲煙，最後還是要回歸於茫茫原野大地之間。所以張愛玲在遺囑中説，將骨灰撒向荒野之地。這樣的安排當然不是突如其來的，一切源自林黛玉在《紅樓夢》中作的一首葬花詞，「天盡頭，何處有香丘？」想來張愛玲對此頗有同感，在現實生活中實踐了這一想法，回歸了大自然。寶玉也常常把「化灰」這兩個字掛在嘴邊……張愛玲真是毫不愧疚的做了曹雪芹的忠實信徒。〔註 135〕

　　水晶在他的《殺風景——張愛玲巧扮死神》一文中，描寫張愛玲在獲得時報文學特別獎時，刊出的張愛玲照片，「張女士穿了一件羊毛質地醬紫近乎黑色的長袖毛衣，大挖領，領口袖口鑲一道白邊。黑毛衣印有一朵朵放大的雪花圖案。若是年輕，大挖領後面大概不會再穿什麼；這次她添了一件麻質背心。通身一無插戴。」〔註 136〕如她在《對照記》中所説「素樸原是她的本質」。閱讀張愛玲前期的作品，常為故事中繁複的意象、豔麗的色彩而目不暇接，心旌搖搖，因此有人認為她著意追求華靡，有點華而不實〔註 137〕。其實不然，她曾經説過「唯美派的缺點不在於它的美，而在於它的美沒有底子」〔註 138〕。她不喜

〔註 133〕萬燕：《生命有它的圖案：評張愛玲的漫畫》，林幸謙，《張愛玲——傳奇・性別・譜系》，聯經出版事業股份有限公司，2012 年版，第 773 頁。

〔註 134〕參見張愛玲：《紅樓夢魘》，北京十月文藝出版社，2012 年版，第 173 頁。

〔註 135〕水晶：《張愛玲未完》，大地出版社，1996 年版，第 91 頁。

〔註 136〕水晶：《張愛玲未完》，大地出版社，1996 年版，第 4 頁。

〔註 137〕水晶：《細思她的為人》，水晶，《替張愛玲補妝》，濟南：山東畫報出版社，2004 年版，第 312 頁。

〔註 138〕張愛玲：《自己的文章》，《流言》，北京十月文藝出版社，2012 年版，第 94 頁。

歡古典派那種善惡對立的寫法，她喜歡用參差對照的寫作手法，寫出現代人的虛偽之中有眞實，浮華之中有素樸。在《對照記》中，圖46她有這樣的說明，在解放初期，她穿了一套上面發下來的土布做的雪青洋紗的衫褲，帶著這張素顏照去登記戶口，被一個穿黃制服的老幹部認爲是鄉下婦女，問她「認識字嗎？」，張愛玲的反應是，「我笑著咕嚕了一聲『認識』，心裏驚喜交集！倒不是因爲身在大陸，趨時懼禍，妄想冒充工農。也不是反知識分子，我信仰知識，就只是反對有些知識分子的望之儼然，不夠舉足輕重。其實我自己兩者都沒有做到，不過是一種願望。有時候拍照，在鏡頭無人性的注視下，倒偶而流露一二」〔註139〕。而圖48是她的另一張素顏照片，是出大陸時照的，這次檢查的北方革命小青年用小刀刮張愛玲的一幅包金的小藤鐲，最後露出一小塊泛白色，就誇獎她「這位同志的臉相很誠實，她說包金就是包金」〔註140〕。張愛玲被誤認爲是鄉下不識字的婦女而感到「驚喜交集」，並且被一個鄉下來的革命青年認爲「臉相很誠實」，這也體現了張愛玲的一種表演人格吧！此時她扮演的是樸素、質樸的農村婦女！因爲這時的她已經經歷了世事和人生的滄桑變換，透露出的是她浮華之中有素樸的一面。胡適也曾稱讚過她的「樸素」。還是水晶說的好：當然，代表一個「作家人格」的，還是她自己的作品。張愛玲是不是遠兜遠轉地替自己的文章迴護：她儘管長時間是華麗的，色彩絢麗繽紛的，但是掩藏於華麗、機智底下的，還有不易瞥見的隱性的質樸？〔註141〕而晚年的這張照片更是透露了她喜好質樸的本性，照片中張愛玲手握一卷報紙，上面清晰的見到：主席金日成昨猝逝。這是要向讀者傳遞什麼信息呢？照片中的張愛玲蒼老瘦弱，手裏拿著這樣的報紙，彷彿在那裡扮演「死神」的角色。這是張愛玲一貫的作風，就像她作品的主題「辣手摧花」，將一切的幻想和羅曼蒂克都擊得粉碎。

蘇偉貞說，現在回過神來看張愛玲一生，也有張派小說的感覺。張愛玲放棄了父親、母親、丈夫（胡蘭成）、所深愛的上海、最後放棄了自己。就如曼楨放棄了和世鈞在一起的幸福；劉荃放棄了自由、戀人黃娟、摯友葉景荃；金根

〔註139〕 張愛玲：《對照記》，《重訪邊城》，北京十月文藝出版社，2012 年版，第 239 頁。

〔註140〕 張愛玲：《對照記》，《重訪邊城》，北京十月文藝出版社，2012 年版，第 242 頁。

〔註141〕 水晶：《這就是她》，水晶，《替張愛玲補妝》，濟南：山東畫報出版社，2004 年版，第 303 頁。

爲了月香放棄了生命；王佳芝爲了愛情放棄了生命……和她小說中的人物一樣，1995 年 9 月 8 日，張愛玲在她洛杉磯的公寓裏被發現去世了。眾所周知，張愛玲是一個特立獨行的人，青年時期以卓越的文學才華和炫人的奇裝異服在上海淪陷區大放異彩，中年離開自己所熱愛的故土來到香港，後又漂洋過海到了美國，晚年隱居避世，令眾多張迷神往不已卻近身不得。臺灣的一位作家戴文采，因爲迷戀張愛玲，刻意想方設法住到張愛玲的隔壁。多次想拜見張愛玲而不得，最後只好去檢查張愛玲的垃圾，從垃圾裏發現張愛玲生活狀況，並爲此撰寫了一篇文章。由此可見，張愛玲的一生就像是一個傳奇故事，一部精彩神秘的電影，引來無數張迷的好奇和窺隱之心。她就是張迷心中至高無上的女神，「張愛玲的香火，供在每個入迷者胸中那一座任何宗教都有可能的神龕裏，不在琉璃黃瓦的大廟上。有求必應的，隱秘的張愛玲。」〔註 142〕

　　水晶曾說過，張愛玲是一個非常會算計的人。她知道自己在讀者心目中的地位，在中文世界的地位，她不允許人們妄議她和她的人生，不給那些給她作傳記的人們有一絲異議的機會。爲了不讓朱西寧胡言亂語寫她的傳記，爲了不讓胡蘭成在《今生今世》中對這段舊情事自說自話，她寫了一本《小團圓》將兩人的愛情做了一個徹底清算。張愛玲和胡蘭成的這段情感恩怨也像是一場人生大戲，被世人和張迷們津津有味地評說和演繹著。張愛玲就像她小說中所創造的那些帶有強烈悲劇意識的女子，爲了自己人生中唯一的愛情而磨難著，痛苦著，而這個讓她愛得死去活來的人還不是眞愛，張愛玲就是她這部人生大戲的主人公，只可惜再沒有人能夠繼續書寫她的故事。〔註 143〕蔣芸爲張愛玲叫屈，這樣前途如日中天，中西合璧能寫，能畫，能彈，博古通今，家世血統顯赫的奇女子，爲何找了這樣兩個男人？一個是對感情不忠的逃亡漢奸，另一個是老邁貧窮的過氣作家。他們帶給她的只有無盡的苦難和顛沛流離，還有一生都還不清的情債和傷痛。〔註 144〕當然其中的是非曲直只有這場人生大戲中的女主角張愛玲本人才能明瞭，在自傳體小說《小團圓》中，她親自登場演出並解析了一切。

〔註 142〕 蔡康永：《張愛玲越獄成功》，陳子善編，《作別張愛玲》，文匯出版社，1996年版，第 100 頁。

〔註 143〕 參見蔣芸：《爲張愛玲叫屈》，劉紹銘、梁秉鈞、許子東，《再讀張愛玲》，Oxford University Press（China）Ltd，2002 年版，第 293 頁。

〔註 144〕 參見蔣芸：《爲張愛玲叫屈》，劉紹銘、梁秉鈞、許子東，《再讀張愛玲》，Oxford University Press（China）Ltd，2002 年版，第 292 頁。

　　張愛玲演繹了自己的精彩人生，喜愛她的張迷們也不斷地演繹她的人生故事。由於張愛玲的生平頗有傳奇色彩，曾被拍成多部電影和電視劇，舞臺劇。在臺灣由三毛編劇，林青霞和秦漢主演的電影《滾滾紅塵》即是以張愛玲的生平事蹟改編而成的。劉若英主演的《她從海上來》也是以張愛玲為原型的傳記電視劇，其熱播又引起人們對張愛玲的熱切關注。還有在上海上演的話劇《張愛玲》，經過多番周折終於上演，這是首次有人以傳記形式再現張愛玲浮世悲歡的舞臺劇〔註145〕。至於張愛玲小說被改編成電影的更是數不勝數。周潤發和繆騫人主演的《傾城之戀》、黎明和吳倩蓮主演的《半生緣》、陳沖和葉玉卿主演的《紅玫瑰與白玫瑰》、《怨女》，還有李安導演的、由梁朝偉和湯唯主演的《色戒》更摘下了金獅獎，這些都將現代文學史上的張愛玲變成傳奇〔註146〕。但顯然，張愛玲傳奇一生的那種蒼涼和神秘的感覺，不僅限於她優美華麗的文字和意象，更是由於她自身的獨特形象和人生際遇所造成的。〔註147〕如李歐梵所說，她的姿態在「鏡花水月」式的美學意境中製造了一種神秘感。〔註148〕

　　而書信又成為張愛玲另一個大顯身手的舞臺，另一種形式的表演。如蘇偉貞所言，這場表演大概要從她十幾歲時遭父親虐打並囚禁的故事開始，接著張愛玲就正式開始了她人生的盛大演出。她的一生都在自誇與自鄙的人生劇場中擺蕩著，這是一種拒絕與放棄的姿態，而她的信件則是最微觀的劇本。〔註149〕她去世以後，大量她生前和至親好友的信件被披露，使張迷們有機會進入到神秘隔世的張愛玲的內心世界一探究竟。而在這場大戲中，除了張愛玲，最大的主角應該是宋琪夫婦，前面我們已經引用過許多摘自由宋以朗主編的《張愛玲私語錄》一書中的段落和句子，裏面有他們的通信六百多封。還有夏志清的《張愛玲給我的信件》一書也披露了他和張愛玲之間的數百封

〔註145〕林幸謙：《張愛玲遺愛》，林幸謙，《張愛玲：文學·電影·舞臺》，Oxford University Press，2007 年版，第 426 頁。

〔註146〕林幸謙：《張愛玲遺愛》，林幸謙，《張愛玲：文學·電影·舞臺》，Oxford University Press，2007 年版，第 427 頁。

〔註147〕參見彭雅玲：《文字、影像與張愛玲──張愛玲〈對照記：看老照相簿〉的互文性解讀》，林幸謙，《張愛玲：文學·電影·舞臺》，Oxford University Press，2007 年版，第 372 頁。

〔註148〕彭雅玲：《文字、影像與張愛玲──張愛玲〈對照記：看老照相簿〉的互文性解讀》，林幸謙，《張愛玲：文學·電影·舞臺》，Oxford University Press，2007，第 373 頁。

〔註149〕參見蘇偉貞：《自誇與自鄙──張愛玲的書信演出》，林幸謙，《張愛玲：文學·電影·舞臺》，Oxford Univesity Press，2007 年版，第 28 頁。

信件。還有莊正信、林式同、蘇偉貞等都和張愛玲有過通信聯繫。這些信件在前面的章節筆者都有引用過其中的內容，這裡不再復述。可以說，張愛玲利用和這些朋友來往的信件而藏身在舞臺後面，當那些信件在她身後開始逐漸地出版面世，帶給讀者們震撼的感覺非常像是一場弦外之音齊聲鳴奏的盛大表演，沒有前後臺之分〔註150〕，這似乎是張愛玲的另一齣精彩的人格表演，讀者可以從裏面聽到「事實的金石聲」，這是一場張愛玲生命中，通過信件上演的「自誇與自鄙」戲碼〔註151〕。這種矛盾的性格也反映在她對於人世的看法，如林式同所說，張愛玲對身外之物看得破，她「沒有家具，沒有珠寶，不置產，不置業……她不執著，不攀緣，無是非，無貪瞋，這種生活的境界，不是看透看破了世事的人，是辦不到的」，但同時她也抱著一種入世的態度，她很愛美，「在一九九三年五月，她做了一次整容手術，又覺得戴眼鏡不適合她的臉型，因此配了隱形眼鏡。她也買了好些化妝品……她又喜歡買衣服，各色各樣的都有」〔註152〕。

在生命即將終了之時，她寫了一部《對照記》，獲得時報所頒發的終生成就獎。裏面有她自己和家人、朋友的照片，並且給每幅照片都做了詳細的注解，還簡略地介紹了自己和家人的人生經歷。「我們觀看的張愛玲，是經過張愛玲的選擇，是張愛玲主動呈現她被觀看的姿態」〔註153〕，她絕不給任何人可以杜撰和任意編寫篡改的機會。《對照記》像一部室內劇，徐徐展開，圖文並置，張愛玲作為戲裏的主角，盛裝出場：表演式的擺拍，特寫式的捕捉，臺詞式的旁白，戲裏戲外，傳奇與寫真，渾然一體〔註154〕。還有她那總是說「湖南人最勇敢」的、「踏著這雙三寸金蓮橫跨兩個時代」〔註155〕的母親；姻

〔註150〕參見蘇偉貞：《自誇與自鄙——張愛玲的書信演出》，林幸謙，《張愛玲：文學‧電影‧舞臺》，Oxford Univesity Press，2007年版，第39頁。

〔註151〕蘇偉貞：《自誇與自鄙——張愛玲的書信演出》，林幸謙，《張愛玲：文學‧電影‧舞臺》，Oxford Univesity Press，2007年版，第37頁。

〔註152〕林式同：《有緣識得張愛玲》，蔡鳳儀，《華麗與蒼涼：張愛玲紀念文集》，臺北市：皇冠文學出版有限公司，1996年版，第83頁。

〔註153〕彭雅玲：《文字、影像與張愛玲——張愛玲的書信演出》，林幸謙，《張愛玲：文學‧電影‧舞臺》，Oxford University Press，2007年版，第405頁。

〔註154〕姚玳玫：《介入世界的兩種方式：〈丁玲〉與〈對照記〉對讀》，林幸謙，《張愛玲——傳奇‧性別‧譜系》，聯經出版事業股份有限公司，2012年版，第679～680頁。

〔註155〕張愛玲：《對照記》，《重訪邊城》，北京十月文藝出版社，2012年版，第192頁。

緣色彩濃厚、雖敗猶榮的英雄美人、被張愛玲所摯愛的祖父母；如母親般待她的姑姑；一生的摯友——聰慧活潑大膽、具有反傳統思想的炎櫻。這是一部真正的私人影集。《對照記》那溫馨動人回憶往事的感覺，最後取代了《小團圓》中的直白坦露和譴責之聲〔註156〕。

　　張愛玲一直有人生如戲的感覺，在這種格局中，她以個人的方式自說自話，演繹自己的戲〔註157〕，這是將要走向生命終點的張愛玲，對姑姑與母親之間和姑姑與自己之間的，相當堅固的血肉親情的一種回眸致意〔註158〕。特別是對母親，處處都流露出孺慕之情，裏面提到她設計的《傳奇》封面，「整個一色的孔雀藍，沒有圖案，只印上黑字，不留半點空白，濃稠得使人窒息。以後才聽見我姑姑說我母親從前也喜歡這顏色，衣服全是或深或淺的藍綠色」，對此張愛玲幽幽地說「遺傳就是這樣神秘飄忽——我就是這些不相干的地方像她，她的長處一點都沒有，氣死人」〔註159〕。張愛玲將自己的藝術天分歸於母親的遺傳，還在文中細細描寫母親為她小時候的照片塗顏色，母親把她的嘴唇塗上紅色，裙子就塗上藍綠色。張愛玲似乎要在這裡重演一次兩母女的溫馨愛意，告訴大家這才是最後的版本。

　　而對於給了她很大滿足感的祖父母的姻緣，張愛玲這樣表達自己對他們的深深的愛「我沒趕上看見他們，所以跟他們的關係只是屬於彼此，一種沉默的無條件的支持，看似無用、無效，卻是我最需要的。他們只是靜靜地躺在我的血液裏，等我死的時候再死一次。我愛他們。」〔註160〕在《小團圓》也出現過類似的話語。這是張愛玲在她的人生演出即將謝幕的時候，再一次向祖父母表達她的懷念之情。《對照記》喻示她對往事的那點戀棧，足見她對人間悲歡的態度，是曹雪芹式的，是既摒棄又擁抱；又像《金瓶梅》開篇時

〔註156〕參見呂文翠：《五詳〈紅樓夢〉，三棄〈海上花〉》，林幸謙，《張愛玲——傳奇‧性別‧譜系》，聯經出版事業股份有限公司，2012年版，第112頁。

〔註157〕參見姚玳玫：《介入世界的兩種方式：〈丁玲〉與〈對照記〉對讀》，林幸謙，《張愛玲——傳奇‧性別‧譜系》，聯經出版事業股份有限公司，2012年版，第680頁。

〔註158〕參見呂文翠：《五詳〈紅樓夢〉，三棄〈海上花〉》，林幸謙，《張愛玲——傳奇‧性別‧譜系》，聯經出版事業股份有限公司，2012年版，第112頁。

〔註159〕張愛玲：《對照記》，《重訪邊城》，北京十月文藝出版社，2012年版，第178頁。

〔註160〕張愛玲：《對照記》，《重訪邊城》，北京十月文藝出版社，2012年版，第216頁。

所倡言的，是熟結冷遇式的。〔註161〕在這裡，張愛玲自己也從一個身著奇裝異服的自戀自信的妙齡女子瞬間變成滿臉皺紋歷經滄桑的老太太，就好像七巧看著鏡子一晃就過了十年，張愛玲慣用的蒙太奇電影手法，在這部令世人矚目的傳奇人生大戲劇中最後一次運用，並達到了它最炫目的高潮巔峰。

〔註161〕水晶：《細思她的為人》，水晶，《替張愛玲補妝》，濟南：山東畫報出版社，2004 年版，第 313 頁。

餘論　張愛玲研究的未來

　　當筆者快將完成這部書稿的時候，不禁在想張愛玲這位讓眾多讀者和張迷們沉迷不已的女神，她的作品、她的人生經歷、她的身世、她的性格、她日常生活的點點滴滴無一不得到人們的極大關注。在前面的緒論和筆者的論文中引用和提到的諸多著名專家學者、還有大量的研究專著、研究論文、博碩士論文，可以說從方方面面將張愛玲研究了一個徹底得透徹。張愛玲的文字讓人著迷，她的奇聞異事更勾起人們的好奇心和窺隱的快樂。林奕華說過，「〔張愛玲的〕文字本身就是布景，就是主角」。〔註1〕而張愛玲的人生更是一部神秘又引人入勝的大戲。除了筆者在論文中引述的大量的研究張愛玲的專著和論文，還有許多另闢蹊徑的研究書籍，如《張愛玲的上海舞臺》、《張愛玲的廣告世界》、《張愛玲地圖》、《張愛玲與宋江》等。他們不是從學術研究的方向去寫這些書，更多的是將張愛玲作為一種小資的代表。在他們的筆下張愛玲似乎成為了上海小資的代言人。《張愛玲地圖》就詳細記錄了，作者在上海尋找張愛玲作品中出現的各種房屋的地址，還有相關的細節描寫，重現了舊時繁華奢靡的大上海風貌。《張愛玲的廣告世界》中作者則到咖啡館和蛋糕店去尋找張愛玲當年吃過喝過的痕跡。《綁架張愛玲》就更奇特，裏面有大量圖片和文字說明，把張愛玲和上海的衣食住行「綁」在一起，讓讀者看看女神張愛玲生活過的上海。

　　這樣看來，我們不禁要問張愛玲研究的未來還有多少空間供癡迷她的研究者們去發現、去挖掘、去找出更多的瑰寶？從陳子善的一篇論文《1945～

〔註1〕何杏楓：《華麗緣中的愛玲女神》，林幸謙，《張愛玲：文學・電影・舞臺》，Oxford University Press，2007 年版，第 140 頁。

1949 年間的張愛玲》中我們可以略窺見些許端倪。陳子善在 1945 年 4 月出版的上海《雜誌》中看到一條訊息，張愛玲目前正在寫一部小說《描金鳳》，大約十萬字左右。〔註2〕而張愛玲自己也在《談音樂》一文中提到《描金鳳》，「彈詞我只聽見過一次，一個瘦長臉的年輕人唱《描金鳳》」〔註3〕。而當時關於《描金鳳》的報導也是多不勝數，一九四六年五月，「張愛玲腰斬描金鳳」，三個月後又有報紙說「張愛玲一直靜默著，她志氣高昂，埋頭寫作《描金鳳》」等等，而唐大郎則為此做了一首打油詩，還特別說明張愛玲正在寫《描金鳳》，只是還未寫完。〔註4〕但當時的政治形勢很嚴峻，張愛玲被列入「女漢奸」之列，還有人在《海派》發表了一篇文章《張愛玲做吉普女郎》，提到這部小說，認為以她當時的漢奸名聲，絕對不會有刊物願意發表她的作品。〔註5〕可見張愛玲當時所面臨的困境，這可能就是《描金鳳》最終未能發表的原因。

　　而在近年張愛玲的遺作不斷地被挖掘出來，如《小團圓》、《雷峰塔》、《易經》、《少帥》、《異鄉記》，都是宋以朗在張愛玲的遺物中發現的，並整理、翻譯、出版。而張愛玲的另一部小說《鬱金香》連載於一九四七年五月十六日至三十一日上海《小日報》，則由吳福輝和李楠兩位張愛玲研究的學者挖掘出來〔註6〕。這部小說是目前我們所見到的張愛玲一九四九年前創作的最後一部小說。眾所周知張愛玲對小報的喜愛，可能在一九四五年後嚴峻的政治形勢之下，張愛玲無法在大型的報刊雜誌發表作品，唯有轉向小報。《鬱金香》在五十八年後終於重見天日，而《十八春》是在一九五○年三月發表的。筆者不禁想，那麼在一九四七年至一九四九年間究竟還有多少張愛玲的作品湮沒在小報中呢？唐文標、陳子善、吳福輝、李楠等專家學者們已經不斷地發掘出張愛玲早期的作品，甚至於她中學時代的作文《霸王別姬》、《牛》、《不幸的她》等。

　　而宋以朗也在整理張愛玲的遺稿中不斷的有新發現，除了前面提到那些

〔註2〕參見陳子善：《1945～1949 年間的張愛玲》，陳子善，《沉香譚屑：張愛玲生平和創作考釋》，Oxford University Press，2012 年版，第 61 頁。

〔註3〕張愛玲：《談音樂》，《流言》，北京十月文藝出版社，2012 年版，第 173 頁。

〔註4〕參見陳子善：《1945～1949 年間的張愛玲》，陳子善，《沉香譚屑：張愛玲生平和創作考釋》，Oxford University Press，2012 年版，第 62～63 頁。

〔註5〕參見陳子善：《1945～1949 年間的張愛玲》，陳子善，《沉香譚屑：張愛玲生平和創作考釋》，Oxford University Press，2012 年版，第 67 頁。

〔註6〕參見陳子善：《1945～1949 年間的張愛玲》，陳子善，《沉香譚屑：張愛玲生平和創作考釋》，Oxford University Press，2012 年版，第 20 頁。

作品之外，宋以朗最新公開的張愛玲遺作要屬她自己剖析學生時代想法的《愛憎表》。這篇文章在「張愛玲誕辰 95 週年紀念」的學術研討會，首次得到發表。〔註7〕張愛玲這篇《愛憎表》的寫作手法類似小說《小團圓》，都是講述自己青少年的往事，這裡張愛玲運用迴環往復的寫作手法顯然值得學界探討，並且這篇文章具有一定的傳記價值；而且比起自傳體的小說，這篇文章更加是直接敘述，可以藉此分析和理解張的小說和她自身經歷的密切關係。〔註8〕從這篇文章還可以發現她的寫作方法。還有陳子善在《張愛玲說〈毛毛雨〉》一文中提到，張愛玲曾於一九四四年英譯一九三〇年代的「靡靡之音」《毛毛雨》。他在胡蘭成的《記南京》中發現這一段話，「張愛玲把《毛毛雨》譯成英文，加以說明道：『我喜歡《毛毛雨》，因為它的簡單的力量近於民歌，卻又不是民歌……有一種傳統的，扭捏的東方美』」〔註9〕。但至今學界還沒有發現張愛玲翻譯成英文的《毛毛雨》，這篇譯文當年是否曾發表？發表在哪裏？都有待於專家學者們的發掘和查考。

　　還有隨著張愛玲書信的大量曝光和發表，如前面所述的夏志清、宋琪夫婦、莊信正、蘇偉貞等都先後公布和發表了同張愛玲的通信往來。張愛玲在給夏志清和宋琪夫婦的信中多次提到她青年時期的摯友炎櫻，而她和炎櫻也一直保持著通信聯繫。但至今還沒有看到這些信件的出現，也許在不久的將來這些信件也會逐步曝光，給張愛玲研究帶來更多的空間。也希望宋以朗會披露更多關於張愛玲遺稿的信息，我們期待著更多的張愛玲曾發表或未發表的作品能夠面世，這也是眾多專家學者以及張迷們所期待的。相信張愛玲研究的未來可能會朝這個方向發展。

　　另外，到美國之後，張愛玲的小說創作份量減少，主要是改寫和翻譯。她的四個短篇小說便成為重要的作品，數量雖少，份量卻很重。如周芬伶所說，四十年代的作家到七、八十年代，仍保持強旺的實驗精神，與其拿她與維金尼亞·渥爾芙想比，不如與法國的莒哈絲相比；莒哈絲是法國「新小說」的健將，到老實驗精神與反叛個性依然不滅。張愛玲一方面向傳統小說借鏡，

〔註7〕　《張愛玲遺稿〈愛憎表〉首次曝光》，
　　　　http://ent.sina.com.cn/zz/2016-08-06/doc-ifxuszpp3004889.shtml
〔註8〕　參見《張愛玲遺稿〈愛憎表〉首次曝光》
　　　　http://ent.sina.com.cn/zz/2016-08-06/doc-ifxuszpp3004889.shtml
〔註9〕　陳子善：《張愛玲說毛毛雨》，陳子善，《沉香譚屑：張愛玲生平和創作考釋》，
　　　　Oxford University Press，2012 年版，第 40 頁。

一方面努力開拓小說的可能性，大膽涉入同性戀書寫，以及流亡心理的探討，政治與性的對位關係，使她的小說更具有現代性。〔註10〕但這些小說的研究比起前期作品研究的汗牛充棟、碩果累累，還是很不足夠的。我想這是張愛玲研究的未來所要關注的問題。還有她的英文作品《少帥》的研究目前來說也是極少的，另外關於她的後期小說創作受西方作家影響的研究目前還沒有看到。另外，張愛玲的兩部在香港創作的小說《秧歌》和《赤地之戀》，被輕易判定爲「反共小說」，如大陸學者劉川鄂所說，張愛玲曾說過她最喜愛的古典名著《紅樓夢》被眾人世俗化了，可是她自己也未能避免一樣的命運，有些大陸學者不理會張愛玲前期創作一貫的藝術特徵，完全無視她對於人性、情慾和非理性的深度探索，同時也看不到這些作品，對和她同時代作家相同和相類似題材的一種超越性，這些都可以看做是戴著一副有色的政治眼鏡，在學術研究方面的一種嚴重的誤讀。〔註11〕所以，筆者認爲張愛玲研究的未來還是有許多未知的角落和空間等著專家學者們去挖掘去深入研究和探討，對此我們拭目以待！

最後，我想借用何杏楓在《華麗緣中的愛玲女神》中的一句話來結束這篇累牘之文，「如果說張愛玲是一位女神，她便是一位令人慢下來注意人世風光的女神。張愛玲的文本世界，是一個時光流失的神仙洞府，裏面的歲月悠悠忽忽，閱讀的人，也自是趕不得」〔註12〕。是的，我們這些張迷們有的是耐心，等待我們心目中的女神張愛玲帶給我們更多的人世間的美妙風光和動人故事。

〔註10〕 周芬伶：《豔異：張愛玲與中國文學》，北京：中國華僑出版社，2003 年版，第 243 頁。

〔註11〕 參見劉川鄂：《消費主義語境中的張愛玲現象》，林幸謙，《張愛玲：文學·電影·舞臺》，Oxford University Press，2007 年版，第 277 頁。

〔註12〕 何杏楓：《華麗緣中的愛玲女神》，林幸謙，《張愛玲：文學·電影·舞臺》，Oxford University Press，2007 年版，第 155～156 頁。

參考文獻

一、專著

1. 高全之：《張愛玲學》〔M〕，麥田，城邦文化出版，2011 年版。
2. 高全之：《張愛玲學續篇》〔M〕，麥田，城邦文化出版，2014 年版。
3. 嚴紀華：《看張·張看——參差對照張愛玲》〔M〕，秀威信息科技，2007 年版。
4. 季季、關鴻編：《永遠的張愛玲——弟弟、丈夫、親友筆下的傳奇》〔C〕，學林出版社，1996 年版。
5. 張愛玲：《十八春》〔M〕，江蘇文藝出版社，1986 年版。
6. 張愛玲：《鬱金香》〔M〕，北京十月文藝出版社，2006 年版。
7. 張愛玲：《易經》〔M〕，北京出版集團　北京十月文藝出版社，2011 年版。
8. 張愛玲著，鄭遠濤譯：《少帥》〔M〕，皇冠出版社（香港）有限公司，2014 年版。
9. 張愛玲：《重訪邊城》〔M〕，北京出版集團　北京十月文藝出版社，2009 年版。
10. 張愛玲：《傾城之戀》〔M〕，北京出版集團　北京十月文藝出版社，2012 年版。
11. 張愛玲：《流言》〔M〕，北京出版集團　北京十月文藝出版社，2012 年版。
12. 張愛玲：《小團圓》〔M〕，北京出版集團　北京十月文藝出版社，2012 年版。
13. 張愛玲：《紅樓夢魘》〔M〕，北京出版集團　北京十月文藝出版社，2012 年版。
14. 張愛玲、宋淇、宋鄺文美：《張愛玲私語錄》〔M〕，北京出版集團　北京

十月文藝出版社，2011 年版。

15. 張愛玲、宋淇、宋鄺文美：《張愛玲私語錄》〔M〕，皇冠出版社（香港）有限公司，2010 年版。

16. 張愛玲：《怨女》〔M〕，北京出版集團　北京十月文藝出版社，2012 年版。

17. 張愛玲著，趙丕慧譯：《雷峰塔》〔M〕，北京出版集團　北京十月文藝出版社，2012 年版。

18. 張愛玲：《赤地之戀》〔M〕，皇冠文化出版有限公司，2010 年版。

19. 張愛玲：《半生緣》〔M〕，北京出版集團　北京十月文藝出版社，2012 年版。

20. 張愛玲：《異鄉記》〔M〕，北京出版集團　北京十月文藝出版社，2010 年版。

21. 張愛玲：《秧歌》〔M〕，皇冠文化出版有限公司，2010 年版。

22. 劉紹銘：《愛玲說》〔M〕，香港中文大學出版社，2015 年版。

23. 卡倫·霍尼著，馮川譯：《我們時代的神經症人格》〔M〕，鳳凰出版傳媒集團　譯林出版社，2011 年版。

24. 卡倫·霍尼著，王作虹譯：《我們內心的衝突》〔M〕，鳳凰出版傳媒集團　譯林出版社，2015 年版。

25. 司馬新：《張愛玲在美國——婚姻與晚年》〔M〕，上海文藝出版社，1996 年版。

26. 蘇偉貞：《長鏡頭下的張愛玲》〔M〕，上海文藝出版社，2012 年版。

27. 蘇偉貞：《孤島張愛玲——》〔M〕，三民書局股份有限公司，2004 年版。

28. 水晶：《張愛玲未完——解讀張愛玲的作品》〔M〕，大地出版社，1996 年版。

29. 夏志清著，劉紹銘等譯：《中國現代小說史》〔M〕，中文大學出版社，2015 年版。

30. 夏志清：《張愛玲給我的信件》〔M〕，長江出版傳媒　長江文藝出版社，2014 年版。

31. 夏志清：《張愛玲給我的信件》〔M〕，聯合文學出版社股份有限公司，2013 年版。

32. 韓邦慶著，張愛玲注譯：《海上花開》〔M〕，北京出版集團　北京十月文藝出版社，2012 年版。

33. 韓邦慶著，張愛玲注譯：《海上花落》〔M〕，北京出版集團　北京十月文藝出版社，2012 年版。

34. 陳子善：《說不盡的張愛玲》〔C〕，臺北：遠景出版事業有限公司，2001 年版。

35. 陳子善：《沉香譚屑——張愛玲生平和創作考釋》〔M〕，牛津大學出版社，2012 年版。

36. 陳子善：《私語張愛玲》〔C〕，浙江文藝出版社，1995 年版。

37. 陳子善：《說不盡的張愛玲》〔C〕，香港：遠景出版事業有限公司，2001 年版。

38. 陳子善：《說不盡的張愛玲》〔C〕，上海：上海三聯書店，2004 年版。

39. 卡爾・古斯塔夫・榮格著：馮川 蘇克譯：《心理學與文學》〔M〕，鳳凰傳媒股份有限公司 譯林出版社，2014 年版。

40. 王德威：《一九四九：傷痕書寫與國家文學》〔M〕，三聯書店（香港）有限公司，2008 年版。

41. 林幸謙：《身體與符號建構——重讀中國現代女性文學》〔M〕，中華書局（香港）有限公司，2014 年版。

42. 夏濟安：《黑暗的閘門》〔M〕，中文大學出版社，2016 年版。

43. 許子東：《張愛玲的文學史意義》〔M〕，中華書局（香港）有限公司，2011 年版。

44. 宋以朗：《宋家客廳》〔M〕，花城出版社，2015 年版。

45. 宋以郎：《宋淇傳奇》〔M〕，牛津大學出版社，2014 年版。

46. 宋以朗、符立中：《張愛玲的文學世界》〔C〕，新星出版社，2013 年版。

47. 薩特著：陳宣良等譯，《存在與虛無》〔M〕，生活・讀書・新知三聯書店，2014 年版。

48. 弗洛伊德，羅生譯：《精神分析學引論・新論》〔M〕，百花洲文藝出版社，2009 年版。

49. 艾里希・弗洛姆著，孫愷祥譯：《健全的社會》〔M〕，上海世紀出版股份有限公司 譯文出版社，2011 年版。

50. 米歇爾・福柯著，劉北成、楊遠嬰譯，《規訓與懲罰》〔M〕，生活・讀書・新知三聯書店，2012 年版。

51. 西蒙娜・德・波伏娃著，鄭克魯譯：《第二性 I》〔M〕，上海世紀出版股份有限公司 譯文出版社，2011 年版。

52. 西蒙娜・德・波伏娃著，鄭克魯譯：《第二性 II》〔M〕，上海世紀出版股份有限公司 譯文出版社，2011 年版。

53. 莊信正：《張愛玲莊信正通信集》〔M〕，新星出版社，2012 年版。

54. 莊信正：《張愛玲來信箋注》〔M〕，INK 印刻出版有限公司，2008 年版。

55. 胡蘭成：《今生今世》〔M〕，中國長安出版社，2012 年版。

56. 李黎：《張愛玲・未了情》〔M〕，鳳凰傳媒集團 江蘇文藝出版社，2011 年版。

57. 麥克法誇爾、費正清編：《劍橋中華人民共和國史》〔M〕上卷，下卷，中國社會科學出版社，1994 年版。

58. 徐中約：《中國近代史》〔M〕上下冊，中文大學出版社，2002 年版。

59. 林幸謙等：《張愛玲——傳奇‧性別‧譜系》〔C〕，聯經出版事業股份有限公司，2012 年版。

60. 林幸謙：《張愛玲：文學‧電影‧舞臺》〔C〕，Oxford University Press，2007 年版。

61. 楊澤：《閱讀張愛玲》〔C〕，麥田出版股份有限公司，1999 年版。

62. 邵迎建：《張愛玲的傳奇文學與流言人生》〔M〕，臺北市：秀威信息科技，2012 年版。

63. 周芬伶：《哀與傷—張愛玲評傳》〔M〕，上海遠東出版社，2007 年版。

64. 周芬伶：《豔異——張愛玲與中國文學》〔M〕，北京：中國華僑出版社，2003 年版。

65. 于青、金宏達編：《張愛玲研究資料》〔C〕，福建：海峽文藝出版社，1994 年版。

66. 陳子善：《張愛玲的風氣》〔C〕，濟南：山東畫報出版社，2004 年版。

67. 陳子善：《作別張愛玲》〔C〕，文匯出版社，1996 年版。

68. 張子靜、季季：《我的姊姊張愛玲》〔C〕，臺北市：時報文化，1996 年版。

69. 古繼堂：《臺灣小說發展史》〔M〕，遼寧教育出版社，春風文藝出版社，1989 年版。

70. 水晶：《替張愛玲補妝》〔M〕，濟南：山東畫報出版社，2004 年版。

71. 水晶：《張愛玲未完》〔M〕，大地出版社，1996 年版。

72. 張愛玲：《續集》〔M〕，臺北：皇冠出版社，1986 年版。

73. 余斌：《張愛玲傳》〔M〕，海南出版社，1993 年版。

74. 余斌：《張愛玲傳》〔M〕，北京：人民文學出版社，2012 年版。

75. 劉紹銘 梁秉鈞 許子東編：《再讀張愛玲》〔C〕，Oxford University Press，2002。

76. 王德威：《小說中國》〔M〕，臺北：麥田出版社，1993 年版。

77. 唐文標：《張愛玲研究》〔M〕，臺北：聯經出版事業公司，1976 年版。

78. 于青：《張愛玲傳》〔M〕，臺北世界書局，1999 年版。

79. 沈雙：《零度看張》〔C〕，香港：中文大學出版社，2010 年版。

80. 劉鋒傑 薛雯 黃玉蓉：《張愛玲的意象世界》〔M〕，銀川：寧夏人民出版社，2006 年版。

81. 錢中文主編：《巴赫金全集》第五卷〔M〕，河北教育出版社，1998 年版。

82. 蔡鳳儀：《華麗與蒼涼：張愛玲紀念文集》〔C〕，臺北市：皇冠文學出版有限公司，1996年版。

83. 李歐梵：《漫談中國現代文學中的「頹廢」》〔M〕，臺灣麥田，1996年版。

84. 曹雪芹、高鶚：《紅樓夢》〔M〕，上、下冊，中國藝術研究院紅樓夢研究所校注，北京：人民文學出版社，1996年版。

85. 蕭伯納著：《蕭伯納戲劇集》〔M〕，北京：人民文學出版社，1956年版。

86. 威爾斯著，徐建萍、朱鳳余譯：《世界史綱》〔M〕英文對照，西安：陝西師範大學出版社，2005年版。

87. 勞倫斯，主萬等譯：《勞倫斯短篇小說集》〔M〕，上海：上海譯文出版社，1983年版。

88. 毛姆著，佟孝功等譯：《毛姆短篇小說選》〔M〕，長沙：湖南人民出版社，1983年版。

二、論文

（一）期刊論文

1. 呂靜：《「從七寶樓臺」到「平淡自然」》〔J〕，商丘師範學院學報。

2. 黃萬華：《「三級跳」：戰後至1950年代初期張愛玲的創作變化》〔J〕，社會科學輯刊，2009年第5期。

3. 袁良駿：《張愛玲論》〔J〕跋，中國期刊網

4. 袁良駿：《張愛玲與香港》〔J〕，蘇州科技學院學報。

5. 袁良駿：《張愛玲的藝術敗筆：〈秧歌〉和〈赤地之戀〉》〔J〕，華文文學，2008年4月。

6. 陳子善：《1945～1949年間的張愛玲》〔J〕，中國期刊網。

7. 陳子善：《構建「張愛玲學」的人》〔J〕，美文，中國期刊網。

8. 陳子善：《張愛玲海外生活的「另一爐香」》〔J〕，春秋，中國期刊網。

9. 陳子善：從《從〈小團圓〉到〈同學少年都不賤〉》〔J〕，中國期刊網。

10. 趙稀方：《也說〈秧歌〉和〈赤地之戀〉》〔J〕，文學自由談，2006年2月。

11. 張豔豔：《也談〈秧歌〉和〈赤地之戀〉》〔J〕，華文文學，2008年3月。

12. 古遠清：《國民黨為什麼不認為〈秧歌〉是「反共小說」》〔J〕，新文學史料。

13. 丁爾綱：《張愛玲的〈秧歌〉及其評論的寫作策略透析》〔J〕，紹興文理學院學報。

14. 沈雙：《張愛玲的自我書寫及自我翻譯——從〈小團圓〉談起》〔J〕，中國期刊網。

15. 王輝：《張愛玲傳記十種述略》〔J〕，書評，中國期刊網。

16. 徐亞娟：《生命中不能承受之重——再讀張愛玲〈秧歌〉》〔J〕，廣州番禺職業學院學報，2009 年 9 月，第 8 卷第 3 期。

17. 宋衛琴：《男權、族權下的怨女——張愛玲〈怨女〉中柴銀娣的形象》〔J〕，作家雜誌，2012 年。

18. 蘇偉貞：《連環套：張愛玲的出版美學——以一九九五年後出土著作爲主》〔J〕，社會科學戰線，紀念張愛玲誕辰九十週年。

19. 柯靈：《遙寄張愛玲》〔J〕，中國期刊網。

20. 郜元寶、袁凌：《重評張愛玲及其他》〔J〕，山東社會科學。

21. 邊春麗：《半生緣一世情——精神分析理論視角下的〈半生緣〉》〔J〕，懷化學院學報。

22. 常立偉：《從〈雷峰塔〉、〈易經〉看張愛玲的家庭敘述及創作動機》〔J〕，昆明學院學報，2011 年 4 月。

23. 譚平：《我們回不去了——張愛玲〈半生緣〉的悲劇色彩》〔J〕，中國期刊網。

24. 林幸謙：《〈半生緣〉再解讀：姐妹情誼的反動與女性衝突主題》〔J〕，海南師範學院學報，2000 年第 1 期。

25. 李娟梅：《淺析小說〈半生緣〉中的男性青年形象》〔J〕，哈爾濱職業技術學院學報，2011 年第 4 期。

26. 賈秀梅：《論張愛玲〈半生緣〉的悲劇意蘊》〔J〕，芒種總第 467 期。

27. 戚永曄：《浮生只合「小團圓——專家學者熱議張愛玲遺作〈小團圓〉」》〔J〕，文化交流，2009 年第七期。

28. 楊井薇：《五四餘韻——張愛玲與胡適》〔J〕，中國期刊網。

29. 臺繼之：《另一種傳說——關於〈小艾〉重新面世之背景與説明》〔J〕，臺北《聯合報》副刊，1987 年 1 月 18 日。

30. 鄭春鳳：《女性・身體・革命——以〈我在霞村的時候〉、〈色・戒〉、〈棉花垛〉爲例》〔J〕，當代文學，2010 年 3 月，中國期刊網。

31. 劉鋒傑：《論張愛玲的現代性極其生成方式》〔J〕，《文學評論》，2004 年第 6 期。

32. 李美皆：《從〈小團圓〉看張愛玲的終極身體寫作》〔J〕，文學前沿。

33. 林以亮：《私語張愛玲》〔J〕，香港《明報月刊》第一二三期，一九七六年三月。

34. 唐山：《張愛玲爲何要寫小說影射傅雷》〔J〕，2016 年 1 月 22 日《北京晚報》。

35. 李兵：《接受美學與巴赫金對話理論的關聯及互動》〔J〕，貴州社會科學

總 206 期第 2 期，2007 年第 2 期。

36. 李兵：《巴赫金對話理論對文學閱讀的啟迪》〔J〕，文學評論，2015 年 9 月。

37. 簡聖宇：《對「主體間性」理論的思索》〔J〕，哈爾濱學院學報，第 30 卷第 7 期，2009 年 7 月。

38. 秦海鷹：《克里斯特瓦德互文性概念的基本含義及其具體應用》〔J〕，中國期刊網。

39. 羅婷：《論克里斯多娃的互文性理論》〔J〕，國外文學（季刊），2001 年第 4 期（總第 84 期）。

40. 楊星映：《巴赫金「主體間性」思想解讀》〔J〕，重慶大學大學學報（哲學社會科學版），2011 年第 5 期。

41. 尤紅蓮：《論張愛玲小說的反諷敘事》〔J〕，石河子大學學報（哲學社會科學版）。

（二）學位論文

1. 陳娟：《張愛玲與英國文學》〔D〕，湖南大學博士論文，2011 年。

2. 陶小紅：《張愛玲小說與〈紅樓夢〉》〔D〕，中國藝術研究院博士論文，2010 年。

3. 李梅：《張愛玲的小說傳統與文學中的日常敘事》〔D〕，暨南大學博士論文，2005 年。

4. 張豔華：《毛姆與中國》〔D〕，復旦大學博士論文，2010 年。

5. 余豔秋：《中國當代女性小說中的歷史敘事》〔D〕，山東師範大學博士論文，2005 年 4 月。

6. 劉婷：《〈小團圓〉綜論》〔D〕，湖北大學碩士研究論文，2011 年。

7. 張薇：《論張愛玲小說中的「紅樓筆法」》〔D〕，東北師範大學碩士學位論文，2013 年 5 月。

8. 李愛江：《〈海上花列傳〉對傳統的繼承與創新》〔D〕，山東大學碩士論文，2005 年 4 月。

9. 唐瀏韻：《張愛玲與簡•奧斯丁小說的反諷修辭手法的比較研究》〔D〕，暨南大學碩士學位論文，2010 年 5 月。

10. 韓蕊：《張愛玲與毛姆小說比較》〔D〕，西北大學碩士學位論文，2002 年 3 月。

11. 林小菁：《張愛玲〈秧歌〉研究》〔D〕，佛光大學碩士研究論文，2014 年。

12. 鄭宜娟：《是宣傳或經典？論張愛玲的〈秧歌〉》〔D〕，國立中正大學碩士研究論文，2012 年。

13. 李若瑋：《由張愛玲與李安讀〈色戒〉中的愛與欲》〔D〕，世新大學碩士研究論文，2014 年。

14. 郭恩瑾：《張愛玲〈色戒〉研究》〔D〕，國立彰化師範大學碩士研究論文，1998 年。

15. 楊井薇：《五四餘韻——張愛玲與胡適》〔D〕，國立中央大學碩士研究論文。

後　記

　　當我打下最後一個句號結束這篇論文時，無限的感慨湧上心頭。將近四年的時間轉瞬即逝，我不僅思緒萬千，想起自己在這幾年中所經歷過的一切，為這篇論文所付出的努力和艱辛是一般人難以想像的。白天我是一名教師，要完成自己的教學任務，晚上回到家還要面對諸多生活瑣事和煩惱事。在此期間，健康狀況也出現了問題，人生面臨著最嚴峻的考驗，我曾經想過放棄讀博，因為自己的身體和精神狀態都無法負荷這樣的重擔，甚至準備放棄工作回家休養。在人生最低潮的時候，我沒有選擇放棄，對張愛玲一直以來的喜愛以及她對於塵世的熱愛和迷戀讓我對她欲罷不能，雖然身體狀況不佳，我仍然堅持閱讀張愛玲的作品和研究專著。也許是上帝的憐憫，看到我不懈地堅持和努力，2016 年 5 月中身體狀況慢慢好轉，6 月順利完成開題報告，開始撰寫論文。今天，歷經千辛萬苦，我終於完成了這篇論文，此時我的內心充滿了感恩之情！

　　首先，我要感謝我的指導老師李遇春教授。我很幸運，能遇到這樣一位學術水平卓越、品德高尚的教授。李老師曾於 2014 年 7 月來香港給我們上現當代文學專題課。在課堂上，我不禁為老師精彩絕倫的講演所吸引，當時的氣氛可謂火花四濺，很久沒有遇到這樣讓人心潮澎拜的老師和課程。下了課我就向老師提出請求，請他做我的博士生導師。我還寫信要求學校安排李老師做我的博導，終於如願以償。記得 2014 年聖誕節去學校交流時，胡院長一見到我就說，「這是李遇春的粉絲！」在論文撰寫的過程中，老師給了我很多幫助和指導，尤其是開始建築框架的時候。如果沒有老師對我的論文總體思想高瞻遠矚的點撥以及在學術和研究方法上的指導，我的寫作之路會變得非

常艱難和緩慢。尤其令我感動的是，老師自己有繁重的教學和研究任務，但每當有關於張愛玲新的研究資料和信息時，他總是第一時間通知我。在老師的大力幫助和指導下，我終於完成了這篇論文！老師深厚的學術造詣、嚴謹的治學態度、高尚的品德、以及對學生真誠的愛護和幫助，使我受益匪淺，令我終生難忘！

　　我還要感謝的，是我的父母、姐妹、小雨和所有的親人，感謝你們一直以來無私地支持和鼓勵，讓我無論在怎樣的艱難險阻中仍有勇氣前行。你們是我最堅強的後盾和人生最寶貴的財富！

　　這篇論文已於 2017 年正式提交，順利通過博士論文答辯，並在校外評審中獲得評審教授打出兩個優秀的評級。以上是論文完成後的心情感悟及對導師和家人的謝意。以志紀念。

　　本書在 2019 年 3 月經過重新修訂後，將由臺灣花木蘭文化事業有限公司正式出版。

　　在《重生與表演：張愛玲後期小說創作研究（1946～1995）》一書即將付梓之前，我願就寫作此書的緣由及過程作簡略說明，算是對自己學術成長經歷的一種回顧吧。

陳鵠 2019 年 3 月 30 日於香港元朗